完美的
一年

［德］夏洛蒂·卢卡斯

刘于怡

译　著

江西人民出版社
Jiangxi People's Publishing House
全国百佳出版社

图书在版编目（CIP）数据

完美的一年 / （德）夏洛蒂·卢卡斯著 ； 刘于怡译.
— 南昌 ： 江西人民出版社，2020.4
ISBN 978-7-210-11831-2

Ⅰ．①完… Ⅱ．①夏… ②刘… Ⅲ．①长篇小说－德
国－现代 Ⅳ．①I516.45

中国版本图书馆CIP数据核字（2019）第273191号

著作权合同登记号：图字14—2019—0312号

Dein Perfektes Jahr
Copyright@2018 by Charlotte Lucas
Published by arrangement with Charlotte Lucas
c/o Bastei Lübbe AG, through Peony Agency.
All Rights Reserved

完美的一年

（德）夏洛蒂·卢卡斯 / 著　　刘于怡 / 译

责任编辑 / 冯雪松

出版发行 / 江西人民出版社

印刷 / 三河市金泰源印务有限公司

版次 / 2020年4月第1版

2020年4月第1次印刷

开本 / 880毫米×1230毫米　1/32　印张 / 11.25

印数 / 1—10000　字数 / 340千字

书号 / ISBN 978-7-210-11831-2

定价 / 98.00元

赣版权登字-01-2019-760

如有质量问题，请寄回印厂调换。联系电话：13833676809

献给母亲达格玛·海加·罗伦斯（1945年3月8日——

2015年10月20日）和父亲弗克·罗伦斯

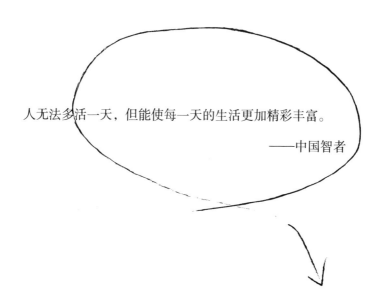

人无法多活一天，但能使每一天的生活更加精彩丰富。

——中国智者

"毫无深度的智慧"

乔纳森·N·格里夫

电邮致《汉堡新闻》编辑部/读者报务组

十二月三十日写于汉堡

编辑部成员：

在祝你们新年快乐前，容我先指出几点今日贵报的错误：

十八版关于电影《冰河时代》的文章，提到演员汉宁·富尔曼：

"汉宁·富尔曼（33岁）在过去几年间因几部电视影集已是家喻户晓的演员……"

容我指出：根据维基百科的资料，汉宁·富尔曼的生日是十二月三十一日，因此他不是33岁，而是34岁，这点编辑明显疏忽了。还有，文中写道："在过去几年因几部电视影集已是家喻户晓的演员……"既是过去几年间的事，文法上就应使用过去完成式，而非过去式。

最后一页关于易北爱乐厅的报道标题"进入全力一搏的阶段！[①]"中不该出现缩写符号。容我在此引用德文权威字典《杜登》的解释：

当介词与冠词合并为一词时，原则上不加缩写符号，例如：

· ans, aufs, durchs, hinters, ins, unters, vors

· am, beim, hinterm, unterm, vorm

· hintern, untern, vorn; zur

一如往常，致以最崇高的敬意

[①] 德文原文为Jetzt gehen sie auf's Ganze!，auf's使用了缩写符号。

1.

乔纳森
一月一日星期一，上午七点十二分

乔纳森·N·格里夫非常不高兴。一如往常，他在清晨六点半已穿好慢跑鞋，无视零下低温，骑上越野脚踏车到惯常的慢跑路径准备开跑。

每年一月一日，乔纳森总要对着残留满地的烟花爆竹大动肝火，这些垃圾和灰黑色的残雪混合成一坨坨恶心黏滑的团块，占据所有人行道、脚踏车道和慢跑步道。还有四处熏黑和破裂的啤酒和香槟玻璃瓶，以及昨夜被人拿来当成发射烟火的底座，没有任何人觉得有责任把它们丢进回收箱里。更别提污浊的空气，就因汉堡人爱玩爱热闹且毫无责任感，只顾一时之快地放烟火，制造出高浓度的细悬浮微粒，像顶金钟罩一样覆盖在汉堡上空，导致他现在呼吸困难。

（现在那些该死的跨年狂欢僵尸必定还躺在床上动弹不得，午夜才过不久，就把少喝酒不抽烟的新年新希望随着烟火爆竹射向不知何方。毫无节制地狂欢至清晨，完全不顾烟火爆竹到底烧掉多少财产，这些烧掉的钱足够政府偿还大笔国家公债了。）

不，不只是这样而已，令乔纳森生气的事还有很多。

最令他生气的其实是前妻蒂娜。一如往常，蒂娜总有办法在一年的最后一天将一个扫烟囱人造型的巧克力放在他的门前，并附上一张卡片，祝他"来年事事如意，功成名就！"

来年事事如意，功成名就！乔纳森正经过克鲁格科普桥，过了马路从红犬咖啡旁转进阿尔斯特湖畔公园，奋力将跑步速度提高至每小时十四公里，每一跨步都重重踩在砂石步道上。

来年事事如意，功成名就！乔纳森的运动表显示目前时速是每小时十六公里，心率每分钟一百五十六下，看样子今天绝对能在惯常的七点四公里路段破纪录。在这之前的记录是三十三分二十九秒，要是继续保持现在的速度，他一定能破纪录。

但是到了英德俱乐部门前，乔纳森已放慢速度。荒唐！干吗为了蒂娜没头没脑的祝福发这么大的脾气？这样只会损害自己的健康，还可能造成肌肉拉伤，何苦呢？分手都五年了，不该为一个无聊的扫烟囱人巧克力大动肝火。

没错，他曾深爱着蒂娜，而蒂娜竟然为了他（曾经）最要好的朋友托马斯·布尔格而离开他，在七年愉快的婚姻生活后提出离婚。至少乔纳森认为他们是快乐的，但蒂娜显然不这么认为，不然不可能投向托马斯的怀抱。

虽然蒂娜当时不断强调，这不是乔纳森的问题。但稍有常识的人都知道，身为当事人之一，他不可能没有任何问题。

只是，直到今日乔纳森还是没弄清楚，问题到底出在哪里。对蒂娜，他一直是倾其所有，将天堂送到她眼前：为她买下汉堡高级住宅区的纯真公园旁的高级别墅，并依她的意思整修装潢，里头甚至有一间完全属于她的套房，包括卫浴和更衣室！让她能够毫无后顾之忧，潇洒地跟广告公司美术设计的工作说拜拜，随心所欲地过自己爱过的日子。

他能看到所有写在她眼里的欲望，哪怕是一件漂亮衣服、一个高贵皮包、首饰或是汽车，只要蒂娜开口，东西马上就会送到眼前。

完全无忧的生活，不必负担任何责任。从他父亲手上，乔纳森继承了格里夫森与书出版社，有非常能干的执行长负责日常业务，他只要不时在早餐会议时露个脸，以及对外扮演一个称职的出版人角色就够了。他与蒂娜奢侈地享受昂贵的旅行，联袂出席汉堡所有重要的社交场合，完全无须在意是否会被狗仔记者跟踪偷拍。

蒂娜与他一起享受生活中的一切，总是提议去某个遥远陌生的地方旅行，总是穿戴名牌衣物，并且每隔一段时间，便更换家居摆设，使其焕然一新。

好吧，有时他也不免自问，蒂娜是不是觉得生活有点无聊，特别是当她老是重复提到同一件事情。

长期以来，她一直觉得有所欠缺，不断追求更多更好的，只是，她也无法明确说出到底缺了什么，到底想追求什么。她去学外文，听从乔纳森的建议参加慢跑社团，去学吉他，去练气功，去打网球，参加各式各样的活动，但从来无法坚持下去。乔纳森甚至还曾提出生孩子的建议（而且还不只是热烈讨论而已，而是身体力行），虽然蒂娜不断强调，她很满意两个人的生活。

最后，她去看心理医生。

蒂娜到底在每周一次的咨询谈些什么，对乔纳森来说一直是个谜，蒂娜并不认为需要跟他分享。不管如何，最终蒂娜显然是在托马斯身上找到她所欠缺的东西。偏偏是托马斯，乔纳森从学生时代起最好的好朋友，而且还是格里夫森与书出版社的营销负责人！

这一切当然都是过去了。蒂娜离婚后，托马斯也辞掉出版社的工作，蒂娜回到广告公司重操旧业，薪水只够两人在双泽这个新兴雅比区负担一间只有三个房间的小公寓。

想到这两个人，乔纳森不可置信地摇摇头，眼睛死盯着脚上荧光黄的耐克球鞋。如此糟蹋生命说是为了爱？而这样一个人还胆敢来祝他来年事事如意，功成名就？真是太讽刺了！

乔纳森吐了一口浊气，在嘴边化成白烟。不必等来年，我本来就事事如意，且早已功成名就！他恶狠狠地想。

想着想着脚步不由得又加快起来，结果在跑过遛狗草皮旁的小径、为了闪开某只畜生留下来的狗屎时差点跌倒。就是有这种不道德的主人，纵容畜生乱跑乱拉屎！

停下脚步喘气，他摸向手臂上的运动臂套，在iPhone与钥匙之间抽出折得整整齐齐的小塑料袋，打开套在手上，捡起狗屎包好，丢进垃圾桶中。不是他喜欢做这种事，但总得有人动手吧。

这又是一件令乔纳森生气的事！这些宣称爱护动物的家伙，把大丹犬或威玛猎犬养在时尚别致的老派高级公寓里，一天在附近绕个五分钟就算尽责，还不懂得要处理这些可怜的畜生留下来的粪便。

在脑袋里他已想到该如何发封电邮到《汉堡新闻》编辑部抗议一番，这种乱象在新的一年一定要解决！执政者得拿出魄力来立法严惩，让那些人知道，个人自由不可以妨碍到他人的生活。对乔纳森来说，黏在鞋上的狗屎就是一种妨碍，一种臭死人的妨碍。

就在跨开脚步重回慢跑节奏时，他迅速瞄了一眼手机上的慢跑记录程序，很生气地发现，这一耽搁拖垮了这一回跑步的总成绩。要是逮着这个不清理狗屎的主人和畜生，一定要狠狠训他们一顿，他恨恨地想。

他的思绪很快又回到蒂娜和托马斯。蒂娜和托马斯，或许他们称呼彼此为蒂妮和汤米，或是小猫咪和大狗熊，谁知道？

乔纳森放任自己的思绪驰骋，想象两人晚上拿着一瓶从大卖场买来的红酒，坐在宜家风格的客厅里，女儿塔贝娅则在装有溜滑梯的高架床里安眠。对，没错，两人的生活显然不够完美，就在蒂娜宣布自己和托马斯在一起不到三十秒后，塔贝娅就出生了。蒂妮、汤米和塔比，就像唐老鸭里面那三只杜儿、路儿和辉儿①。

生活在雅比公寓里的杜儿、路儿和辉儿。杜儿、路儿想到乔纳森，担心他过得不好。直到杜儿想起该到楼下大卖场买点东西，那里一定有卖甜滋滋的扫烟囱人巧克力，可以买一个配张卡片放在前夫门前。当时，她是多么残忍地离开他，如何伤透他的心。

"杜儿，这主意太棒了！"路儿会说，"顺便带一瓶红酒上来，现在正在打折，今天晚上我们可要好好庆祝一下。"

乔纳森的运动表显示，现在心率高达每分钟一百七十二下，为了健康着想，他必须放慢速度。虽然不知道自己今天早上到底吃错什么药，如此心烦气躁，但他不得不承认，一想到蒂娜和她的新生活，仍会令他焦躁不安。

而他还曾为此找过人生教练上过二十小时的课程，那家伙跟他保证只要两到三次，他的烦恼就会药到病除。说起来又是一件能让乔纳森生气的事，当时，在他指出教练方法上的缺失时，那家伙竟然反过来怪罪他不肯合作。

真不可思议！乔纳森心想，抬头看到"波多船坞"的招牌（瞧，又用错

---

① "蒂妮、汤米和塔比"的德语为"Tini, Tommy, Tabbi"，与唐老鸭里的"杜儿、路儿和辉儿"的德语"Tick, Trick, Track"相似。

符号，真会令人发疯！）他想到蒂娜在离婚时完全没有提出任何要求，不要钱，不要赡养费，不要房子，所有都不要。

其实，她大可以提出要求的。据乔纳森的律师说，她有权提出不少要求。但是她离开他时，就像八年前走进他的生命一样，是一个身无分文的低薪美术设计师。甚至他送她的那部迷你车和所有首饰，也在他反对之下全部交还给他。

当时，乔纳森的人生教练曾说过，蒂娜这么做，是为了证明自己人格高尚，毕竟是她提出离婚的。虽然乔纳森雇请人生教练的目的是要他帮助自己尽快回到生活正轨，而不是听取他对自己前妻行为的意见，但至今乔纳森还是对人生教练的看法相当不以为然。对他来说，蒂娜放弃所有法律赋予她的权利，并不是为了尊严，而是一种恶意的嘲弄，表明她不需要他，连他的钱都不需要。

二十分钟后，乔纳森气喘吁吁地抵达天鹅湾旁的健身步道。每天，他都在这里结束慢跑，并利用这里的露天健身设施做三十分钟的体操，这个时间除了他以外根本没有别的使用者。特别是元旦清晨，放眼望去这世上仿佛就只有他一个人似的。

五十下俯卧撑，五十下仰卧起坐，五十下吊单杠，一轮结束后再一轮，做满三轮后结束，而乔纳森也终于有力气面对新的一天了。收操拉筋时，他看向自己的身体，非常满意每天持续运动带来的成果。

四十二岁的他身材健美，体力充沛，运动起来绝对不输二十多岁的小伙子。身高一米九，体重八十公斤，比大多数同年纪的男人都要瘦。哪像托马斯，还是学生时腰部就明显出现游泳圈。而比起蒂娜的挚爱，乔纳森还有一头浓密的黑发，只有前额侧边有几撮灰发。从前，蒂娜总说，这撮灰发与深棕色的眼珠对比起来显得相当特别。

现在，蒂娜显然不在乎什么对比了。托马斯那可怜的家伙，不到三十岁前额就秃了，只能自我安慰十秃九富。至于眼珠，更是介于混浊的褐色和毫无生气的绿色之间。

那家伙，从前不知失恋多少次，总是乔纳森这个最好的朋友帮他打气，建立自信。想到这里，乔纳森不禁嗤笑出声。

多么不公平啊！乔纳森想起事发后托马斯对他说的话："乔纳森，别太介意，不过就是优胜劣汰而已！"优胜！什么话，那家伙辞职后挂个营销顾问的头衔，说穿了不过就是失业在家蹲着，跟成功两字根本沾不上边。

够了，不要再想了！再下去乔纳森又要苦恼，想不透为什么蒂娜竟然会看上这么一个无论从哪一方面来看都比自己差劲的家伙。他挺起胸膛，大步走向锁在健身步道入口附近的越野脚踏车。

看到挂在脚踏车把手上的黑色袋子时，他愣了一下，这是从哪冒出来的东西？有人忘记拿走了吗？为什么挂在他的脚踏车上？真奇怪，难道又是蒂娜给他的惊喜？难不成她开始跟踪他，想趁他每日慢跑时拦截他？

他伸手从把手上取下袋子，并不怎么重，细看才发现是个拉链尼龙购物袋，质感不错，可折叠收纳，常摆在超市柜台前贩卖的那种。

乔纳森考虑是否该打开来看，毕竟这是别人的东西。不过，东西既然是挂在他的脚踏车上，他还是可以打开，看看里面是什么。

一本深蓝真皮封面的书，看起来颇厚。乔纳森不禁拿起来，翻到正面来看：书相当新，真皮封面上有精美压纹和白色缝线，有扣环使书页不致随意开启。

是一本记事本手账！在这个iPhone、黑莓机之流横行的世界，还有多少人想到要用记事本手账，尤其是五十岁以下的族群！

是谁，又是为什么要把这么一本老式的日志手账挂在他的脚踏车把手上？乔纳森不禁感到困惑。

2.

汉娜

两个月前

十月二十九日星期日，上午八点二十一分

汉娜·马克思醒来，知道自己恋爱了。

可是跟谁呢？她不知道。

她只知道不是她的男友西蒙·克兰，这点令她相当困惑。她爱西蒙，已经到了希望他能向她求婚的地步了。不过，这当然是个秘密，她没告诉他，也没对他做出任何暗示。不过，他们在一起已经四年了，汉娜觉得应该是时候了。

她翻开被子坐起身来，半睡半醒地揉揉眼睛，这到底是什么奇怪的梦？梦里脸红心跳的热恋感觉，到现在还明显留在身上。汉娜飞快瞄了一眼床边的镜子，看到自己发红的脸颊。而脸颊两旁散乱的红卷发，像是一夜激情后的凌乱，就连双唇都红得不像话，像曾与人长长地热吻。

没错，她在梦中恋爱了。不，不是跟陌生男子激情一夜的春梦，也不是跟现实生活中任何见过的人，不是跟从前的同事、邻居，或是朋友在一起的那种梦。

事实上，她想不起生活中有任何人可能是梦里的他。仔细想来那只是一种感觉，一种热恋的感觉：温暖、安心、小腹酥酥麻麻、大笑、微笑、极端快乐与放松、疯狂，还有幸福，是的，还有幸福！

汉娜叹一口气，转身坐在床沿，甩了甩头，想借此将梦境驱出脑海，让自己清醒一点。虽然幸福的感觉很好，但今天她得保持头脑清醒。今天，可是重要的一天。

半年来，汉娜和她的前同事和好友丽莎，将艾本多夫路上的老旧店面整修装潢得焕然一新，并拟定创业计划书，申请创业补助，还自己制作网页，通过群众募资募集到一笔颇为可观的种子资金（当然，汉娜和丽莎两人的父母也多少赞助了一些），还做了市场分析和研究广告宣传策略，并印制传单，丽莎还亲自设计标志，把它贴在自己的福斯厢型老车上，繁琐杂事之多，真是令人手忙脚乱。

这一切的一切，就为了今天下午两点！届时，她们的心血"欢乐儿童——儿童活动工作室"将会以一场大型儿童派对隆重开幕。

汉娜很早就有了自己开工作室的想法，虽然一开始并不具体。正确来说，十年前汉娜拿到幼儿教师资格后，和丽莎一起在同一个幼儿园带同一组小朋友的第一天开始，她就有这个想法了。

薪资低工时长的状况一直令她很不满，丽莎也是！但比这个更糟的是幼儿园的整体状态：经费永远不够，没钱购置好玩具和劳作材料，没钱带孩子们出去郊游，或是提供体能或音乐等额外课程。更别提院子里的沙坑常是空的，旁边老旧的秋千也早已不堪使用。

实际上，不少家长都愿意额外付钱来解决这些状况。但为了某个奇怪的理由，幼儿园负责人完全拒绝接受家长的好意。到底为什么会这样，汉娜和丽莎至今仍然百思莫解。

后来，她们一同换了三个幼儿园，但情况都差不多，到处都有类似的问题。渐渐地，独立开工作室的念头越来越强烈，汉娜不想再受制于负责人或是园长之下，而是完全自己做主，做些能真正让孩子们快乐的事。而这些事，也会让家长心甘情愿地掏钱出来，因为他们知道，自己的宝贝会受到妥善的照顾。

半年前，当这个念头不再只是模糊的想法后，汉娜告诉丽莎，并说服她一起辞去工作，落实她们理想中的欢乐儿童计划。若不放手一博，她们永远不会知道这个计划是否会成功。不过，每个人都知道，一个人临终前的悔恨通常不是因为做过什么事，而是没做什么事。

当汉娜将这件事告诉男友西蒙时，得到的评语是"计划周详的胡闹"。西蒙批评这个计划是"这个世界不需要的东西"，为了这个"馊主意"抛弃原本稳定的工作，根本就是"自取毁灭"。而"最最最不负责任"的，则是竟然还把自己的好朋友"拖下水"！

某些时候，汉娜几乎要赞同西蒙的批评，特别是在身心俱疲的时刻，例如每天下班后还要挑灯夜战定创业计划，有时会突然一阵恐惧涌上心头：万一失败，损失的不只是她，连丽莎的未来都赔进去了。

最终，汉娜还是说服悲观的西蒙。虽然整个社会正处在媒体危机的风暴下，西蒙正是这一波危机的牺牲者——前不久才被《汉堡新闻》编辑部解雇（上司的说法相当委婉，不说西蒙失业而是成为"自由撰稿人"），但成立儿童活动工作室的想法仍然不失创意。

汉娜与丽莎离开幼儿园前绞尽脑汁设计了一份问卷，发给近两百名家长填写。根据回收的问卷，她们可以具体知道父母的期待，以及愿意付出多少金钱，以便让自己安心无虑地在职场上冲刺，或者放松一下去打高尔夫等等。

回收问卷的分析结果，连同群众募资来的那笔可观款项，终于打动西蒙。他不得不承认，只要计划结果能达到预期中的一半，汉娜的收入会比在幼儿园工作的微薄薪资要多。

计划其实很简单，她和丽莎的工作室会议在周一至周五的下午，以及最重要的周末，推出各式儿童活动，让有需要的家长能在幼儿园关门后还有地方安置宝贝孩子。每小时六欧元的费用，比起请临时保姆便宜很多，而且孩子还能参加各种活动，不像请保姆来家里，她们总是盯着电视，顺带看一下孩子而已，只要没出事就已是万幸了。

她和丽莎创立的欢乐儿童不一样，在这里孩子会很快乐，而且可以参加各种活动。她们准备每个月推出一次周六过夜的"睡衣派对"，这样父母终于有时间可以出门娱乐，回家后还能睡个好觉。活动若是成功，她们也不排除多办几次的可能性。

汉娜与丽莎是这么打算：招募对象是三至六岁的幼童，每次最多收十六个小孩，两个幼教师照顾，等于是一对八。相较了从前在幼儿园工作时，常常是两个老师照顾二十个小孩或更多，一对八的比例简直可以说是奢侈。她们可以带孩子做更多样的活动，例如去自然探索游乐场或是附近的野生动物园看鹿，还可以去消防队或警察局参观，去市立图书馆儿童馆，或享用六岁以下孩童免费的优惠、搭公共汽船去易北河畔的沙滩浴场玩耍，或是大学附设医院旁的探险游乐场，夏天还可以去大公园里玩水等等。

汉堡典型的烂天气使室外活动时间有限，她们在艾本多夫路上工作室的空间，也足够让孩子们撒野玩耍。除了报到区、衣帽间、小厨房和厕所尿布台等设备之外，她们还规划出约四十平方米大的游戏室，也是整个欢乐儿童的精华所在。在这里，汉娜与丽莎不知花了多少精力与时间，尽心尽力打造出一座儿童天堂。

游戏室有肋木架，有厚厚的体操垫，有扮家家用的玩具商店和厨房，有一座骑士城堡和溜滑梯（在二手网站易贝用一颗苹果和一颗鸡蛋换来的），还布置了一个可以躺下来休息的舒服角落，里面有枕头被子、CD播放机，还有各式绘本，和公主专用的城堡帐篷，有扮装服饰、波比车、积木、劳作材料、儿童脸部彩绘用品等等。

工作室后面还有一个小庭院，沙坑当然一定要有，附上罩子不用时可盖上，还有一个崭新的秋千（也是在二手网站易贝上找到，用了两颗苹果两颗鸡蛋）。汉娜的父母也资助了一座吊床，丽莎的父母则送来庭院家具和摆饰，还有很多很多的沙坑玩具。

最令汉娜感到自豪的，是她们两人为了能跟孩子们一起欢唱，她自己在两个月前开始学吉他，丽莎则是苦心研究儿童迪斯科，找出儿童热门歌曲，并配上合适的舞步，就像在度假中心常见的儿童活动。

总而言之，她们设计了各式各样的活动，绝对能满足所有孩子的愿望。所以，她们相信——不，不只相信而已——她们确定欢乐儿童一定会成功。

至于必须在周末和晚上工作，对两人来说都不是问题。丽莎单身已经三年了，不只是汉娜，很多人都觉得她很有魅力：身高虽然只有一米六五，但曲线玲珑有致，且有一头让人看了就想揉一揉的乌亮短卷发。她的眼珠，是很温暖的琥珀色，天生丰润的嘴唇更是让人忌妒。老实说，要是人工有办法做出这样的唇形，医美专家大概不惜犯下谋杀罪也要弄到秘诀。

尽管如此，丽莎身边已经好久没有出现合适的人了。虽然她总说无所谓，但汉娜不觉得真是如此。不过，不管怎么说，丽莎目前这种不受任何羁绊的状况，绝对有利于起步中的欢乐儿童。

对汉娜而言，在晚间和周末工作原本毫不成问题，因为西蒙从前也总待在报社里，对彼此的关系来说，甚至可能利大于弊。但现在西蒙失业，情况自然大大改变，不过汉娜希望这只是暂时的。至于这段过渡期，西蒙跟汉娜保证，他绝对不介意汉娜全力投入自己的事业。这种大方的态度，让汉娜不知该高兴还是生气。最后她决定还是高兴，毕竟，不管怎样，以乐观的态度面对生活中的一切挑战总是没错的。

"你也可以跟我们一起做呀！"汉娜曾跟西蒙建议，"反正你现在有时间，而且如果我跟丽莎的计划顺利的话，我们很快就会需要人手了。"

"我能做什么？"西蒙反问她，"多磨练我的儿童脸部彩绘技巧吗？还是明天就报名小丑课程？"

"千万不要！"汉娜大笑，"你只会变成吓哭小孩的恐怖小丑而已。"边说边想到史蒂芬·金惊悚小说《它》里面那个可怕的小丑。

"什么意思？"西蒙自觉受到侮辱，"我可是很爱小孩的。"

"是没错，特别是当他们睡着，或者当他们在你用望远镜才能看到的距离之外。"

"呸呸呸！"西蒙双手环住她的腰身，拉近两人的距离，"等我们有了孩子后，你就会知道，我会是一个很棒的父亲！"

"真的吗？"汉娜反问，一边忍不住地笑了，因为西蒙的手摸得她好痒。

实际上，西蒙的话让她的心漏跳了一拍，"我们的孩子"，真的吗？他是认真的吗？直到今日，他们都没谈论过婚姻，甚至连同居都没提起过，只有在半年前，西蒙曾颇为正式地交给了汉娜一把他在汉堡上野区的公寓备份钥匙。

"对啊！"西蒙漫不经心地回答，一边吻上她的鼻尖，"我对自己很有信心！"

"那我就等着看喽！"

"反正不管怎样，就'欢乐儿童'来说，"可惜西蒙很快就转回话题，"我当然会提供意见和劳力，也很乐意接下文字宣传的工作。但也仅止于此而已，我还是希望能找到编辑的工作。"

"或者提笔完成你的百万畅销名作。"

"这个，我现在倒是没这个心情。"

"为什么？"汉娜问他，"我觉得现在正是最好的时机。"

"最好的时机？"

"嗯，你现在正好没事，还有半年的全薪可领，再加上遣散费足够你一年的生活了。我觉得，这真的还挺幸运的。"

"挺幸运的？"西蒙难以置信地瞪着她。

"一整年不用工作有薪水可拿，刚好可以埋头写小说，这不是很多人的梦想吗？"

"你这种'凡事总有好的一面'的论点，有时真令人讨厌！"西蒙有点生气地说，"你根本不懂像我这样的职业，受到经济不景气的打击，只能站在街头的感受是什么。"

汉娜并未回嘴，虽然她觉得西蒙的指责并不公平。去年一整年间，她为了幼儿园经费短缺所造成的问题与麻烦，所承受的压力还不够多吗？难道西蒙都忘记了吗？况且，之前他不总是宣称，比起媒体，幼教工作对社会重要太多了，但薪水却是不成比例的低？

她甚至不敢问西蒙，如果媒体界的状况真是如此惨淡的话，是不是有转行的打算。实际上她也真的不能理解，为什么失去一份原本以为稳定的工作，就像失去未来一样。毕竟，她没念过大学，只有职校文凭。不过，她拥有坚定不移的乐观心态。

抱着无与伦比的乐观心态，她坚信每一道关闭的门，必会开启另一道门。但她不愿跟西蒙说这些，她可以想象，西蒙只会要她"别拿这些陈腔滥调的格言来烦我"。

不，她不能插手干涉，西蒙只能自己设法走出困境。尚未想通前，就只能继续自尝苦果。嗯，或许她应该准备好小丑服……

西蒙想找报社、杂志社或是网络编辑的工作，到目前仍然一直没有下文。所有投出的求职信，要不石沉大海，要不只有收到拒绝信。在这种情况下，西蒙自然快乐不起来，也使得他与汉娜之间的关系变得相当紧张。

就在汉娜充满热情与活力打造自己的工作室时，失去工作被迫窝在家里的西蒙，一天比一天情绪糟糕。汉娜多么希望他们之间能回到初见之时。当时，他的幽默、魅力和温柔是多么令她倾心臣服。

汉娜是在幼儿园里遇到西蒙。当时，他来接干儿子回家。相视的第一眼，两人之间立即闪出火花，接下来数星期，西蒙突然常常来接干儿子。

是巧合还是精心安排？显然应该是后者，因为两个月后，西蒙终于问她，是否能在工作之外与他见面。

"如果要等到我有自己的孩子，才能常常看到你的话，我会觉得很遗憾。"当时，他是这么说的，"况且，如果真是如此，那我们也错过最美好的相遇时机了。"想起西蒙如此别出心裁的邀约，汉娜心一软，不由得微笑起来，脑海也立即浮现他们第一次约会的情景。

西蒙邀请她到易北河畔野餐。多完美的约会！在那个美丽的五月天里，太阳仿佛接受西蒙的挑战，整日艳阳高照，让他们能从早到晚都坐在河边沙滩的防水野餐垫上，看着船只来来去去，并享受西蒙双层超大野餐篮里的各种美食佳肴：有冰凉的白酒和香槟、果汁和水、水果、奶酪、意式拖鞋面包、沙拉、自制北欧肉球（自制！）、伊比利亚火腿、油渍大虾、意式开胃小菜拼盘。为了打动汉娜，西蒙做足了功课，备齐所有野餐中可能出现的美味餐点。

他甚至准备了餐桌上所使用的玻璃杯，还有刀叉碗盘等餐具，以及布餐巾。太阳下山后，他甚至拿出两支火把点燃。这一切，让汉娜觉得自己仿佛置身于盛宴之中——其实也真的是盛宴，一场沙滩上的盛宴。

接着便是与西蒙的初吻，一个小心翼翼但充满爱意的吻，既激动又令人颤抖，汉娜几乎能感觉到西蒙加速的心跳。

两人一停止亲吻，西蒙就开始说话，如流水般不停地告诉她报社里的趣事；计划中的环游世界之旅，有一天必然成行；构思中的长篇小说，有时间便马上提笔。他用笑声、幽默的话语和天马行空的狂思异想，将汉娜带进他的世界，随着他起舞。那是多么充沛的活力，多么强烈的激情，多么炽烈的热忱啊！

只是好景不长，没多久西蒙的母亲希尔德就因癌症过世了，几年前，他的父亲也一样因为癌症过世。然后，就在他终于稍稍从这个沉重的打击中振作起来时，媒体业开始陷入危机。

看着编辑部的同事一个接一个被迫收拾东西离开，西蒙越来越不安，也越来越灰心，越来越悲观，直到那一天终于来临，恐惧变为事实，轮到他被迫收拾东西离开。有时，汉娜不免觉得，西蒙几乎是自己将"解雇"召唤过来的，以毫无节制的抱怨与牢骚使噩梦成真。

接下来的日子，西蒙就不断地抱怨生活和命运，不断地自怨自艾。一方面，汉娜能理解和体谅他的处境，但另一方面，虽然她不想承认，但这些抱怨实在令她快要发狂，再也听不下去了。汉娜深信，西蒙这种心态对解决现状并无帮助，而且只会逼自己走向歧途。虽然西蒙绝对鄙视这种说法，但汉娜相信，意念的走向引领每个人的去路：乐观者总能尝到甜美，悲观者只得酸苦；认为事情发展只会更糟的人，宇宙之神就会送上预想中的结果。

汉娜认为，从好的方面来看，西蒙根本没有抱怨的理由：他还年轻，身体健康，有房子，有充裕的食物与物资，身边还有个爱他的伴侣。世界上多少人的境遇比他凄惨万倍！汉娜衷心希望，一旦在寻找新工作上出现曙光，西蒙就能迅速找回自我，恢复如初。

此刻，电话铃声突然响起，打断了汉娜的沉思。她跳下床，快速穿过这间位于洛克史泰特区两居小公寓的走廊，拿起放在门边柜子上的电话听筒。

"早安！"一接起电话便听到丽莎活力十足的声音。

"早安！"汉娜忍住打呵欠的冲动。

"哦，抱歉！我吵醒你了吗？"

"没有，我醒来很久了。"汉娜不无夸大地说。

"那就好，我怕会……"

"才没有，别乱想。"汉娜打断丽莎的话。

"那你准备好了吗？"

"百分之一百零一！我可是早就等不及了！"

"那约十点在店里见面吗？"

"九点半，我已经快可以出门了。"

"好，那我也得赶快准备出门。需要我顺便带什么东西过去吗？"

"如果你比我早到，或许可以先去温克拿预定的柏林娜①和美国派饼干。"

温克是欢乐儿童斜对面的一家糕饼面包店。

"交给我没问题。"丽莎接着问，"还有其他事情吗？"

汉娜考虑了一下，"没有了，其他都已经准备好了。饮料、气球和专用的氦气瓶，还有免洗餐具都在西蒙的车子里。"

"他什么时候会来？"

"他说十一点左右。"

"好。"丽莎说，"那就待会儿见了。"

"待会儿见。"

还未挂上电话，梦中那股莫名的悸动已如潮水般涌上心头。汉娜安心地微笑，这回，她知道是怎么回事。她完全可以确定，昨夜她的确曾坠入爱河。

而且是跟自己拿定的主意：从今以后，她不再是低薪的卑微员工。她——汉娜·马克思，是"欢乐儿童工作室"的老板之一。

---

① 一种德式糕点。

3.

乔纳森
一月一日星期一，上午八点十八分

乔纳森几乎是带着罪恶感，偷偷打量了下身边周遭。这当然毫无必要，但他就是有种奇怪的感觉，仿佛有人盯着他看。

可是附近没人。视线所及之处的整个阿尔斯特湖畔没有半个人影，只有在另一边的马路上，有少数几部车子经过。

当乔纳森重新拿起手账打算仔细翻看时，眼角突然出现晃动的影子。果然有人！在下面临水之处，似乎有个模糊的人影，被湖畔珍珠餐厅挡住了大半视线。乔纳森不加思索，立即抓起手账和袋子，朝着人影的方向快跑过去。

他没看错，果然有人站在水边，背对着他。

"哈喽！"乔纳森大叫，有点喘不过气来。

没有反应，那个人直愣愣地望着阿尔斯特湖，没有任何动作。

"嗨！"乔纳森试着提高音量，但还是没引起任何反应。他放慢速度，现在距离够近，已经可以看出对方是一个高大消瘦的男人。

令乔纳森吃惊的是，对方只穿着牛仔裤、球鞋，和一件红白条纹的T恤。这可不是元旦清晨在阿尔斯特湖畔散步的标准穿着，特别是在零度以下的隆冬寒风里。

"哈喽？"乔纳森试着又招呼了一声，走近陌生人的身边，小心翼翼地拍了一下对方的肩膀。

男人像触电般缩了一下，转身面对乔纳森。是个年轻男子，乔纳森猜他大约三十出头，至多不会超过三十五岁，一脸惊吓地瞪着乔纳森，湛绿的眼珠在鼻梁的黑框眼镜下，显得更为巨大，"你叫我吗？"

"是的。"乔纳森点头。

"有事吗？"

"这是你的吗？"乔纳森将手账和袋子拿到陌生人眼前，突然觉得自己很蠢。人家会怎么想？突然出现一个气喘吁吁的慢跑者，莫名其妙地拿个东西堵在自己眼前，怎么想都很诡异。

如乔纳森所意料的，陌生人摇摇头。一开始似乎有些迟疑，接着果断地说："不是，这不是我的东西。"

"哎，真可惜。"乔纳森回道，觉得自己似乎得解释一下，"我在我的脚踏车上发现的。嗯，我的意思是说，这袋子挂在我的脚踏车把手上，里面放着这本手账。"像是要证明自己没说谎，他指了一下手上的记事本记事本，"而这里除了你之外，再没有别的人了。所以，我想问你一下，或许你，嗯，这个袋子……"乔纳森不知该怎么说。

"忘在你的脚踏车把手上？"年轻男子帮乔纳森接完整句话，微微一笑。

"嗯，没错。"

再次摇头，这回年轻男子显然觉得有点可笑，"可惜，我并没有把任何东西忘在你的脚踏车把手上。"脸上的表情也从微笑变成咧嘴笑了。

突然，乔纳森联想到哈利·波特——黑框眼镜，一头棕色乱发，配上如少年般的脸容，眼前这个男人让人禁不住要比较起两者间的相似点。

乔纳森脑海里瞬间闪过父亲的身影。直到老年失智住进养老院前，他的父亲沃夫冈总是一遍又一遍地叙述自己这一生中最在意的一件事：那是在一九九〇年代末期，父亲不顾编辑部所有同仁的一致推荐，顽固地拒绝出版哈利·波特德文版。当这本书成为全球畅销名著后，沃夫冈则认为这是"西方文化没落的象征"，是"西方文学史上的大污点"。

就算父亲失智住进昂贵的高级养老院后，乔纳森固定每两星期探视他一次，若遇上父亲神志清醒，总不免要重提旧事。乔纳森实在不太能理解，为何父亲会对这样一本无关紧要的童书大动肝火？直到现在还如此耿耿于怀，难道他心里没有其他更重要的事吗？他可不希望自己有一天变成这样，无论是失智，还是无法忍受自己痛失良机。

每当父亲又陷入痛苦的回忆时，乔纳森总是安慰他，就算没有哈利·波特，格里夫森与书的童书部也有不错的业绩。这是一个天大的谎言！早在三年前，乔纳森就接受出版社执行长马库思·波德的建议，裁撤童书部门。当时，波德跟他解释，童书部门稀释掉了出版社的品牌专精度，使得出版社的特色无法凸显。最好还是把精力集中在纯文学以及较具深度的非文学类书籍上，这也是书商和有钱的目标客户所期待看到的。

波德再三强调，专注在"真正重要的东西"上绝对会有回报，这点乔纳森完全同意。格里夫森与书所出的书不仅长销热卖，投资报酬率也令人满意，更是报章杂志文艺版争先报导的对象。

"你还好吗？"年轻男子的声音打断乔纳森的沉思，他重新回到现实世界。冷冽的现实世界，特别是站在阿尔斯特湖畔的寒风之中。

"没事没事，"乔纳森赶紧回答，"我，哎……嗯，我只是觉得奇怪，为什么有人会把这个袋子挂在我的脚踏车上。"

年轻男子仍是面带微笑，不在乎地耸耸肩，"或许是个新年礼物？"

"嗯，"乔纳森语带怀疑，"或许吧，那么……"他顿了一下，不知道该接什么话。最后只是点点头，对着年轻男子说，"那就这样吧，没事了，祝你新年快乐！"

"新年快乐！"话音未落，年轻男子已转过身对着阿尔斯特湖，就像之前一样，继续沉默地看着平静无波的湖水。

乔纳森缓缓朝着脚踏车方向走去。

"可惜。"

突然飘来一声轻语，乔纳森几乎怀疑自己是否听错。停下脚步转过身，却发现湖边的年轻男子已转身看着他。

"你说什么？"乔纳森问。

"很可惜，对不对？"哈利·波特的分身对他说。

"什么事很可惜？"乔纳森朝着年轻男子的方向走近几步。

年轻男子朝着阿尔斯特湖点了一下头，"天鹅不在了。"

"天鹅？"

"现在它们都到磨坊池塘过冬，春天才会回到这里。"年轻男子叹口气，"真令人遗憾。"

"嗯，"乔纳森不知道该说什么，但面对一脸期待的年轻男子，只好补一句："的确挺遗憾的。"

"我喜欢看天鹅，你呢？"

"我也是。"乔纳森点点头，尽管觉得荒谬，"它们是漂亮的动物。"

"灵兽。"哈利·波特的声音细不可闻，乔纳森几乎听不清楚，"它们象征着光亮、纯净与完美，代表着回归本质的超越。"

"嗯，"又轮到乔纳森回话了，"很有趣。"就在他正想追问年轻男子从哪里知道这些时，他灵光一闪，终于知道这家伙为何会在元旦清晨穿着如此单薄地站在寒风中了。

毒品！

一定是跨年狂欢太过尽兴，现在意识还停留在自己的内心世界里。乔纳森考虑自己是否该尽市民的义务，打电话叫救护车或警察来将这家伙带走，以免冻死或做出什么傻事。不过，他很快就否定了这种想法，毕竟年轻男子看起来意识还算清楚，虽然说些奇怪的话，且脸色有点苍白，但不像全然迷失在毒品的影响里。

"你可以去附近的磨坊池塘，"乔纳森对他说，"我是说，如果你这么想看天鹅的话，离这里不远。"

年轻男子点点头，仍是面带微笑，"对，对，这真是一个不错的主意。"说完转身大步离去，并未告诉乔纳森是否真要去磨坊池塘。

乔纳森仍然站在原地，望着年轻男子的背影，真是一个奇怪的家伙！不知这个酷似哈利·波特的家伙到底服食了什么东西，效果竟然如此惊人。

乔纳森一边想一边漫步走回脚踏车。天鹅，灵兽，超越！这真是太疯狂了！

直到回到脚踏车边，他才猛然想起手上的袋子和手账。该怎么办呢？

他再一次四处张望，但除了远处年轻男子从湖畔朝上走向马路的身影，看不见任何人影。

乔纳森走向健身步道边的椅子坐下来，抚摸手账柔软的真皮封面，迟疑了一下，最终仍是打开扣环，翻开手账。

属于你的完美一年

扉页上就是这几个字，明显是用钢笔手写的，字迹灵巧流畅。除此之外没有留下任何信息，没有名字和地址这类常在手账上出现的资料。

乔纳森继续翻到一月一日，正是才刚开始不久的今日，也是新到来的这一年的第一天。虽然这本手账的分页相当大，每天一整页，但日日皆已填满，字迹与封面一样，皆是灵巧流畅的漂亮手写字体：

1 一月一日

人们无法多活一天，

但能使每一天的生活更为精彩丰富。

中国人的智慧

乔纳森不禁摇头，真是陈腔滥调！比这更糟的只有拉丁谚语"活在当下"，或者是过度引用以至毫无意义的卓别林的名言："一天不笑，那天就浪费掉了。"真廉价的金玉良言！尽管如此，他还是相当好奇地继续翻阅下去：

睡到中午十二点，在床上与H共进早餐，然后去阿尔斯特湖散步，进到湖畔珍珠餐厅喝热红酒。

下午：影片马拉松，入选影片包括：

《P.S.我爱你》

《遗愿清单》

《恋恋笔记本》

《沉默的羔羊》

另一种选择：《北与南》全套影集

晚上：撒上高级帕马森起司的小西红柿意大利宽面，一瓶高级利奥哈红酒。

深夜：相互依偎，看星星，甜言蜜语

乔纳森不由得笑了起来，这选的是什么影片！看完《沉默的羔羊》后的甜言蜜语会说什么？或者，看完整套《北与南》，还可能吃饭、亲热或做任何事情吗？据他所知，这可是一部长得没有尽头的连续剧。

多年前，蒂娜曾逼着他每星期陪她看奥利和玛德莲之间动人心弦的爱情故事。若他记得没错，当时这部剧对他的折磨不下于一口气看十部电钻狂魔杀人电影。

他好奇地往下翻页，心里虽然知道，偷看陌生人的手账日志是一件相当不道德的事，不过，没法官就没刽子手，又没人知道。在他一页一页迅速浏览时，心中不由得兴起赞叹之意。有人非常用心地将这一年内每一天的日志都填上内容，从一月一日到十二月三十一日，每一页都有字迹，虽然总以老生常谈的名言佳句作开场白（"用心才能看清一切，真正重要的东西眼睛是看不见的。"——圣修伯里），但这份用心还是令他肃然起敬。

每一天的行事计划繁简不一，像八月二十五日这天，便较为复杂：

租露营车到北海边的圣彼得奥尔丁捡贝壳、烤肉，在大自然中入睡。别忘了音乐！

有时则是简单的小事，例如三月十六日：

我的生日！
下午到海恩街上的"吕特咖啡"吃蛋糕，吃到不舒服想吐为止。

六月二十一日则是：

入夏首日！清晨四点四十分到易北河畔沙滩看日出！

当他一页又一页地翻阅，心中油然升起一股难以言喻的感伤。

首先，这本手账明显不是给他的。他并没有名字是以H开头的朋友，无论男生或女生，除了住在他家左边的邻居——赫塔·法伦克罗格·法伦克罗格。就算这位芳邻的生日真的是三月十六日好了，但她绝对超过90岁了，且眼里只有贵宾爱犬达芙妮。乔纳森无法想象，这样一个老人会花上好几个星期的时间，一心一意地坐在桌前，以颤抖的古典书写体（字体当然不符，但若是赫塔·法伦克罗格·法伦克罗格来写，应该就会用这样的字体），为他填满一页又一页的手账。

而字迹正是引起乔纳森感伤的第二个原因，不只伤感而已，甚至莫名地觉得痛心。

一开始，他无法理解到底为什么，好一阵子之后，他才恍然大悟。原来，手账上灵巧流畅的字迹，使他想起自己的母亲苏菲亚。当他十岁时，母亲便离开父亲了。

她的字迹正如手账上的字迹，灵巧，充满活力。乔纳森已经很久不再想起她了，只是看着手账上的文字，他才回忆起从前母亲手写的纸条与书信，散布在生活的每一个角落，心上就一阵刺痛。

比如早餐桌上的纸条：早安，我的宝贝，愿你有美好的一日！稍晚在学校打开点心盒，面包纸袋上总有"好好吃"的字迹，旁边还会有一个红色签字笔画的爱心。夹在不及格的数学考卷里的纸条则是：别伤心，下回会更好！每一晚，真的是每一个晚上，当他上床时，总会在枕头底下发现"愿你有个好梦"的纸条。

而纸条终究也只是纸条，事实是，母亲不只离开了父亲，也离开了她唯一的儿子，回到她在意大利佛罗伦萨附近的故乡。一九六〇年代末期，父亲到意大利留学时认识了母亲，迫使母亲为爱远走他乡。

现在，母亲回到温暖漂亮的家乡也超过三十年了，将乔纳森留在凄冷的北方以及冷淡的父亲身边。

乔纳森最大的秘密便是他名字中的缩写N，其实那是意大利文"尼可拉"。想到这里，仿佛又听到母亲在他耳边的低语："小尼可拉，我的宝贝，我好爱，好爱，好爱，好爱你！"

尽管好爱好爱，她还不是就这样走了。经过三年偶尔的书信往返、电话，以及探视之后，就在乔纳森正处在青春叛逆期的高峰时，他写了一封明信片向母亲宣告，从今以后，她大可留在柠檬生长之处，他不介意，也毫不在乎。

一段时间后，他惊讶地发现，母亲竟然完全遵从他的意愿。从此，他不再听到或收到母亲任何只言片语，直至今日，音讯全无。

此刻，他瞪着手账上的字迹，正以一种奇妙的方式，开启他对母亲的回忆。

一滴雨珠落在手账上，晕开墨迹，乔纳森吓了一跳，赶紧用大拇指抹去。更令他吃惊的是，他发现那竟然不是雨滴，这实在是太可笑了！

他迅速合上手账，放进袋子里，拉上拉链。他想，最好把手账留在椅子上，若是主人回头找，一定能找到它。或许，这个袋子根本就是掉在路上，只是细心的路人将它挂到他的脚踏车把手上，可能以为是脚踏车主人的，也可能只是觉得挂在那里比较显眼罢了。

当乔纳森转开脚踏车上的数字锁时，发现双手微微颤抖。这也难怪，他想，他已用尽力气，又还没吃早餐，该是回家好好吃一顿丰盛早餐的时候了！他跳上脚踏车用力地踩着踏板，没骑米多远，运动表显示他的心率已飙高至一百七十五了。

三分钟后，他突然紧急刹车，差点摔下车子。不，他错了，不该把东西留在公园椅子上，随便让人拿走，这根本就是诱人犯罪！

他调转车头，决定将袋子和手账带回家，再仔细考虑如何找到它的主人。对，他应该要这么做，这是唯一正确的做法。

4. 汉娜

两个月前

十月二十九日星期日，中午十二点四十七分

"你再不接电话，我就要报警了，或者我会心脏病发作，更可能两者皆是！"汉娜对着电话大吼，声音大到住在上野区的西蒙不必透过电话也听得到。

"告诉他，我们会派俄罗斯黑手党去追杀他！"丽莎跟着大叫，"还有阿尔巴尼亚杀手！"

"听到了吧？"汉娜继续大吼，"刚刚是丽莎说的，而且，绝对不是开玩笑！"她停下来等了一下，但电话那端传回来的声音除了录音机空洞的回音之外，并没有其他动静。没人拿起听筒，西蒙的市内电话没人接，打到手机也一样，没有反应，丝毫反应都没有，汉娜完全联络不上她的男友。

再过一小时，他们的客人就会出现在大门前，等着进来参加欢乐儿童的开幕派对。所有一切都已备妥，表演木偶戏的工作人员准时到场，正帮着丽莎与汉娜雇来帮孩子们化妆的两位女孩把化妆用品放到门边角落的桌子上。大门旁停车场的空地上，早已立好充气城堡的跳跳床，扩音器也传出儿童流行音乐。连点心都准备好了，不只是从糕饼面包店买来的柏林娜和美国派，还有朋友们和汉娜与丽莎的父母赞助的各式蛋糕和甜点。只有五百颗印有工作室标志的气球还瘪瘪地躺在袋子里。还有饮料区，除了白开水和丽莎喝剩的早已不冰的半瓶可乐之外，便什么都没有了。不过反正免洗餐具和塑胶杯也还没送来，只有饮料也没用。

昨晚，西蒙还信誓旦旦地说："别担心，我十一点就到，会努力吹气球，就像世界末日就在眼前那样努力！"当时汉娜还跟他抱怨，竟然在这样一个大日子的前夕，宁可回家也不愿在她那里过夜，西蒙却说："我好像有点感冒，所以想早点回家抱着热水袋上床，这样明天才能全力帮忙。"

好一个全力帮忙！现在汉娜可终于明白什么叫全力帮忙了。不见人影已经够糟了，更惨的是他还把气球专用的氦气瓶、免洗餐具和开幕派对所需的饮料全都带走，这根本就是一场大灾难！

这实在太令人匪夷所思了！西蒙做事一向都很让人放心，况且，这次是西蒙主动建议，由他拿着记者证去经销商大卖场里采购。当时，西蒙告诉她们："那里东西便宜很多，而且，这样一来你们就不必辛苦地搬运饮料，我负责就行了。所有费用我出，算是给你们开幕的礼物。"

"我们现在该怎么办？"丽莎问汉娜，一边苦恼地以双手抓着黑色短发，原来就已经不怎么听话的卷发更蓬松乱翘，好像刚起床一般。

汉娜耸耸肩："我也不知道。"

"你觉得西蒙会气我提到俄罗斯黑手党和阿尔巴尼亚杀手吗？我只是不小心说溜嘴。"

汉娜翻了翻白眼，"你现在还有心思担心西蒙会不会对你随口说的话生气？你是认真的吗？"

"不，当然不是。"丽莎很快地回答。虽然嘴上这么说，但汉娜知道，丽莎真的会担心，她就是这种人。

"那就好，"汉娜还是说，"比起担心西蒙的情绪，我们应该先想想怎么解决饮料问题。"

"我可以到对面温克面包店买果汁跟矿泉水，"丽莎建议，"或许他们还有免洗餐具。"

"你知道那有多贵吗？小小一袋佳必爽儿童果汁都要两欧元！"

"你有更好的建议吗？"

汉娜考虑了一下，"有！"她边说边快步往小厨房走去，从挂钩上拿下她的外套，"我现在就去西蒙那里，看那家伙到底能躲到哪里去。"话音未落，她人已闪过丽莎朝大门迅速走去。

"那我这段时间做什么？"丽莎在她背后喊着，"你不能把我一个人放在这里！"

"先吹气球！只要动作快一点，至少可以吹五十个！"

十五分钟后，汉娜的丽人行雷诺老车在帕本胡德街上的西蒙公寓前紧急刹车。汉娜急忙打开车门跳出去，颈上的长围巾却缠住了方向盘，差点把自己勒死。

"放轻松，汉娜！"她对自己说，一边试着将围巾从方向灯杆上解开，十秒后终于成功开门下车，这回可不再那么莽撞了。用力关上车门后，她朝着一栋红砖建筑快步走去，西蒙就住在里面。

她按了一下大门边标注着姓氏"克兰"的电铃，再按一次，第三次时特别用力并紧按不放，没反应。第四次、第五次、第六次，一样毫无反应。难道西蒙不在家？他到底藏到哪里去了？昨天他不是还说身体不舒服，要早点抱着热水袋上床的吗？

难道？一股怪异的念头突然窜进脑袋，难道西蒙根本没生病，而是有什么事瞒着她？

或许他还真的赖在床上，只是怀里抱的不是热水袋，而是，譬如说，温香暖玉？

汉娜摇摇头，不，不可能！西蒙不是这种人，至少不是这种随兴说上就上的人。毕竟西蒙也是在认识她好几个星期后，才提出约会的邀请。

有没有可能并非萍水相逢，而是认识已久的熟人？汉娜心里有个小小的声音问。不，不可能！除了失业问题之外，她与西蒙之间的关系一切正常。更何况，西蒙绝不可能在她正忙着创业时做出这种伤人的事。西蒙性格正直，人品也够高尚，不是这种人。

"杞人忧天！"汉娜的妈妈希比蕾一定会这样说。汉娜乐观的天性来自妈妈，爸爸贝恩·哈德则像西蒙一样，总是杯弓蛇影，草木皆兵。每一回，当爸爸又开始疑神疑鬼，对生活周遭琐事发表阴谋论的看法时，妈妈就会这么说。

例如，有一次爸爸怀疑邻居穆勒一家人对他有什么成见，只因为人家在超市里没跟他打招呼。几天之后才知道，原来穆勒先生只不过是忘记戴眼镜，没认出他而已。还有一次，等候中的包裹迟迟未到，爸爸便信誓旦旦地说，一定是邮局故意拖延寄送。后来妈妈打电话去问寄件者，才知道原来人家根本还没把包裹送出去寄。为了这件事，妈妈还在汉娜面前大大地抱怨一番，直说爸爸真是令人"难以忍受"，弄得她"快疯了"。

汉娜急急爬上楼梯，往西蒙家冲去，愤怒的情绪混杂着一丝不安。无论市内电话、手机或门铃都没反应，这表示西蒙要不是真的不在家，要不就是耳朵突然聋掉，或是死掉了！

5.　乔纳森
一月一日星期一，上午九点二十分

乔纳森喝了一杯高蛋白饮料（香草口味），吃了两片高蛋白面包夹熏鸡胸瘦肉，然后进入书房，在凸窗前的真皮单人沙发里坐下，看着窗外的纯真公园，享受冬日景色。

可惜，今天窗外的景色不只因跨年夜的空气污染而黯淡无色，还被屋前塞爆的纸类和资源回收箱破坏殆尽。原因不难理解，这一区只在每个月的两个周一回收垃圾，上回回收正是圣诞节前夕。之后全城所有清洁人员就忙着在圣诞树前唱圣诞歌，无暇他顾。当然，每个人都有过节或休息的权利，可是，总不能给别人造成麻烦吧！

乔纳森摇头起身，走到他的古董写字台前坐下，打开笔记本电脑。没几分钟便进入城市垃圾处理中心的网站，按下"与我们联络"的按钮，开始打字：

敬启者：

一年之始容我以电邮方式告知诸位，在我们居住的美丽城市中，纸类和资源回收箱的爆满情形已到了令人难以忍受的地步。就汉堡市而言，爆满的回收箱可不是一个特别吸引游客的景象。

虽然我能理解假期间垃圾量难免大增，且因回收时间固定不变而导致回收箱爆满。但是，我还是非常希望各位能为此现象找出解决方案，一个不仅符合缴税市民的权益，也不违背各位和贵单位所有同事权利的解决方法。

敬祝　安好

乔纳森·N·格里夫

（居住于纯真街，门前便是爆满的回收箱）

　　乔纳森迅速地浏览一遍，满意地点点头，按下送出键。很好，看清问题就是解决问题！

　　重回舒服的单人沙发坐下，乔纳森决定着手解决手账的问题。他做事喜欢有条不紊且目标明确，这种高效率的工作方式会令他产生工作充满意义的满足感。

　　这一回，乔纳森不再管书写字迹和五花八门的内容，而是专注于寻找可能泄漏手账主人身份资料的信息。

　　可惜，除了三月十六日生日这一条记载之外，他并没有发现其他线索。有些虽然相当具体，例如一月二日"晚上七点，杜乐蒂恩街二十号，从下往上数第二个电铃"这一条，但这实在没什么帮助。除非，他愿意明天晚上七点到杜乐蒂恩街去，躲在一边观望，期待有人出现在那里，一边东张西望，一边大喊我的手账在哪里。真奇怪，为什么要写"从下往上数第二个电铃"而不干脆直接写出名字呢？这么神秘，连想上网查一下都不行。这实在太诡异了，且对侦察行动毫无帮助，他突然有马上到杜乐蒂恩街二十号一探究竟的念头。想想还是算了，在假期中每个人都不该当不速之客打扰他人。

　　这时，乔纳森想起应该翻到手账最后几页看看。大部分的手账最后都附有通讯录，或许会有一些名字和电话，这样明天就可以打电话问问看。至少会有机会找到认识手账主人的人，或者知道朋友圈中有人丢了手账之类的。

　　希望落空！十二月三十一日之后的笔记栏全是空白的，接着就是真皮封套。不过，乔纳森还是听到纸张摩擦的轻微声响，在手账最末的真皮封套里，露出一小角白纸。他轻轻地把它抽出来，原来是一纸信封，上面写着"供未来所需"的字样。事情还真是越来越有趣了！

　　信封并未封口，打开后乔纳森倒抽一口气，庆幸自己没把手账留在公园椅子上！信封里全是面额五十、二十和十元的小钞，他迅速清点一下，一共是五百欧元！

乔纳森在脑袋中迅速整理目前所知的资料：有人有这么一本手账，将年初第一天到年尾最后一天都填满行程，然后掉在阿尔斯特湖畔，也可能故意抛弃，或者故意挂在乔纳森的脚踏车上。除了里头信封藏有五百欧元之外，没有地址和电话，也没有留下任何手账主人的资料或线索。

这叫乔纳森如何是好？当然，他不可能私自留下手账，毕竟外头可能正有一个人，焦急地寻找失物。

失物招领处！乔纳森突然想到，对，他可以把手账和袋子送到那里，这是最简单的解决方法。失物就是要送到失物招领处，有人掉了东西，有人捡到东西就送到失物招领处，主人会到那里领回自己的失物。很简单，不是吗？

乔纳森想站起来，马上回到写字台前，上网找出失物招领处的地址、电话和开放时间。只是，突来的迟疑令他的动作停顿下来。

这是好方法吗？手账是这么私密的东西，里头又有这么多钱，五百欧元可不是小数目！失物招领处的人值得信赖吗？他们会按照规定将这本手账登记保存，直到主人来认领？

或者他们会把五百欧元拿走，把手账随便丢在柜子里，淹没在一堆无人问津的杂物中，从此不再理会？失物招领处的员工薪水多少？一定不可能太高，一笔意外之财无疑是一大诱惑。

送到失物招领处显然不是太好的方法！既然这本手账挂在他的脚踏车上，他就应该有责任将它送回主人的手上！

乔纳森站起来，坐到计算机前，他想到一个好方法！

电邮致《汉堡新闻》编辑部／读者服务组
一月一日写于汉堡

编辑部成员：

此次我有个私人的请求，事情是这样的：今日我在阿尔斯特湖畔慢跑时，在天鹅湾旁的健身步道旁捡到一个装有手账的袋子。此刻我不便透露太多细节，以免有人心怀觊觎。

若有人向诸位询问，我希望你们能请对方留下对袋子和手账的详细描述，再请将描述转交给我。若一切符合，我很乐意将手账送至编辑部，由你们转交给主人。

深盼诸位能将此请求刊登于明日报纸。

一如往常，致以最崇高的敬意
乔纳森·N·格里夫

附注：再一次祝诸君新年快乐！

6.

汉娜
两个月前
十月二十九日星期日，下午一点二十四分

西蒙没有死掉，不过看起来也不怎么有生气。两分钟后，汉娜已经冲进西蒙的卧室，站在床前看着他。西蒙的身体藏在好几层被窝底下，只露出一张苍白的脸，四周全是擤过鼻涕的卫生纸，床头柜上散放着各种喉片和咳嗽糖浆等等，还有一支体温计。

"这是怎么回事？"汉娜愕然地问。

西蒙眨眨眼，"汉娜？"细微的声音充满了困惑，仿佛眼前出现圣像似的。他沉重地喘了口气，用手肘撑着身子坐了起来，以颤抖的声音问："你怎么过来了？"

原本震惊于眼前悲惨情况而满腔忧虑的汉娜，一听到这句话霎时怒火焚身。在既庆幸又愤怒西蒙还是西蒙的心情下，她用力掀开被子，发现西蒙穿着长袖保暖棉T和紧身发热裤。

"嘿！"西蒙抗议地喊了一声，双手交叉抱在胸前。

"真不敢相信！"汉娜的声音也在发抖，不过是因为生气，"你竟敢问我怎么过来了？你难道忘记我们的欢乐儿童就要开幕了吗？"

刹那间，西蒙原本苍白的脸变得更无血色，"欢乐儿童？哦，不！"他倒回床上。

"没错！"

"真是抱歉！"西蒙边叹气边挺起身子，双手抓着湿黏的乱发，"我只是想休息一下，没想到就这样睡着了，我……我……"他可怜巴巴地看着汉娜，努力想扮出笑脸，只可惜完全不成功，"真的，我……我很抱歉。"

"你是该抱歉！"汉娜回道，仍然充满怒气，不过已经不像之前那样怒火焚身了。西蒙看起来的确很可怜，衣服和裤子全黏在身上，明显是被汗水浸湿了。

忧虑战胜怒火，汉娜帮西蒙拉好被子盖上，坐在床沿。

"半小时后就要开幕了，从十一点起，我们就一直在等你。"原本该是指责，但声音听起来只有伤心和失望。面对病成这样的男友，她到底该拿他怎么办？

"只剩半小时而已？"西蒙想起身，汉娜轻轻按着他的肩膀，坚定地阻止他。

"躺着别动，我知道你现在身体状况很糟。"

"这倒是不假。"西蒙边叹气边呻吟地倒回枕头上，眨了眨眼睛，"而且，我还发烧了。"

"烧到几度？"汉娜斜眼瞄了一下床头柜上的体温计。

"早上量是三十八点二度。"

"是哦！"汉娜忍不住想笑，"我想，这个温度你应该还能撑过去，我们不必急着叫救护车。"

"可是我一直流汗。"西蒙小声地抗议，听起来有点心虚。

"要我盖着三条被子我也会一直流汗。"

"我的脖子都肿起来了，你看！"西蒙直起脖子望着她。

汉娜弯下腰，抚摸了下西蒙的脖子，发现果然有些肿大。"真的！"她皱了皱眉头问，"会痛吗？"

西蒙摇摇头，"不怎么痛。不过我已经吞了十颗左右的喉片。"

"这么严重？"

再次摇头，"以防万一。"

"好吧。"汉娜不禁自问，没什么症状就吞下大半包药片以防万一的做法，到底是西蒙的个人问题还是男人的通病？话说回来，汉娜看了下床头柜上的喉片包装盒，这种鼠尾草做成的草药喉糖，多吃个几颗也无损健康。不过，应该也没什么作用了。

"我觉得好累好疲倦，"西蒙继续哀嚎，"全身上下都痛，头也很晕。

之前我连去厕所都很勉强，你就知道我是多么虚弱。"

"那你最好继续躺下来休息。"汉娜边说边站起身，现在她没时间同情西蒙，床头柜上的闹钟显示已经过两点半了。"我去拿你的车子钥匙，把车上的东西搬到我的车子里。"

"不，等一下！"西蒙再度起身，只是动作比上回还要缓慢，"给我十分钟，我跟你去。"

"西蒙！"汉娜瞪着他，露出既担忧又严厉的眼神，"第一，我没有十分钟可以给你。第二，你现在这种状况根本只会帮倒忙。你刚才自己说过，你连站都站不稳，所以还是别动，乖乖待在床上比较好。"

"你确定吗？"西蒙边问，人已经缓慢地缩回被窝里。

"完全确定！我得走了。"

"那直接开我的车子去吧，这样你就不必搬来搬去。"

"你的车子？"汉娜不敢相信自己的耳朵，西蒙对待他的福特老野马像对待圣牛一般宝贝。嗯，当然是以对待车子的方式，不是对牛。

"对啊。"西蒙回道，一副让汉娜开他的宝贝车子是件再自然不过的事的样子。截至目前，汉娜只开过一次西蒙的车，那是在半年前西蒙三十五岁生日当天。那一天，西蒙跟他的哥儿们索仁和尼尔斯在红灯区绳索大街的汉斯亚伯斯酒吧喝到烂醉，完全没法开车。西蒙打电话给汉娜，拜托她来接他和哥儿们回家，理由是他不能把宝贝车子留在红灯区里过夜，声音听起来就像再喝半杯啤酒就可以光荣地完成使命那样。

当时是凌晨四点半，汉娜相当火大，毕竟她两小时前才和他们分别，自己搭地铁回家。尽管如此，她还是跳上出租车，冲到绳索大街，开西蒙的福特老野马把三个醉醺醺的大男人送到西蒙家饱睡一顿。

隔天中午汉娜带着面包和三公升大包装的柳橙汁，登门侍候三个不断抱怨头痛的宿醉男。她还告诉西蒙，等她明年三十岁生日时，绝对会加倍奉还。

虽然这么说，但汉娜其实并不生气。近年来西蒙少有机会如此疯狂任性，母亲去世是个大打击，之后就是报社气氛低迷不安，使得西蒙越发小心翼翼。昔日豪情早已不再，他做什么事都会瞻前顾后，让汉娜翻尽白眼。至于他在三个月内丢掉工作……这种事又有谁会事先知道呢？

"你一定病得不轻。"汉娜下结论。

"比不轻还要重！"西蒙回道，露出一个不太成功的微笑，"你还是赶快去吧，趁我神志不清，尚未反悔之前。"

"好吧，结束后我会打电话给你。"汉娜匆忙地说。

"还是我打给你吧，我可能会一直睡到明天早上，这样病才可能赶快好。"

汉娜突然产生一丝怀疑，西蒙为什么不要她打电话？他有什么事瞒着她，不想让她知道？

无稽之谈！只要看一眼西蒙苍白的脸色，便可明白他脑袋里只可能有睡一顿好觉的念头。

汉娜弯下腰，与西蒙吻别，几秒钟后，她已经冲出房门，半跑半跳地下了楼梯。只剩二十分钟就要开幕了，这回，西蒙的宝贝野马得证明自己有足够的马力！

7.

乔纳森
一月二日星期二，上午十一点二十七分

电邮致乔纳森·N·格里夫先生
一月二日写于汉堡

格里夫先生：

您好，谢谢您的新年祝福，在此也衷心盼望您在新的一年里有个美好的开端。

对于每一位愿意指正我们错误的细心读者，我们都非常感谢，尤其是您，经年累月不辞辛劳地指正我们在繁琐的编辑日常里因疏忽犯下的各种错误。

关于误用缩写号的指正，我们已经转交给校对部门了。

至于您所提到，为袋子和手账寻找失主的呼吁，很遗憾本报并无适当栏目可以刊登。但您若愿意，可以刊在广告栏上，至于刊登广告的联络方式和价格，请看附件。

个人建议您将捡到的袋子和手账送到失物招领处，从网络上您必可轻易找到负责单位的联系方式。

敬祝　安好

贡达··普罗布斯特
《汉堡新闻》读者服务组
汉堡人为汉堡人服务！

原来《汉堡新闻》对这种事的处理是"无适当栏目"？乔纳森尚在检查电邮中的标点符号有无错误时，已经忍不住想回信给这位读者服务组的贡达·普罗布斯特女士了，问她到底如何理解报社标语"汉堡人为汉堡人服务！"难道这个服务范围不包括他急欲寻找失主的事情吗？

乔纳森忍住回信的冲动，转而关掉电子邮件软件。这个名叫贡达的家伙以为他是笨蛋吗？连"送到失物招领处"这样简单的事都想不到？

合上电脑，他看着放在一边的记事本手账，沉思了一会儿，再一次翻开它。

这笔迹！小尼可拉。

突然间，一个疯狂的想法突然出现在他脑袋中，几近是妄想。

他迅速合上手账。太疯狂了！他想，母亲为何要把这样一本手账放在袋子里吊在他脚踏车手把上？特别是在失联多年之后？若真如此，那代表她不只人在汉堡，而且还在暗地里观察儿子的日常生活作息。

不，不可能，这太疯狂了。

乔纳森猛然将椅子往后一推，站起身来。现在，他有更重要的事情要做，出版社执行长马库思·波德正在等他，他们约了今天十二点会谈。

一大早，波德的秘书就打电话给他，要求尽快与他会面。乔纳森不免好奇，到底是什么重要的事情这么急着要谈。毕竟，四周前他们才在出版社的圣诞欢宴上见过面，不过是短短几周的时间，又才刚放完圣诞假期，能发生什么了不得的大事？

一如往常，乔纳森准时进入出版社，那是一栋位于易北河畔的白色别墅，十九世纪下半叶兴建，世代以来都是家族财产，今日则是格里夫森与书出版社约七十个员工的办公所在。

约在一百五十年前，乔纳森的高祖父欧内斯特·格里夫就在这栋别墅成立出版社。乔纳森每一次走在铺着蓝色地毯、通往二楼的迎宾阶梯时，总会有一股无以名状的感受，介于敬畏、自豪以及不安之间。

在他爬到最后一阶，高挂于墙上的肖像油画映入眼帘：高祖父欧内斯特·格里夫、曾祖父母海因里希与艾米丽（出生前以为是男孩，因而预定的名字是爱弥尔，发现是女儿后名字很快就改过来了），最后则是父亲沃夫冈的画像。面对这一系列的画像，乔纳森心中复杂的感受更是达到顶点。令他不得不赶紧推开左侧的玻璃门，进入老板办公室（也就是他的办公室），眼不见为净。

"新年快乐，格里夫先生！"一进门，耳边便响起秘书雷娜特·克鲁格的招呼声，她正忙着擦拭人造盆栽上的灰尘。放下盆栽和抹布，雷娜特走向他，郑重地伸出右手，左手扶了下眼镜，快速且隐秘地抚过深棕色的套装和头发，确保一切整齐无误。

一如往常，克鲁格太太一头白发盘成法式香蕉发髻，虽年过六十，仍然相当优雅漂亮。

"新年快乐，克鲁格太太！"乔纳森回道，对她友善一笑后立刻吩咐，"请波德先生过来。"话音未落，人已走进办公室。

"我马上通知他。"背后传来克鲁格太太的声音，一边拿起桌上电话听筒。

打从他有记忆以来，克鲁格太太就帮着父亲工作。父亲离开出版社后，便转而成为他的私人助理。乔纳森对她不免有点愧疚，因为身为他的助理，她常常无事可做。现在她每周一不上班，周五上半天班，名义上一周工作二十八小时，但实际工作最多也不会超过十五小时，若真有工作的话。

话说回来，克鲁格太太也到了快退休的年纪了，或许很高兴最后几年的工作如此清闲吧——擦拭人造盆栽上的灰尘，或者欣赏窗外易北河畔的美景。

欣赏窗外易北河畔的美景也是乔纳森现在正在做的事，他在等着执行长过来会谈。大扇窗户外，一艘庞大的货船正朝着河流出口处顺流而下，喧闹的海鸟盘旋于上。乔纳森不禁对船只航向何处感到好奇，同时，他也发现岸边似乎还有一对天鹅的身影。

再仔细一看，原来不过是两只白色塑料袋。乔纳森耸耸肩，走到设于办公桌旁的会客区坐下来。

"咚咚！"马库思·波德已站在门前，腋下夹着公文袋，用手敲敲门框。

乔纳森站起身来，朝他走近几步。

"新年快乐！"波德一边说，一边与他握手。

"新年快乐！"乔纳森回道，发现波德今天似乎有些不修边幅。平时这位三十好几接近四十的男士总是西装笔挺，胡子刮得干干净净，一头金发侧分得服服帖帖。今日乔纳森竟在他脸上见到短胡楂，黑眼圈明显，衬衫也明显出现皱折。看起来不太妙，非常不妙，显然有心事而且相当烦恼。

一落座，波德马上开口，"我们有麻烦了。"

"什么麻烦？"

波德打开公文夹，拿出一沓文件，放在桌上给乔纳森看，解释道："这个假期期间，我研究了上一季的营业预估报表，并着手拟下几个月的出版计划。"

"为什么你要这么做？"

波德不解地瞪着他，"什么意思？"

"为什么要在假期工作？假期应该是拿来休息和陪家人用的。"乔纳森回道。他知道波德家里有个漂亮迷人的太太，还有两个年幼孩童。

"啊！"波德更加茫然不解，"身为出版社执行长，不会只是在一般上班时间工作，这很正常。"

"话是这么说没错，"乔纳森同意他的说法，"可是，你还是得注意健康，就算是执行长偶尔也应该休息一下。"

"但不是在发现上一季营销足足比我们的预估少了百分之三十之后！"他咳了一声，闭上眼睛，低声加上一句，"妻子带着小孩离家出走后，实在也不怎么需要假期。"

"哦！"这回换乔纳森愕然地瞪着对方。

"嗯，是的！"

"这实在不是好事。"回这种话，乔纳森不免心虚。只是，他实在不知该说什么。他和波德虽然常见面，但每次都是为了公事，从未触及私事，突然这样说令他一时不知所措。

"正是如此。"波德往椅子里缩了缩。

"我们要不要……"乔纳森停了下来，思考该说些什么。这种情况下人们会说什么呢？他与蒂娜分手时，朋友到底对他说过什么？

什么都没说，他突然想起来！实际上，他也没告诉任何人，只是埋头专心重建自己的独身生活秩序。事实上，他也没有亲近的朋友让他敞开心胸谈论自己血淋淋的失败经历，除了托马斯之外。不过，在这件事情上，托马斯当然不可能再扮演心理辅导的角色。

直到办完离婚手续后，才有人问他是否一切还好，但他们关心的是财产分配的问题，而这完全不成问题。

波德望着他，显然还在等待乔纳森接话。

"要不要，"乔纳森说，绞尽脑汁想着该如何接话，"嗯，一起去喝杯啤酒？"

"啤酒？"

"嗯，对，啤酒。"尽管乔纳森不太喝酒，就算喝，也只喝少量的红酒，但在这个情况下，他觉得喝杯啤酒是个正确的建议。被妻子抛弃的男人，应该去喝杯啤酒，不是吗？

"现在才刚过中午十二点！"

"说的也是。"乔纳森承认，这实在不是个太好的主意。

"我想，我们应该把注意力放在这份报表的数据上。"波德挺了挺身，看起来似乎不再那么萎靡。

"好的。"乔纳森悄悄松了一大口气，比起谈心，他比较知道如何谈数据。

"我刚说过，我们的营销少了百分之三十。"执行长波德以右手食指点了几下桌上的文件，"这已经可以称得上是灾难了。"

"你能分析出原因吗？"

"部分可以，"波德答道，"你也知道，所有出版同行都在为下滑的营销额伤透脑筋。而我们出版社中最重要的作者胡伯图斯·克鲁尔的销售量也在持续下跌，而且，以他目前的健康状态，也无法预期会再写出任何新作品。"波德进一步解释，"没有新作品，从前的书便失去市场吸引力，我们也无法再将这些书列入再版书目中。"乔纳森点点头，他知道克鲁尔是祖母艾米丽发掘的新星。当时，她一眼相中克鲁尔，看出他是德国战后最具潜力的作家，并一力培养成为国际畅销作家。

"除此之外，某些书的销售量与预估值有严重误差。"

"我明白了，"乔纳森继续问，"是哪些书呢？"

"例如，"波德拿起桌上那叠厚厚的文件，翻了翻，抽出几张纸，"这几本。"边说边放在乔纳森前面。

乔纳森瞄了一眼，大吃一惊，"《孤独银河》？这本去年不是还入围德国文学奖吗？"

"或许吧。"波德丝毫不觉讶异，"不只是当时版权出价太高，入围文学奖后我们还加印了三万册，现在库存还有两万七千册，而且已经有书店把没卖出去的余书寄回来了。"

"哎，这是怎么回事？"

"应该就是没人想看这种书吧，我想。"

"这可是一本很棒的小说！"乔纳森看过原稿。波德买下版权时，曾询问过他的意见，乔纳森完全同意。在他眼里，《孤独银河》绝对是一本具有相当分量的文学作品，符合所有严苛的文学要求。

"你这么想，我也这么认为。可是，读者宁可看小黄文，要不就是美国畅销天王约翰·葛里逊的小说。"波德叹了一口气，"夜里，一想到德国，我便无法成眠。①"

"的确。"乔纳森压制住指正波德的冲动。就像一般人一样，波德这里错用了海涅《夜思》里最著名的诗句。诗人在流亡巴黎时写下这首诗，是为了表达对家乡和母亲的强烈思念，而不是批评当时德国的政治现象。

"你有什么建议？"乔纳森问波德。

"这也是我想问你的问题。"

"我？"

"对呀，你是出版社老板。"

"但你是专业人士啊。"乔纳森脱口而出。

波德露出腼腆但有些自豪的神色，"没错。可是我不能独自决定格里夫

---

① 德国诗人海涅《夜思》里最著名的诗句。

森与书出版社未来的走向。”

"等一下，等一下！"乔纳森急忙说，"独燕不成夏，一叶不足以知秋，一次失误也不能断言就是穷途末路了，不必马上改变出版方针吧？"

"问题是，我无法说这只是一次失误而已。"波德从文件中抽出几张纸，递给乔纳森，"坦白说，整个营销计划都出问题了，而且已经持续一阵子了。之前，我总是把它视为出版业一般的震荡现象，而且我们还有克鲁尔的书，仍然可以赚回不少。但是现在我们已经走到不得不考虑新方向的时候了。"

"嗯，"乔纳森靠向椅背，"就算你说得对，我还是需要时间考虑一下。"

"我当然不是要出版社明天马上改头换面，"波德说，"只是觉得必须跟你说明一下出版社的处境，留意事情动向，才有应变的余地。"

"没错，没错，"乔纳森点头附和，"很好！现在我已经知道问题了。"

两个人沉默了一阵子，各自想各自的心事。乔纳森的思绪又飘回阿尔斯特湖畔那位长相有如哈利·波特的年轻男子身上。他喜欢读什么书呢？当时应该问他这个问题！

"现在，"波德突然打破沉默，"我得继续……嗯，这些文件报表就留给你研究一下。"他站起身。

"好的。"乔纳森边说边起身，"谢谢你告诉我这些。"

一如往常，两人握手道别，只是，这回握手的时间稍久了一些。乔纳森迟疑一下，不知是否该多说些什么，不管什么都好。最后，他举起另一只手，拍拍波德的肩膀，说："希望你的生活能迅速恢复正常。"

"谢谢。"波德回道，"我只希望我太太不要回来。"

"什么？"

"只是个玩笑而已。"

乔纳森摇摇头，看着出版社执行长离开的背影。他的幽默还真是超乎常人！

8.

汉娜
两个月前
十月三十日星期一，上午十点四十七分

"先说好消息，你的车子毫发无伤地停在你家楼下门前。"

"哦，不！"西蒙大叫，一把将汉娜拥进怀里，一边在她耳边轻声说，"听你这么说我真难过！"一边紧紧抱住，令她差点喘不过气来，"真的，我都不知道该怎么跟你形容我有多难过了！"

汉娜挣脱他的怀抱，边强忍着笑意边问，"怎么？难道我该把你的车子撞烂吗？"

"我不是这个意思！"西蒙回道，"只是，这个若是好消息的话，那坏消息应该就是你们的开幕派对一团糟。都是我这个笨蛋的错！"他拍拍自己的头。

"才不是！"汉娜忍不住微笑，"派对成功极了！"

"可你刚才不是说，先说好消息吗？"

"没错！先说好消息，再说天大的好消息！"汉娜朝着他大笑。

"原来如此。"西蒙摇摇头，"那我们先去厨房，我正在泡茶。"他穿着浴袍和拖鞋，先一步走向厨房。虽然他还是一身"我生病了好可怜"的装扮，但气色看起来已经比昨天好太多了。至少现在他能从床上起来，连走路都没问题了。很好，继续维持下去，汉娜心想，等会儿还有要你好看的呢。

"来，现在可以说了吧。"西蒙对她说，一边看她在查尔斯·伊姆斯设计的大师名椅上坐下，一边为她倒了杯茶。

"前前后后有一百多个小孩和他们的爸妈过来。"汉娜热切地说了起来，"到圣诞节前，预约名额全满。原本预计下午才提供活动，看来得改变计划，上午就要安排活动。真是无法想象，市场需求竟然这么大，我们的报名表根本被一抢而空！"

"太棒了！"西蒙给了她一个赞赏的眼神，"我得承认，这还真是在我的意料之外。"

"你的意料之外正在我的意料之内。"

"什么意思？"

"你猜！"

"无聊的女人！"西蒙笑骂。

"而且，你说你'承认'，听起来就很负面。"她继续补了一句。

"什么？"

"我的意思是，你竟然'承认'你没想到我们会那么成功。"

"我不懂你在说什么。"

"算了！"她挥挥手，朝着他笑，"孩子们最喜欢的是气球。"

西蒙松了一口气，"所以你们最后还是来得及把所有的气球充起来。"

"谁说的！"汉娜回道，"等我回到工作室时，已经太晚了。我们只来得及把免洗餐具丢到桌子上，把饮料放好，派对客人就都到了。"

"那……"

"嘿，"汉娜继续说，"我们决定让孩子们跟我们一起充气球！这真是一个超棒的主意，孩子们兴奋得不得了，每个人都想摸摸氦气瓶。等他们发现吸进氦气讲话会变得像唐老鸭一样后，每个人都超嗨，玩到停不下来。"说到这里汉娜改变语调，怪腔怪调地说："哈喽，我是汉娜。"

"所以我没去帮忙充气球也没太糟嘛，是吧？"西蒙追问，小心翼翼地看着她的脸色，生怕她突然翻脸。

"一点都不糟，相反的，没什么比这个更棒了！"

西蒙笑了起来，"你常说每件事情都有好的一面，这下又多了一个例证。"

"没错，亲爱的。"她倾身过去，在西蒙红肿的鼻子上重重一吻。

"而且，少了你在那里碍手碍脚，搞砸一堆事情。可以说这是个双赢的局面。"

"这又是什么意思？"西蒙故作生气状。

"没什么。"她又吻了他一下，这回吻在嘟起的嘴唇上，"我只是很高兴，一切都很成功。我和丽莎得赶快去找一到两位帮手了，只有我们两个人，根本无法应付这么多预约。"

"慢，别冲太快。"西蒙不太同意，"只是询问或预约并不代表真的就会来报名。"

"天啊。"汉娜翻了翻白眼，捶了一下西蒙的肩膀，"你又来了，不要用你的悲观论调来烦我，真是扫兴。"

"我只是不想你因为一时冲动，做出错误的决定。"

"放心好了，我旁边还有你刹监督呢。"

"哈！谢谢你哦！"

"不开玩笑了。"她伸手握住他的双手，"你就别再担心了。你知道，担忧就像荡秋千一样，人在上面来来回回看似忙碌，但实际上根本无法离开秋千。"

"这句话一定不是你说的！"

"没错，"汉娜承认，"只是我忘记从哪听来的了，反正现在是我说的了。"

"我才不担心呢，"西蒙宣称，并用大拇指轻轻抚摸她的手，"我只是不想你失望而已。若总是一味往好处想，有一天难免会失望。"

"你总是这样！我正跟你说一切有多好，你却偏要讲失望。"

"啊，不是这样啦，"他投降般地举起手来，"有可能是我自己心情太糟了。"

"我想也是。"汉娜同意，"所以，我觉得应该有所改变。"她站起身来，"走吧！"

"走吧？去哪？"

"去冲个澡，然后一起去欢乐儿童。"

"现在？"他疑惑地看着她。

"没错！"她轻快地答道，"休息时间已过，我早就跟你说了，我们急需人手帮忙。"

“汉娜，我还在生病！”

“没关系。”她朝着他狞笑，“百分之九十九的幼儿每年感冒十次，你一点都不特别。更何况我们那里有很多面纸。”

“你在开玩笑吧？”

“完全不是！你需要一些帮你忘记自艾自怜的活动。”她大笑，“别这样，快乐一点，我们一起去欢乐儿童。这对你绝对有好处，你会知道的！”

“啊，我在那里要做什么事？”

“首先跟我和丽莎一起整理房间，然后下午两点我们需要有人扮小丑。”

9.

乔纳森
一月二日星期二，下午三点十分

乔纳森原来预计星期四再到父亲那里，完成新年拜访行程。但和波德结束谈话后，他突然改变主意，决定今天就去养老院探视父亲。

其实他知道，不可能再与父亲讨论出版社未来走向的问题，不只是因为父亲沃夫冈·格里夫如今的心智已无法进行这类对话，就算还有这个能力，这个话题也只会令他过度激动。但就在乔纳森站在父亲画像前，想象与父亲对话却未得到任何启示后，他突然对老父亲兴起一股类似思念的冲动。

乔纳森将他的深灰色萨布开进太阳养老院铺满白色鹅卵石的入口通道。此刻，这座高级养老院的建筑外观与它的名字完全相符：今日的阳光是一月隆冬的汉堡最好、最灿烂的阳光了。金黄色的阳光洒落在这座位于易北河畔的玻璃宫殿，大片玻璃反射出耀眼的阳光，闪闪发亮。在这样的好天气中，对岸风景清楚可见：左边是空中巴士一大片的厂房，右边则是一整片无边无际的果园。

乔纳森总是忍不住怀疑，眼前的美景是否对父亲还有任何意义。父亲总是坐在房间的单人沙发椅上，紧闭着眼睛，戴着耳机听贝多芬、华格纳和巴赫的音乐。环绕在他身边的则是旧日时光的遗迹。当时，搬家公司将父亲房里的所有东西丝毫不变地重置于养老院中：毕德迈尔风格①的家具，由工匠细心地重组摆设；古董写字台——如今父亲不可能再用到了——放置于窗前；四周墙壁则是整片书架，成百上千的书——如今父亲不可能读或是不愿

---

① 毕德迈尔式家具是奥地利和德国的一些州制作的简单而吸引人的帝政式风格的另一种延续，这一风格的名称是从一个可笑的商标名变来，并且得到了社会的接受。

读了——依序分类排放；还有裱框的照片——如今父亲已是视而不见——放置在装饰壁炉上缘的平台。

实际上，父亲现在使用的家具不过就是床和单人沙发而已，今天也不例外。在乔纳森敲门进入房间后，还是得设法引起父亲的注意。每一次，当他看到父亲戴着耳机坐在沙发椅上，全然沉浸在音乐里时，他总是感到迟疑，不知是否该出声打扰。在这个时刻，父亲神情如此轻松平和，几乎脱尘出世，不再有从前出版社员工背后称之为"暴君"或"狂人领袖"的任何影子。

不，眼前这个坐在沙发椅上紧闭双眼的老人，看起来只是一个普通平凡的老爷爷，会用颤抖的双手为孙子打开焦糖糖果的金色包装纸。暗红色的沙发使得浓密的白发更加显眼。父亲穿着高领套衫，罩着一件方格针织外套，配上乳白色的灯芯绒裤，脚上则是一双深灰色的绒毡拖鞋。

从前，父亲身高一米九。如今，他的身高已因年纪有所缩减，而他的坐姿也让人无法看出他比一般同年男人高。像年轻时一样，父亲的身材仍然消瘦，只是七十三岁的消瘦，让人有一折就断的感觉。

一股哀伤自乔纳森心中油然升起。他自己七十岁时又会如何呢？也会失智沦落至养老院吗？唯一偶然出现的访客只有儿子？若不算进父亲的忠实秘书克鲁格太太的话。

不，实际上应该更为悲惨。至今，乔纳森仍无法想象自己将来真的会有一个到养老院探望他的儿子或女儿，就算是另一个克鲁格太太也可以。突然之间，他完全理解邻居老妇赫塔·法伦克罗格那只贵宾爱犬达芙妮存在的意义。

为避免继续让自己陷在无止境且无意义的自怜自叹里，乔纳森轻轻喊了一声："嗨，爸爸。"并小心地轻拍了下父亲的肩膀。

父亲蓦地张开双眼，眼珠湛蓝清澈，一如乔纳森。有谁能想到，在这般清亮的灵魂之窗后，竟是混乱的神智。

一刹那间，乔纳森仿佛回到童年。少年时，他是多么害怕父亲严厉的眼神，那种一眼就能看穿你内心所有秘密的尖锐眼神。

"你是谁？"沃夫冈·格里夫摘下耳机，讶异地问眼前的人。布满老人斑手握住耳机，隐隐传来巴赫《咏叹调》的乐声。脑海中那张有着严峻神色的父亲图像，有如肥皂泡般破灭，骤然消失得无影无踪。

"是我，乔纳森，"他拉过一张椅子坐在父亲旁边，"你的儿子。"

"我当然知道你是谁！"父亲生气地大声回道，恍然不知自己方才问过他是谁。

"那就好。"

"你来做什么？"

"来看你。"

"我现在可以吃午餐了吗？"父亲皱起眉头，"可别又是昨天那种烂泥！如果是的话，你可以自己吃掉，我连碰都不会碰！"

"不，爸爸，我不是送午餐的人。"乔纳森摇摇头，"而且，午餐时间早过了。我是你的儿子，只是来看看你。"

"你是新来的医生？"沃夫冈·格里夫瞪着眼前的人，一脸怀疑。

乔纳森又摇了摇头，"不，我是你儿子，乔纳森。"

"我儿子？"

"对。"

"我没有儿子。"

"有，爸爸，你有。"

父亲转头不再看他，朝着窗外易北河看去。好一阵子，他就那样坐着，安安静静地咬着下唇，完全沉浸在自己的思绪中。转回头后，他又望向乔纳森。

"你是新来的医生？"

"不，"乔纳森再次否认，"我是你儿子。"

"我儿子？"沃夫冈·格里夫困惑地问。几秒钟后突然微笑起来，"对，当然了，我儿子！"伸手轻拍乔纳森的手。

"正是！"乔纳森松了一口气，也伸手回拍父亲的手，虽然觉得这个动作很奇怪。"我想来看看你。今天是一月二日，又是新的一年，我想知道你是否一切都好。"

父亲脸上先是出现讶异的神色，一秒钟后转为震惊，大叫："什么？"

声音之大，令乔纳森往后一缩，"新的一年？"父亲边问边设法从椅子里站起来。

"坐下来。"乔纳森压着他的肩膀，设法要他坐下。

"可是我得出门一趟！"父亲大叫，并以乔纳森想象不到的力气反抗。

"你要去哪里？"乔纳森几乎无法压住父亲。

"当然是去出版社！他们都在等我。"父亲边说边再度试图起身。

"不，爸爸。你放心，没事，一切都好。"乔纳森说着，继续压着父亲的肩膀。

"胡扯！"沃夫冈·格里夫对他大吼，"我不在那里，怎么可能一切都好？"

"之前我去过出版社，"乔纳森设法平静地说，"雷娜特·克鲁格和马库思·波德都把一切处理得很好。"

"呵，雷娜特！"这一场激动的结束就像出现时一样突然，父亲又露出平和的笑容，"一个大好人！"

乔纳森点点头，"是，她是好人。"

"你可要记得提醒我，买束花送给她。"父亲朝他眨眨眼睛，"每次新年雷娜特都会收到一束我送的花，好几年了，白色康乃馨，她最爱的。"

"我知道。"乔纳森回答，突然想到今天他竟然忘记维持这个传统了。他默默记在心里，不要忘记赶紧补送。"我会负责送花给她。"

"那就好。"

"你看，一切都很好，你完全不用担心。"说这些话时，乔纳森想起几个小时前与波德的谈话，不禁觉得有些心虚。可是，他又能怎么办呢？跟父亲讨论这些事情根本是不可能的任务。就算沃夫冈·格里夫不再把他当成新来的医生，或是送午餐过来的看护人员，也不可能再对出版社的未来提出任何可行的建议了。

但是！乔纳森脑袋突然兴起一个恶意的念头，他大可跟父亲如实报告格里夫森与书出版社面临的危机，甚至不妨渲染夸大。因为他知道，三秒钟之后他的老父就会完全忘光这些事。失智可不只是坏事，有时甚至可以说是一种恩赐。

不，乔纳森当然不会真的这么做，当然不会！他是一个正直的人！

好一阵子，两个人只是沉默地坐在那里。从旁观者的角度来看，或许是一幅相当和谐的父子新春相聚画面。只是，乔纳森绞尽脑汁也不知道该与父亲说什么。

从他进门到现在算起来不到十分钟，马上就离开不仅不礼貌，而且也显得太冷酷了。虽然他实在不知道父亲是否知道他的造访，或者对父亲而言，孤独一人或有人陪伴不是真的毫无差别。但也有可能父亲根本希望独处，以便沉浸在他的音乐世界里。

就像人们无法知道，一个昏迷不醒的植物人是否能够意识到身边的亲朋好友。这个比喻并不太妥当，毕竟沃夫冈·格里夫还保有意识，只是，"他"不再存在于这个躯壳里面也有一段时日了。前一阵子，乔纳森还发现，当他提起父亲时，竟然使用过去式了。

"你在探视父亲时，只要不断跟他说话就好。"这是父亲主治医生克内塞贝克马丽安·克内塞贝克博士给他的建议。对于自己的主治医生竟然是个女生这件事，父亲有时相当生气。"说一些生活中轻松或快乐的事情，一些日常生活的琐事。让他对你的生活产生参与感，对你父亲现在的状态来说是一件很重要的事。"

这话说得可真简单！乔纳森就算想破头，也实在不知道自己到底能跟父亲说什么。主要是他的生活乏善可陈，一日复一日，如止水般，没有高潮，也没有低潮。对此，乔纳森一点都不想抱怨，相反的，他要的正是这种古井无波的日子。只是这样的日常生活中实在不容易找到轻松快乐的轶事。

乔纳森将搜索话题的范围扩大到亲友圈中。今天波德告诉他的私事自然不适合拿出来闲聊，蒂娜捎来新年祝福的事也不适合，毕竟从前父亲便对他的儿媳没有好感。蒂娜也不喜欢他，在他们离婚后也是如此。

"啊，对了！有件事我一定得告诉你！"乔纳森终于想起一件可以告诉父亲的事情，松了一大口气，令他不禁兴奋地用双手拍了一下自己的大腿，"昨天早上发生了一件很奇怪的事情。"

"什么事？"父亲充满期待地望着他，这一瞬间，父亲仿佛从冷漠的躯壳脱出，就像黑暗中有人突然点灯一样，眼神也显示出充满期待的正常反应。

乔纳森点点头，自己单调的生活终于有了神秘离奇的经历，终于有了可以和老父亲有个几分钟闲聊的话题。

"事情是这样的，"他开始叙述，"每天早上我都会沿着阿尔斯特湖畔慢跑。今天早上跑完走回我的脚踏车时，发现把手上挂着一个陌生的袋子。"他停了一下，不确定父亲能否欣赏如此悬疑的暂停方式。

"里面有什么东西？"沃夫冈·格里夫想知道，一边不安地在椅子上动来动去，像坐在剧场第一排座椅上期待着木偶上场的儿童。

"一本日志手账！"带着开奖的神气，乔纳森揭晓答案。

"一本手账？"父亲大失所望，看来与他的期待一点都不相符，或许应该是一沓钞票或者金羊毛，还是来路不明会滴答作响的包裹？没关系，故事还没说完呢。

"没错，"乔纳森不为所动，继续说下去，"而且是一本写满字的手账，一本记事本！一整年的日志都写得满满的！"

"嗯，"这答案对沃夫冈·格里夫来说，显然不怎么稀奇，"一本旧的记事本？"

"不，"乔纳森解释，"恰恰相反！不是旧手账，而是给崭新一年的新手账。"

"那又如何？"

"啊，爸爸，这很稀奇啊！"乔纳森大声说道，"有人早早将一整年的行程计划妥当，且一一填写在手账里，最后还把这本手账挂在我的脚踏车上！"

"或许有人丢了，捡到的人以为是脚踏车主人的。"沃夫冈·格里夫如此推测。

"有可能！"乔纳森承认，"可是，我还是很好奇，这本手账的主人到底是谁？"

父亲耸耸肩，一脸无聊状，"那跟你无关，把它送到失物招领处就好了。你是闲到没事做才对这种无聊问题有兴趣吧！"父亲双眼湛蓝清澈，带着不以为然的严厉。

"手账里还夹着一个信封,里面有五百欧元,"乔纳森反驳,"藏在夹层里。"

"你总不会需要这笔钱吧!"

"我不是这个意思!"乔纳森无法克制心底那股越来越强烈的失落感,像个愚蠢的小男孩,无力抵抗别人对自己的排斥与否定。他告诉自己,无所谓,这场对话的目的不过只是为了与父亲说些有意义的句子罢了,什么内容都好,更不必理会他有什么意见。

可惜乔纳森并没有说服自己,心底的失望仍然存在。他振作起来,继续说服父亲承认这件事的不可思议:"首先,这个装有手账的袋子不是随便扔在地上,而是挂我的脚踏车上,像是有人故意挂上去的。"

"我说过,可能只是路人而已。"

"也有可能不是。"乔纳森不会那么轻易放弃,"而且……"他顿了一下,不确定是否该告诉父亲,为何自己会对这本陌生的手账如此念念不忘,不过这毕竟是一个重要的细节,"而且,手账里的笔迹看起来像是妈妈手写的。"其实内心深处他并不觉得只是"像"而已,但加了"像"一词听起来比较顺耳。

沃夫冈·格里夫不再说话了,张大眼睛瞪着眼前的儿子,脸上表情如同受到惊吓一般。接着便转头沉默地看着窗外,咬着下唇。

"爸爸?"

没反应。

"你听到我说的话吗?"乔纳森轻轻拍了拍父亲的肩头。

还是没有。

他们不曾谈过母亲的事。从来没有,几十年来都没有。自从母亲离开之后,父亲便以一种严厉沉默的姿态摆明他不想谈论这个问题。而在乔纳森寄出那张决绝的明信片和之后完全失联的状况下,母亲便永远消失在他们的生活中,从不再提起。

"这真的非常奇怪,"乔纳森无助地说下去,"我的意思是说,我当然知道手账字迹与母亲相似只是巧合而已,但是它又正好挂在我的脚踏车上……"

"苏菲亚。"听到父亲嘴中说出这个禁忌的名字，乔纳森不禁瑟缩一下。父亲仍然漠然地望向窗外，面无表情。

"是的。"乔纳森不安地附和父亲，"一开始我也吓了一大跳。"

"苏菲亚。"沃夫冈·格里夫又说了一次，闭上眼睛，深深地叹了一口气，紧紧地咬着下唇。

"就是因为这样，我现在不知道是否该继续找出手账的主人。"乔纳森迟疑地继续说下去。

沉默。

"至于失物招领，送去那里总感觉不太对劲。有可能东西送进去就不见了，或者主人根本没想到要去那里问。"乔纳森将自己的疑虑说给父亲听。

毫无反应。

"如果是我的话，若捡到的人想办法送还给我，我会非常高兴。"

寂静。

"所以我想，我还是想办法送还给失主比较好。"乔纳森发现自己越说越快，这真是一场没有观众的尴尬独白，"昨天我还写信给《汉堡新闻》，问他们能不能发布失物招领的消息。那些冷漠无知的人竟然拒绝我的提议，还问我要不要花钱登广告！你能想象吗？"他故作轻松地笑了笑，"我的意思是，什么叫'汉堡人为汉堡人服务'？一旦汉堡市民真的有事请求他们，马上就被拒绝了。或许我应该再写一封信，这次直接找报社主编……"

"她来过这里。"父亲打断他的话。

"爸爸，听我说，"乔纳森一点都不想转换话题，父亲病后总是任意变换话题，这次他不允许，"我当然也可以采取登广告的方式。"

"她——来——过——这里！"父亲一个字一个字地说，果断的语气令乔纳森吓了一大跳。

"谁？"

"苏菲亚。"沃夫冈·格里夫转过头来，微笑地看着儿子，湛蓝的眼睛闪闪发亮，"苏菲亚来过这里。"

"什么？"乔纳森困难地咽了咽口水，感觉像是冷热水交替冲在身上。"妈妈来过这里？"

父亲点点头。

"你是说这里？在太阳养老院？最近？"

"是的。"父亲再度点头，"她还挺常来看我的。"

"哎。"乔纳森想说些什么，喉咙却紧得发不出任何声音。

"每次她来，我们都聊很多。"沃夫冈·格里夫继续说，"聊过去的事。"

"抱歉，爸爸，"乔纳森总算能正常说话，"那是不可能的事。"

"她原谅我了，你知道吗？"他继续说，仿佛儿子什么都没说似的。

"她原谅你什么？"

"这么多年过去了，我们也都老了，那些事也就不再有意义了。"

"你在说什么？妈妈原谅你什么事？"乔纳森的脑袋飞快地转着，父亲显然陷入幻想之中，但乔纳森实在毫无头绪，到底父亲在说什么。当年，母亲突然离家出走，要请求原谅的应该是母亲而不是父亲。面对他的问题，父亲并未回答，只是露出神秘的微笑。"爸爸，"乔纳森不死心，继续追问下去，"可以请你告诉我，你到底在说什么吗？妈妈离开我们已经好多年了，我们也很久没有她的消息了，你刚才说的话根本毫无意义。"

沃夫冈·格里夫的微笑不见了，取而代之的是一脸疑问，"你是新来的医生吗？"说完转过头去，直愣愣地瞪着窗外。

10.

汉娜
两个月前
十月三十日星期一，下午四点五十三分

"我是一只小鹦鹉，小鹦鹉！从早到晚咕咕乱叫，咕咕乱叫！"

CD播放机里震耳欲聋的音乐突然停顿下来，西蒙高举着双手，保持不动，身旁围着九个又笑又叫的小孩，努力模仿他的姿势。

汉娜微笑地看着这一幕。她的男友扮起小丑来还真是有模有样，虽然小丑装实在太大了，穿起来松松垮垮的，且脸上的小丑妆也因流汗而有脱妆的痕迹了。

也是，毕竟他已经连续二十分钟又跳又叫。很显然他跟孩子们一样，都很喜欢这个叫作"暂停跳舞"的游戏。汉娜认为自己之前说得没错，动一动果然对西蒙有好处。

这个"暂停跳舞"游戏其实非常简单，播放音乐时，孩子们必须学着西蒙的姿势跳舞，音乐一停下来就必须静止，维持之前的姿势不动。无法维持静止不动的人，就算出局。出局也不是什么坏事，因为出局的小朋友可以跟丽莎在厨房做爆米花，并用针线串项链。

汉娜在幼教训练中学到一个相当重要的观点，那就是在设计活动时，千万不可以出现输家，否则你就得面对号啕大哭或是暴怒的儿童。因此，从"暂停跳舞"游戏出局的小孩，全都快快乐乐地到厨房找丽莎去，甚至还有一两个小孩故意犯错出局，只为了尽快到爆米花处报到。

游戏间天花板下已经挂起一长串由爆米花串起的长链，其实应该更长才对，只是大半的爆米花都到孩子们的肚子里了。

汉娜飞快地按下播放键，震耳欲聋的儿歌充满整个房间。西蒙夸张的歌

唱足以媲美健美皇后的韵律操。

"抱歉，我实在不想多管闲事。"丽莎把爆米花串挂在汉娜背后的墙上时，忍不住悄声对她说，"可是你不觉得应该让他休息一下吗？"

"他才刚热完身而已，"汉娜说，"而且孩子们很喜欢。"

"关键字'凶手'[1]！"丽莎露出担忧的神情，"我觉得他看起来好像随时会昏倒。你看他的脸，已经都是汗了。我猜，白粉底下一定红透了。这样说虽然有些不合适，但我真的这么想。"

"流汗至少可以把身体里的病菌排光。"汉娜答道。

"你在报复他昨天缺席吗？"丽莎问。

"什么叫'报复'？"汉娜一脸无辜地微笑，"昨天西蒙放了我们两人鸽子，现在必须补偿。这很公平，而且对我们每个人都有好处。更何况唱歌是西蒙自己想到的点子。"

"那是因为他有罪恶感，如果是我的话我也会这样做。"

"那他可以尽情地用舞姿除去罪恶感，"汉娜笑着说，"用力发泄所有不好的负面情绪。"

丽莎难以置信地看了她一眼，耸耸肩转身进入厨房，喃喃自语地说了些汉娜听不清楚的话，她只听到"恐怖女友"几个字。

汉娜用力按下暂停键，西蒙和孩子们停止动作、不断地喘着气，只有一个叫芬恩的小男孩一屁股坐到地板上，接着便朝向厨房快速爬去。汉娜仔细端详西蒙几眼，不得不承认丽莎说得对。西蒙看起来的确不太对劲，再放一轮音乐她就会结束这个游戏。

最后一次汉娜按下播放键，几分钟后音乐就会结束，西蒙也就可以解脱了。已快下午五点，再玩个半小时串爆米花游戏也就该开始准备收拾东西了，家长会陆续出现，并接走自己的孩子。

总体而言，今天下午的活动安排可以称得上成功。孩子们快乐得跟小鸟一样，非常热情地参与所有游戏。没有任何争吵，也没小孩哭着要找妈妈，而且最重要的是，没发生任何意外！

---

① 很喜欢的德文是"Mörderspaß"，"Mörder"是凶手的意思。

他们原本预计只收十六位儿童，由于西蒙的加入，名额得以增至二十四位，这样不必跟任何预约者说抱歉。开幕时汉娜希望尽量不让任何客人失望，这很重要。

从收入来看，每位儿童四小时，每小时六欧元，这样是二十四乘以二十四，嗯，除以二……好吧，除以三……当然还得扣税……这样是……

"啊！"一声叫喊打断汉娜忙着算账的心思，抬头看到眼前一张张惊吓的小脸，每张脸都朝着同一个方向望去。汉娜也跟着孩子们的视线看去，正好看到西蒙右手紧压着自己的胸膛，缓缓倒下去。

有几秒钟的时间，她只是瞪着房间中央，脸孔朝下倒在地板上的小丑毫无一点生气。接着，她听到一声尖锐的喊叫声，一声从她口中发出的喊叫：

"西蒙！"

11. 乔纳森
一月二日星期二，下午四点〇四分

半小时后，乔纳森放弃所有与父亲恢复谈话的努力，坐上驾驶座准备开车离开，内心一团混乱且相当沮丧。整个人仿佛无头苍蝇般毫无头绪，全身僵硬，甚至无法发动车子。

他知道，父亲因失智早已活在另一个平行宇宙了。但是，父亲宣称苏菲亚常来探望他的事仍令他相当介怀。毕竟，那可是他的母亲！

离开养老院前，乔纳森与克内塞贝克医生和两位护理人员谈过，抱着一丝期待，又怕父亲所宣称之事有可能受到证实。不过，一切就如预料之中，他们并未听过或见过苏菲亚·格里夫这个人，或者苏菲亚·蒙堤切洛——母亲婚前的娘家姓氏。

同时，他们也保证，任何固定拜访的来客绝不可能从他们的眼皮底下溜过。太阳养老院可不是车站大厅，人来人往毫无限制，这里是"本城最优质的安养场所"。最后这句话克内塞贝克医生强调了两次，在乔纳森看来，像是为了证明每个月寄给他的高额账单的合理性。

尽管如此，乔纳森的内心深处还是存在那么一丝怀疑，以及些许的不安。

再如何优质，太阳养老院毕竟不是固若金汤的军事要塞。好几次，乔纳森都是一人独自穿过长廊。若是正午用餐时间，这里就更像是下班后的办公大楼一样空荡无人。况且，父亲之前提到苏菲亚来探望他时，说得如此理所当然。对心智正常的人来说，实在无法认为那只是病患的疯言疯语而已。

而且还有那本手账日志，那本躺在乔纳森家里桌上的记事本。与父亲谈过之后，那本手账更是显得神秘。

可能吗？真的可能吗？

不，乔纳森拒绝相信。就算母亲断讯长达三十年之后突然决定出现在他的生活中，也有各种更简单的方式与他联系。例如，可以打电话，可以写封信，或者直接出现在他眼前。

只是，内心仍然有个小小的声音说着：假使父亲说的是实话，那么母亲至少可能来过这里。

无论有多荒谬，乔纳森决心继续追查真相，否则，他无法安心。

他果决地按下行车计算机上的通讯按键，以语音控制拨打雷娜特·克鲁格的电话。若是父亲的前妻真来探访过他，唯一可能知情的便是这位长年追随父亲左右的私人助理了。

"你好，格里夫先生。"克鲁格太太已从来电显示认出老板的电话号码，接通时的语气热忱友善。

"你好，克鲁格太太。"

"找我有什么事吗？"

"请问……"乔纳森清了清嗓子，"我刚拜访过父亲……"

"他怎么了？"电话另一端的声音相当惊慌。

"什么？啊，没事，没事，当然没事，一切都很好。只是，嗯，我有个奇怪的问题想问你。"

"奇怪的问题？"她重复了一遍，"你问吧！"

"是这样的，这样问可能有点奇怪，不过，或许你碰巧知道我母亲最近是否来探望过父亲？"

电话那头沉默无语。

"你还在吗？"

"我还在，"克鲁格太太答道，"只是我不确定自己有没有听错，你是问你母亲吗？"

"是的，没错。"乔纳森说，"就是苏菲亚·格里夫，也可能是苏菲亚·蒙堤切洛。"

"你怎么会有这个想法？"

"爸爸说她最近来过这里。"

又是一阵沉默。

"哎，乔纳森！"克鲁格太太直呼他的名字。自从他满十八岁后，克鲁格太太便不曾再如此称呼过他。突如其来的昵称使她的语气听来像是与不懂事的孩子说话，"你应该知道你父亲现在的状况。"

"我自然知道！"乔纳森赶紧回道，突然觉得自己问这个问题实在愚蠢透了，"我只是想确认一下而已，因为爸爸……嗯，爸爸说这些话时，看起来相当清醒，一点都不迷糊。"

"这正是失智症最可怕的地方。"电话那头传来咽口水的声音，"对病人来说，所有他的经历都是真实的，至少他认为是真的。"

"也就是说你不知道我母亲是否来过或正在汉堡？"

"不，乔纳森，不可能是她。"

"你……"愚蠢的问题都问了，那就不妨再问一个，"过去这些年来，你是否见过，或听过我母亲的消息？"

"不，没有。"克鲁格太太说，"我知道的与你和你父亲一样多。"

"你知道她现在在哪里吗？"

"我听说是在佛罗伦萨附近，在意大利。"

"这我也知道。我只是想到你可能有她最新的地址。"

"我只有她以前留下来的地址，如果她不在那里的话，我就不知道了。你试过旧地址了吗？"

"没有。"他回答，"之前我并没有理由去找她。"

"现在有了吗？"

"其实也没有。只是……嗯，在听到父亲说她常来养老院拜访他后，好像……"

"如果你觉得困惑的话，"克鲁格太太打断他的话，"我可以百分之百跟你保证，这是不可能的事。"她停顿了一下，好像重新考虑是否真是如此，"况且，你母亲怎么可能知道你父亲现在在养老院里？她从未与我联络，更没问过我。难道问过你？"

"不，"乔纳森说，"当然没有。"这么多年来从来都没有，他在心里悄悄地说。

"所以喽，"克鲁格太太说，"你母亲不仅不太可能，根本是完全不可能去过养老院。"

"嗯，好吧，谢谢你。"

"不客气。"她迟疑了一下，"还有其他我能帮得上忙的事情吗？"

"不，没有。"就在乔纳森想结束通话时，突然想到一件事，"等一下，还有一件事！"

"什么事？"

"父亲提到我母亲终于原谅他了。你知道这是什么意思吗？"

"不知道。"克鲁格太太回答。

"或许你曾听过他们之间的争执？或者类似的事情？有可能是当时他们两人之间的任何事情。"

"不，乔纳森，当时并没有发生什么事。你母亲在北方并不快乐，想回她南边的家乡，就是这样而已。"她停顿了一下，"她大概不曾习惯与一个总是工作的男人一起生活，她是意大利人，对生活有不同的看法。我想，你父亲说她原谅他，指的应该是这件事吧，就是她原谅他因工作而疏忽她了。"

"我母亲跟你提过这些吗？"

克鲁格太太笑了起来，"并没有。"她解释，"我们不是朋友，对我来说，她只是上司的配偶而已。但你父亲曾经提过，而我当时并没有什么理由不相信他的话。"

当时没有理由不相信他的话，这种说法听起来像是现在有理由了。

"是吗？"乔纳森说，"看来父亲讲那句话时，可能正想着这些事。"

"我想是的。"

"尽管如此，事情还是有些古怪。"乔纳森坚持，"他从来不提母亲，这么多年了，今天突然宣称母亲常来看他，这很不寻常啊！"

"别太认真。"克鲁格太太劝他，"失智症病患活在过去而不是现在，这很正常。对他来说，过去发生的事情反而比现在还要真实。"

"我知道。"乔纳森考虑了一下，是否应该将那本神秘手账的事告诉父亲的忠实助理，最后决定不说。就算她看着他长大，但两人之间并未如此亲密，"无论如何，谢谢你告诉我这些。"

"不客气。"

"那么，再见了。啊，对了，克鲁格太太……"

"怎么了？"

"你的新年花束，抱歉，今天我忘记拿给你了。"

雷娜特·克鲁格再度笑出声，"请别会错意，格里夫先生。其实我一直觉得康乃馨花束很恐怖，也很高兴今年终于不必在办公室里看到它了。"

"啊，是吗？你为什么从未告诉我父亲？"

又是一阵笑声，"看来你对女人的了解还要多加强。"

"这是什么意思？"

"有一天，你终会知道。"

结束通话后，乔纳森一个人独自坐在车里，手指轻敲方向盘，依然心神不宁，心里仍有一股说不出的怪异感。除了花束，父亲还弄错其他什么事了吗？而他自己又为什么应该加强对女人的理解？

12.

汉娜
两个月前
十月三十日星期一，晚上七点二十三分

"对对对，没错！你说对了，我是恐怖女友。准确来说，我是全天下最坏最差劲的女友。这样你满意了吗？"汉娜坐在艾本多夫大学附近的医院急诊中心候诊区的椅子上，双手掩面，手肘支撑着身体，像个自觉罪孽深重，跪在十字架前的忏悔者。

"别这么介意！"丽莎回答，并陪着汉娜坐在这里，一起等着医生出来宣判她的罪行，"我真的很抱歉，当时说这话时我完全没有这个意思，你一点都不恐怖。而且我满不满意一点不重要，重要的是西蒙。"

"对，没错。"汉娜叹了一大口气，"希望他没事！"

"我相信他会没事的，"丽莎双手搂住汉娜，安慰地紧抱一下，"我想他可能只是太累而已。"

"好可怕！"汉娜心有余悸地说，"我实在不知道他竟然会这样就倒下去！"

"你是不知道，"丽莎苦笑，"可是看他的样子多少可以推测。今天你硬把他押来欢乐儿童时，我就有点担心了。他的样子看起来就是应该躺在床上休息，而不是跟一大群孩子又跳又叫。"

"你应该早点告诉我！"汉娜嘟哝着说。

"容我提醒，我早就告诉你了！"丽莎继续苦笑，"不然，你以为我说'哦，他看起来挺惨的'是什么意思？"

汉娜耸耸肩，"大概是没有听到。"

"所以你回答：'上完妆不就看不出来了'吗？"

"好啦！"汉娜缩回身子，"你也知道，西蒙喜欢夸大。"

"没错，"丽莎承认，"我知道。可是我知道你也常常一厢情愿只往好处看，眼里只看你想看到的。"她爱怜地拍拍汉娜，"这么说很抱歉，可是这是事实。"

"总比老把事情往坏处想好吧？"汉娜反驳。

"那得看情况。"

"例如？"

"例如送进急诊室这个结果，在我看来实在不怎么好。"

"哦，拜托！"汉娜猛然挺身，双手抱胸，"我刚都承认我是恐怖女友了！"

"别又回到这个话题。抱歉，我们先别吵了，等结果出来再说吧。"

"好吧。"

好一阵子，她们只是坐在那里，不再说话。汉娜悄悄地打量候诊区的人，大部分人看起来都像她一样只是陪同者，但也有零星几个绑着绷带或拄着拐杖的病人。后面左边角落有位母亲抱着小女孩，小女孩将头埋在母亲的脖子下，不时发出令人心碎的呜咽声。

此时此刻的心情虽然一点都不轻松，但汉娜忍不住想，还好不是因为孩子的关系坐在这里。若是第一天就得送孩子进医院的话，真是无法想象！这对欢乐儿童来说，绝对不是什么好广告。

西蒙昏倒后，汉娜急召救护车，而当救护车开进艾本多夫路时，第一位来接孩子的家长也刚好走进工作室。汉娜觉得，整件事有种说不出的荒谬。

所有孩子都好奇得不得了，瞪大眼睛注视着眼前发生的一切，就像看电影一样，看着急救人员先是如何检查滑稽逗趣的小丑，接着又是如何跟同事一起把小丑抬上担架送进救护车。

汉娜跟着救护车一起去医院，丽莎则留下来安抚家长和送走孩子，半小时后也赶到医院。在她未到医院之前，急救人员已把呻吟的西蒙不知送去哪里，现在她们只能坐在这里，等着不知何时会有的消息。

汉娜听到丽莎扑哧一声。

"怎么了？"汉娜疑惑地望着丽莎。

丽莎挥了挥手，"没什么。"

"说吧。"

"我只是想到救护车到的时候那一幕。"

"我也是。"汉娜附和，不禁笑了起来。

"开工第一天，就演出这么一场秀。"

"没错！"

"不管怎样我们都出名了！一个半昏迷的小丑被人送上担架抬起，旁边还围绕着一群激动的小萝卜头，这种事可不是每天都会发生。"

"你觉得我们的名声会受损吗？"

"如果小丑死掉的话就会。"

"丽莎！"

"抱歉，"丽莎赶紧说，"我不该拿这开玩笑。"她伸手拍拍汉娜的手臂安慰她，"放心吧，不会有事的。我跟家长解释，你的男友正在尝试一种新的节食方式，所以才会昏倒。"

"节食？西蒙可是瘦到皮包骨！"

"我一时想不到更好的理由，难道你要我跟大家说，女友不顾他的病情，逼迫他来给小孩唱歌？"

"哈，哈，不好笑！"

"正是！反正你不用担心了，明天下午两点一定又是满屋子小孩了。"

"希望到那时候西蒙会好一点。"

"难道你要他马上再来帮工？"丽莎一脸不可思议地瞪着她。

"当然了！"汉娜尽量显现出严肃的表情，"只要他站得起来，就得开跑。"

"那我可希望他不要这么快就站起来，否则你只会累死他。"说到这里，两人不禁笑出声来，引起他人的侧目。无所谓，汉娜真的需要放松一下，让自己好过一些。

"马克思小姐？"一位穿着白大褂约三十岁的年轻男子悄然无声地突然站在她们两人面前，戴着无框眼镜，由上往下地打量她们。

汉娜赶紧压抑住自己的笑声，不自然地清清嗓子，"嗯，我是。"

"我是罗伯特·福克斯医生，你是……"他打开原本夹在腋下的病历资料，迅速地上下浏览，"克兰先生的太太吗？"

汉娜点点头，丽莎惊讶地望着她。挂号时她自称是西蒙的妻子，因为她怕万一情况危急，不是配偶可能无法探问病情。电视影集《急诊室的春天》或《实习医生》不是都这么演的吗？当心爱的男人在手术室里生死未卜时，可怜的女友只能站在外面的走廊当个局外人，不能询问病情，只能站在一旁痴痴地等待。好吧，汉娜承认，就眼前的状况而言，这种担心实在有点多余，不过小心一点总是没错的。

"现在你可以去看他了。你要跟我来吗？"

汉娜跳起来，"当然！"

丽莎也跟着站起来，就在医生还来不及说任何话时，汉娜已经开口，"她是克兰先生的妹妹。"

"真棒！"跟着医生背后离开时，丽莎悄声对她说。

"说你是西蒙的妹妹？"她低声回问。

"不！是你决定保留娘家姓氏。抱歉，可是汉娜·克兰实在很难听。"

她强忍住笑，伸手捶了丽莎一拳。她可不想在福克斯医生前面扮演一个笑得歇斯底里的忧虑妻子。

她们随着医生穿过无数个白色长廊，从等候的人群和病患身边走过。医院似乎挤满了病患，甚至连走廊上都排着病床，躺在上面的病患或者闭眼睡觉，或者一脸阴沉。

一股巨大的压迫感朝着汉娜袭来，今天下午的收工方式完全出乎她的意料。医院本来就不是一个令人愉快的场所，再加上此情此景，不禁令汉娜有时光倒流之感，仿佛回到四年前，她与西蒙几乎天天都到医院探视西蒙母亲的日子。

当时，西蒙的母亲希尔德已在等待生命最后一天的来临，在历经数月对抗病魔宣告失败之后。手术、化疗、放射治疗全部无效，肺部里的恶性肿瘤主宰一切。临死之前受尽折磨，缠绵于病榻上数星期之久。她好几次虚弱无力地表示自己再也无法继续，只求速死。多么悲惨的终局！

当时，汉娜认识西蒙不过六个月左右。两人在易北河边的定情野餐后不久，西蒙母亲便宣告不治。即使两人才刚在一起，但汉娜还是尽可能地陪着西蒙探望母亲，设法陪伴他走过生命中最艰难的时刻。十多年前，西蒙的父亲便因相同的恶疾离世，再失去母亲，西蒙顿成无精打采了。

人们都说，母亲的死亡对男孩而言打击较为沉重。希尔德去世时，西蒙已经三十一岁，不再是男孩了。但在母亲的丧礼上，西蒙却如小男孩般哭泣，此后好几个月，仍然会突然流下泪来。面对这种突如其来的哀戚，汉娜束手无策，完全不知该如何安慰他。

她不愿用"时间会抚平所有伤口"或是"凡人终有一死"这类空泛的话安慰他，但也想不出任何更适当的话语。因此，她总是拥抱着他，轻轻抚摸他的头，安静地等他停止流泪。有时她不免会想，若西蒙有兄弟姐妹能与他一起分担悲伤就好了。可惜，西蒙与她一样，都是独生子女。

就在汉娜与丽莎一边紧随着医生的脚步穿过医院，一边想着过去的事时，汉娜暗自发誓，以后绝不再对西蒙如此严厉。毕竟，西蒙至今已经度过不少难关，自己却总是轻松宣称"一切都会好起来"，也实在对他不太公平了。

双亲健在的她，自然可以如此轻松。不只双亲，她的外公与外婆，分别是87岁和85岁，仍然活力充沛，仿佛可以继续在美丽的地球上漫游个几十年。还有九十岁的祖母，精神和体力丝毫未减。

"就是这里。"医生打断汉娜的沉思，停在一道白色的门前。他按下门铃，开门进去，汉娜与丽莎紧随其后。

13.

乔纳森
一月二日星期二，下午六点五十六分

　　这没什么，不过是小事一桩。乔纳森心想，只要依照地址过去按个铃，简单地自我介绍，礼貌地说明事情缘由就好了。只要几分钟的时间，整件事就过去了。不管是谁晚上七点在杜乐蒂恩街二十号，都会很快乐地拿回失去的手账。乔纳森相当确定，这本记事本绝对不可能是母亲留给他的。事情就是这么简单，没什么大不了，小事一桩而已！

　　尽管如此，在这栋十九世纪末二十世纪初所建的白色公寓建筑前，乔纳森已经来回徘徊了无数次，以便七点一到，便能立即准时按下从下往上数的第二个电铃。他发现自己手心冒汗，很不舒服，也很不应该，因为他根本没有紧张的理由。

　　乔纳森喃喃地告诫自己不必紧张。他手上提着装着手账的袋子，随着脚步不断碰触到他的右膝盖。不管乔纳森多努力，心跳和冒汗的速度仍然继续加快。上回这么紧张，还是为了哲学文学双修的硕士口试。其实，那一次也没这么紧张，因为他知道自己准备周全，轻轻松松就会高分通过考试。

　　当手表长针跳至七点前一分时，乔纳森·N·格里夫跨上通往二十号的台阶，找出正确的电铃，就是那个从下往上数第二个，标着"舒尔兹"的电铃。

　　还来不及再次考虑，乔纳森已经按下电铃。三秒钟后，大门哗一声自动打开，主人没问是谁，显然是十点有约。住在里面的人对人性有九比的信心，是男是女都一样。不只乔纳森，任何人都可以随意按铃。例如说，这种时候来按铃的，有可能是垃圾处理中心的人来募款。原则上乔纳森不反对这种做法，为什么要反对呢？只要平日他们有将自己的工作做好就行了。

乔纳森不禁想起自己写给城市垃圾处理中心的信，直到目前为止都没回音，他很怀疑申诉是否有效，家门前面爆满的回收箱仍然无人理会。不过，他也不想逼人太甚。更何况，现在他可一点都不想分神烦恼这个垃圾问题。

乔纳森缓缓朝着三楼走上去，想必舒尔兹先生或太太就在那里等着。他刻意放慢脚步，好让自己不要流汗或喘气，虽然还未爬上楼梯他已经手心冒汗、心跳加速了。

这栋公寓的楼梯间相当宽敞，看起来明亮舒适。墙上还保留着青年风格时期的原始壁砖装饰，色彩活泼鲜艳，最上面有边框收尾。不得不说，这是一栋维护得相当好的古典公寓建筑。母亲一定会喜欢这栋房子，乔纳森心想，母亲有着典型意大利人的好品味。

更何况这栋古典公寓位于汉堡温特胡德区，附近商店和咖啡厅林立。当年，母亲在城外易北河畔的别墅里总有与世隔绝的寂寥感。她会满怀热情地叙述佛罗伦萨的街头有多热闹，准确来说，是佛罗伦萨都会区菲埃索莱市的市集广场，也就是母亲的家乡。

乔纳森隐隐记得，每当母亲抱怨时，父亲就会以城市内停车不易的理由反驳。也的确是，今日为了停车，他开着萨布车在附近绕了至少十五分钟才找到一个合法的停车位，只是他必须发挥高超的倒车技巧，才能停进去。因为前面那部福斯的车主，竟然在车子与树中间留下五十厘米的距离！

他终于在福斯后面停好车后，乔纳森拿出一向随身携带的便条纸，写下留言，夹在雨刷下：

致驾驶先生／小姐：

您一辆车占了两辆车的位子，显然相当自私。我得多花很多力气，才能将车子在您车后停稳。如果您在停车时能稍微往前开一点，别人就可以省下很多力气。

祝　安好

乔纳森·N·格里夫

而惹人生气的事情还没完呢！当乔纳森准备缴停车费时，才发现竟然费用如此昂贵：一小时四欧元，这种价钱也太坑人了！这应该是《汉堡新闻》该关注的题目，或许他应该再写封信，提醒编辑留意一下市政府这种强盗作风，这封信或许可以这样写：

致《汉堡新闻》编辑部，

身为这座美丽城市里的汽车驾驶人，我要提出一个要求，希望贵报能为本城昂贵不合理的停车费进行深入的专题报道⋯⋯

好吧，他实在不应该再为这些小事生气，毕竟，他来这里是为了手账，应该全神贯注在这件事情上才对。

踏上通往三楼的最后两节阶梯时，已有一位太太微笑地站在门口等着他。乔纳森心里突然闪过美国女歌手雪儿的名字。眼前这位太太跟雪儿一样漂亮，看起来约五十多岁，但也很难说，年轻或年长十岁都有可能。

她披着一头过肩的乌亮长发，脸型轮廓有着印第安人的影子，穿着剪裁贴身的铅灰色裤装，映衬着同样是深灰色的瞳孔。从外表来说，相当令人赏心悦目，就像文章里会出现的词"永恒的优雅"。

乔纳森向前一步，朝她伸出手，清清喉咙说："你好，舒尔兹太太，我是⋯⋯"

"嘘！"她打断他的话，竖起食指放在嘴唇前，脸上的笑容仍然不变，此刻却显得相当神秘，"别告诉我名字！"她轻声说，嗓音低沉沙哑而充满磁性。如果乔纳森要为舒尔兹太太配音的话，正是这样的嗓音！只可惜，舒尔兹这个名字实在不怎么适合。"请进！"她将门往后一推，并站到一边。

"嗯！好。"乔纳森迟疑地应道，鞋子在门垫上踩了踩，顺从地进入房间，"哎，舒尔兹太太⋯⋯"

"萨拉斯瓦蒂。"她再次打断他的话。

"萨拉斯⋯⋯什么？"

"我叫萨拉斯瓦蒂。"

"你是说，萨拉斯瓦蒂·舒尔兹？"

她笑了起来，笑声如珠玉般清润悦耳，"差不多。萨拉斯瓦蒂是我的灵性名字，灵魂的名字。"

"嗯，灵性。"乔纳森不禁想掉头就走，能逃多远就逃多远。眼前这位太太，有多漂亮就有多诡异。

他又不禁想起阿尔斯特湖畔的哈利·波特，那位说过天鹅是灵兽的年轻男子。难道汉堡最近自来水里添加了什么不寻常的物质吗？这世界是怎么了？

乔纳森当然并没有离开，他实在太好奇了！而且，他有一种正在冒险的刺激感。

"萨拉斯瓦蒂是印度的智慧女神。"舒尔兹太太一边解释，一边领着乔纳森走进客厅。客厅装饰相当高雅大方，浅色现代风格的家具搭配着深色古董木头家具，特别显眼的是一座有着繁复细致木雕装饰的立钟。三扇大窗前挂着洁白的窗帘，地上则铺着非洲艺术图案的厚绒地毯，配上摩洛哥风格吊灯，整个房间散发着异国风情的温暖与舒适。

舒尔兹太太，又名萨拉斯瓦蒂，指指柚木餐桌旁的椅子说："请坐，别老站着！"餐桌正上方是一座华丽的六枝烛台吊灯，旁边摆着水晶玻璃水瓶和两个空杯，正中央放着一盒纸牌。

"这是一场误会，"乔纳森说，继续固执地站着，"我并不想来这里。"

"你不想来这里？"萨拉斯瓦蒂挑起一边修得相当完美的眉毛。

"嗯，我是想来这里，但只是想把东西送过来。"

"那么，"她朝他挑衅地伸出手，"东西拿来吧。"

乔纳森紧抓着手上的袋子，用力抱在胸前，"不，这不是给你的！"

"不是给我的？"另一边的眉毛也跟着挑起，"那我就无法理解，你为什么来这里了。年轻人哪，我得说，你实在有点颠三倒四。"

"请容我解释一下。"乔纳森对她称他为年轻人有些生气，谁都知道这种称法带着轻蔑的意味。不过乔纳森不打算就这一点与她纠缠，而是将他在晨跑时捡到这个袋子的经过告诉萨拉斯瓦蒂，说明他今天来到这里的原因。

"原来如此。"听完乔纳森的说明，她带着好笑的神情看着他，"那你大可放心地将手账留在我这里，一旦客人跟我联络，我就可以转交给他。"

"你的客人是个'他'？"乔纳森再次浏览这个房间，设法使自己脑袋里的念头不被看穿。

可惜并未成功，萨拉斯瓦蒂笑了起来，"不，不是你想象的那样！"她指了指桌上的纸牌，"我帮人解牌。"

"解牌？"

她点点头。

"你是占卜师？"

"我比较喜欢'生命咨询'这个称呼。"

"哦！"这回在乔纳森脑袋里出现的念头虽然比上回稍好一些，但免不了还是有装神弄鬼或招摇撞骗之类的形容词。

"你不相信这些，对不对？"看来这位太太还是懂得基本的读心术。

"嗯，这个，"乔纳森闪躲地说，"我从未碰过这些东西。"

"你应该试试，很有趣的。"

"嗯……"他决定忽视她的建议，"我来这里，主要为了将这本记事本手账安全无误地交回失主手里。"

"你是说交到我的手中不够安全？"

"你怎么会这么说？"

纸牌占卜师耸耸肩，"我已经跟你保证了，我会转交给主人，你还是不想把它交给我。"

"请别见怪，"乔纳森答道，"毕竟我并不认识你。"他想到手账夹层里的五百欧元，而占卜师实在不是一个令人能够全然信任的职业，乔纳森默默地想。这可能是个恶劣的成见，但没办法，他就是这么想的。

"你也别见怪，我一样也不认识你，"萨拉斯瓦蒂回道，"但你现在站在我的客厅里。"

"是你让我进来的！"

"因为我以为你是我的客人。"

"你看！"他忍不住洋洋自得起来，"所以做人更应该谨慎小心。"

她摇摇头，"你还真是不可理喻！"

"怎么说？"

她摆摆手，"算了。"再次指指椅子，"这样好了，你还是坐下来等那位神秘的手账主人出现吧。"

"不会打扰你吗？"

"不，一点都不会。他已经预约了三个小时，我们可以闲聊打发时间，直到这位神秘客出现为止。"

"三小时？"乔纳森惊讶地问，一边在桌边坐了下来，一边将装着手账的袋子放在旁边，"需要这么久吗？"

"首次咨询要。"萨拉斯瓦蒂边说边坐了下来，"有时还需要五小时呢。"

"五小时？"乔纳森惊呼，"五小时要说些什么？"

"生命。"她简单明了地回道，"有些客人会不断再来，因为人类的存在是如此复杂难解，一次咨询是不够的。"

"你一次可赚多少钱？"乔纳森一不小心说漏嘴，他实在太好奇了。

"那你可以赚多少钱呢？"她反问，"你到底是做什么的？"

"抱歉，"他不禁脸红，"我不该问。"到底还是忍不住好奇，"我只是想，如果你会算命，你应该知道我是做什么的。"

"我是生命咨询师。"她纠正他。

"不管你如何称呼自己。我不想冒犯你，只是我实在太好奇了，到底你们这个……"他及时咽下冲到嘴边"行业"这个词，"……收入如何。"

"视情况而定。"萨拉斯瓦蒂友善地回答。

"什么情况？"

"寻求咨询者的自身情况。"

"难道你是以客户顺眼与否决定收费高低？"

"部分是。"她承认，"也看客户能够负担多少。"

"所以有弱势福利优惠？"

"也可以这么说。"她承认，"还有问题的复杂程度。"她对他眨眨眼睛，"如果是你的话，费用一定不便宜。"

"你对我可是一无所知！"乔纳森有些生气地抗议。

"我知道的已经够多了，"她微笑地回道，"看着你，我便可以明白很多事。"

"是这样吗？"乔纳森双手抱胸，同时讶异自己竟然一点都不生气，反而有……着迷的感觉。理智告诉他这一切都是鬼扯，但萨拉斯瓦蒂身上有种特别的魔力，深深吸引着他。"你可以透露一下看出什么了吗？怎么看出来的？"

"没什么好透露的，"她回答，"我就是知道。这是一种天赋，有人天生具备，有人就是没有。"

"既然如此，你为什么还需要纸牌？"他指着桌子正中央的一叠纸牌问。

"这是我的工具，就像木匠需要锤子，或油漆工需要刷子一样。"

"锤子和刷子？"

"就是可以帮助我们工作的东西。透过纸牌，我可以看出事情如何变化。"

乔纳森倾身靠近桌子，"抱歉，可是我实在很难相信。"

"你可以不相信。"

"我的意思是，这应该是普通的纸牌吧？"他不想放弃追问，毕竟这一切实在太令人好奇了。

"的确是普通的塔罗牌。"

"你先洗牌，接着将纸牌排在桌上翻开。然后马上知道未来会发生什么事？"

她那珠玉般圆润的笑声又再次响起，"如果你这么说的话，是的。不过不是我洗牌，而是客人洗牌。我看到的也不是未来，而是各种可能性。"

"哦！"各种可能性，乔纳森想，原来不过尔尔！可能发生的事情自然很多。就像他也可能明天一出门就被车子撞到，什么事都可能发生。

"让我解释一下，"萨拉斯瓦蒂说着拿起一叠纸牌，并在乔纳森面前展开，"塔罗占卜讲究的是对应法则。"她将牌一张又一张地排列开来，"所有我们的感觉和思想，以及我们的愿望、预感和恐惧，都会表现在图案上。"

"好，"乔纳森说，"目前为止都可接受。"

"很好。"

"我不明白的是，纸牌如何知道我的愿望、感觉和恐惧？"

"不是纸牌知道，而是你！你的潜意识会表现在纸牌的图案上，就像解梦一样。"

乔纳森狐疑地摇摇头，这种说法无法说服他，"让我们假设一下，我先洗牌，然后从中抽出几张，这只是巧合的结果，跟我内心所知所想或潜意识一点关系都没有！"

"生命中没有什么事情是巧合的。"萨拉斯瓦蒂如是说，"世间所发生的一切事情都相互关联，内心与外界彼此是相对应的。"

乔纳森往后靠向椅背，"我想，我无法理解这种说法。"

"要我露一手给你看吗？"

"什么意思？"

"就是我帮你解一次牌呀！"

"什么？"他举起双手拒绝，"不，不，我不需要。我到这里只是为了将手账交回给失主而已，没有其他目的。"

"如你所愿。"

"正是！"他看了一眼立钟，已经七点十五分了，"应该不必等太久了。"

"你要喝杯水吗？"她伸手取过水瓶，"这是经过具有疗效的宝石加持过的水。"

乔纳森才发现水晶瓶底真有几颗紫色矿石，"不，谢了。"他拒绝了，谁晓得水里面到底有什么东西，最好可能就是一些细菌罢了。

"那就算了。"她为自己倒了一杯水，连喝了两大口，叹了一大口气，"呵，真是爽口！"

"嗯。"现在，乔纳森不知道该说些什么，原本轻松的气氛又变得有些压抑，他希望预约这段时间的客人不要迟到太久。实际上迟到这么久，已经相当厚颜无耻了。对乔纳森而言，已经预约好的时间，就算是十五分钟的误差，也已经非常糟糕了。更何况是约见专业人士，不管怎么说，舒尔兹太太也算是专业人士吧。

不过，萨拉斯瓦蒂仿佛对这一切都不在意，她轻松地坐在椅子上，喝着加持过的水，友善地看着乔纳森。两人都没开口，四周只剩下立钟滴滴答答的声音。

接近七点半时，乔纳森决定还是喝口水，"我现在想喝水了。"边说边将杯子推向萨拉斯瓦蒂，她微笑着，为他倒了杯水。举起杯子，他讶异地发现，这杯水竟是如此清凉好喝，不过是不是真有什么加持他就无从得知了。无论如何，绝对不比他习惯喝的依云矿泉水难喝。

七点四十五分！乔纳森玩着手上的空杯说，"看来这位客人好像不打算来了。"

"我无所谓。"萨拉斯瓦蒂回道。

"可是你已经预留了三小时给他了！"为什么她可以这般无动于衷？换作是他，早就生气地跳脚了。

"对方已经付费了。"

"你先收费了？"

"贝宝。"她解释。

"那是什么玩意儿？"

"一种交易系统，通过网络运作。"

"哦。"

"很方便。客户可以直接从他的电邮地址付钱到我的电邮地址。"

"通过电子邮件付钱？怎么做？难不成将纸钞放在附件中？"

"当然不是。"她笑了起来，"电邮地址只是用来管理账号而已。"

"那么你应该知道客户的姓名了。"乔纳森说。

"不一定，像这回我就不知道。"这答案令乔纳森相当失望，"这回付款的电邮地址没有显现姓名，再加上他在我的网页上直接预约下单，而且是当成礼物送给别人。"

"你有自己的网页？"

"当然，我得顺应时代潮流。"

"当然！"乔纳森笑笑，语带敬意地补充，"看来你是个相当先进的现代占卜师。"

"生命咨询师。"

"一个意思。"

两人又沉默下来，立钟上的长针迟缓艰辛地往前一格格推进。

"现在，"在低沉的钟声响过八次后，萨拉斯瓦蒂再度开口，"看来你说对了，应该不会再有人来了。我帮不上忙，你也不愿把手账留在我这里……"

"真的没有任何方法可以找出是谁预约的吗？"乔纳森急切地打断她的话。连他都听得出来这句问话有多么无力，一方面他对自己竟然如此失态感到羞愧，另一方面也对自己的急切态度感到不解。

舒尔兹太太眯起眼睛望着他，突然问道："这件事为什么对你这么重要？失主是谁跟你一点关系都没有。"

"没错，可是……"嗯，可是什么？手账可能是我母亲的？整件事给我一种很重要的感觉。我的生活平凡无奇，好不容易有这么一件事情发生……"哎，我也不知道。"最后他只能这么说："我想我最好把这本记事本送到失物招领处，然后忘掉整件事情。"

"你真的这么想吗？"她的一双秀眼紧盯着他，令他脸颊发热。

"嗯，既然失主不会来了，而你又不知道是他或她……"说到这里他的脑袋突然闪过一个念头，"你可以发封电邮到对方付费的地址去，告诉对方——不管是他或她，我找到了手账，对方可以到我这里来领回去。我可以把电话号码留给你。"

"我可以这么做，"舒尔兹太太附和，"只是，我为什么要这么做？"

"嗯！"这个问题令他哑口无言，"因为你是个好人？"

"说得对，我是个好人。"这句话令她双眼发亮，整个人明亮起来，"因为我是个好人，所以我再给你一次机会，帮你解牌。反正这个时段已经付钱了。"

"不必，不必，"他再次摆手拒绝，"我真的不需要。"

她仍然坚持地说："试想一下，如果生命中所有发生的事情都不是巧合，那么，你为什么会来这里呢？你不觉得好奇吗？不想知道答案可能是什么吗？”

　　“嗯……”他迟疑了一下，“不想？”原本该是确定的语气，说出口后听起来却像是疑问句。

　　“我不相信。”

　　“我不懂你为什么这么坚持，非要帮我预见未来不可！”

　　“是可能的发展，不是未来。”萨拉斯瓦蒂纠正他。

　　“随你怎么说，我一点都不好奇。”为了加强这句话的意义，他将双手按在桌上，站起身子。

　　他的对手往后靠向椅背，以无法苟同的目光瞪着他好一阵子，问道：“说说看，你到底在害怕什么？”

　　“害怕？”他笑出声，一屁股坐下，“哪有什么好害怕的！”

14. 汉娜
两个月前
十月三十日星期一，晚上七点五十三分

"嗨！"进门时，西蒙正坐在窗边的病床上。看到她们进来，他抬起一只手，露出虚弱的笑容。他的脸色仍然相当苍白，左手腕上两条细管连在床边架挂着的两个透明点滴袋上。看到男友的病容，汉娜不禁脚软，整颗心揪成一团，连胃都不自觉地缩了起来。

"嗨，宝贝！"她拿了张椅子到他床前坐下，握住西蒙的双手，"你是做了什么事啊？"

听到这话，他的笑容变得有些狡猾，"问题应该是：你，对我做了什么事吧？"

"我真的很抱歉。"汉娜重复曾对丽莎说的话，"我没想到……"

"没关系。"他打断汉娜的话，"我又活过来了！"他看了医生一眼，继续说："福克斯医生说我只是太过虚弱昏倒，不必大惊小怪。"

"没错，"医生附和地回道，"只是也不该太过轻视。"边说边以医生特有的严厉眼神扫过四周，"疾病尚未痊愈便劳累过度，有可能造成极严重的后果。"医生故意停顿了一下，使他的话更显出分量，至少汉娜感受到了，听到这话不自觉地缩了下身子。仍然站在门边的丽莎也是一脸惭愧，不过这件事与她一点关系都没有。

只有坐在床上的西蒙露出轻松的笑容，汉娜不禁觉得那张脸明显出现"我早就告诉你了吧！"的得意。

"特别是精力充沛的年轻人最容易疏忽，完全不知道小感冒也可能造成可怕的后果。"医生继续他的说教，"最危险的情况是，感冒病毒开始侵害

人体的其它器官，引发像是心肌发炎等可能致死的急症。"听到这里三人不禁倒抽了一口气。

"请别用恐怖故事吓我们！"汉娜一回神，马上以责备的语气反驳。

"我一点都不想吓你们。"医生以略带不屑的神情回道，"而且我说的不是故事，而是身为医护人员的日常经历。"

"嗯，日常经历？"西蒙追问。

"嗯，也不是每天都会发生啦。"福克斯医生轻咳了一声，"不过，也够常发生了。所以，接下来几天你都必须好好休息。"翻开病历资料，他皱起眉头，仿佛正在看一张不断下跌的股市曲线图，"现在，克兰先生，你的血液循环系统已经重新稳定下来了。点滴结束后，护士会来帮你拔管，以便让你能够安睡。明天一早你就可以出院了。"他重新翻了翻病历，"你的血压过低，不过这也不意外。只是你的全血球计数数值有些不寻常，出院之后最好请家庭医生再复查一次。"

"不寻常？"西蒙追问。

医生合上病历，看着他说："一方面是你的发炎指数过高，因此你除了打生理食盐水的点滴之外，还外加了抗生素。"他指了指床边架上的透明点滴袋，"回家后请你继续服用六天份的抗生素，出院前会交给你。"

西蒙顺从地点点头。

"另外，你也有轻微贫血，我认为应该是感染性贫血。"

"感染性贫血？"丽莎问道。

"因感冒所引起的病症。据我推断，这回感冒应该是病毒感染。幸运的是，并没有转发成肺炎的迹象。"

"哦。"汉娜应了一声，感觉比之前更加难受。病毒感染，天！她竟然还硬逼西蒙穿上小丑装又跳又叫。

好吧，至少他没染上肺炎，可以说是不幸中的大幸了，是吧？

"我想过一阵子应该就会恢复正常了，对你这个年纪来说应该没问题。"福克斯医生解释，"虽然如此，我还是建议你痊愈之后，大约两三个星期吧，去家庭医生那里自介一下，再做一次抽血检查，看看数值是否恢复正常。"

当医生继续不停地告诫西蒙该注意什么时，汉娜已经忍不住想翻白眼了。跟家庭医生自介一下？这是什么八股用词？是"你好，请容我自介一下，我叫西蒙·克兰"这样吗？天啊！这医生还这么年轻就已经变成老古板了。

"……最重要的是，你得静养一段时间，好好休息。"披着白袍的圣人终于结束了他的独白。

"那我还是留在医院好了。"西蒙说。

"什么？"医生疑惑地问。

"我是说，如果需要静养的话，那我最好不要回家。"西蒙答道，一边偷偷捏了一下汉娜的手，"在家我可没法静养，因为我的主人会要求我发挥所有潜力。在医院里我才能安心静养，你可以把它看成是一种保护性拘留。"

"保护性拘留？"福克斯医生一头雾水，完全无法理解西蒙在说什么。一旁的丽莎已笑歪了，西蒙自己则努力忍住不笑。

"别闹了！"汉娜不满地说，"你们想说什么，我早就都知道了，不必再这样穷追猛打了吧。"

"好啦，宝贝！"西蒙边说边握紧她的手，"你不是常说，凡事皆可找出乐子吗？"

"那也得看是谁被消遣了。"她有点生气。

"每个人都会轮到！"丽莎继续补刀。

"嗯，无论如何，"医生再度开口，"我得出去了，你们可以继续待在这里。明天一早我的同事豪斯曼医生会来检查，一切正常的话，你就可以出院回家了。"他迟疑了一下，仿佛不确定是否该加上"如果你愿意的话"这句话。最后还是没说，点头与他们道别后便走出了病房。

"呼！"门才刚关上，丽莎便忍不住了，"还真精彩啊！"

"正是！"汉娜完全同意丽莎的话，"我觉得自己像是在接受末日审判，承认所有犯过的罪行。"

"关于这点，我们还得慢慢讨论。"西蒙接着她的话说，并笑了起来。汉娜瞪他一眼，西蒙摆了摆空着的那只手，"我觉得这个医生很好啊，终于有人认真对待我。"

"说得好像我对你不够认真似的！"

"呵，过来，让我亲一下，你这个不可理喻的女人！"他一把将她揽了过来，细碎的吻开始如雨滴般落在她脸上，她笑着接受，并未闪躲。

"我想我最好先走了。"丽莎的声音响起，"总得有人回去收拾一下。"

"等一下！"在西蒙密集的亲吻下，汉娜困难地发出声音，"我跟你一起回去。"

"不用了！"丽莎拒绝，"也没多少事，你最好留在我们的病人身边！"

"你确定？"

"我当然确定！"丽莎笑着已走到门边。

"那么我们明天见？"汉娜问。

"假使西蒙愿意放你走的话，当然！"

"我要再强调一次，"西蒙插嘴，"我需要静养。"

"你闭嘴！"汉娜笑骂。

丽莎离开后，房间内就剩他们俩了。

"哦，亲爱的，"汉娜轻喊，把头埋进西蒙的胸膛，"你真是吓了我一大跳。"

"没这么严重，"他的双手环抱着她，"而且我喜欢你这样为我担惊受怕。"他开始轻轻地摸着她的头。

"你知道吗，"汉娜闭着眼睛享受西蒙的爱抚，"你昏倒时，我真的吓呆了。"

"真的？"

"对！"她抬起头看着他，"我真的好怕会失去你。"

"别乱想！"他有些不好意思，"杂草的生命力是很旺盛的！"

"那就好。"她的声音微微发抖，"你要牢牢记着，我爱你！我无法想象如果失去你……"

"嘘！"他将食指按在她的唇上，对着她微笑，低下头轻柔地吻着她，

"我也爱你。你不必担心，我不会这么快就放过你的。"

"希望不会！"

"一定不会！"

"你确定？"

"百分之百确定！"他轻咳了一声，"我刚想到，有一件事情，我一直想问你。"

"嗯？"汉娜的心跳突然停了半拍，紧接着便开始狂跳，像是要冲出胸口一样。西蒙难道是要提出那个她梦寐以求的问题吗？在这里？医院？不过，地点实际上真的不重要，重要的是他终于肯开口了！或许，今天下午的突发事件让他有所感悟，了解生命短暂、不可蹉跎的真谛？

"是这样的，有一件事……"西蒙停顿了一下，"哎，我真不知道到底该怎么说。"

"想说什么就说呀！"她鼓励他。

西蒙深吸一口气，再一次开口，"我一直想问你……"

"克兰先生！"房门突然大开，一个绑着马尾的护士小姐充满活力地走进来，"我来帮你把点滴拔掉，已经结束了。"她熟练地拆开西蒙手臂上的针管，贴上绷带，朝西蒙与汉娜点点头，将点滴架移走。看着房门在护士身后关上，汉娜简直有杀人的冲动，真是个不速之客！为什么？为什么偏偏要在这个时刻闯进来？

"你可以说了。"当房间又回到两人世界时，汉娜鼓励西蒙继续被打断的话题。

"不，我想还是算了。"西蒙打了个大呵欠，"我累了，需要好好睡上一觉。"西蒙的回答令汉娜非常失望。

"你确定？"她设法令自己的声音听起来不要太失望，但感觉眼泪已快冲出眼眶，"如果你只是想小睡一下，我可以在这里陪你。"

"谢谢你！"他朝着她微笑，身体缩进被窝，"不过我一旦睡着，一定是一觉到天亮。"

"没关系，"汉娜坚持，"我陪你。"

"别胡闹了，你也得好好睡一觉。"

"我可以在这里睡觉。"

"哪里？"他眨眨眼睛，"在椅子上？"

"不行的话我可以睡在地板上。"这话说起来连她自己都觉得好笑，又不是在守夜。

"别开玩笑了，"西蒙又打了个大呵欠，"况且现在我觉得一个人比较好。"

"你难道不想……"她迟疑着。可是，她实在太好奇了，到底西蒙想问她什么？她一定得知道！刚才他差点就说出口了，就差那么一点点，"你难道不想把刚才的话讲完吗？"

"下次再说吧，好吗？"看他的眼睛已经快张不开了，汉娜知道，她得放弃追问了。

"好吧，亲爱的。"她轻轻在他唇上一吻，"明天一大早，我就来接你出院，好吗？"

没有回答。取而代之的，是轻微的鼾声。

15. 乔纳森

一月二日星期二，晚上八点十七分

"嗯，看起来还不错，你面前还有一段颇长的快乐生活等着你。"

乔纳森·N·格里夫怀疑地盯着他用左手抽出的十三张纸牌，由萨拉斯瓦蒂以一种神秘的顺序摆放在桌上。她称之为"塞尔特十字"，而他觉得称为"天方夜谭"应该也很合适。

他用右手食指点了点最上面的牌，图案再清楚不过：一个穿着盔甲的骷髅骑士，骑在一匹白马上。"嗯，不是我想反驳你，"他说，"可是我看到的是死亡……而且还摆在最上面！"碰触到这张牌，令他背脊不禁一凉。

"没错。"她回答道，这个答案让他觉得更冷了。"不过，死亡在这里并不是表面的意义。它代表解脱，全然的改变，是一种转化的过程。"

"那我可就放心了。"乔纳森咽了下口水，"我是说，死亡当然也可视为一种转变，只是我还不想这么早经历这种转变。"

"我刚说了，从你的牌相来看，你还有一段快乐且悠长的余生。"

"真美好！"

"不过……"

"啊，残酷的'不过'终于出现了！"

舒尔兹太太以严厉的眼光逼得他住口。"不过，"她继续说，倾身靠向桌上的纸牌，"你必须要有接受变化的心理准备。"

"什么样的变化？"

"嗤！"她不屑地挥挥手，仿佛赶走身边的苍蝇蚊子那般，接着一张张地划过纸牌，"我看到你有烦恼。"

"如今这世道，谁没有烦恼？"

她抬眼看着他，语带责备地说："如果你继续打断我的每句话，我们的时间铁定不够用。"

"我不开口了。"

她的眼神再次回到塔罗牌上，"我清楚地看到，你的内心有着深深的恐惧，你无法动弹。"

乔纳森勉强压住反驳的欲望，他一点都不觉得恐惧。至少目前没有，当然啦，在这一个半小时内，也可能发生天翻地覆的变化。

"你得挣脱出固有僵化的外壳，重新看待事情。"她指着一张标示着"愚人"的牌，图片是一个在悬崖凸石上单脚平衡的青年，"这张牌建议你大可放轻松些，"她解释，"抛掉沉重的包袱，不要紧抱着悲伤不放，丢弃所有压在心头的烦恼。"

"我才没有烦恼呢！"乔纳森迅速地回道，语气比想象中还要激动，"而且，如果我也可以发表意见的话，我会说，图片上这个年轻人看起来马上就要失足坠落了。"

萨拉斯瓦蒂靠回椅背上，发出不满的声音，"算了，我无法继续了。我看我们就这样结束好了，再继续下去也没什么意思。"说着伸手准备收拢桌上的纸牌。

"哦，别，拜托！"乔纳森惊叫，身子往前一倾，用手按住她的手。直到惊觉她谴责的目光，才尴尬地放手，清清喉咙说，"抱歉！从现在起我会保持沉默，我保证！"

"好吧。"她晃了晃头，仿佛尚在考虑是否该接受乔纳森的请求，最后还是伸手抚过桌上的纸牌，"这张牌叫作'骑士权杖'。"她指着一张牌，图案是一个男人如死神一般穿戴着盔甲，骑在马上，手上握着一支长棍，乔纳森细看后发现，也有可能是树枝，因上面有着绿色的嫩芽。"这张牌要求你要行动，告诉你一定得做些什么。图片上的权杖象征着火元素，是活力和行动的表现。"她点点头，"没错，现在正是朝着新方向出发的好时机。"

乔纳森很想问，到底哪一个方向是新方向，可是他实在不敢再开口了。

"你不必一个人朝着新方向走，你会得到协助。"她点了一下另一张牌，图片是一个穿着黄色衣服、头戴皇冠、坐在宝座上的女人，手上一样握有一枝长树枝。"有人会推你一把，指引你朝向正确的方向前行。"

"一个女人？"乔纳森无法不追问，脑袋里浮现出母亲的影子。

"有可能。不管如何，会有个相当强势的陪伴者出现在你身边。"她指指另一张牌，"这张是'圣杯皇后'，圣杯里有一个秘密，与你感情和灵魂有关的秘密。"

"秘密？什么秘密？"

"你得自己找出答案。无论如何，这张牌极富情感，它对你的要求是多听听感性的声音，不要只是遵从理性。"

"嗯。"他对萨拉斯瓦蒂模棱两可的用词渐渐失去耐性，听起来全都对，也可能全都不对。

"听从你的直觉，"她建议，"只要你用心，便可以看到征兆，并能了解它的意义。"

"哦。"

像是感受到乔纳森的不满，她继续补充说明："其实这很简单。大部分的人只是盲目地生活着，并不留意命运预示的征兆。只要张开眼睛和放开心胸，拥抱新事物、迎接新方向，所有令你的灵魂不安骚动的疑问都会得到答案。"

"哦。"他再次以单音回应。对他来说，这说法实在太过含混了，"你的说明不能再具体一点吗？所有你刚才所说的，对我来说还是太过模糊，难以梳理。"

他有点害怕这番话又会激怒萨拉斯瓦蒂，没想到她竟然对他点头微笑，"好吧。"她的手指游走在三张相邻的纸牌间，"就在这一年内，你会进入一段紧密且有结果的稳定关系。"

这可真有趣了！"一段紧密的稳定关系？"他追问，"是怎么样的关系？职业上的？"他早就有打算将马库思·波德从出版社执行长身份提升至合伙股东，波德是个能人，且最近一次的谈话更显示出他对格里夫森与书出版社强烈的责任感。他的忠实或许应该得到报偿了。

"嗯，"她低声说，"我当然无法百分之百确定，但是，就纸牌的排列组合来看，我甚至可以说，你很快就会结婚。"

乔纳森不禁大笑出声，"结婚？天知道！"

"潜意识知道很多我们不知道的事。"

乔纳森忍不住再度大笑，笑声之大，连自己都觉得有些歇斯底里。"好吧，你知道吗？我想你说对了。之前我没有任何恐惧，可是现在你跟我说我会在今年内……嗯，我现在真的有点害怕了，不只一点，是很害怕。"

"没什么好担心的。"

"我一点都不担心，因为你说的话荒谬透顶，我甚至还没有女朋友呢！"他得意地看着她。她一定没想到，他是一个彻底的单身男子，与感情关系有十万八千里远的距离。

舒尔兹太太一派轻松，不为所动地答道："今年才刚开始。"

"相信我，"他忍不住讪笑，"就算我一出你的大门就遇到我的梦中情人，我也不可能马上跟她结婚。"

"为什么不可能？"

"因为那么做毫无理性可言。"

"有时毫无理性反而是最理性的。"

"这话听起来虽然很漂亮，可惜在现实生活上一点都不适用。"

"看来你很熟悉嘛！"

"对什么很熟悉？"

"呵，对现实生活呀。"她用他的话回他，"我猜你大约四十多岁，如果你到现在还没有伴侣的话，那大概还真是不可能了。"

"这是什么话！我还曾结过婚呢！"

"重点是'曾经'。这代表你无法留住那位女士。"

"你想激怒我吗？"

"没错。"

"真感谢你！"

好一段时间，两个人就这样彼此瞪视。当乔纳森盯着对方一动也不动时，突然有种特别的感觉，像是在他与那位颇为迷人的舒尔兹太太之间迸出火花似的。他已经无法回想起，上一次有这种感觉是在什么时候了。或者他曾有过这种感觉吗？他与蒂娜之间似乎已经是好几千年前的事情了。

他一点都不觉得不舒服，恰恰相反。在这股莫名的情绪驱使下，乔纳森大胆地批评对方，"看来你也没有伴侣，我看我们两个人是同病相怜。"

"哦，你又是从哪里知道的？你变成占卜师了吗？"

"生命咨询师。"他纠正她。

"算你赢！"两人同声大笑。

"你有伴侣吗？"笑完后，乔纳森还是想知道。他无法解释自己到底是怎么回事，行为举止突然变成一个毫无教养的青少年，不过，他得承认，这还挺有趣的。

"有。"她简单明快地答道，"不过，现在重点不是我，而是你。我感觉在你生命中，有太多需要修补的地方。"

乔纳森靠回椅背，双手抱胸，"我来试着总结一下：未来将会有些改变。我会进入一段紧密的感情关系，甚至可能结婚。还有，我得留意某些征兆，并且接纳它们。"

"没错，可以这么说。"

"唯一的问题是，我该如何认出征兆。"

"这其实一点都不难。"

"譬如？"

"学着说好。"

"好？我不懂。"

她翻了一下白眼，"跟你解释还真得事事都从头说起。"

"这又有什么关系了？"

萨拉斯瓦蒂夸张地大叹一口气，"你还真是会啊。"

"什么？"

"就是真会装白痴呀。"

"抱歉，我不是故意的。"

"好吧，我解释给你听。你可以试试看，这一阵子无论你遇到什么事，不要说'不'，改说'好'，看看会发生什么事。例如，收到一张你通常会拒绝参加的邀请函的时候。"

"这么做有什么好处？"

"汲取新经验，扩展人生视野，给命运或巧合或随便你想怎么称呼的事情一个机会。这一切，都要先从说'好'开始。"

"你的意思是说，就像那本手账，意外将我带到你这里，并且让你帮我解牌？"

"这人终于开窍了！"

"这又不是真的那么难懂。"乔纳森有些生气地说。

"请你再抽一张牌，"萨拉斯瓦蒂不理会他的情绪，继续说，"并集中精神专注在你的问题上。"

"好吧。"他伸出左手在排成扇形的纸牌前犹疑，心里想着到底那本记事本是哪来的，以及与他有什么关系。突然之间，他感到指尖有股奇怪的感觉，顺着那个感觉，他指着一张正好在手指下方的纸牌，"就是这张。"

"很好，翻开它。"

他照做，与萨拉斯瓦蒂一同瞪着那张"命运之轮"。

"太棒了！"占卜师兴奋地叫了一声，并激动地鼓起掌来，"再清楚不过了。"

"清楚？"

"命运之轮代表生命的意义，从不止息的轮转。"她的语调不只轻快，甚至有些亢奋，"告诉我你的生日。"

他告诉了她。

"我就知道！"萨拉斯瓦蒂满意地喊着。在她将日期写在纸上，并以一种对乔纳森来说神秘的方式计算过后，"你的生年数字也是十！"

"也是十？"

她指着刚才那张标号X的纸牌，"命运之轮在塔罗牌里的大阿尔克纳编号也是十号，你这一年的命运不只是受到变化的影响，还有幸福。所有你今年所做的努力，都会得到报偿。"

"这你也算出来了？"乔纳森惊奇地问，"真是太神奇了！"

"没错，这是可以算出来的。我说，今年对你来说，真是完美的一年！你只要拿出勇气接受就行了。"

"完美的一年？"他怀疑地看着她。他没告诉她，手账第一页的手写字，正是属于你的完美一年。这不可能只是巧合，感觉就像是刻意安排的，"你确定你真的不知道这本记事本是谁的吗？"

她茫然地眨眨眼，"当然不知道！为什么这么问？"

"没什么。"乔纳森仔细盯着她的脸，寻找说谎的蛛丝马迹，但毫无发现。难道他的怀疑毫无根据吗？从昨天清早开始，怪事便不断发生，或许这又是其中一桩？"好吧，"他说，"看来这一年我算是福星高照。"

"还有其他问题吗？我们还有一点时间。"

"实际上我还有一堆问题，不过，我想不可能在这个晚上通通解决。"

"你可以预约时间，改日再来。"

他举起手摆了摆，"不了，谢谢你！这是一场很有意思的神秘学之旅，不过这样也就够了。"

舒尔兹太太叹了一口气，"你还是没搞懂，这一点都不神秘。确切来说，应该是一场对话，设法看见自己的潜意识，像一面镜子一样，透过它，你可以看见行为的原始动力。"

"无论如何，"他回道，瞄了一眼手表，"我得准备离开了，我的车子已经停车超时两个小时了，而且，我还有其他事情要做。"其实，他并没有什么其他事情，只是不想让萨拉斯瓦蒂知道，他每天十点不到，就上床看书准备睡觉了。不必开口，他也知道她会说什么。

"那你现在要怎么处理那本手账？"

他摆摆手，"我想我会把它送到失物招领处吧，这是最明智的做法。"

"或许是最明智的。"

"什么意思？"

"你自己想想。"

乔纳森回到车子旁边时，发现三件事情：

一、福斯不见了；二、逾时停车被开罚单；三、雨刷下还夹着另一张纸条，他拿起纸条读道：

致乔纳森·N·格里夫：

我也祝您有个美好的一天以及愉快幸福的一生，使您能够全然忘记停车间距这种微不足道的小事。还有：对您收到罚单这件事，实在太令我惋惜了。

祝福你
粗鲁的驾驶小姐

乔纳森边叹气边从雨刷下拿出罚单，用力捏成一团，却惊讶地发现自己竟然大笑出声。

16.

汉娜

十五天前

十二月十九日星期二，下午四点四十七分

"外面好冷，我都快冻成冰柱了。我们每个人都要一杯热可可，马上就要！"丽莎的脸颊冻得红通通，与七个穿得有如不倒翁般的小朋友一起冲进欢乐儿童大门。因为小朋友要求丢雪球打雪仗，他们便在艾本多夫公园待了快一小时，虽然帽子、围巾和防水雪衣和雪裤穿戴齐全，每个人还是冻得跟冰块一样，只是个个脸上都露出满足的笑容。

看到如此情景，汉娜不禁微笑起来。无论时代如何变化，在雪中玩耍仍是孩子们最快乐的事。用手捏出一颗扎实的雪球，朝着尖叫的伙伴们砸过去，结结实实正中对方的屁股，那时，不会有人感觉到四周冷冽的气温，冻到毫无知觉的脚也没什么大不了的了。当汉娜还是个小女孩时，冬天的第一场雪总是令她兴奋无比。她的父母会从地下储藏室拿出老木头雪橇，让她坐在上面，一路拖至公园，在那里与爸爸展开一场雪球大战。

"哈喽？地球总部呼叫汉娜，我们需要热可可！"丽莎站在她面前，好笑地看着她。

"啊，抱歉，我刚走神了。"

"看得出来！"丽莎说，"想事情想得眼神都直了。"她朝汉娜眨眨眼，"我猜，跟西蒙有关？"

"错了。"汉娜答道，"只是童年回忆而已。"

"了解，回忆啊回忆！"

"没错。"她指了指厨房，"热可可早就在炉子上等着你们了。"

"太棒了！"丽莎搓着手，"这样我们就有可能不会着凉了！"她脱掉外套，挂在衣帽架上，开始帮小孩一个个从雪衣和雪靴中解放出来。

汉娜则走进游戏间，在二十二度的室温下与八个小孩继续用亮光纸剪贴出圣诞星星和天使。另外还有一些小孩，由汉娜的母亲希比蕾领着去参观附近的警察局，算算时间也差不多该回到这里了。

她和丽莎乐观的预测并未落空，从开业到今日，客户源源不断。口耳相传的宣传方式相当有效，西蒙帮忙撰写的报道发表后不仅引来前老板酸溜溜的电话（"你们可以说出来呀！""我们说了，可是你不听啊。"）更引来附近区域如白沙岛①或沙瑟②的家长。只可惜西蒙的报道被视为公关文章，无法从报社领稿费。现在，她和丽莎常常必须安慰报名落空的家长，并保证会将他们填入候补名单中。

除了她母亲希比蕾和丽莎母亲芭芭拉之外，她们也雇用一些教育系学生或幼教实习生来做钟点帮手，因为现在欢乐儿童不仅早上就开门，而且由于"睡衣派对"实在太热门，早已改成每两星期就举办一次。总而言之，欢乐儿童实在太成功了，她们的策划与构想简直可以说是平地一声雷！两人今年的年终奖金比起往年都要可观多了，还可以给每位帮手五十欧元的节庆贴补。

有时，汉娜也会觉得可惜，为何自己不早点鼓起勇气，将梦想付诸实践。不过，倒也不至于懊恼，毕竟已着手进行了，就像俗语说的：再迟也好过不动手。她甚至已考虑扩大营业，但这个想法目前最好还是先瞒着西蒙和丽莎，以免被他们认为自己太过疯狂。还是先等等，观察工作室的营业状况一段时间后再说好了。

西蒙毫无改变的状况使得汉娜创业成功的喜悦蒙上一层阴影。从昏倒到现在，已经过了好几个星期，西蒙不仅没去复检，求职一事也毫无进展，实在很难令人快乐起来。

至于健康方面，似乎也毫无起色。西蒙几乎整天窝在家里电视机前的沙

---

① 白沙岛（Blankenese）位于汉堡，易北河在这里水面变得特别宽阔，使这里成了风景宜人适宜居住的场所。

② 沙瑟（Sasel）位于汉堡。

发上，偶尔丢封求职信，不然就是抱怨身体状况奇差无比，至今毫无复原的迹象。这真是令人想哭！

就像大部分的男人一样，西蒙很懂夸大身体的不适，但要他们真正面对问题去找医生，就像福克斯医生建议的那样，他却完全置之不理。

汉娜知道西蒙真正的问题是什么。她确信，他正处在一种类似忧郁症的低潮，自己没有能力挣脱。身体上的不适，只是心理状况的外显征兆而已，而且是自己沉浸其中不做任何改变的一个绝佳理由。

只因他想早点上床睡觉，汉娜又一次度过没有西蒙的晚上，汉娜觉得自己受够了。昨天早晨，她把西蒙塞进车子里，带到家庭医生处，让他能在圣诞节前完成所有的检查。今早西蒙就会知道检查结果，现在汉娜等他的电话已经等了好几个小时。她希望听到他说医生开了维生素给他，并建议他脱下睡衣开始生活。

只是，一直到现在西蒙都还没打电话来，汉娜渐渐紧张起来。她不想打给他，毕竟她已经逼他做够多事了，她一点都没兴趣变成一个唠叨的老妈子，老是跟在他身边碎碎念。

"等一下你还有时间吗？"丽莎问。六点十五分，送走最后一个小孩并与汉娜的母亲道别，两人一起整理游戏室时，她说，"我想，我们可以讨论一下下星期的活动计划。不过，当然得要你有时间。"她们已经决定，工作室在圣诞假期到新年之间的时间仍然开放。太多家长告诉她们，若是有人能在这段充满节庆焦虑的时间内，将孩子从电视机前带走几小时，会令他们感激到掉眼泪。但这也代表汉娜与丽莎这段时间得独力支撑，因为所有的帮手都去度假了。只有西蒙……嗯，西蒙。

"当然了，"汉娜回答，"我也没其他事。"接着情不自禁地大叹一口气。

"哦，听起来不太妙，发生什么事了？"

"哎，没什么。"汉娜含混带过，下一秒却又改变主意，"嗯，我只是有点担心西蒙。"

"他又不舒服了吗？"

"也不是，但也没变好。"

"他去看医生了吗？"

"昨天早上，"汉娜答道，"几乎是我押他去的。血液检验结果今天应该会出来，只是他到现在还没打电话给我。"

"那应该就是没事。"丽莎轻松地说，"你不是常说，没消息就是好消息吗？"

"没错，只是我希望西蒙能亲口将这个好消息告诉我，我等他的电话已经等了好几个小时了。"

"男人嘛！"丽莎翻翻眼睛，"总是活在另一个时间单位里。他可能掉进计算机里面的哪个平行时空里，或是看电视看到忘记一切，根本没想到他还有个女友正焦急地啃指甲等他的报告结果。"

汉娜耸耸肩，"你说得可能没错。"大约她脸上的表情太过悲惨，丽莎马上露出同情的神色，"哦，抱歉，我实在太粗心了。你真的很担心他，对不对？"

"呵，没有的事。"汉娜挥挥手，仿佛想将不好的念头一把挥去。

"不过，这回他这么久都没复原，也是挺奇怪的。"

"你刚不是说不可能有事吗？"

"对呀，可是……"

"要我说的话，"汉娜猛力打断丽莎的话，"他最大的毛病是失业引起的心理问题，就是这样。"

"我觉得'失业'跟'一直生病'两者之间没有什么关系。"丽莎怀疑汉娜的说法。

"所有事都有关联！"

"没错，阿门！"丽莎揶揄地说。

就在这一刻，汉娜手机响起，她一个箭步冲到衣架前，从大衣口袋掏出手机。

"哈！"看到来电显示她不禁大叫，"说曹操曹操就到！"立刻按下通话键，"嗨，魔鬼！"

"嗨！"西蒙的声音听起来闷闷的，且除了这一声之外，显得相当沉寂。霎时，医院里脚软的感觉又回到汉娜身上，她不禁用手撑着墙壁。"是我。"在那一声有些怪异的招呼后，西蒙又补了一句，听在汉娜耳里，相当不寻常。

"一切都没问题？"

"对。"

就这么短短一个字，让汉娜整个人放松下来。"上天保佑。"她轻声说，并闭上眼睛。直到现在，她才知道丽莎说得没错，自己竟然这么担心西蒙的健康问题，只是不愿意承认而已。

"医生怎么说？"她问，并睁开眼睛。丽莎朝她笑着点点头，双手跷着大拇指，比出赞的手势。

"那不重要，"西蒙说，"重要的是，你现在赶紧回家，找出衣橱里最漂亮的衣服换上，好好打扮打扮，等我一小时后来接你。"

"什么？我完全听不懂你在说什么。"

"回家去，"西蒙一个字一个字地重复，她几乎可以听到他的微笑，"穿上最漂亮的衣服，七点半前打扮好。"

"为什么？"

"先不告诉你，这是惊喜。"

"我来猜猜，"汉娜不由得兴奋起来，"你找到新工作了！"

"可惜让你失望了，"西蒙说，"我仍然失业。"

"可以请你不要再这样神秘兮兮，直接告诉我，到底怎么回事好吗？"

"晚点你就会知道。"

"西蒙！"她热切地喊，"我现在就想知道，到底是怎么回事！"

"不。"就这么一个字，西蒙便挂断电话。汉娜瞪着自己的手机，脑袋一片混乱。

"怎么了？"丽莎问。

"我不知道。他要我回家换衣服，然后等他来接我。"

"他找到新工作了？"

汉娜摇摇头，"没有，不是这个原因。"

丽莎一头雾水地看着她，突然之间，脸色突然开朗起来，并兴奋地击掌，"耶！"她大叫，"比找到工作还要好上一万倍！"

"什么事这么好？我怎么完全不知道？"

"汉娜！"丽莎故作严厉地看着她，"这不是很明显吗？奇怪，你平常没有这么迟钝。"

"什么事很明显？"

"今日将会出现让你终生最难忘的一夜：他会跟你求婚！"

"你真的这么认为？"

"当然了！不然还有可能是什么事？既然不是找到工作的话。西蒙要你这样盛装打扮，总不会只是为了要告诉你他现在胆固醇一切正常吧？"

"的确不太可能。"她承认。

"哈，多好！这一天终于来了！"说完丽莎垮下脸，可怜兮兮地说，"虽然不是发生在我身上。"

"真对不起，"汉娜安慰她，"不过相信我，很快你就会遇到你生命中的男人。不过，这段短短的时间内，"她摊开双臂指向这间工作室，"你看看这一切！我觉得，在这几个星期内，我们的人生变化真是奇大无比。"

"是没错，"丽莎仍是不太同意，"可是，我说的是真正重要的事，充满意义……"她思索着该如何说，"改变生命的事！"

17.

乔纳森
一月三日星期三，上午九点十一分

　　如往常一样，乔纳森结束每天清晨的慢跑回家冲澡后，穿好衣服，吃完早餐，在写字台前坐下。看着桌上那叠昨天波德给他的文件报表，他知道身为出版社老板，自己有责任仔细研读，只是，他实在提不起任何兴致！

　　事实上，他有把整件事情全权交给波德处理的冲动，他完全信任波德，但这么做无疑是向他宣告自己的无能。所以，再怎么没兴趣，他还是得努力从这些文件中找出一些能提出意见的灵感。

　　乔纳森浏览着一堆数字，波德在某些地方用荧光笔做出记号，只是，他完全没有概念，波德做这些记号到底想告诉他什么。承认自己无能后，他觉得还真丢脸，他真的有瞎子摸象的感觉。当年，在他决定修习哲学和比较文学双主修时，父亲只是笑笑，表示经营方面以后进出版社再从头学起就好了。

　　但沃夫冈·格里夫有天突然决定，他儿子还是适合从事公关，从此便不再让他过问营销之事了。至今，乔纳森还是不能理解，到底是什么让父亲做出这个决定。不过，实际上也无所谓，他还挺能胜任这个分配给他的角色。对外，他是出版社老板，并负责照顾旗下作者的情绪，让他们觉得自己备受重视。谁不喜欢享受美食，且一边与行家们谈论文学呢？而出版社所有决策都是父亲决定，就算名义上早已退休，但他仍是操控全局的幕后黑手，直到父亲因病再也无法给乔纳森任何意见为止。不过，这也不算太糟，因为波德是个能力很强的执行长，而出版社也一切都步入正常轨道。因此乔纳森仍像以前一样，继续扮演父亲分配给他的角色。一直到今天，他才突然发现自己进退维谷。他想，是否该跟他的执行长承认，自己对经营管理一窍不通，更不用提会计了？

　　乔纳森继续瞪着桌上的文件报表好几分钟，最后叹了一口气，把它挪到一旁，拿起今天的《汉堡新闻》。他决定晚一点再来研究那些文件，现在，他要进行每天早晨的例行公事——看报纸。

　　当他发现报纸首页破损且少了一角时，不禁生气地皱起眉头。看来，他得好好地跟送报员谈谈，以后将报纸卷起塞进筒状邮箱时，得记得小心一点。毕竟，这个筒状邮箱是乔纳森专为送报人员安置的。将报纸好好卷起来，毫无损伤地塞进大小适中的筒状邮箱里，应该不是什么高难度的动作吧？

　　乔纳森专心地浏览各个新闻，不时用铅笔圈起错字和错误语法，跳过体育新闻。对乔纳来说，体育的精神与意义在于主动参与，被动阅读他人的体育成就是件毫无意义的事。跳过这个无意义的版面后，乔纳森兴致高昂地阅读了文艺版。

　　大约一小时后，乔纳森折好报纸放在写字台上，眼睛突然瞄到刊登于头版上的一则消息：

内部消息：《汉堡新闻》同仁于元旦日失踪！

〔汉堡讯〕汉堡上野区居民西蒙·克兰自本周一起行踪不明。由于西蒙·克兰为《汉堡新闻》同仁，因此本报在此急切呼吁大众提供线索。根据警方调查结果，无法排除西蒙·克兰有自寻短见的可能性，据推测，极可能遭遇性命危险……

　　拜送报员所赐，这则消息就这样生生截断！刚好就在破掉的那一角，进一步的消息以及失踪者的照片都不见了，真是混蛋！

　　只是，"西蒙·克兰"这个名字似乎有些眼熟，奇怪，他是从哪里知道这个名字呢？是认识的人吗？不，乔纳森的记忆相当好，他确定不认识这个人。或许，他只是看过不少这个人所写的报道吧，新闻上说他是《汉堡新闻》的记者，而乔纳森又是长年订阅这份报纸的读者。

在还来不及细想时，门铃乍然响起，吓了他一大跳。瞄了腕表一眼，正好是十点钟，他又忘记了，每周三准时十点，他的家务助理亨瑞特·詹森会来帮他维持单身汉的居家整洁。

他匆忙起身，跑下楼梯冲进饭厅，迅速地将早餐使用的杯盘刀叉送进厨房洗碗机里。当铃声再度响起，他三步并作两步地跳到门边开门，并微笑地说："新年快乐！"

"新年快乐，格里夫先生。"眼前这位身高一米六的矮壮妇人踏着坚稳的脚步进门，将一束花放在玄关的小茶几上，然后解开头巾，露出一头蓝灰色的蓬松小卷发。"怎么，你可是又赶着收拾一番？厨房门还半开着呢！"她对乔纳森眨眨眼睛，浅蓝色的眼睛旁皱起一丝丝的细纹。

"当然没有！"乔纳森否认，"我有你帮我做呢！"

"没错！"她好笑地朝他点点头，脱下厚重的靴子，打开鞋柜从客用拖鞋旁取出健康鞋穿上，"今天有什么特别交代？"

"没有，如往常一样就行了。"

"那我开始工作了。"

"我马上离开。"

詹森太太身影消失在厨房时，乔纳森上楼进书房找书。在他的家务助理打扫房子的五个钟头内，他会带本好书到咖啡厅里消磨时间。他总是这么做，因为亨瑞特工作时，不喜欢背后有人盯着的感觉。

她跟乔纳森提过好几次，可以给她一份备用钥匙，这样就不必在家等她来。不过，乔纳森总觉得怪怪的，不是不信任他的家务助理，绝对不是这样，詹森太太已帮他工作好几年了，在他与蒂娜还在一起时，她就已经是他们的家务助理了，是个完全可以信任的人。只是……他就是无法将钥匙交给她。

乔纳森站在书房大书柜前，看着一排排的书，今天要看什么书呢？诗？不太想。非小说？完全没胃口。长篇小说？今天不适合，他总觉得无法专心。浏览过一本又一本的书名，都引不起他的兴趣。

他也可以将编辑给他的书稿打印出来，只是，一看到这个就想起出版社的营运问题，他实在没兴趣。看来，今天只能散散步，不看书了。

就在此刻，他突然想起波德给他的文件还摊开放在写字台上，就算他全然信任他的家务助理，但格里夫森与书出版社的财务状况还是与她无关。

他走向写字台，拿起桌上那叠满是数字的文件，夹进《汉堡新闻》报纸里。迟疑了一下，为了保险起见，他还是将夹着文件的报纸塞进桌子旁专门放废纸的纸箱最下层。

摆好后乔纳森松了一口气，下楼穿上大衣，走到厨房门边与詹森太太道别。

"我走了。"

"好的。"她眼睛盯着正在清洗的流理台，头也不抬地说。

"对了，还有一件事：今天不必将旧纸堆拿去回收，门前的纸类回收箱已经满出来了。"

"我也看到了，没问题。"

"好的，那就下星期三见！"

乔纳森走到门边正要开门时，眼光突然扫过吊在挂钩上的袋子，之前被他的大衣挡住。

那个装有手账的袋子！

现在他知道该怎么打发时间了，在詹森太太结束工作前，他要开车到位于阿托那的失物招领处，将手账交出去。

所有他能想到找出失主的方法，他都做了。现在，就让命运决定吧。是的，就是命运！萨拉斯瓦蒂·舒尔兹不也这么说吗？

18.

汉娜

十五天前

十二月十九日星期二，晚上七点五十六分

当月亮映入你的眼里如一张大圆比萨，这就是爱……

当他们走进曼斯坦路上的里卡多意大利餐厅时，扑面而来的是迪恩·马丁震耳欲聋的经典情歌。汉娜觉得，她这一生至今，还未曾如此紧张过，想到即将成真的美梦，心里仿佛住着一大群小鹿跳来撞去。

就如电话里所言，西蒙准时七点半到她家，非常绅士地挽着她到车门边，帮她打开车门请她上车，并等她坐好后才关上车门。

现在，在餐厅朦胧的灯光下，他帮着她脱下大衣，并以赞赏的眼神看着她，说："你真漂亮！"

"谢谢！"为了这场惊喜的约会，汉娜费尽心思打扮自己。平日如鸟窝般的红卷发，在她花了半小时用离子夹拉直后，现在柔软且自然地披落于肩（运气好的话还可以再维持十分钟）。

为了配合她的红发，汉娜戴上金色大耳环，这是西蒙从前送她的圣诞礼物。接着开始动手化妆，青春期结束后，她便不曾如此慎重地往脸上涂抹，还试了最流行的"烟熏妆"。她曾在某处看过，像她这样的绿眼珠，衬上烟熏妆会显得特别神秘性感。

只是，完妆后镜子里的人却像是准备挺身对抗坦克车的女武士，沮丧之余只好全数抹去，重新化上自然裸妆，最后点上唇蜜。这样的装扮她觉得自然且安心多了，她可不想西蒙一想到婚姻，就想到监狱去。

如同西蒙在电话中的指示，她穿着"最漂亮的衣服"。其实不难选择，因为她只有这么一件！在日常生活中，需要盛装打扮的机会实在少之又少，因此，她在衣橱里找了大半天，才从深处角落中拿出这件典型的"黑色小洋装"。接着，又几乎将整个放袜子的抽屉倒过来，才找出一双完美无瑕的丝袜。脚上穿的黑色高跟鞋，是为了西蒙母亲葬礼所购置，汉娜暗自希望西蒙不要一看到这双鞋就想起丧礼。只是，她认为比起盯着她的鞋子出神，西蒙今晚应该有更重要的事情要做。

"你今天也很帅！"当西蒙帮她把大衣挂好回来时，汉娜不由得出声赞美自己的男友。西蒙很少将自己打扮得如此绅士，自从失业后，更是疏于打理服装仪容。

今晚，西蒙穿着深灰细条纹西装，使得他高瘦的身材更显俊挺。白衬衫的衣领熨得工工整整，配上一条酒红色的领带，西装外套袖子下方，银色袖扣隐隐闪亮。看来西蒙今天还抽空去修剪了头发，原来一头深褐色的乱发，现在已是服服帖帖地显现出"发型"。瘦削的脸庞刮得干干净净，脸颊上的酒窝终得以重见天日。还有，西蒙甚至将眼镜留在家里，戴起隐形眼镜。汉娜知道，只有在非常重要的场合，西蒙才会戴隐形眼镜，例如访问重量级的名人。嗯，或许还有求婚的时候？

"晚安！"一位面带微笑的侍者走到他们身边，"我是里卡多。"哇，连老板都亲自出来招呼！

"晚安！"他们齐声回道。

"请问有订位吗？"

"有的，"西蒙点头，"克兰。"

"请跟我来。"里卡多说。连一秒钟的迟疑都没有，没有噗哧一声笑出来，更没开任何玩笑。还真是难得，大部分人听到西蒙介绍自己的姓氏"克兰"时，总忍不住要讲些谐音"克难"的双关语。汉娜觉得，这真是一个美好夜晚的好兆头。毕竟，再听到类似"克难（兰）？那可得请你先付款后上菜"之类的玩笑，实在只会让她跟西蒙打呵欠而已。只是，从口音上来判断，这位里卡多先生极有可能是外国人，并不了解这个德文姓氏的意思。不过不管是什么原因，反正汉娜认定它是个好兆头。

侍者领着他们穿过客满的座位区，来到餐厅最里端，拉开帘幕后，一个独立用餐的小空间出现眼前。

"哇!"汉娜不禁低呼,眼前的小桌子已为两人摆设妥当。银色烛台上的三支蜡烛,将桌上擦得精亮的酒杯与香槟杯照得闪闪发光。桌上的刀叉皆是银制餐具,厚实的白色锦缎桌巾,暗红的餐巾布,色调与前菜盘旁的一枝长柄玫瑰一模一样。"你真的确定我们不是要庆祝你找到新工作?"汉娜看着西蒙问,快乐得有些手足无措,"承认吧,你是《明镜》的新任主编!"

"可惜不是。"西蒙回道,笑容有些扭曲,"是为了别的事!"

"我很好奇,太好奇了!"就算汉娜之前对丽莎的推测还有一点怀疑,在看到如此浪漫的摆饰后,已全然释怀。这只能是为了求婚,不可能再有任何其他事了。如果真的不是为了求婚,那只说西蒙的幽默感真是诡异。

"太太?"里卡多拉开椅子,正是摆着长柄玫瑰的座位,让汉娜能够入座。

"是小姐。"汉娜纠正他,并微笑地入座。虽然有点无聊,可是她实在忍不住要调皮一下,一边对西蒙眨眨眼。但西蒙没有任何反应,似乎完全不理解汉娜的隐喻,也不觉得有趣。

恰恰相反!当西蒙在侍者拉开的座位坐下时,脸上的表情异常严肃,紧绷的五官,甚至可以说是相当苦恼。汉娜霎时决定,这一晚不再开任何玩笑,西蒙看起来那么紧张,不过这也是正常的吧,毕竟求婚可不是天天发生的事。

"香槟?"里卡多问,边将香槟从桌边的冰筒里取出。

"好的,谢谢。"汉娜回答,一边拿起香槟杯朝向侍者的方向伸去,看到侍者讶异的神情,惊觉不妥而赶紧放回原位。看来这种行为只适合在酒吧里,在高雅的餐厅不该这么做。

里卡多以熟练的专业姿势打开香槟,仅发出微小的开瓶声,先倒进汉娜的杯子,再给西蒙,微微朝着他们点了点头,便静静地离开了。

西蒙举起杯子,"现在?"终于有点笑容。

"敬我俩!"汉娜说,一边与他碰杯,再将杯子抵在双唇,享受气泡带来的特殊感受。

铃声将要响起,铃呀铃呀铃,耳边又响起迪恩·马丁的歌声,汉娜听到心里乱撞的小鹿跟着应和"铃呀铃呀铃"。

两人沉默地坐着，互相看着对方一分钟之久。只是，汉娜觉得自己是个闪着一千根烛光的发光体，桌上的蜡烛根本只是摆饰而已，在她前面的人得戴墨镜才行。

心儿跟着雀跃，扑通扑通地跳。

"这么浪漫的邀约是为了什么？"汉娜终于受不了西蒙一言不发的沉默，出声追问。只是一开口，她就后悔了。她早就下定决心，绝对不要由她开始。今晚，是西蒙的邀约，要让他主导一切，由他决定什么时候开口。

只是，她管不住自己的嘴巴，一下子便说溜了嘴（这一定是大脑短路的结果！）她惭愧地垂下眼睛，觉得自己总是当不了一个守礼且有耐心的好女孩。不过，嗯，她也早就过了女孩的年纪，只是当个好女人大概也不太容易了。

"别急，亲爱的！"西蒙很快地答道，并伸手握住她的双手。汉娜被他冰冷的双手吓了一跳，身体不觉地缩了一下，她抬眼望向他。"首先，我想跟你好好享受今晚的美食，我们有的是时间。"

"是的，完全正确。"汉娜很想大叫，用力捶胸顿足，这根本就是酷刑！如何叫她能安心享受今夜的美食？心中热切的期待不仅令她如坐针毡，更束紧了她的喉咙，使她呼吸困难。

就连摆在桌上的开胃橄榄，她也无法吞下，一颗也没办法！不要说橄榄，就连小豌豆都不行，哦，别说了，连吞口水她都觉得困难！她伸手拿起香槟，一口喝干。好吧，吞口水应该还是没问题的。

"敬今晚！"她开口，并努力让自己的声音听起来不要像受尽折磨。另外她也暗自祈祷里卡多赶紧出现，帮她倒杯香槟。她相信如果自己拿来倒，大约会被当成大老土。

"哎，亲爱的！"西蒙笑了起来，"我知道对你来说一定是个折磨。"

"没错！"她回道。

"我可以跟你保证，这样的安排是最好的。让我们先好好享受今晚的一切，"他倾身靠近她，垂着眼降低音量说，"在进入严肃的话题之前！"

"好，没问题。"汉娜不觉又干咽了一口，这回没有香槟。老天，西蒙还真会演戏，她从来不知道他竟然这么有天分，可以将整件事搞得如此戏剧化。

"我们先准备吃饭吧！"像是听到通关密语一样，帘幕突然拉开，里卡多现身，并将一个标有"本日特别推荐"字样的小黑板跨在架子上。她与西蒙仔细地研读菜单，西蒙点了百汇色拉和烤鲷鱼，汉娜则点了鲔鱼酱小牛肉和海鲜比萨。佐餐酒则是一瓶嘉维白酒。

"非常好！"里卡多一一记下后，拿起小黑板准备消失在帘幕之后。

"抱歉？"汉娜出声阻止里卡多的离去，举了下空的香槟杯。不管这种行为是否太过粗鲁，但她需要香槟舒缓紧张的气氛。何况这瓶香槟一定是要钱的。待会儿上了嘉维白酒，香槟就会撤掉，这不是太可惜了吗？

"当然！"侍者拿起酒瓶，帮汉娜倒了一杯。当他转向西蒙时，西蒙的酒杯仍然半满，他微笑地以眼神示意拒绝。好吧，西蒙的确应该保持清醒，他还要实现计划，而汉娜只要在适当的时候说"我愿意"就行了。只要她还活着，就不难办到这点。

当这个世界显得闪闪发亮，仿佛你已醉眼蒙胧，那就是爱……

"医生到底怎么说？"在他们又回到两人世界后，汉娜开了个新话题。

"没说什么。"西蒙回答。

"什么都没说？"

"那不重要。"西蒙不愿继续这个话题，"我觉得这个话题实在不适合在这么浪漫的晚餐出现。"

"那请你告诉我，你觉得适合的话题是什么。"

"你不要生气呀！"

"我一点都不生气！"汉娜生气地说，"我只是觉得你现在对我做的事有点不公平。"

"我现在对你做的事？"

"没错，"她点头，"你知道，我一向不是那么有耐心。"

"'不是那么有耐心'的说法实在太含蓄了。"

"你看，你明明知道那是我最大的弱点，现在还故意这样逗弄我。"虽然她从未跟西蒙说过，但这是他们两人之间最大的问题，西蒙的慢半拍，或者根本没反应的态度常常令她火冒三丈。而现在的情况比慢半拍还糟糕。

她的男友笑了，"拜托，汉娜，别破坏今晚的气氛。"

"啊，现在是我在破坏今晚的气氛？"她其实知道自己正在这么做，也知道最好赶快停止，不要继续下去。只是，紧绷的情绪令她无法平静下来。此刻，她觉得喉咙哽着的石头渐渐变大，要不了多久，她就要失声痛哭了。

西蒙仿佛感觉到了，突然间，他温柔地看着她，握住她的双手，轻轻地抚摸着。"亲爱的，"他轻声地说，"我并不想折磨你或惹你生气，更不想让你伤心落泪。"他叹了一口气，"我只是希望能毫无负担地享受一顿美好的晚餐，不过，如果你受不了的话，我现在就可以告诉你是什么事情了。"

"哦，不！"她不知道自己该说什么。一方面她恨不得马上从西蒙口中听到梦寐以求的话，但另一方面，她又为了自己如此这般猴急而觉得难过，为什么她就不能让西蒙在他自己觉得最合适的时刻说出口呢？

"没关系，"西蒙说，"这样也好，否则等到最后我可能也会失去勇气。"

"那我就洗耳恭听！"

"那么，汉娜。"他仍然握着她的双手，只是握得更紧，像是怕她会跳起来离开他似的。这还真是荒谬，她怎么可能离开呢？恰恰相反，她最大的愿望就是永远陪在西蒙身边，一生一世不分离。

"怎么了？"说！她听到内心里有个声音呐喊着。

西蒙清清喉咙，"首先，我得告诉你，你今晚实在非常美丽。"

"谢谢。"哦，拜托，别废话了，赶快进入正题！

"第一次见到你，是我去接约拿斯回家。当时，我可以说是一眼就爱上你。"

汉娜不禁傻笑起来，有点不好意思，"哎，你这个人！"

"真的，我没骗你。我一见到你，就知道你是我的梦中情人，直到现在一点都没改变。"

"哎。"汉娜脸红了。她得承认，自己突然非常喜欢西蒙的慢半拍，他可以慢慢来，不必急着马上求婚，只要甜言蜜语不断持续下去，多久都可以。

"你精力充沛，元气十足！打从认识你，我便深深折服在你的活力与冲劲之下。虽然有时我也不免会想，或许稍微放慢一点脚步也不坏。"

"是啦，可是我……"

"嘘，"西蒙打断她的话，"现在先听我说。"

"好吧。"

"有时，我会想象我们的孩子最好像你，而不要像我。"他对着她笑，"这样，他们不只会遗传到你的奇思怪想，你的乐观天性，还会遗传你那一头红卷发。"

汉娜反射性地举起手摸摸头发，不知之前的造型是否还维持着，或者已经自由发展成新发型了。

"真的，汉娜。你有我这一生最想要的一切，你是我的梦中情人，我最亲密的好友，我的人生导师，我的生命支柱，所有一切的一切。拥有你这样的女人，是每个男人最热切的盼望。"

西蒙声音渐渐提高，且显得过于激动，让汉娜几乎觉得丢脸了。她暗自祈祷，帘幕外用餐的客人不会听到这篇过分夸张的赞美之词，虽然这些话的确也满足了她的虚荣。

"谢谢你，西蒙，"汉娜说，"不过我想这样就够了。"

"不，"他一口回绝，"一点都不够，你是我这一生的挚爱。"

"你也是我一生的挚爱。"

他困难地吞了口口水，"所以，接下来我想说的话，也就不那么容易。"

轮到汉娜紧握西蒙的手，帮他打气，"你就直接说吧。"

"汉娜……"他闭上眼睛，片刻后睁开，直直地看着汉娜。那眼神几乎要令汉娜融化了，这么浓厚的感情，这么多的爱意，全在他的眼神中表达出来。所有他要说的话，不管是否夸张，汉娜都会毫无保留地全部接受！"所以，所以，汉娜，我放你自由！"

"我愿意！"汉娜大喊。

她跳起来，正想绕过桌子向前拥抱西蒙时，突然理解西蒙刚才说了什么。在极度困惑中，她又坐回椅子上。

"嗯，抱歉，不过……你说什么？"

"我放你自由。"西蒙重复刚才的话,"我放你离开,让你与别人快乐地共度一生。虽然我很难过,但我觉得这是对你最好的做法。"

"什么?"汉娜摇摇头,设法令自己清醒,她一定是喝醉了。两杯香槟应该不可能让她醉到这般地步!她如触电般地从他手中抽回自己的双手,"我听错了吗?你要跟我分手?"他的幽默感果然很诡异!

"不,"他平静地说,"我永远不会跟你分手,永远不会!"

"可是你刚刚不是这么做了吗?"

"别这样,"他伸手想握住汉娜的双手,但她双手握拳拒绝,"我知道你现在很困惑。"

"是吗?"她感到自己一边眉毛高高翘起,"为什么?当男友才刚长篇大论解释完自己是他的梦中情人后,就立刻说要分手。这不是很正常吗?"

"请听我说,"他说,"我也不愿意这样做。"

"你是被强迫的?"

西蒙耸耸肩,"可以这么说。"

"啊!"这话更令她一头雾水,"谁强迫你?你该不会有另一个我不知道的神秘身份是间谍吧?你得销声匿迹?接受证人保护计划?"

"不,汉娜。"他悲哀地看着她,"我只是希望你幸福,跟我在一起你不会幸福的。"

"你到底在说什么?"她质问他,眼中的泪水已快夺眶而出。这一切都好不真实,她一定是在做梦,对,一场噩梦!

若你行于梦境,但知道自己并不是做梦……

"事情是这样的,汉娜。"西蒙再度清清喉咙,伸手抓过餐巾布,紧张地捏着,"看样子,我无法活到明年。"

她瞪着他,一脸无法置信。突然,她觉得一股燥热,转瞬又感到一阵寒冷,头晕目眩,身体非常、非常不舒服。

"什么?"她用颤抖的声音轻声问他,"你刚刚说什么,我没听懂。"

"抱歉,明年此时,我可能已不在人世了。"

"来了!"帘幕突然拉开,里卡多走近桌边,欢快地将一瓶酒送到西蒙鼻尖下,"嘉维白酒!"

19.

乔纳森
一月三日星期三，上午十点四十七分

不，不能这样。萨拉斯瓦蒂是怎么建议的？从现在起，应该凡事说好，并且鼓起勇气照做。他现在打算做的事恰恰相反，明显就是抱着拒绝的态度。乔纳森将车子停在失物招领处的门口，正打算将手账随便交给里面的办事员，然后就将这件事抛到脑后，不再理会。

显然这是一个明智的做法，没错。不过，这也是正确的做法吗？

如果，这本手账真有一个秘密，而且乔纳森应该继续追查到底？解牌时不是也提到一个秘密，和他感情和灵魂密切相关……

乔纳森猛力打开车门，一脚踩在人行道上。老天，可别开始认真考虑占卜师的胡言乱语！

他站在车边，手里拿着手账，准备大步走进失物招领处，将手上的东西"砰"一声放在柜台上。这本手账不是他的，没有任何理由要他继续花脑筋在这东西上。

只是，他又迟疑了。这么做对吗？真的对吗？他叹口气，继续坐回驾驶座，关上车门。如果现在交出这本手账，那么，他永远都不会知道这本手账的故事了：它是谁的？是谁填满了一年的行事历？又是为谁所填？它又为何挂在自己的脚踏车上？对这些问题，他是否能够置之不理？或者会一直存在心上，令他寝食难安？成为一生的遗憾？

不必深究，他也知道答案：此时此刻，这本手账已经令他手足无措，进退两难了。

无论机会再怎么渺茫，他也无法完全排除这本手账与母亲苏菲亚的关系。就算完全无关好了，乔纳森也无法确定，交出手账是否会与生命中的奇

遇失之交臂。

他拿起手账，再一次翻开它，阅读今天一月三日上的记载：

一年中只有两个日子让人无能为力：一个是昨日，另一个是明日。所以，只有今日才最适合去爱，去信，以及最重要的，去生活。

是了，当脑袋一片空白时，名言最好用了，简直是万灵丹。不过，乔纳森承认，这个句子相当符合逻辑，所有的行动都是当下，不在昨日也不在明日，无须天才，每一个人都可以瞎掰出这番话。准确来说，这就是所谓的"家庭主妇人生哲学"，且保证畅销。

就像保罗·科尔贺、赛吉欧·宾伯伦和佛朗索瓦·勒洛尔这些畅销作家的书一样，以伤春悲秋极、尽煽情的笔法引诱大批读者进入一种亢奋的状态，占据畅销排行榜数月之久。父亲沃夫冈总是引用马克思的话，称这类书籍是"人民的鸦片"，并不厌其烦地强调，"格里夫森与书出版社"不缺这些"廉价的畅销书"，严肃优美的纯文学一样可以赚钱。讲这些话时，父亲总是朝着书柜上整排精装真皮封面的胡伯图斯·克鲁尔著作点头示意。

只是，若乔纳森没有误解执行长波德的意思，出版社现在的确需要一些畅销书，而且越廉价，或者该说越迅速越好。

转回思绪，乔纳森继续读下去，一月三日下面的记载还未结束。由于字体细小，他不得不弯身至副驾驶座前的置物箱，拿出老花镜，戴妥后继续细读下去：

从今天起的每日功课：

每天早上在"备忘录"里写下三件感恩、打从心底想说谢谢的事。例如：耀眼的阳光、朋友、爱情、行动自如等等，所有你能想到的事情。

每天晚上写下三件今天快乐的事：一顿美食、一场亲切的谈话，或是从收音机中听到的最爱的歌曲。

动手吧！

这实在太像青春期的游戏了，简直是胡闹，谁会有时间做这种无聊的事呢？而且，这种行为能带来什么好处？

乔纳森知道自己生活中感恩的事根本不必写下来。他又不像失智的父亲，没有失忆的危险。

例如，他感谢……嗯……感谢……

嗯，他感谢什么？

20. 汉娜

十五天前
十二月十九日星期二，晚上九点二十三分

他们没喝那瓶嘉维白酒，也没吃烤鲷鱼、鲔鱼酱小牛肉或海鲜比萨。他们什么都没吃，只是说话，不，只有西蒙在说话。

他说家庭医生将他转诊到医院，在那里待了大半天，接受各种检查，从触诊、抽血到超音波。最后，被一群面带忧虑的医生包围，告诉他根据他们的看法，他很可能患了淋巴肿瘤，建议他赶紧去做组织切片检查，以便进一步确定，到底是哪一类的淋巴瘤以及病情轻重等问题。

他说他脑袋一片空白地走出医院，慌乱、无助、恐惧。终于回到家后马上上网，发现他极可能一年内就会死去。

说到这里汉娜打断他，强忍着眼泪，"你怎么知道？甚至还未确定……"

"汉娜！"他打断她的话，"你不在现场！是我在医生面前，看到他们如何把我从头顶摸到脚跟，一面不断地摇头。看到他们如何皱着眉解读我的化验结果和超音波照片，如何互相交换忧虑的眼神。相信我，癌细胞已经扩散了，他们口中所说的'进一步确定'不过只是一种安慰，让我不要马上跳河而已。"说到这里西蒙不禁苦笑，"关于癌症，我知道的相当多。医生不断地给我父母希望，但到最后，只会造成他们更多的痛苦。"

"但你并不知道在你身上会怎样！"汉娜不禁哽咽地低喊。

"不，我知道！"他反驳，"首先，从遗传上来说，我本来就是患癌症的高危险群。"他扳着手指数下去，"然后，看来我身上已经出现B症候群了。"

"B症候群？"

"之前我们一直认为拖很久但无大碍的感冒，就我的判断，应该就是副肿瘤症候群了！"

"你的判断。"

"不，不只是我而已。网络上多的是与我有同样经历的人，大部分人都在半年内死亡。特别是像我这样的年轻人，癌细胞扩散得特别快。你用'淋巴肿瘤'这个关键字上网搜寻一下，就会理解我说的话了。"

"天啊，西蒙！"汉娜拍了一下桌子，难以置信地瞪着他，"这么重要的事，你该不会不相信医生反而相信网络吧！"

"当然不是。但你别忘了，我是记者，我知道如何分辨资料来源，哪些是可以信任的，哪些不是。而且，我不是那种活在粉红泡泡里觉得世间一切美好的人，我也无法说服自己，这一切不会那么糟。"

"你在说我吗？"汉娜强忍住抽噎。

"不。"他一口否认，试着换一种说法，"汉娜，我不具有乐观天性，天生就是这样。我不是说你是那种活在粉红泡泡里的女孩，这从'欢乐儿童'创业成功就证明了。只是，我们的个性南辕北辙，我比较希望我们能现实一点，面对我活不过这一年的事实，我不想欺骗自己。"

"我不要继续听你说这些荒谬的话了！"汉娜反驳，内心升起一股无能为力的怒火，她愤怒西蒙如此顽固，如此彻底地排除"这一切没那么糟"的可能性。"我们先回家，平静下来再来思考下一步要怎么做。必要的话，我会押着你去看一个又一个医生，绝不让你像鸵鸟一样，把头埋在沙子里面！"

"不，"他说，"不会再有'我们'了。"

"不行！我绝对不会让你走，我们要一起渡过难关！"

西蒙不再说话，只是悲伤地看着她。

"走！"她站起身来，"我们到门口结账。"

西蒙并没有起身，汉娜颓然地跌坐下来。突然她发现西蒙正强忍着不让眼泪流下。就在这个刹那，她感受到自己一直不愿面对的情绪，一阵恐慌迎面袭来，冷冷地掐住她的喉咙。

"西蒙，"她轻声呼唤，"求求你！"

他再度握住她的手，"我知道这对你来说很残酷，但是我已经决定了。整整十年，母亲陪伴父亲走向死亡这条路，不断地在绝望与希望间摆荡，一日复一日。各种手术和化疗，每个无眠的夜晚，无止境的疼痛和呕吐，长时间的住院，一而再，再而三。所有小小的进展，总是伴随着下一步的恶化。为了爸爸，妈妈舍弃自己的生活，所有生活作息都是为配合爸爸。结果呢？爸爸走后，就在妈妈终于可以重拾自己的生活后，她也发病了，然后受尽折磨地死去。不，我不要你经历这些，绝对不要！"

汉娜困难地咽了口口水，西蒙所说的听起来的确很悲惨。

"所有你说的，我都能理解。"她说，"只是，我还是不能离开你。"

"你不必离开我。"西蒙伸手从西装口袋掏出钱包，打开拿出两张五十欧元纸钞，放在桌上，"因为，我会离开你，抱歉。"说完拉开椅子站起身来。

"你不能这么做！"汉娜跟着起身，太过猛烈，使得桌子差点翻倒。她一把搂住他，双手紧紧环抱他的脖子，"我如此爱你！"说完这句话，她再也忍不住了，眼泪就如断线的珍珠滚落下来。

"我也爱你！"西蒙双手环绕着她，用力将她拥进怀中。他温柔地抚摸她的头发，低头轻轻地吻在耳朵上，他也如她一样，泪流满面，哽咽不止。西蒙紧紧抱着她，紧到令她相信，魔咒已经解除，西蒙永远不会再放开她了。

只是，他还是放开她了。

几分钟后，他温柔但坚决地推开她，忧伤地看着她，举手擦掉自己的泪水，再轻轻拭去汉娜的泪水。

"我要回去了。"他说。

"我可以一起去吗？求求你！"

"不，汉娜，现在我必须一个人。"

"不，你不必一个人……"

"拜托你，"他坚持，"今天已经够糟了！"

"我让你觉得更糟吗？"她无法掩饰自己受伤的情绪。

"是的，"他说，很快地又更正，"不，当然不是。只是……"叹口气，"别让我如此为难。"

"我并不想为难你。"她回答，并试图微笑，"你不能期待我会接受你的说法，让你这样就走。"

"至少给我几天的时间，好吗？我的脑袋现在一片混乱，需要时间平静下来。"

"那你收回分手的话了？"

"哎，汉娜！"他将她拉进怀里，低头吻着她的发根，"汉娜，"他喃喃低语，"我疯狂可爱美丽的汉娜。"

她将他稍微推开，扬起头来，踮起脚尖，给了他一记深深的温柔的吻。"我们一定可以做到。"她轻声说。

西蒙沉默不语。

"我确信我们没有绝望的理由，等你度过初期的震荡之后，我们一定可以一起找到帮助你的方法与途径。"汉娜察觉自己又因紧张而开始喋喋不休，但她就是无法控制，"而且，你一定会活过明年！我知道，在你面前还有足足五十年的好日子等着你。呵，看我在说什么，什么叫好，是很精彩很完美的日子！"

西蒙仍然沉默不语。

"譬如说，我可以……"

"我们走吧，"他打断她的话，"我先送你回家。"

"我说过，我很乐意陪你回去！"

西蒙笑了，终于，"我知道。不过，我还是送你回家，你这个固执的小丫头。其他的，我们以后再说。"

21.　乔纳森

一月三日星期三，下午四点四十四分

当乔纳森开车回到自家门口时，天色已黑。停车熄火后，他仍坐在车子里好一阵子，深深觉得羞愧。

就在他毫无目的地走过一条又一条街道，进商店买了一些东西后（家里已经没有高蛋白面包和火鸡肉片），他走进植物园里坐在板凳上，拿出手账和原子笔。

他想写下自己生活中值得感谢的事，没什么特别的原因，只是出于好奇。毕竟，他应该说"好"而不是拒绝，这只是个小小的练习而已。况且，确切而言他现在也没什么其他的事可忙，只是得消磨一段时间等詹森太太打扫完家里。为何不趁这个机会列出感恩事项呢？先写在手账后面的备忘录，还给主人之前撕下来就行了。

结果，什么都没有！

他的脑袋一片空白，想不出任何值得他感谢的事。

当然，如果是像"幸好不是坐在轮椅上"或"银行存款丰厚无虞"，还是"有足够的食物"和"是个有身份地位的人"这类陈腔滥调，他可以写上一大篇。

只可惜，没有什么是他真正打从心底想感谢的。生活中，没有任何可以称得上感恩的事，没有能使他心中充满幸福、愉悦与满足，每天早上一睁眼，晚间入睡合眼之前，就立刻浮上心头的事。

怎么可能会有？他的妻子与他最要好的朋友跑了，留下他孤单一人。他的父亲不过是活过一天是一天，他的母亲更是在他年幼时便已离开他了。最近，他还知道自己的出版社陷入危机，搞不好他还可能流浪街头。还有，这个世界以及周遭社会的发展情势，让他摇头的机会远远大于感谢，阿尔斯特湖畔的狗屎不过是一个小小的例子而已。

他不是一个不懂感谢或是一个不幸福的人，不，绝对不是。他的生活……嗯，还算可以。只是，再多也没有了。他的生活就是生活，日复一日，既无高潮，也没有低潮，就是……嗯，正常运作，他这个人也就是正常运作。只是，他必须承认，生活中其实也没什么大事需要他来运作。他早早安排自己在生活上无须负什么责任——没有责任，也就没有任何热情。

听起来挺令人沮丧的。的确，他承认，想到这里的确有些沮丧。

他略带怨气地合上手账，决定重回失物招领处，把手账交出去。这种只会让他失去平静的东西，要来何用？

只是，失物招领处的开放时间没能让他完成任务。吃了闭门羹的他惊讶地发现，这里星期二竟然只开到下午一点，星期三和星期五根本不开门，只有星期四开到下午六点。

这样的开放时间令乔纳森相当生气：什么鬼东西，如果连公家单位都只开半天甚至完全不开，也难怪这个国家不断向下沉沦！

还有，感恩？这到底是什么意思？对谁感恩？命运还是上帝？到底为什么要感恩？有什么好处？心存感恩，或者毫不在乎，结果又有什么不同呢？若要感恩，那么，是否也可以对所有不满或不好的一切表示不领情呢？又要跟谁表示？

最后，乔纳森·N·格里夫坐在停在家门口前的车子里胡思乱想。副驾驶座上仍躺着那本该死的手账，跟个鬼一样阴魂不散地跟着他。问题是他并没有召唤它来啊！他绝对没有！

难道说？

"啊，去死吧！"他大声咒骂，拿起手账，离开车子大步朝着家门走去。

踏入玄关，他就闻到充斥于空气中的新鲜柠檬气味。他喜欢这个味道，每回打扫，詹森太太总会在最后用清洁剂拖地板，而清洁剂的香味会在空气中持续好几天。

听起来可能相当疯狂，但是他突然知道自己为何喜欢这个味道：这个香味让他想到孩提之时，母亲也是使用同一种清洁剂。父亲总会抗议，说他不是找个"格里夫太太"来做家事的。不过，母亲毫不理会，就像一个真正的"意大利妈妈"一样，绝不让陌生妇人进来染指自家所有的家务事。

他的心情陡然轻松起来，脱下外套，在衣架上挂好，走上楼梯进入书房，将手账丢在写字台上。

不过区区一本手账，他不会让自己因此心神涣散、沮丧低潮，绝对不会！就让它乖乖躺在写字台上，哪天心情好再将它送到失物招领处。在那之前，他不会再看它一眼，又不是没事好做。就像……

乔纳森眼光落在废纸箱上，空空如也的废纸箱。

空空如也。

怎么会这样？

他没有跟詹森太太说不要动废纸箱吗？

有，他确定有。

他感到一阵晕眩，发现自己无法确定，到底哪件事比较令他忧心：是詹森太太忽视他的指示，还是格里夫森与书最新的营运资料正躺在某个废纸堆中，每个偶然看到这份资料的人，都会知道出版社最新的营运赤字。

是丢失资料文件这件事比较令他忧心。从惊愕中恢复过来后，乔纳森立即转身冲下楼，拉开大门，跑下门前的台阶，停在仍然爆满的纸类回收箱前。打开箱子上盖，俯身望去，他并未发现波德交给他的那叠文件。最上面有个小礼物袋，是蒂娜用来装那个扫烟囱人造型巧克力用的（巧克力本尊则已……嗯，进入乔纳森的肚子里了，毕竟，做人不该随便丢弃食物）。

只是，那叠文件到底在哪里？詹森太太把它丢到哪去了？

乔纳森冲回家里，拿起放在玄关的电话，拨给他的家务助理。

"喂？"

"喂，我是乔纳森·格里夫。"

"你好，格里夫先生。我忘了什么事情吗？"

"不，我只是想请问你把废纸丢到哪里去了？你知道，就是书桌旁的那个装废纸的箱子。"

"废纸？"她的声音显得相当讶异，"我丢掉了。"

"我不是告诉你先不要管它吗？"他忍住不说出"为何不听我的指示"的话，那样听起来也太严厉了。

詹森太太笑了起来，"是，你是说过。只是我还是大胆拿去回收了。"

"请问你拿到哪里回收了？"他感到额头已经冒出汗来。

"哪里？"她回答，"就是回收箱呀，不然还能拿到哪里去？"

"可是不在我家门前的回收箱啊！"他简直是要大叫。

"你为什么这么激动？"

"我没有激动。"他想办法让自己的声音听起来平和一点，解释道，"我只是把一些我现在需要的文件夹在里面而已。"

"哦，那真的挺惨的！"詹森太太的声音充满同情，"我以为你会高兴一点，如果……"

"你拿到哪里去了？"他打断她的话。

"对面公园的大型回收箱，那里尚未被塞满。"她回答，"可能假期有来回收过，所以我……"

"好，没问题了，谢谢你。"他大叫，挂断电话，转头冲出家门，往纯真公园前大型回收箱的方向跑去。心里一边暗自祈祷，希望他能在那里找到文件。

如果这批资料落在不该拥有它的人的手上，他完全无法想象会发生什么事！

他的脑海里已经浮现《汉堡新闻》地方版的头条：易北河畔老字号出版社濒临倒闭！

他叫自己冷静下来，幻想这样的灾难场景对事情没有任何帮助。而且，没有任何迹象显示会发生这种可怕的事。发生这种事之前，得先有人在废纸堆中发现这叠文件。发现的人还得看得懂这些文件，然后知道媒体可能会感兴趣。而媒体这一方面，也必须认为乔纳森的出版社有足够上新闻的分量才行。整件事分析下来，可能性微乎其微，更不用说格里夫森与书出版社目前虽然有些问题，但离倒闭这一步还很遥远。乔纳森是这么希望，虽然看不懂文件上的数字到底代表什么意义。

尽管如此，他仍是心跳如雷地站在大型回收箱前。不幸中的万幸，这款大型回收箱不只有一条细细的投入孔，另一侧还有一个蓝色的大盖板。

　　乔纳森轻易地打开盖板，朝着箱子内部看去，一片黑暗，伸手不见五指。他俯下身，伸手进去，试图抓点东西，只是总是抓了个空。比起他家门前的回收箱，这里看起来的确有人来回收过了。

　　他奋力地踮起脚尖，一只手挂在边缘，另一只手尽量往里面伸，差点就要倒栽葱才摸到纸张。他努力设法取出纸张，却又不断从指尖滑落下，身子不由得更往前倾，努力拉进自己与目标物的距离。

　　当他发现自己重心太过向前时，已经来不及了，乔纳森失去重心，一头栽进箱子里跌了个狗吃屎，脸孔压在一堆纸上，闻起来有比萨的味道。

　　乔纳森呻吟地起身，身边同时响起一声响亮的"哎哟！"

　　他吓了一大跳，他并没有大叫。这声哀号，显然出自另一张嘴。

22.

汉娜
十五天前
十二月十九日星期二，晚上十一点十七分

"抱歉，可是你这样激动，我真的什么都听不懂。你听起来像含着奶嘴的三岁小孩！"

"我……我……"没有用，汉娜无法正常发音，更别说要讲出完整的句子了。她只能不断地抽噎，也难怪丽莎完全不懂发生什么事了。

三分钟前，汉娜的电话将好友从床上揪起。丽莎竟然还跟她道歉，没在电话一响便立刻接起来。要不是汉娜整个人陷在忧虑之中无法分神，她一定会跟丽莎解释，根本不必为了半夜没有立刻接电话这种事道歉。

"汉娜，平静一下。"丽莎说，"先深呼吸，慢慢地，不要心急，吸气，呼气。再一次，吸气，呼气。"她像个瑜伽教练一样，对着听筒大声示范如何呼吸。

"好……啦……"汉娜随着指示照做，她从来不知道，呼吸竟然是一件这么困难的事。她的胸腔似乎随时会被胀破似的。

半小时前她还好好的，至少就她的情况来说算还好。西蒙送她回家，与她拥抱亲吻道别。他答应过几天会跟她联络，也跟她保证，并没有跳河的打算，以及万一突然发现自己已经站在河边，会立刻打电话给她。直到这个时候，一切都还算不错。

汉娜出乎意料地冷静，脱下衣服，卸完妆，抹上面霜，刷完牙，穿上睡衣准备就寝，她真的累坏了。

只是，当她关上灯闭上眼睛后，整个人顿时就清醒起来，一阵恐惧和无数可怕的念头突然袭来。

实在太可怕了：想到西蒙可能真的如他自己所推测，几个月内就会死去；想到癌细胞可能已在体内四处扩散，吞噬身体，没有任何方法可以救治；想到很快她就是孤零零的一个人了。

汉娜试着将这些可怕的念头驱出脑海，试着要自己回想快乐的时光。甚至试着唱歌，希望阻止这些不断在脑袋里盘旋的念头。只是，所有的努力都失败了。

死亡！消逝，不存在，走了，离开，永永远远。尘归尘，土归土。

这一切是如此令人难以消化，令人……难以想象！

直至目前为止，汉娜对死亡并没有什么切身体验，除了西蒙母亲之外。当时，她也只是在最后几个月才知道，经历临终前的痛苦。汉娜自然也很难过，但其实主要是为了西蒙而难过，为他如此年轻便失去生命中最重要的亲人而难过。至于西蒙的母亲，她则确信死亡是一种解脱，"从病体之苦痛中解脱"完全符合廉价的安慰用词。

可是，现在的情况完全不一样。第一次，死亡如此接近；第一次，出现在她所爱的人身上；第一次，她得着愧地承认，想到自身终将一死的事实，极为痛苦地想到这个事实。

就在她陷入可能失去西蒙的恐惧时，如晴天霹雳一般突然惊悟到一个自己从未正视的事实：有一天，你也会死；有一天，你也必须离开这个世界。

当然，她知道有这么一天，每个人都知道。

只是，当事实清晰地呈现在眼前时，还是相当令人惊慌失措。听起来或许有些荒谬，但是，汉娜原本跟死亡没有任何关系，至少到目前还没有。她还不到三十岁，而西蒙不过大她五岁而已！死亡，是一件在遥远时空的事；死亡，只跟别人有关系。

长远来看，我们都会死去。汉娜躺在床上，想起祖母玛莉安娜常说的话。从前，这句话总是令她发笑，觉得祖母真是幽默，并出声附和。长远来看，没错，的确是长远，很长，很远。

今天西蒙所说的话突然拉近死亡的距离，就在触手可及的未来里，并将汉娜推下恐惧的深渊。注入血液中的恐惧，如剧毒一般在体内不断扩散。

另一方面，她也对自己的想法感到不齿。西蒙病得如此严重，甚至危及性命，而她竟然还在为自己终将一死的事实忧心忡忡。事件的主角不是她，她一点都不重要，是西蒙，是西蒙得了绝症，她没有权利如此沮丧难过。恰恰相反，她应该振作起来，成为西蒙的支柱才对。

最后，汉娜对自己心里不断扩大的恐惧与困惑束手无策，只能不管时间多晚，径自打电话给丽莎。她想跟丽莎谈谈，她必须跟她谈谈，她觉得自己快要发狂，快要做出像是冲上街头大喊救命，或是马上跳进车子里求西蒙立刻入院检查等等的傻事了。

她知道自己不可以这样做，逼迫只会造成反作用，让西蒙完全封闭起来，不再给她任何机会。他已经清楚地告诉她，他需要时间、空间和平静的心情，以便消化医生所说的话。汉娜决定照做，虽然自己已经处在半疯狂的状态，并且痛恨自己无法做任何事。

所以，她打电话给丽莎。现在，丽莎正在电话那头教她如何深呼吸，她照做了，惊慌却未消失。恰恰相反，情况反而更严重了，开始出现头晕目眩的感觉。

"好一点了吗？"丽莎问她。

"呜呜……没……"

"听着，我现在立刻开车去你那里，可以吗？可能需要一点时间，不过我会尽快！"

"呜呜……不……"

"待会儿见！"丽莎挂断电话。

汉娜跌坐在地上，从走廊爬回卧室，再爬上床，蜷缩进被窝深处。她等着，心跳急促地等着，等着惊恐的感觉消失，等待丽莎出现。

23. 乔纳森
一月三日星期三，下午五点〇四分

"有人吗？"乔纳森惊慌地问，一边挥舞着双手保持平衡。

"当然有，你这个笨蛋！"黑暗中传来一个男人的声音，"我在这里，你撞到我的头了！"

"抱歉！"乔纳森回道，"你是谁？"一边用力地眨着眼睛，试图在一片黑暗中认出东西来。

"我比较想知道的是，你到我的箱子里干吗？"

"什么？你的箱子？"

"算了。"乔纳森耳中传来一阵纸张窸窸窣窣的声音，感觉身旁有东西在动，赶紧一缩身，"砰"一声撞在回收箱的金属壳上。"真是讨厌！"男人咒骂着。

"抱歉！"乔纳森再度道歉，虽然这回撞到的是他自己，"我不知道里面有人。"他略带歉意地说，"毕竟，这不太寻常，不是吗？而且，我只是不小心跌进来的，我……"

"闭嘴！"男人粗鲁地打断他的话，从眼角余光中，乔纳森隐约感觉有个人在他身边站起来。

"嗯，请你原谅……"

"不！我才不原谅！"一颗头挤过他身边，朝着回收箱盖板的方向过去。乔纳森听到"哼"一声，接着就是哐啷一声，以及鞋跟着地的闷响。那个人现在已经在外面了。

乔纳森颤巍巍地起身，两只手紧紧攀住开口上缘，用力探出上身。现在，他终于可以看到站在回收箱前的男人，那人穿着一件深蓝色的军用大衣，充满敌意地打量乔纳森。

"你好！"乔纳森尽可能友善地说，并伸出手来，另一只手仍紧紧地攀着上缘。这位曾一同待在回收箱里的落难兄弟却丝毫不理会他的善意，仍然皱着眉头瞪着他。"好吧。"乔纳森结束难堪的沉默，决定爬出回收箱。只是似乎并不容易，盖板开口仿佛变小了。

男人瞪着乔纳森徒劳无功地尝试好一会儿，最后叹了一口气，走过来伸出手来准备拉他一把。

"谢谢。"乔纳森说着一边抓住男人的手，由着他拉出去，并扶着他站直身子。"你真好心。"乔纳森站稳后，有些不好意思地拍着衣服说。他觉得自己现在全身散发着比萨纸盒的味道，难道人们真的不知道，黏着食物残渣的纸盒应该丢到垃圾桶吗？

"没什么。"男人用北德方言回他，带着微笑，看起来友善多了。男人脸上有着白色的胡楂，留着一头长发，在脑后束成马尾，发色一样是白色。容貌有些苍白，且看起来相当疲惫。长到地板的大衣破破旧旧，看起来像是从衣物回收箱捡来的。乔纳森推测男人的年纪至少是50多岁，从他脸上的皱纹来看，他绝对不年轻了。"刚才你真是吓了我一大跳。"男人说。

"我也被你吓着了！"乔纳森再次伸出右手，报出自己的名字，"乔纳森·格里夫"。

男人迟疑了一下，才伸出手来握住乔纳森的手，戴着露指手套的手相当厚实有力。"雷欧波特。"男人也报出名字。

"雷欧波特？这名字还真特别！尤其是在北德，这可是一个南德的名字呀！"

"朋友都叫我雷欧。"他讪笑地说道，"不过你还是得称我雷欧波特！"

"没问题。"乔纳森答道。说完才猛然理解男人说这话的意思。

"那么，正派男，你在我的回收箱里干吗？"

"我在找东西。"

"找什么？"

"一些文件，不怎么重要。"乔纳森摆摆手，并不想透露太多细节给这个奇怪的男人。

"不重要到你愿意在起雾的夜里跳到某人头上？"

"第一，现在还是下午，称不上夜里。"乔纳森纠正他，"第二，我并不知道你在回收箱里。"他好奇地打量对方，"你在里面干吗？"

"干吗？取暖啊！"

"用废纸取暖？"

男人点点头，"对，纸很保暖的。"

"你为什么不回家？"

雷欧波特大笑，声音大到令乔纳森缩了一下，"你还真是生活在古堡里！"笑到快喘不过气来地拍着大腿说，"你到底是从哪里出来的啊？"

"为什么这么说？"

"不为什么！"男人擦擦眼角的泪，喘着气说，"你知道吗？我的豪宅正在整修，所以暂时没办法过去住。"

"是吗？"乔纳森怀疑地看着他，感觉面前这个男人似乎正在嘲弄他。

"老天爷！"果然，雷欧波特证实了他的怀疑，"你是外星人吗？看看我这样子！我是个废柴流浪汉！"

"哦！"乔纳森不知该说什么，除了觉得自己实在蠢得可以之外。不过，他自然不想跟陌生人坦白这一点。

"没错，哦！"雷欧波特点点头，"特别冷的时候，譬如今天，我会在回收箱里睡觉。"

"不会危险吗？"乔纳森好奇地问，"若有人来清理回收箱，你正在睡觉怎么办？"

"是有危险，"雷欧波特同意他的话，接着指指自己的脑袋，"不过我把所有清理回收箱的日期都记在这里了。"

"那就好。"

"不过我可没想到，竟然有人会跳到找头上。"

"我说过很抱歉了。"

"算了，反正也没什么大碍。"

"幸好没有。"

"那你想找的东西呢？怎么办？"

乔纳森耸耸肩，"我也不知道，我本来希望会掉在最上面。"

"嗯，之前我进去布置房间时，可能把它们弄乱了。"

听到"布置房间"时，乔纳森差点笑出来。他这一生绝不会想到"布置房间"可以跟废纸回收箱联结在一起。

"你有手电筒吗？"雷欧波特问。

"家里有，就在对面。"乔纳森答道，一边指指对街的别墅。

雷欧波特发出几声无意义的声音，"哇，那是你家？不错嘛！"

"嗯，是。"乔纳森脑中闪过一个念头，好像不应该这么大方地告诉陌生人自己住在哪里，毕竟知人知面……

"我有个建议，"雷欧波特打断他的冥想，"你回去拿手电筒来，我再进去回收箱里找，你帮我打灯。"

"这样好吗？"乔纳森有些迟疑。

"也就是说，那些东西不重要喽。"

乔纳森脑海中马上浮现出《汉堡新闻》的头条标题。"当然重要，"他说，"只是我不想麻烦你太多，或占用你的时间。"

"这一点都不麻烦。至于时间，是我唯一拥有的最多的东西。"

乔纳森考虑了一下，决定接受雷欧波特的建议，回家走到地下室拿出手电筒。

当他回到回收箱时，雷欧波特已在里面，透过盖板开口跟他招手。

"很好！"他问，"我们到底要找什么东西？"

"一叠上面有数字的纸。"

"不能再具体一点吗？"

"上面有一些用红笔写的字迹。"

"好吧，那我就开始进行地毯式搜索了。"还没说完人已消失在回收箱深处。乔纳森探身过去，将手电筒尽量往里伸，朝着雷欧波特打灯。

"不错，这样很好。"沉闷的声音从里面传来，紧接着一声"哇，真恶心！"一块香蕉皮从里头丢出来，擦过他的右耳，差点击中他的脸。"什么鬼啊，乱七八糟的东西都往里面丢！"雷欧波特闷声咒骂着。乔纳森完全同意，比萨纸盒或许还可以理解，可是厨余说什么也不该出现在里面。这声咒骂让乔纳森对刚认识的人马上产生亲切感，显然这个人是非观与自己相同。

"是这个吗？"雷欧波特的声音响起，一边将一些皱巴巴的纸张举高。乔纳森取过纸张，看了一眼。

"对，没错！"他高兴地说，"就是这个！不过还有缺漏，并不完整。"

"等一下，这里还有一些。"一阵窸窣，雷欧波特又将几张纸举到他鼻子底下。

"这些也是！看来你找对地方了！"

"哎！既然我都为了你在垃圾堆里翻箱倒柜了，我想我们彼此不必再这么客气了吧。"

"没问题，叫我乔纳森吧。"他忍住没说，其实雷欧波特一直对他没什么礼貌。

"还缺几张？"

"我也不清楚，"乔纳森说，"我查一下，上面有标页码。"他将手电筒朝着手上的纸张照去。

"嘿！"雷欧波特抱怨，"照过来！"

"马上，等我查一下页数。"乔纳森咬住手电筒，查看手上纸张的页码，右下角标示着"十二之三"的字样，他动手整理纸张顺序，一、二、三、四、八、九、十、十二。"还缺四张！"他对着雷欧波特喊。

"那就打灯过来！"

乔纳森继续把灯光朝着回收箱深处照去，雷欧波特趴在下面继续左右翻找，一边嘟哝，"希望我们找的东西真的很重要！"

"是很重要。"乔纳森跟他保证。

"那为什么会躺在废纸回收箱里？"雷欧波特哼了一声，不屑地问。一个塑胶瓶从乔纳森的头上飞过去。

"因为疏忽。"乔纳森一边缩头一边解释，"可不可以请你……哎，你可不可以小心一点，或是丢东西前先警告我一声？"

"抱歉。"他几乎听到雷欧波特的鬼笑，紧接着马上飞出一颗枕头，伴随着一声"哎呀，真不好意思！"

"这你留着，"乔纳森把枕头丢回去，一边开玩笑，"这样晚上睡得舒服点。"

"不必了。"雷欧波特回答，探出头来，手拿着几张纸，一脸得意，"我觉得，这些工作应该足够让我今晚在一个温暖的地方过夜了。"

"是吗？"乔纳森一边接过最后几张纸，一边问，"在哪里？"

雷欧波特咧嘴笑道，"你猜！"接着便朝着对街乔纳森的别墅努了努嘴。

"不！"乔纳森正想表示坚决反对时，脑海里突然闪过萨拉斯瓦蒂的话。

于是他说："好，当然欢迎！"

24. 汉娜

十五天前

十二月十九日星期二，晚上十一点五十二分

二十分钟后，丽莎已经站在她的门前按铃。汉娜勉强使出最后一点力气，跌跌撞撞地来到门边开门。丽莎才进门还没站稳，她便一头倒进丽莎的怀里抽噎不已。

"汉娜！"丽莎吓了一大跳，用力扶住她，"到底发生什么事了？"

汉娜没有回答，只是继续哭泣，享受被人紧紧环抱的安全感，像个哭泣的幼儿冲进妈妈的怀抱里寻求庇护。

"抱歉，这么晚才到，可是……"

"嘘！"汉娜终于出声，要丽莎别说话。她才不在乎丽莎有多晚到，最重要的是丽莎现在陪在她身边。

"你想告诉我发生什么事了吗？"沉默了一段时间之后，丽莎小心翼翼地问，一边抚摸着汉娜的头。

她点点头，艰涩地说："想。"

丽莎扶着她，走进客厅在竹编沙发上坐下，舒服地躲进毛毯里。

汉娜开始叙述晚上在里卡多餐厅的遭遇，丽莎静静地听，没有打断她的叙述。话语如弹珠般一股脑地从她口中滚出来，越滚越快，好像关卡似的。她叙述了西蒙从医生那里得知自己患癌症，确信自己活不过明年，并拒绝接受进一步的检查，因他深信自己已到了药石无医的地步。说到西蒙想与她分手，不愿在这种情形下还留她在身边，不愿她像西蒙的妈妈一样受苦。

最后，汉娜也告诉丽莎，自己是多么害怕，想到自己终将一死的事实而陷入惊慌，又是如何因此自责，羞愧不已。

"这样想很正常，"丽莎安慰她，"你不必因此觉得自己是个差劲的人。"

"真的吗？"汉娜小声地问。

"当然！"丽莎向她保证，"每个人都会有类似的想法。例如在高速公路上看到严重车祸，或是在报纸上读到可怕的新闻——天灾或是恐怖攻击等，第一个念头通常就是'如果发生在自己身上'，或者更糟糕的是'还好不是我'。"

汉娜松了一口气，"还好你这么说，而且不把我当魔鬼看！现在我觉得好一点了。"

"你也该让自己好过一些。"丽莎抱着她，"自责不是你现在该做的事，这一切已经够可怕了。"

"可是我还是觉得很丢脸，竟然会有那样的念头。"

"完全不必觉得丢脸，这很正常。"

"这话可是从一位老是为了鸡毛蒜皮的小事不断道歉的女人口中说出来的。"

"没错。"丽莎笑，"可是你自己也承认都是鸡毛蒜皮的小事。"

"可惜这回不只是鸡毛蒜皮而已。"

"的确不是。"

汉娜叹息，"之前我还以为西蒙请我去吃这么一顿浪漫的晚餐是为了求婚，是为了问我愿不愿意与他共同生活，直到生命的最后一天。"她苦笑，"我根本不知道，原来他是要告诉我这件事。更不知道，他已经没有多少天了。"

"停！"丽莎打断她，并严厉地看着她，"只是有可能，不代表一定会死。"

"你去和西蒙说啊！他已经开始找墓地刻墓碑了。"

"电话给我，我打给他。"

"不行！"

"你不是要我去告诉西蒙吗？"

"嗯……我的意思是，不行。"汉娜努力集中精神，"西蒙现在已经精疲力竭了，再给他压力只会造成反效果。"

"什么样的反效果？"

"我也不确定。"汉娜不安地说，脑中浮现出跳河的说辞，"我只是觉得现在去劝他不是好时机。而且，我也不确定他是否同意我跟你说这些事。"

"他是否同意？"丽莎愕然地反问，既讶异又生气。

"毕竟这是一件私事。"汉娜解释。

"老天，我拜托你！什么叫私事！"

"他可能会觉得不好意思……"

"为什么要不好意思？"丽莎打断她的话，"你男友得癌症了，没有去抢劫老太太！"

"哎，丽莎，你知道我的意思。"

"对，我知道。"丽莎坚定地点点头，"我还是要说，你打电话给我一点都没错！不然西蒙想怎样？难道他觉得你在听到这个坏消息后，耸耸肩就可以回到日常生活，好像一切都没发生？还是觉得你明天就可以振作起来，马上把个人资料传到交友网站去征友，他自己则像只垂垂老矣的大象，孤独地找个地方准备死去？"

"我可没说他会这么想。"

"可是你怀疑他是否会同意你告诉我这件事。老实说，这一点都不像你，反而像我。"

汉娜不禁笑了起来，"的确如此！"

"我就说吧！"

"不过，我还是不知道我该怎么做，或者到底我能做什么。"

"这的确是个难题。"丽莎说，"或许你说得对，现在给他压力只会造成反效果！"

汉娜无奈地耸耸肩，忧愁地看着她的朋友，突然爆出一股怒气，"我实在无法理解，为什么有人可以如此顽固，竟然连进一步检查都拒绝！而且马上就自我诊断，坚信自己的判断绝对没错。如果我是他，早就设法去找最好的肿瘤科医生做检查了。而他呢？什么事都不做，只是坐以待毙？"

"哎，其实我可以理解他需要时间好好想一想的心情。"

"有什么可以想的？如果情形真如他所说那样糟糕，那就更不该浪费时间！"

"这我就不同意了。"丽莎说，"如果他真的害怕，情况会如他想象的那般糟糕的话，他就更不可能马上去看医生了。"

"什么？"汉娜讶异地瞪大眼睛，"你得好好跟我解释一下。"

"首先，西蒙因为父母的关系，对癌症有相当不好的经验……"

"我不相信有人会对癌症有什么好的经验。"汉娜反驳。

"其次，"丽莎不理会她的反驳，继续说下去，"有些人对某些事并不想知道得太清楚，这种心情我可以想象。"

"就连像西蒙这样严重的情况？"

"或许，他正是希望保留一些想象空间？"

"想象空间？"

"很有可能呀！"丽莎说，"如果他去做了组织切片检查，医生可能告诉他，情况没那么糟糕，还有救治的机会。另一种可能则是听到医生说：'我们已经对你的病情束手无策了。回去吧，不可能治疗了。'想想看，他现在的做法正是逃避被判死刑的可能性，拒绝面对无法挽回的事实。"

汉娜的眼泪再度夺眶而出。

"哦！抱歉！"丽莎用手拍着自己的额头，"我真傻！怎么可以这么说！"

"不不！"汉娜哽咽地说，"你说得对！"她用双手抹掉脸上的泪珠，勇敢地挤出一个微笑，"只是对我来说，这实在很难想象！我不喜欢在黑暗中摸索的感觉，总想确定自己的处境。也只有确定后，才能调整心态积极面对问题。"

"嗯……你确定你真会这么做吗？毕竟你从未处在那样的情况下。"

"虽然如此，我还是百分之百确定！"汉娜毫不犹豫地回答，"我会想知道答案！"

丽莎考虑了一阵子，小心翼翼地说："如果有人可以百分之百地预言你的未来……"

"不可能，没有这种事。"

"先不管真假，这不重要，我们就先假设真的可能好了。如果有人可以告诉你，你会在某一天死去，你会想知道吗？还是宁可不知道，就让死神毫无预警地突然在某一天降临，将你带离人世？"

"这问题太奸诈了！"

"西蒙面对的就是这个问题。"

"不完全是，"汉娜反驳，"西蒙知道他生病了，不能说是'毫无预警'。"

"至少诊断结果对他来说是晴天霹雳。"

"也不是毫无征兆，"汉娜回道，"他觉得不舒服也有一段时间了，不管在身体或心理上都一样。"

"我有没有听错？抱歉，你刚才可是说，西蒙应该不会太过震惊，因为他已经不舒服好几个月了。"听到这话，汉娜震惊地看着她，丽莎摇摇手继续说，"你正是这么做的，不是吗？再仔细想想我的问题。"

"好吧。"汉娜勉强同意，实际上也不必考虑太久，"我还是会想知道，"她再次强调，"这样我才可以用心体验剩余的日子，尽情享受，直到最后一天。我也才可以像人们说的那样，安排我的余生，跟每个我所爱的人道别，或者环游世界，甚至在最后一天举办派对。"

"很好，"丽莎说，"我猜你的答案差不多就是这样，你的个性就是这样。"

"怎样？"

"很实际。"

"很实际？"

"总是向前看，"丽莎解释，"永不屈服，并设法在每一种情况中找到最好的出路。大约就是这样。不过，每个人都不一样，西蒙显然选择另一条路。"

"他根本没做任何选择，只是停在原地不动而已！"

"没有作为也是一种选择。"

汉娜讶异地瞪着她，"你怎么说话越来越像是个灵修大师？"

丽莎不禁脸红："这，嗯，我最近读到的。"

"在哪？《今日灵修》吗？"

"别嘲笑我！我只是想帮你。"

"抱歉，我不是故意的。"她戳了一下好友的腰示好。

"道歉可是我的专利。"丽莎也回戳了一下，"况且，会讲'危机就是转机'等等金句的是你，我不过从你那里学了些皮毛而已。"

"哼！"

两人对看一眼，笑了起来。汉娜很高兴自己此刻有朋友陪在身边。虽然不能使坏事变好事，但至少不再那么令人难以忍受。

"那你呢？"汉娜问丽莎，"你想知道自己什么时候会死吗？"

"我不知道，从来没想过这个问题了。"

"嘿！"汉娜翻了个白眼，竖起食指警告她的朋友，"不可以哦，我亲爱的朋友！我不会这么轻易就放过你，这个问题你一定要回答。"

"一定吗？"

"没错！"

"好吧，让我想想看。"丽莎靠在沙发椅背上，闭上眼睛，想了又想，想了很久，很久。

"你睡着了吗？"过了一段时间，汉娜忍不住开口问。

"没有！"丽莎虽然睁开眼睛了，却瞪着天花板，一动也不动，如老僧入定般。

"问题没那么难吧！"又过了两分钟后，丽莎仍然不发一言，汉娜忍不住抱怨，"你只是在拖时间！"

丽莎终于转过头来，一脸严肃地说："不！"她缓缓地摇了摇头，"我不想知道我的死期，绝对不想！如果有人想告诉我，我也会禁止。同样的，我也不想知道别人的死期。知道你，或者我爸妈的死期，是一件太可怕的事了！"

汉娜举起手做投降貌，"没有必要这么郑重其事吧！放心，我也不可能告诉你的。"

"对不起！"

"这回又是为了什么？"

"因为你觉得我太过'郑重其事'了呀。"

"这又不是什么坏事，"汉娜安慰她，"我只是很讶异你竟然如此严肃。"

"这是一个严肃的命题。"

"可是仍然只一个心理测验而已，因为不可能有人明确知道我们的死期。"

"是的，"丽莎同意，"的确没人知道！"

"那你就别再板着一张脸，看起来好可怕！"

"对，我只是想到一件事而已。"

"什么事？"

"我不能告诉你。"

"为什么？"

"因为实在太难以启齿了，我会觉得很丢脸。"

"你挑起了我的好奇心又不告诉我，这太残忍了！"

"对不……我不是故意的。"

"丽莎·华格纳！"汉娜严厉地瞪着她，"我们坐在这里，因为我最爱的人——我的男友今晚本来应该跟我求婚，却告诉我他没几天可活了。你真的相信我还有力气和精力去嘲笑你？只因你的生活中有一些你觉得可能会丢脸的事？"

"抱歉！"丽莎一脸抱歉地看着她。

"你不必道歉，只要告诉我是什么事就够了。"

"好吧。"丽莎屈服了，"我只是想到，有一次，有个纸牌师想说出我的死期。我觉得实在太可怕了。"

"什么？"汉娜诧异地看着她，"你找过纸牌师？"

"不止一次。"丽莎露出一脸不好意思的表情，"坦白说，我经常去。"

25. 乔纳森
一月三日星期三，下午五点四十六分

"哇！"雷欧波特站在玄关上，赞赏地看着四周，"这房子真是太漂亮了！我看过不少房子，不过眼前这间可是马上就可以照相登上《时尚家居》之类的杂志，完全不必整理或打扫！"

"哎，谢谢。"乔纳森回道，除了感到些许自豪之外，还混杂着尴尬与担忧。

为什么自豪就不必说了。

感到尴尬，是因为站在这个身穿破烂军用大衣的男人身边，他觉得自己像在炫富般令人作呕。像一个富人无视周遭穷人的眼光，独自享用十道式大餐，还把吃不完的饭菜直接扔进垃圾桶。

单单是大门口右边的大花瓶——詹森太太每周都会插上一束新鲜的花（这是蒂娜立下的规矩，乔纳森继续遵行）——就够让雷欧波特住进高级旅馆整整一个月了。

地板上的赤陶地砖产自意大利一家小工厂，通往楼梯间的手工编织长条地毯已是流传好几代的传家宝，乔纳森根本不敢去想象它的价值。

一直要到此刻，当他站在这个他不小心从废纸回收箱捡回来的男人身边时，乔纳森才突然醒悟到自己是多么的富有。这可是相当尴尬的醒悟。

但也因为这个醒悟，乔纳森产不禁担忧起来：这个一时兴起的邀约，不，准确来说应该是对方不请自来而自己也不反对，是否会是一个严重的错误？

邀请一个陌生人，不，是陌生的流浪汉进自己家里，不是一件相当危险的事吗？虽然雷欧波特给他的感觉还挺亲切的。但若如果第二天清晨发现自己被人割喉了，再亲切也没什么用。况且，他说"我看过不少房子"又是什么意思？难道雷欧波特是惯犯、专门利用别人的好心住进人家家里？最后，哦，天啊，甩都甩不掉吗？

乔纳森绞尽脑汁，想找出一个听起来不要太憋脚的借口，可以优雅地把这个不速之客送出门。

他的目光看向大门上的玻璃窗，发现片片雪花闪耀在外面走廊仍然亮着的灯光下，看来天气变坏了。不，他无法硬下心肠赶人出门。

更何况，他右手上满是数字的文件提醒他，雷欧波特的确帮了他一个大忙。

或许，今晚他可以将自己锁在房间里。这样的话，雷欧波特顶多偷走他的贵重物品，比起被人谋杀，东西被偷实在没什么大不了的。

或者，他也可以偷偷地等雷欧波特睡着之后，把他反锁在房间里。客房从前是蒂娜的小王国，里面附有卫浴设备，住在里面的访客随时都可以解决生理问题，完全不必走出房间。不过，乔纳森觉得这么做看起来好像不太友善。嗯，不只是看起来，是真的很不友善。

而且"不友善"只是委婉的说法，实际上根本就是"非法拘禁"。

"我猜啊！"突然传来雷欧波特的声音。

"什么？"乔纳森茫然地看向访客，之前他太沉浸在自己的沉思里，完全没注意到自己可能一动也不动地站在玄关里好几分钟了。

"你一定正在绞尽脑汁地想办法摆脱我。"

"乱讲！"乔纳森迅速反驳，一边脸红起来。

"一定是。"雷欧波特不紧不慢地回道，完全没有生气或是受侮辱的样子，反而带着兴味盎然的表情，"看都看得出来，都清清楚楚地写在你的额头上了。而且我甚至可以理解。"他伸手握住门把，"我想我最好还是……"

"不！"乔纳森大叫，一边觉得相当羞愧，竟然让人一眼看透自己的心思。"相信我，绝对不是你想象的那样！"他指指衣架，有些低声下气地说，"请别拘束，脱下大衣吧。"

雷欧波特脸上兴味盎然的表情骤然消失，迟疑了一下，偷偷打量挂在门边的大衣和外套，"你确定吗？我想我的外套很脏，而且……"他并未把话说完，低头看了看自己。

"没问题！"为了加强说服力，乔纳森以特别轻松的口吻说道，"找一个空的挂钩挂上去就行了，等一会儿我带你去看你今晚的房间。"

"我有自己的房间？有沙发我就很满足了，就算只有地板都已经是天堂了。"

"如果你喜欢的话，也可以睡在客房的地板上。"

"不，当然不，我比较喜欢睡在床上！"雷欧波特急切地说，并脱下大衣和厚重的靴子，露出穿着袜子的脚。乔纳森看到袜子时，不禁倒吸一口气，原来两只袜子早已破洞，两只大拇指露在外面。不过，他能期待一个流浪汉穿什么袜子呢？跟他一样穿着昂贵的男士袜吗？

乔纳森打开鞋柜左边的门，取出一双绒毡拖鞋，直接塞进访客的手中，"这里。"接过后雷欧波特马上套上，故意忽视露在外面的大拇指。"来吧！"

当他跟雷欧波特一起踏进前妻的卧室时，他感觉相当奇特。乔纳森已经好久没进这个房间了，只有詹森太太会定期进来打扫。

离婚后，这个房间变成了客房，总是窗明几净，床上铺得整整齐齐，浴室里永远有干净的毛巾，随时都能让意外的访客入住。只是，从来没有访客来过。

直到今天为止从来没有。乔纳森生于汉堡长于汉堡，从未离开这个城市超过三星期，没有住在外地或是国外的朋友可能或愿意来拜访他。

就算有，那些可能来拜访他的人也应该跟他一样孤僻，宁可住在旅馆，也不愿闯入他人的私生活。

乔纳森在意大利的亲戚在母亲离开后便也断了音讯。因此，也不可能期望有谁会从意大利来看他。他知道，母亲在意大利还有位姐妹，小时候他也曾见过她几次。现在，他连她的名字都记不清楚了，可能是吉娜或是妮娜吧。

总而言之，乔纳森没什么理由走进前妻的旧房间，毕竟房子这么大，完全不缺空间。因此，当他与雷欧波特走进这间前妻一手打造的拼贴世界时，不禁有些反胃。房间四处都是她的影子，仿佛她仍然在这里，与整个房间一起呼吸。

蒂娜在布置自己的个人领域时，舍弃了其他房间的现代简约设计，改用了活泼的田园乡村风。

一米四的床上罩着拼布风格的床罩，四柱床架上垂着蕾丝。其他的家具，如衣柜、书架、梳妆台和椅子，蒂娜都用石灰天然涂料重新上色（在她试图从手工劳动中追寻人生意义的阶段），在半透明的白色表层下，隐隐透出木质纹路。四周墙壁则是柔和轻盈的淡杏黄色，在约一人高的位置则环绕着一圈花式镶框，花色与窗帘完全一致。

这样一间房间完全是典型的少女梦想，一般只会出现在标榜罗曼蒂克的乡间旅馆。相较之下，左侧那间小更衣室不过只是锦上添花而已。乔纳森有些难堪地想起，在蒂娜兴致勃勃地展示布置完毕的房间给他看时，他问她是否正在经历第二次青春期。听到这句话，蒂娜眼泪夺眶而出，之后，就连请她到她最喜爱的美食餐厅吃饭，或者买一串昂贵的项链都无法令她破涕为笑。

说出那句话之后，无论乔纳森再如何称赞这个房间"真的很漂亮"，蒂娜总是淡淡地回他"你不是真心认为"，或者"你已经伤过我了"。实际上，他实在觉得这房间的布置不怎么搭调。但此刻，当他带着雷欧波特走进蒂娜昔日的小王国时，却惊讶地发现，这的确是一间不仅漂亮且相当舒适的客房，虽然不符合他的品味，但是相当亲切温馨。

"啊！"雷欧波特惊叫，"罗拉·艾希莉复活了！"

"谁？"乔纳森好奇地问。

"罗拉·艾希莉。"雷欧波特重复说了一遍名字，"你没听过吗？"

"从未听过，那是谁？"

"我记得是发明这类风格的人，好像叫英国乡村风格之类的吧。"

"你知道的还真多！"

"不可置信，对不对？"他撇嘴一笑，"你可能觉得讶异，但我可不是一出生就住在废纸回收箱里。"

"嗯！当然。"乔纳森感觉脸颊再度发热，短短几分钟内，雷欧波特已再度成功地看透他的心思。"请自便，当成在自己家里一样。"乔纳森试着转移话题，却不小心忘记对方并没有家，"我的意思是说，你可以放轻松。"

"好。"

"嗯，现在……"乔纳森犹豫地张望了下四周，挺挺肩膀说，"我带你去看一下厨房。"

他们走回前厅，拐进宽敞的布尔陶普顶级设计厨房。乔纳森告诉访客餐具、碗盘和酒杯的放置处，还有矿泉水放在哪里。并打开冰箱让客人看果汁、牛奶、奶油、熏肉和奶酪等食物。最后打开木制面包箱说："这些你都可以随意取用，不必客气。"

"谢谢你的慷慨和好意！"

"没什么。"乔纳森用北德方言回答他，两人相视大笑。

之前的矛盾，此刻完全冰释。

只是一秒钟后，再度结冰。

"哎，"乔纳森拍拍手，"现在请你自便，不要拘束。我上楼了，明早见了！"

雷欧波特瞪大眼睛，一脸不可置信，"你放我一个人在这里？"

"嗯，对呀。"他停下所有动作，狐疑地问，"还缺什么东西吗？"

"不是，我只是觉得……哎，我只是以为我们会一起度过这个晚上。"

"一起度过这个晚上？"乔纳森重述一遍。

雷欧波特轻咳了一声，"这话从你嘴巴说出来就变得很奇怪。我的意思是说，我以为，我们会一起下厨，聊聊天之类的，就像男人聚会那样，毕竟我没什么机会……"雷欧波特脸上又现出羞涩的神色，就像之前在玄关脱大衣时一样。他摇摇头，垂下眼睛，"不，没事。"他嗫嚅地说，"强迫你请我到家里来已经够不要脸了。"他看向厨房的门，"我去房间，顺便冲个澡，就这样吧。"

乔纳森伸出手，从后面按住雷欧波特的肩，让他停下脚步。

"男人聚会听起来好像不错。"

雷欧波特转过头来看着他，"是吗？"

"不过你得一个人下厨，我只会熏肉煎荷包蛋。"

"那你干吗在厨房里装六个煤气罐？"访客边问边对着庞大的中岛型流理台努努嘴，再指着挂在架子上的专业厨具，"八个不锈钢汤锅和四个炒锅又是干吗用的？"

乔纳森耸耸肩，"我也不知道。"他承认，"可是，这样看起来很棒，不是吗？况且，就算只是荷包蛋，也不能徒手煎呀！"

"真令人遗憾啊！"

"不能徒手煎荷包蛋吗？"

"不，"雷欧波特大笑，"这么棒的厨房，这样好的装备，竟然落在一个不懂欣赏的人手里！"

乔纳森·N·格里夫敞开双手，摆出一个欢迎的姿态，"我说过，请自便！Mi casa es su casa（我家就是你家）。"

"你会意大利文？"

"这是西班牙文。"乔纳森解释，突然想起自己竟然不会意大利文，还真令人遗憾！

26. 汉娜

十四天前

十二月二十日星期三，凌晨一点○一分

"那家伙是个败类，一点都不专业。"汉娜兴致勃勃地听着丽莎叙述她在纸牌占卜屋的经历。她仍然不敢相信，好友每隔几星期就会去找纸牌师，而且已经好几年了，竟然一点都没透露给她。

汉娜内心深处感到有那么一点失望与受伤，她以为她们彼此已经相当了解对方了，但显然并非如此。她忍不住想到"背叛"一词，定定神，试图专心听丽莎说话。毕竟，每个人都有保有自己秘密的权利，丽莎也有。

"我应该可以一眼看穿他才对。"丽莎正在叙述自己曾见过一位自称"生命咨询师"的人，她在她毫无心理准备的情况下就要说出她的死期，"我是说，你能对自称是'神奇先生'的人有什么期待？"

"神奇先生？"汉娜猛地呛了一口，狂咳了起来，"你不是认真的吧！"

"我不是，但他是！"丽莎说。

"你又是怎么沦落到那里的？"

丽莎耸耸肩。"网络上找到的，"她解释，"他的网页除了名字愚蠢之外，其他看起来都很正常，我想试试无妨。"

"这就是网络的麻烦。你可能在交友网站认识一位事业有成的帅哥，见面后才发现其实是个大肚男，是个快40岁了还住在爸妈家里的妈宝。"

丽莎笑了起来，"这你待会儿可得详细说给我听！"

汉娜摆摆手，"只是说说而已，我还没试过啦。"

"宁可做出强而有力的宣称，也不要薄弱的事证！"

"没错！"汉娜同意，"还是回到你的故事吧。当他想告诉你时，你如何反应？”

“还用说，当然是站起来马上走人！”

“我也会这么做！”

“可是你刚刚不是才说你会想知道。”丽莎说。

汉娜翻了一个白眼，“是啦，可是不想从纸牌占卜师那里！况且，我一点都不相信真的可以预知死亡日期。”

“我也不太相信。”丽莎说，“不过，突然听到有人说可以准确说出你的死期，的确是挺吓人的！”

“如果那个人叫‘神奇先生’的话，我只会大笑而已。”

“你又不在现场。”丽莎不满地说。

“也对！看到这种名字我根本就不会跟他见面。”

“马后炮人人都会放。而且，不是每个占卜师都像神奇先生那样。”

“但愿如此！”

“不开玩笑，真的。”好友急切地说，“好几次我都得到了帮助。”

“在什么事情上？”汉娜无法不露出怀疑的表情。

“例如，做决定时。”

“举个例子！”

丽莎想了一下，“例如，当你问我，是否要一起成立欢乐儿童时……”

“你在决定是否要跟我一起创业时去找算命先生问意见？”汉娜打断她。

“是生命咨询师。”她的朋友瘪了瘪嘴，不满地说，“而且她是个女生。”

“这当然就得另当别论。”

丽莎懊恼地叹了口气，“算了！我不要再跟你说了，感觉好蠢啊。”

“不，不，拜托！我觉得很有趣呀。”

“不，”丽莎说，“我不想说了。”

“拜托啦！”她苦苦哀求。

“不要。”

“拜托，拜托，拜托啦！这样我才能忘记西蒙的事。”

"这太奸诈了，一点都不公平。这样我怎么可能再拒绝你？"她双手抱胸，不满地看着汉娜。

"好啦！"汉娜继续求她，"我保证不再乱说话。"

"你一定做不到。"

汉娜比了个手势，假装用钥匙把自己的嘴巴锁起来，再将钥匙往空中一抛，闷哼了一声。

"好吧。"丽莎最后还是接受了，"我当然不是完全依赖解牌的结果而做决定，去占卜不过只是加强我的决心，确认我们真的走对路，因为所有牌相都显示出成功的迹象。"

"那还真令人放心！"汉娜从紧闭的双唇中挤出这句话，因丽莎严厉的眼神不敢再出声了。

"其实，应该这么说，"丽莎继续说下去，"只有自己才能回答问题，而答案其实早就存在自己心里了，只是我们一时无法看到。塔罗牌不过是一种工具，帮助我们看到答案，你能理解吗？"

汉娜点点头。

"再举个例子。"丽莎越说越有兴致，"你和西蒙，我知道，你们两个人总是不断追问，到底我什么时候会开始认真找男朋友。但是，老实说，我前一段时间一直没有男友，是因为我自己觉得时机不对。在结束上一段关系之后，我总觉得有更重要的事情要做。"

汉娜专心地听着，突然像发现新大陆一样大叫："丽莎！你说'前一段时间'，代表已是过去的事，现在有新变化了吗？"

"别忘了你还不许说话！不过，是的。"

"是的？你认识新对象了？"

"还没，可是快了。"

"快了？"

"事情其实很简单：前些时候我非常满意自己的单身状态，"丽莎解释，"我一点都不觉得有什么缺憾，反而非常享受一个人的自由，想做什么就可以做什么。而这种心情也总是反映在纸牌的排列上，显示不论现状如何，都是好的。"她想了一下，继续说："直到近几个星期以来，也就是欢乐儿童开张后……我该怎么说呢？一想到我们的工作室，我就觉得既快乐又满足。于是，我开始想，如果有个伴侣在身边，一起分享我的快乐，那该会是一件多么美好的事。"

"真的？"汉娜感动地抓住丽莎的手，紧紧握着，"我实在无法告诉你，你这番话是多么令我如释重负。我总不免担心，怀疑自己说服你辞职创业到底是不是好主意，毕竟，我们也有可能失败。"

"绝对是个好主意！"丽莎向她保证，"早知道这么棒的话，我早就辞职了！"

"这真是让我松了一大口气。"汉娜半带揶揄地笑着说，"现在我才知道，原来我们还有你的纸牌师做后盾，早知道我就不必想那么多了。要是失败了，我还可以把账算到她的头上，毕竟她应该要在水晶球里预见一切的。"

"纸牌！"丽莎纠正她，"萨拉斯瓦蒂帮我解牌，她不会看水晶球。"

"萨拉斯瓦蒂？"

"哎，"丽莎说，"我不小心说溜嘴了。"

"说了就说了，"汉娜愉快地说，"不管怎么说，萨拉斯瓦蒂听起来比神奇先生还要诡异！"

"她真的很棒！"丽莎不禁为她辩护，"而且，目前为止所有她告诉我的预言，都已经实现了。"

"那下次请她告诉你彩票号码！"

"别再说蠢话了！"丽莎一脸受伤地望着她。

"对不起！我不是故意挑衅你的。"汉娜赶紧补救，"继续说！就是这个萨拉斯瓦蒂说，你很快就会遇到今生今世的男人了吗？"

"她可没说是'今生今世的男人'。不过，两星期前我去她那里时，她说我明年会有一场特别的相遇。"

"'特别的相遇'可以有各式各样的诠释。"

"据萨拉斯瓦蒂的说法是有关伴侣的事。"

"有没有可能是我？毕竟我们也算伴侣，职业上的。"

"首先，我早就认识你了，所以你没戏了。"丽莎回答，"再者，纸牌显示是个男人。"

"好吧，"汉娜朝着丽莎眨眨眼，"我不是男人。"

"没错，只是你的举止常常像个男人而已。"

"谢谢你哦！"

"这可是赞美之言。"

"所以我也很客气地说谢谢了呀。"

两人相视大笑。笑完后，汉娜又变回严肃的表情，"先不提你在欢乐儿童和寻找梦中情人这两件事上显然会有好运，我到底该拿西蒙怎么办？"

"我也不知道。"丽莎承认，"我想，只得耐心等候了。"

"这对我来说挺困难的，我实在很想把他拖到医院去，赶紧做进一步的检查。"

"你不能强迫他，只能他自己愿意才行。"

"我知道。可是我实在很想说服他，不要放弃求生的意志，他只是自己胡思乱想，不可能只剩一年可活而已。"

"你要如何说服他？连你自己都无法确定的事。"

"谁说的！"汉娜反驳，"我非常确定！"

"你哪来的信心如此确定？"

"不知道，可是我就是确定！西蒙不可能这么快就死掉，我不准！"眼泪又涌进她的眼眶。连她都知道，这话听起来有多幼稚，只是孩童的神奇想法，更是自欺欺人而已。

丽莎忧虑地看着她，"世上有些事情，残酷到令人无法置信，但终究还是真的！"

"是的！"她轻声哽咽，"是真的，真令人遗憾！"

两人并肩坐着，不知道能再说什么。丽莎轻柔地摸着汉娜的头，就像安慰一个跌破膝盖的小孩一样。只是，伤口很深，很深，很可能永远无法痊愈。

"我有主意了！"丽莎打破沉默。

"什么主意？"

"我们可以送西蒙去萨拉斯瓦蒂那里，让她帮他解牌！"

汉娜坐直身子，迟疑地看着她，"我不觉得这是个好主意。第一，他会说那是招摇撞骗，绝不会去；第二，我们无法知道结果会怎样，如果最后她也说他没救了，那要怎么办？"

丽莎摇摇头，"她绝对不会这么做，又不是神奇先生。萨拉斯瓦蒂只会指出可能的方向，并帮人自己做决定。"

"就算如此，西蒙也不会去的，这我可以保证。"她几乎要笑出来，"想象一下，如果我去跟他说：'听好，我知道你以为自己快死了。不过，我知道有一个很厉害的纸牌占卜师，这是她的地址，你应该过去看看。'说真的，他一定会以为我疯了！"

"只是个建议而已。"丽莎叹口气，"我也不知道我们能怎么帮他。"

"没关系。你来这里陪我，让我今夜不必孤单一人，就已经帮了我一个大忙了。"

"这是我该做的。"丽莎微笑，倾身在她脸颊上亲了一下，"而且我相信，我们一定可以一起找到方法。"接着打了个大呵欠，身体往下缩进沙发里，"只是可能不是现在。明天，明天一定会更好。"

"我希望！"

汉娜将头靠在丽莎的肩头上，闭上眼睛。虽然人已经累得跟狗一样，但脑袋里千回百转的思绪仍不放过她，如果她可以想出办法，帮西蒙走出死胡同就好了！帮他打气，给他信心，让他确信自己绝对不会在明年死掉！

至于去做纸牌占卜？不，胡闹，这不可能有帮助。

从丽莎沉重的呼吸声中，汉娜知道她已经睡着了。她真希望自己也能睡着，可以从混杂的思绪中逃脱个几小时。只是不管她如何努力，明明已是精疲力竭却仍然无法安然入睡。几分钟后，她放弃了，轻轻掀开毯子，留意不要吵醒丽莎，小心翼翼地起身。

她静静看着沉睡中的丽莎，能有这样的朋友真是她的福气。能与她同心协力共同创业之外，还能陪伴她度过无助的夜晚。没有丽莎，她实在不知该如何度过今晚。

汉娜走进卧室，坐在床上拿起床头柜上的手机。通常夜里她会关掉电话和手机，但今夜她特别保持开机，以便西蒙随时能联络上她。瞄了一眼手机荧幕，如她所料，并无任何来电显示。

尽管如此，她还是希望他会打电话来。希望！希望他会在睡前发来只字片语，像是"爱你想你"，或者"别担心，我一切都好"等。

汉娜打开网页，勉强抑制搜寻淋巴肿瘤的冲动，她不要像西蒙那样，因网络的种种资料而崩溃。不，她要冷静面对，不被那些网络医生的高见牵着鼻子走，陷入死亡循环中走不出来。

不，她要搜寻的关键字是勇气、信任与快乐。她想知道的是，人们如何在困苦的绝境中活出一条生路。

在她读着一篇又一篇的故事时，脑中不停地转着念头：我该如何帮助西蒙，即使生病，仍能充满信心地度过接下来的一整年？如何让他明白，这十二个月中的每一天，其实都在他自己的掌控中？如何使他保持信心？如何告诉他，接下来的每一天、每一个小时，甚至是每一分钟，他都应该好好地享受？人们终究只能活在此时此刻，活在当下。

当她突然想到一个好主意时，手机上显示的时间是清晨六点二十三分。她情不自禁地大喊一声，接着客厅便传来"咚"的一声，显然是丽莎从沙发掉到地上了。

一秒钟后，丽莎便出现在卧室门口，一脸惊慌地看着她的朋友。

"老天，发生什么事了？"

"没事。"汉娜笑着回道，"我只是想到一个绝佳的点子！"

"什么点子？"丽莎上床挤在她身边，充满期待地看着她。

"说起来其实很简单。"

"那就赶快说！"

"其实，我们的工作就跟活动策划差不多，对不对？"

"这种称法好像有点高攀了。"

"那就高攀一下吧。反正我们每天的工作就是设法让儿童度过一段快乐时光。"

"我好像不太懂你要说什么。"

"很简单，西蒙需要的正是一段快乐时光。"

"快乐时光？"

汉娜点头，"正是！"

"什么？"丽莎脸上冒出千万个问号。

"我相信，"汉娜继续解释，"西蒙一定是陷在忧郁中进退维谷，母亲去世加上失业的打击令他沮丧不已。"

"你忘了他刚知道自己得了绝症？"

"不，我没忘记。这部分待会儿再说，我可继续说吗？"

"抱歉，当然了。"

"因此，我一直在想，如何帮助西蒙重拾生活的乐趣。答案很简单：他只要更用心地生活就行了！西蒙必须积极一点。"

"这怎么可能呢？"丽莎插嘴，"如果我的理解没错，他已经在计划自己的葬礼了，现在可能不是劝他好好享受生活的好时机吧。"

"错了！"汉娜反驳。

"哪里错了？"

"现在正是最好的时机！你想，有什么时间点会比此刻更为适合？在真正面对自己的死亡，体会到世间一切稍纵即逝之后。"

"你真的这么认为？"

汉娜用力地点头，"绝对是！"

"那你的具体计划是什么？"

"我要帮他设计一本手账日志！"

"手账日志？"

"没错！"汉娜再度点头，"从今天开始我就会动手帮西蒙设计明年一整年的行事计划，设想出很多美丽的约会和有趣的任务。"

"你是说，你要列出待办清单，要求西蒙明年——照做？"

"怎么能说是规定呢？应该说是启发。三百六十五个点子，每天一个！"汉娜激动得差点语无伦次，"我要帮他在未来留下踪迹！"

"在未来留下踪迹？"

"正是！"汉娜坚决地说。

"我不懂。"

"道理很简单。当你在未来留下踪迹时，自然而然就会假设所有的愿望在今天都会实现！"

"我还是不懂。"丽莎仍然一头雾水。

"举个实例，你现在穿四十号衣服，但买了一件三十八号的裤子，因为你希望能有小一号的身材。当你现在买下未来能穿的衣服时，就等于是在未来留下踪迹。"

"哦！"

"这真的很简单，我们的能量会跟随着注意力走！"她将自己的信念解释给丽莎听，"如果能将我们的想法导向自己想要的东西上，日后成功的可能性会大大超过对着我们不想要的东西发牢骚。因为，老是发牢骚只会把我们的注意力集中在我们想要避免的事情上。"

"抱歉，我得插句话。如果我的理解没错，按照这个逻辑，类似开车系安全带的做法不就完全错误了吗？"

"换我不懂你在说什么了。"

"很清楚呀，当我系上安全带时，也就是在未来留下踪迹，留下可能出车祸的痕迹！"

"才不是这样呢。"汉娜生气地反驳，"在未来留下踪迹不是叫你抛去理智，只因相信自己一定会飞，就从屋顶一股脑儿地就往下跳。"

"那真是太可惜了。"

"你这个笨蛋！"

"你才是笨蛋！"汉娜不禁笑了起来，"就一个以占卜师的预言为生活依靠的人来说，你还真有批判精神啊！"

"生命咨询师！"丽莎更正，"况且我只是站在西蒙的立场推想，所以那就是你可能遇到的问题！我自己觉得手账日志的主意很棒，问题是它又不是给我的。"

"不管他怎么想，我做就是了！西蒙相信他活不过一年，那我就帮他列出明年一整年的计划，帮他在未来留下踪迹，给他白纸黑字，让他亲眼看到什么事在未来等着他。告诉他，他不可能死掉，因为这本手账不会给他时间去死！"说着汉娜又兴奋起来。

"我实在不想泄你的气，"丽莎又开始唱反调，"可是你真的相信，他在此刻会敞开心胸接受这个吗？"

"我刚说过，此刻正是最好的时机。"

"刚刚那些稍纵即逝的说辞当然很美也很合逻辑，但理论和现实之间还是有不小的差距。更何况每个人都不一样，知道自己快死……"她猛然住嘴，低声地补了一句"对不起"。

"没关系，继续说。"

"嗯，知道自己行将就木，有些人会把握时间活得更精彩，就像你一样，有些人则会把自己完全封闭起来。"

汉娜没有说话，只是直直地看着丽莎。

"我又说错话了吗？"

"不，"汉娜皱起眉头，陷入沉思。过了一会，突然展颜看着丽莎笑，"恰恰相反！你说得很对。"

"真的？"

"对！我设计的手账就是一张'挂前清单'，简称'挂单'！"

"'挂单'？那又是什么？"

"看过电影《遗愿清单》吗？"

"没，值得看吗？"

"绝对值得，好看极了！是讲两个癌症末期的男人……"

"真棒，特别是在此刻！"

"那不是重点！两个男人成为朋友，决定一起列张'挂单'，一张列满想要完成事项的清单，在人……"

"在人挂掉之前！"丽莎抢着帮汉娜讲完。

"完全正确！"

"那电影最后呢？"

汉娜不安地动了动，"最后两人都死掉了，不过之前他们真的完成清单上所列的事项了。"

丽莎瞪着汉娜，"听起来还真是棒！心满意足地躺进棺材！"

"哎，你看了就会知道我在说什么。"

"我完全知道你在说什么。"丽莎回道，"你要鼓动西蒙去写'挂前清单'，跟他说：'嘿，把你死前想做的事列张清单。虽然你觉得只剩几个月或几个星期了，不过去一趟索尔陶的海德主题乐园还是做得到！运气好的话，忙着列清单还可以帮你忘记去死。'说真的，你都觉得建议西蒙去纸牌占卜会被他讥笑了，我保证你这个'挂单'绝对会被鄙视。"

汉娜垮下脸来，"我当然不会称它为'挂单'，而且，我的计划不是要他自己写，而是我来帮他写。反正，这本手账可以说是我帮他列好的'挂前清单'。"

"那你要写什么？我是说，除了去海德乐园郊游外。"

"我还不知道。"汉娜承认，"我才刚想到这个主意而已，具体内容还要好好想一下。应该是一些我们可以一起做的事，像是去看海、赤脚走过开满小花的草坪、彻夜跳舞到清晨五点……"

"我觉得西蒙现在这样最好还是不要熬夜吧。"丽莎出声反对，在看到汉娜的眼神后却又赶紧补了一句，"对不起，我也只是说说罢了。"

"各种可能的事都可以列进手账里，不必非得是大事。"汉娜继续想象，"会让我们会心一笑的小事，也可能是一些可以振奋人心的想法，这方面我还没细想。"她考虑了一下，继续说，"例如，开始动手写小说，就会被我排进行事历里。"

"可能是病中记之类的作品，再加上未完成。"

"丽莎！"

"对不起，"丽莎再度道歉，垂下眼睛嘟哝，"我只是不想你失望。"

汉娜叹了一口气，"无论如何，状况也不可能比现在更糟，我必须试试看。而且，如果西蒙真的认为自己活不过这十二个月，那他还有什么好害怕的呢？"

"的确是没有。"

"正是。如果我求他不要抗拒，就算是为了我尝试一下，或许他会答应？只因为他对我还有那么一点爱意，仍然在乎我？"

"也许可以成功。"丽莎终于承认。

"我希望是！"

"那他的病呢？他得赶紧去看医生或是再进医院一趟，不能这样置之不理呀。"

"我还不知道，我当然希望我能唤醒他，有足够的能量面对疾病、接受诊治。"她苦笑着，"就算西蒙悲观的预期成真，他已经来日不多了，那么至少，这将会是他人生中最美好的一段时光！"汉娜喉咙一紧，不由得又抽噎起来，"去他的！"她咒骂着，用力拍了一下床铺，"万一这真是他的最后一年，我也要这该死的一年是他最完美的一年！"

丽莎抱住她的肩头，轻声说，"你会做到的，我帮你！"

27. 乔纳森

一月三日星期三，下午六点三十二分

二十分钟后，两个男人坐在饭厅的柚木长桌前，一人一盘熏肉炒蛋。不只是因为乔纳森只会做熏肉炒蛋而已，而是厨房里也只有熏肉跟蛋。

乔纳森曾自告奋勇去超市买东西，只要雷欧波特写下购物清单就行了。后者摆摆手，说是热食就够了。

他说完便迅速地去冲了个澡，十五分钟后，穿着挂在从前蒂娜浴室里的碎花浴袍回到厨房，快活地边吹口哨边从冰箱拿出一盒蛋，开始动锅动铲。

就食材来说，桌上的餐点和乔纳森的熏肉荷包蛋差不多，但味道可就天差地远了。雷欧波特自行取用调味料抽屉里的瓶瓶罐罐，混合出某种特殊风味，创造出乔纳森吃过全天下最美味的熏肉炒蛋，毫不夸张。

"太棒了！"他不禁赞美这位新结交的朋友。

"很高兴你喜欢！"

"你怎么这么厉害？"

雷欧波特不禁笑了起来，"炒蛋实在称不上是精巧的手艺。"

"但尝起来却是。"他赞赏地点点头，"真的，真的，非常美味！"

"习惯窘迫后，人们便会开始学习如何从极简中创造出极大的价值！"

"了解。"乔纳森说。

"而且，我是专业厨师。"

"这可以解释很多事情。"

"面包？"雷欧波特将装着杂粮面包的篮子推向乔纳森，"拿一片试试，配上面包会更可口。"

"不，谢谢。"乔纳森拒绝，"晚上六点之后我就不吃碳水化合物了。"

雷欧波特差点被炒蛋噎到，"你不是认真的吧？"他勉强挤出这句话，一边赶紧用餐巾捂着嘴。

"当然是！晚上吃淀粉类的食物对生理是种毒害。"

"谁说的？"

乔纳森耸耸肩，"大家都这么说。"

"大家是谁？"

"不知道。"他说，"我有一次在书上看到，觉得这个说法很合理。"

"好吧。"雷欧波特自己拿出一片面包，胃口极佳地咬了一口，含混地说："敬大家。"

"这时间我有更适合的东西！"乔纳森站起来，离开饭厅走进厨房，不一会儿便拿着一瓶红酒和两只高脚杯回来。"波尔多红酒！适合特别日子饮用的美酒。"边说边坐下，并将两只杯子分别放在两人前面，准备开酒。

"我觉得很荣幸，"雷欧波特露出一脸遗憾的表情说，"只是，恐怕得让你扫兴了，我不喝酒。"

乔纳森停住手上开酒的动作，"可这只是葡萄酒而已！"

"抱歉，我滴酒不沾，包括葡萄酒。"

"啊。"乔纳森手足无措地看着他，不知该继续开酒还是算了。另一方面，他发现自己相当吃惊，竟然有流浪汉不喝酒。就算是刻板印象吧，但他一直以为，所有流浪汉都会用高浓度酒精让生活变得美好一点，更何况雷欧波特还是个厨师呢！他总觉得，厨师根本就是隐性酒鬼，半瓶酒倒入锅里做酱汁，半瓶酒灌入炉边男人的肚子里。他不禁问："一直不喝吗？"

雷欧波特笑了，"不，并非一直是。恰恰相反，从前我常喝醉，这也是为什么我现在滴酒不沾。"

"哦。"乔纳森仍然坐在那里，握着拔了一半的酒塞，不知该如何是好，更不知该把酒放在哪里。

"没关系。"雷欧波特说，"你可以安心享受美酒，我不会觉得有什么困扰。"

"真的吗？"

"真的！"他微笑，"要是身边有人喝酒就会令我抓狂的话，那我得搬到无人孤岛去了。就算到了无人孤岛，哪天也可能有个身怀扁酒壶的水手因船难漂到岛上来。所以，开酒吧！"

"啵"一声拔出软木塞，乔纳森倒了一点酒在杯子里，摇晃了一下，最后送上嘴边抿了一口。

他不说任何赞赏的言辞，毕竟，在一个曾是瘾君子的酒鬼身边喝酒，已经够令他有罪恶感了。早知如此他就不会取出红酒，喝水就好了。

"其实离现在也没多久。"雷欧波特说，身子往后靠向椅背。

"你说什么？"

"酗酒。"

"哦，是吗？"

雷欧波特点头，"六星期前我又被送进医院。当时，我躺在红灯区绳索大街的一家赌场门口，被警察载走。当我在戒酒中心醒来时，酒测值是三点二。"

"三点二？"一句"了不起"差点脱口而出，还好在最后关头忍住了。

"没错。"雷欧波特显得相当懊恼，另一方面却又隐隐显露斗志，"一星期后终于恢复理智。我暗自发誓，这绝对是最后一次进来这种地方了，我要重新掌握自己的生活。"

"可是你还是继续在街头流浪？"

"'还是继续'是什么意思？哪有那么快！"雷欧波特说，"我才刚开始而已。"

"不是有失业救济金吗？"乔纳森对社会救助不熟——怎么可能会熟呢？不过，就他所知，这个国家的人民不会流落街头，除非自愿。

"说到这个还真需要喝点酒。"雷欧波特边说边摆摆手，表示不过是个玩笑，"事情很复杂。无家可归是一种恶性循环，不容易从中跳脱，需要时间还有毅力。"

"我可以……"乔纳森停住差点冲出口的"帮忙"二字，硬生生地变成，"多听听你的故事吗？"跟雷欧波特坐在这里聊天的感觉当然不错，但是他可不要被感情牵着鼻子走，一时冲动就收留了他。

"不要吧，"雷欧波特摆摆手，"又不怎么精彩。倒是你，说说你自己吧。到现在我对你一点都不了解，除了你有栋漂亮的房子，还有一间你根本不用的顶级厨房。还有，你把重要文件丢到垃圾桶里。"

"再多其实也没什么了。"

"我不相信。"

"真的。"

"证明给我看！"

"好吧，"乔纳森喝了口酒，"我是汉堡出版世家的唯一继承人，大部分的财产都不是我亲手赚来，而是继承来的。我父亲跋扈专制，不过现在已经失智，变温和了。至于母亲，我最后一次见到她是在三十年前。我离过婚，没有孩子，大半时间花在看书、散步和运动上。就这样，没了。"

"兴趣呢？"

"每天都去慢跑，看很多书。"

"还有呢？"

"还有什么可能吗？"

"你空闲的时候都做什么呢？看来你有很多空闲时间呀？"

"我该做什么吗？"

"不知道，"雷欧波特说，"就是一个什么都有的人可能会做的事吧。比如说，旅行，或者筹办慈善活动之类的。帆船、马球、高尔夫球，像你这种身份的人，不是都会做这些事吗？"

"出版社有个培育新进作家的基金会，不过有专人负责。我怕马，帆船很无聊，高尔夫球也很无聊。自从太太离开我后，我也没兴趣出去旅行了。其实，我原本就比较喜欢待在家里。"

雷欧波特面无表情地看着他，接着发出他第二声赞叹"哇"，只是这次明显带着揶揄。

"我早就说过能说的不多啊。"乔纳森为自己辩护。

"是说过，"雷欧波特附和，"只是没想到真的这么少？"

"一般人的生活不会像印第安纳·琼斯[①]那样。"

"但在两者之间，以及在毫无意义的生活之外，还是有其他的吧。"

"住在废纸回收箱里的生活又有多大意义？"乔纳森反击。

雷欧波特眯起双眼，原本轻松的气氛瞬时充满敌意，乔纳森甚至以为对方就要翻脸、起身离开这栋房子了。倒霉的话，可能还会先给他一拳再走。

只是，什么事都没发生。

雷欧波特举起水杯，对着他微笑说，"算你赢！"

乔纳森举起酒杯，碰了对方的杯子一下说，"干杯！"

"回到我们初见的场景。"干完杯后，雷欧波特继续说，"我很好奇，你到底在废纸堆里找什么，不可能是情书吧！"说完朝他眨眨眼。

"唔，这个……"乔纳森迟疑了一下，决定还是将事情说出来。毕竟，雷欧波特也坦白说出自己曾是个酒鬼，必须回报以同样的信任才算公平。况且，他觉得自己与雷欧波特的交际圈没什么交集，对方不至于拿这件事来做文章。就算有什么交集，他的直觉告诉他，坐在桌子对面的这个男人是一个很不错的家伙。虽然饱受生活折磨，但仍不失正直。"是出版社最新的营运数字，而且可能不太妙，所以我怕落在别人手中会被拿去做文章。"

"可能？"雷欧波特重复他的话，"数字可能不太妙？"

"我还没仔细看。"

"那是你的公司吧，不是吗？"

"是啊。"乔纳森感到一阵不安，实在不应该说出来，现在也来不及了。"真正负责出版社营运的是执行长，其实我……"他停了下来。

"其实你不懂？"雷欧波特帮他把话说完。

"是不太懂。"他承认。

"你没兴趣吗？"

"有，当然有，只是我……"他努力找出合适的说法，"我也不知道！我很喜欢书，可这只是……"乔纳森不知该如何说，无助地看着雷欧波特。

[①] 印第安那·琼斯（Dr. Henry "Indiana" Jones, Jr.）是一个虚构的人物，为冒险电影《夺宝奇兵》系列的主角，他的弱点是怕蛇，形象特征为牛仔帽装扮以及长鞭。

"你没勇气自己掌握经营权吗？"

"我当然有！"乔纳森大声说，喝了一口酒。

雷欧波特耸耸肩，"如果不是这个问题的话，那就只能说是没兴趣了。"

"事情没那么简单。"

"就是那么简单，"雷欧波特反驳，"甚至更简单。告诉你，我从人生中学到的唯一一教训就是人们永远只该做自己有兴趣做的事，其他都是错的，任何人都不该忽视自己内心的感受，或者违背信念做事。"他用力拍了一下桌子，仿佛要加强这些话的分量。

"很抱歉，"乔纳森回道，"我不想伤害你。可是如果我看到这种想法将你带到什么样的处境，那……"

"错了！"雷欧波特打断他的话，"正因为我没有这样做，才会落到今天的窘况！从前，我从未按照自己的信念行事，总是做那些令自己不快乐的事，才会开始酗酒变成酒鬼。因为酗酒，婚姻和家庭通通触礁，还失去了工作，最后流落街头。我太晚才意识到这个问题，实际上，一直到上回被送进医院时，我才真正认清事实，才恍然大悟，原来，这几十年来我都走错路了。"

"是吗？"乔纳森嘲讽地说，"然后就因这个六个星期前的顿悟，你现在变成使徒到处传道？"

雷欧波特摇头，"不，不是这样，只是当我看着你不免想起自己。如果能再回到十五年前的话，我绝对不会重蹈覆辙。"

"恕我直言，"乔纳森低声说，"我既非酒鬼，更未流浪街头。"

"但你的婚姻已然触礁，况且，你方才还说，营运数字可能不太妙。而这房子里面的一切，可不会自动维持运作。"

"没错，可是……"

"在我还是你这个年纪时，也只是偶尔享受一两杯美酒。"雷欧波特继续说，不理会乔纳森的话，"职场上，我也曾跻身高位。"

"作为厨师。"乔纳森冷冷地回道。

"才不是，你这蠢牛！"雷欧波特大声说道，"但愿我一直是个厨师就好了！我喜欢做菜，那一直是我最爱做的事。只是我不满足，想要更多。所以我去夜校进修，先通过高中会考，进大学拿到企管系文凭，在一家连锁餐厅里担任总经理，最后变成一家食品大厂的董事会委员。"

"听起来一点都不坏啊。"乔纳森插嘴。

"不坏，当然不坏！"雷欧波特大叫，"太棒了！厚厚一叠薪水，配高级公司车和司机、漂亮的大房子、高性能的帆船，一堆来自上流社会、好得不得了的朋友，自我感觉超级良好。只是，我每天被一堆毫无兴趣的工作纠缠，忙到忘记自己是谁，因此得了严重的忧郁症。然后，当一切走下坡后，离开我的不只是太太和小孩，所有好得不得了的朋友也突然全部消失，剩下我一个人跟我的酒，还有一屁股的债。事情就是这样。"

"哦。"乔纳森不知该说什么。

"没错，哦！所以我才会建议你，看清一切，进入自己的内心深处。如果出版社不是你真心想要的东西，那就卖掉它吧。"

"卖掉？"乔纳森大笑，高声说，"这怎么可能！"

"为什么不？"

"因为它是历史悠久的家族企业！"

"这不是理由。"

"这当然是理由！"

"如果家族传统是你唯一的理由，那还真该卖掉它。"

乔纳森张嘴想反驳，却发现自己完全说不出话来。

这家伙是谁？怎么会跟自己坐在饭桌边？他的脑袋突然闯进一个念头：这不可能是巧合！这两天总是遇到奇怪的事，这些事，不可能是正常的吧！

不，不可能，这当然只是巧合而已！不可能有人知道詹森太太会把文件丢到废纸回收箱，导致乔纳森掉到雷欧波特头上。

只是，这真是古怪极了！没错，古怪，像童话一样！童话里不是也总会出现长满皱纹的小矮人，将故事主人翁引导到正确的道路上吗？

或是错误的道路，端看故事如何发展。

"抱歉！"雷欧波特打断他的思绪，"我不该情绪激动而口不择言，我没权利这么说。"

"没关系，"乔纳森说，"无论如何，这还是……挺有意思。"

"不，真的，我说得太过分了。我不认识你，也不了解你的生活。你的一切看起来都很正常，我实在不该以己度人。"

"不，谁都不该这么做。"嘴里说着这些话，但他心里却想：雷欧波特说得对，我的生活很正常，但也没比这更多了。"你知道吗？"他说，"前天发生了一件很奇怪的事。"

"有比在废纸回收箱里遇到人还奇怪吗？"

"这样讲好了，另一种奇怪。"

接着，他将捡到手账的事告诉雷欧波特，而他的新朋友专心地听他叙述。

三点十五分，凌晨三点十五分！乔纳森已经完全记不起来，上回喝着好酒和别人聊天到凌晨是何时何地了。或者，在他生命中曾有过这种经验吗？他不是夜猫子，而睡眠对一个人来说跟食物和水一样重要。

只是，当他跟雷欧波特说完手账的事，并拿给他看后，两人便开始陷入臆想：这本手账是哪来的，为谁准备的（雷欧波特认为是乔纳森母亲的说法不太可能），对萨拉斯瓦蒂的看法，夹层里的钱又是为了什么。当然，他们也讨论了现在最好该怎么做的问题。雷欧波特完全反对乔纳森将手账送到失物招领处，理由跟他一样，手账在那里能交还给失主的可能性太低，而且雷欧波特觉得整件事太有趣了，交出去实在可惜。

"命运都这样跟你招手了，实在不该忽视不理。"他说。

"为什么突然之间大家都开始讲起命运？"乔纳森问。

"这还真是一个值得深思的问题。"雷欧波特露出一抹神秘的微笑，至少乔纳森是这么认为的，不过这也可能是因为喝酒的关系。不同于往常偶尔只喝一杯，他今晚几乎一个人喝掉了整瓶酒。

现在，他躺在床上，凌晨三点十五分。脑袋仍然乱哄哄，不是因为酒精，而是因为各种乱糟糟的思绪，像乒乓球一样热络地一来一往。这样并非不好，只是不习惯而已。他闭上眼睛，叹了一口气，觉得昨天还真是精彩万分。

就在快入睡的那一刹那，他突然想起一件事。

他飞快地起身，打开床头柜上的灯，拿起放在床边的手账。打开它，拿出夹在中间的笔，开始写下：

很感谢我能遇到雷欧波特，以及我们之间美好的对谈。

他愉快地看着自己写下的文字，终于！世界上还是有令他打从心底感激的事。尽管他同时打了个大酒嗝，可是这跟酒精绝对无关。

当他想合上手账时，突然又想到加上几句话：

明天我要建议他暂时先住在蒂娜的房间。若他接受，我会非常感谢。我想，有他住在我的房子里，必定是不错的。

乔纳森·N·格里夫将手账放回床头柜，又打了一个酒嗝，关掉灯，重新躺回被窝里。

他想，那一定不错，就像男人共居公寓，有何不可呢？

28. 汉娜

四天前
十二月三十一日星期日，晚上十一点五十九分五十九秒

当第一束烟火射向汉堡夜空时，汉娜不知自己该说什么，新年快乐？

不，不能这么说。

她与西蒙站在他家公寓的小阳台上，远眺阿尔斯特湖上方烟花灿烂的夜空，与汉堡居民一同欢度跨年。西蒙从后面用双手环抱住她，下巴抵着她的头，汉娜暗自祈祷，愿能如此与西蒙站在这里直到永远。

但她知道，那是不可能的事。她还有几分钟的时间，可以放纵自己沉浸在跨年的喜悦中，就如一般人那样。只是，最后终究还是要回到房里。届时，他们就要一起面对现实，只是西蒙毫不知情，汉娜则是满怀忧虑。西蒙看到礼物时，会如何反应呢？

自从那夜在里卡多餐厅之后，两人就不再提到西蒙生病的事了。汉娜隔天试过一次，但西蒙请她不要再提，请她等到西蒙自己主动开口再说。

汉娜接受了，她当然接受，并很高兴西蒙不再提起分手一事，也不再将她隔绝在他的生活之外。对她来说，能如此就很满足了。内心深处的某一部分甚至有松一口气的感觉，那是不想面对现实的那一部分，像个小孩一样，蒙上眼睛就以为别人看不见他。

只是，这个压抑策略并不十分成功。因此，在接下来的日子里，虽然她与西蒙都像没发生任何事一样继续生活，但实际上，她已开始动手制作要给西蒙的手账了。就在丽莎陪伴她度过那一夜后，汉娜立即付诸行动，去了一家高级文具店，买下一本特别漂亮的记事本手账。这本昂贵的手账用深蓝真皮装订，并有白色缝线，拿在手上异常柔软舒服。

汉娜不禁想象，有一天，当这本手账的真皮封面因年岁久远而越来越柔软后，西蒙会偷偷地捧起它，按在自己的脸颊边，享受柔软的触感。年岁久远，在许多、许多年后。

　　扉页该写什么，汉娜不必多想便确定了。拿起同样是在那家文具店买下的钢笔，汉娜写下"属于你的完美一年"。接着，她便一头栽进工作，跟丽莎一起讨论，什么可以让西蒙快乐，令他醒转，重拾生活热情。什么可以让他陶醉忘我，令他鼓起勇气面对疾病，与其对抗。

　　因此，她写下她的信念，以及她的生活目标。所有一切能够想象的，所有一切。她在网络上寻找各种抚慰人心又不至于陈腔滥调的生活格言，并在不时陷入恐慌的时刻，以这些话语作为支柱，稳定自己继续做下去的决心。继续做下去，仅仅为了那一点希望，希望她所做的一切，能够说服西蒙不再只是屈服于命运的安排。

　　至于欢乐儿童，自从西蒙与她摊牌后，她便不常出现在工作室了。还好有丽莎和她们两人的父母毫无怨言地接下所有工作，让她能在元旦前夕完成手账的制作。每个人都和她一样，深信她必须在这个充满象征意味的夜晚，将记事本手账交到西蒙的手上。

　　汉娜希望，这本手账将会是一记醒钟，一声起跑的哨声。她倾注了全身的力气与爱意，填入一条条的记载。最后，当丽莎看到成品时，不由得赞叹这实在好到太"令人难以想象"。接着，两人相拥，痛痛快快哭了一场。令丽莎异常感动的是，汉娜竟在一月二日预约了萨拉斯瓦蒂。对此，汉娜的解释是，就算希望渺茫，仍是要试试，更何况不可能出现比现在更糟的情况了。

　　最后，汉娜将整本手账复印了一份保留下来，确保自己知道每天的活动，以便帮助西蒙实现完美一年的计划。她希望，真心希望，西蒙能理解这本手账的含义，并接受安排！

　　"进房间吧，你都在发抖了。"西蒙这句话等于是揭开汉娜这一生中最艰难的一刻。她不知道，即将送给西蒙的手账是否真能发挥它的效用。西蒙会不会像丽莎那样感动，或是……

　　不，没有或是！"留意你的想法，想法会成为真实。"从小，母亲就这么告诉她。无论是否真实，此刻正是相信这句话的最好时机。

"你为什么一直看着我？"当他们在铺在沙发前的野餐垫上坐好后，西蒙问她。之前，汉娜告诉西蒙，希望能像两人初次于易北河畔的约会一样坐在地上野餐。她暗自希望这样的气氛能使她接下来的行动更可能成功。西蒙虽然觉得可笑，可是还是照做了，并称她是"我的浪漫小女人"，将准备好的食物从桌上撤到野餐垫上摆好。"有什么问题吗？"

汉娜紧张地咽了下口水，克制自己不要露出歇斯底里的笑声。他竟然问她有什么问题。汉娜真想朝着他大叫，到处都有问题，所有一切，在他告诉她他没有多少日子好活之后。但她没有，只是打开放在脚边的侧背包，拿出裹在包装纸里的手账，边说，"这个，给你。"边交到他手上。

"这是什么？"

"打开来看看。"

"什么时候开始流行送跨年礼物了？"

"今天开始。"

"那可真令我好奇。"西蒙慢条斯理地将胶带一片片细心撕开，这是他开礼物的一贯方式，每回都令汉娜抓狂。

此刻，汉娜强忍住冲动，没有一把将礼物抢过来，亲手撕裂包装纸。她的耐心正面临着极大的考验，世上没有任何咒语，能使她不安的神经镇定下来。最后，终于，终于，就像是过了一世纪那么久之后，西蒙终于将记事本手账拿在手上。

"一本手账日志？"他讶异地看着她。

"是的。"她点点头，"今年的手账。"

"可是……"他只说了一句"可是"，便没有下文了。"可是"之后，可以接着成千上万种句子，西蒙的目光里，更是存有百万种的可能反应。汉娜所有的恐惧，就藏在这个"可是"里：可是我没有多少时间了，你为什么还要送我手账？可是我就快死了，我不需要记事本；可是我不相信自己还有时间使用这个礼物；可是我知道我没有希望了；可是我……

"我已经写好了。"汉娜说，将脑海中西蒙可能说的话驱赶开，"每一个日期下面我都写上一些东西，我唯一的希望是你接受我的礼物，并试着做做看。求求你，为了我！也为了我们！"

西蒙没有回答，只是解开扣环，翻开手账，一页一页默默地读着，时而微笑，时而皱眉，读着读着，不说一句话。

当他翻到最后一页后，终于抬起头来，脸色苍白。

"我……"汉娜试图说话，随即沉默下来。西蒙将手账放到一边，双手环抱住她，用力搂进怀中。就像那一夜在里卡多餐厅里那样紧，紧到能听到他的心跳，感觉他全身发颤。

"谢谢你。"他轻声在她耳边低语，"从来没人送过我这么珍贵的东西，谢谢你。"

"你接受这个礼物了？"她稍微挣开，为了看他的脸。

西蒙微笑，"为什么不？"

汉娜松了一口气，笑着环住他的脖子，"一切都会好起来，亲爱的！"她叫着，"你看，我们会成功的！癌症不会打败我们，我知道，你一定会痊愈的！"

"是的，"他慢慢地说，"我相信你。"

"你一定无法想象，听到你这样说，我有多开心！等假期一过，我们就去找肿瘤科医生，啊，我在说什么？去找最棒的医生，就算在最南端的康斯坦兹也无所谓！只要有必要，用走的都可以走去！我们一定能找到最好的专家！将身体交给他处理，精神部分我们有手账，它可以帮我们找回生活。"

"听起来真是完美，我们就这么做。"

汉娜忍不住一直傻笑，无法停止。

"什么事这么有趣？"现在换西蒙推开她，看着她的脸。

"没事！我只是好爱好爱你，只是这样而已。"

"我也好爱好爱你。"

当汉娜在西蒙床上醒来时，天色仍然黑暗。

又来了！正是欢乐儿童开幕那天早上醒来时的感觉，小腹酥酥麻麻，充满激情与爱的感觉。不过，这回的感觉比上一次强烈多了。

汉娜翻身，想往西蒙身边依偎过去，并温柔地唤醒他。她还留恋在昨夜两人的缱绻缠绵，激情爱恋，直到累极虚脱。

他不在，床是空的，只有汉娜一人。

床头柜上的电子灯显示现在时间七点五十九分。在西蒙还在报社当编辑时，他从不曾在这个时间起床，报社的工作通常十点之后才开始，但总会忙到很晚，以便隔天一早能准时出刊。

她坐起身子伸伸懒腰，侧耳凝神倾听，或许会有淋浴的水声，也可能是咖啡机或电视传出来的杂音。什么都没有，全然的寂静，只有窗外树枝不时敲打在窗户上的声音。

"西蒙？"她喊了一声，"你在哪里？回到床上吧！"

没有回音。

"西蒙？"

全然无声。汉娜披着被子爬到床尾，看向门外漆黑的走廊。"西蒙？"她大声喊，"你躲到哪里去了？"

仍然没有任何回音。汉娜直起身，披着毯子下床走出去，环视了客厅一圈，一切都如昨夜一般，只是没有西蒙的影子。接着，浴室和厨房也都一样，西蒙仿佛从空气中消失了。

她安慰自己，西蒙可能去买面包了，她决定去浴室冲个澡。走往浴室时，不经意瞄了公寓大门一眼，并在地上看到一张纸、一个信封，以及西蒙的钥匙串。远远地便可知道纸上的字绝对不是"我去买面包"那样简单。

她走过去，弯腰捡起纸。读了几个字便双脚发软，靠在门边，缓缓滑坐在冷冷的地板上。

我最亲爱的汉娜：

我非常遗憾，竟如此对你，要你承受如此巨大的伤害。当你读到这些字时，我已经不在人世了。

此刻，你或许震惊，或许愤怒（我希望你会）。可是，我实在不能不这么做，我没有勇气面对疾病，因为这个疾病让我父母痛苦多年，我太害怕自己有一天也走上同样的路。令我更害怕的是，你会像我妈那样经历那些痛苦。你不该承受那些痛苦，任何人都不该！

今夜，我清楚地意识到，你是不可能离开我了。能如此享受你的爱是多么美好，但同时也是多么可怕啊！因为，我也无法离开你。

你送我的礼物是如此别致，如此别出心裁，任何文字都不足以形容。只是，我无法兑现接受它的承诺，我再也没有一年的时间了。

汉娜，请相信我，当我写下这些话时，我心底非常确定。我可以感觉到身体内的癌细胞，我知道我无法战胜它们，太迟了。这些话，我不需要医生来告诉我。

坦白说——若我到了此刻还不坦白，还能有坦白的时候吗？我早就觉得不对劲了。当你告诉我我变了、失去生命活力时，你说得完全没错！

我不知道是什么时候开始的，可能是妈妈去世，或是失去工作，也可能是两者一起或者更早以前。事实是，我并未投递任何求职信，一封都没有。当我说我在找工作时，那只是个谎言。当我说我收到拒绝信时，也只是个谎言，都是谎言！

我想，不是癌症让我活不下去。实际上，我内心深处的某一部分早已死去，只是一直不愿面对事实、采取行动而已。我曾在一本书上看到一段极为动容的说法：当人死亡后，又会回到出生前几百万年来的状态，也就是肉身不在了。因此，当我们有朝一日必须离开人世，其实并不是一件什么可怕的事，只不过是回到宇宙间，回到灵魂大部分时间的所在之处。此刻，我觉得是时候了，我清清楚楚地感受到。

汉娜，请你千万原谅我，并请过着没有我的幸福生活。我知道，你那无敌的乐观态度必能使你做到这点。不，我完全确信，你会有美好的一生，没有我你会更幸福。

你不是总爱说，凡事总有好的一面吗？相信我，一切都会好起来。因为，这个决定是我为你做的，也是我想要的。

请你帮我将公寓钥匙交给房东，公寓里的所有东西都可以丢弃清空，不过不急。我银行里的存款，还够缴几个月的房租。你准备好，再动手整理就可以了。

至于车子钥匙，得请你收下。从现在起，福特老野马就属于你的了，你可以卖掉，也可以保留。驾驶证和钥匙都在客厅的矮柜里。信封里是授权书可以证明你有绝对的权利去处理这些东西，虽然不是正式表格，但我想我的签名应该足够了。

　　如果最后银行还有余款，自然也是你的。我很希望你能将它用在欢乐儿童上，实现你所有绝妙的想法。

　　汉娜，我爱你！我深深以你为荣！

　　只是，我很遗憾，这爱，仍不足以支撑我继续走下去。

西蒙

　　汉娜瞪着西蒙的信，读了一次又一次。当她发现眼前的字迹开始跳跃消失，自己就快晕倒时，她用力咬住下唇，一阵疼痛令她不得不松口，满嘴腥甜。

　　这爱，仍不足以……

　　她站起身，任由被子滑落在地板，走进客厅，拿起电话，非常非常镇静，手指稳稳地按下110。只响了一声，电话立即接通。

　　"请你赶紧派人过来，"汉娜缓慢地说，"我男友想自杀！"

29. 乔纳森

一月四日星期四，上午十点○七分

乔纳森隔天早上十点之后才醒来，但并没有任何罪恶感。度过漫长的一夜后没法在隔天清晨六点半便起床也是一件自然的事。尽管如此，他还是感到有些倦怠，微微心酸，一种无以名状的……反正就是无以名状。

只是尚未起身，一切烦恼又抛到脑后，看到床边的记事本手账，想起几个小时前自己的决定：建议雷欧波特暂时住进他家。

乔纳森愉快地走进浴室，尽兴地冲了个澡，穿上衣服，不是运动服，而是西装裤和套头毛衣。今天的慢跑行程势必延后，甚至有可能取消——多么大胆的想法呀！今天，他没什么兴致出门慢跑，而且雷欧波特的建议——按照自己的心意去过日子——听起来和晚上六点之后不吃碳水化合物一样有道理。至少他是这么觉得。

走下楼梯，他到蒂娜房门前，敲了敲门。

门向内微启，乔纳森退后一步，避免撞见访客尚未着衣的尴尬场面。

"雷欧波特！"他喊了一声，"早安，是我，乔纳森！"报上名字时，他不禁觉得有点好笑，除了他，还有可能是别人站在这里吗？房间内安安静静，乔纳森再度敲门，"雷欧波特？你醒了吗？该起床了！"没有回音。乔纳森再敲了一次，便走进房间。

房里没有人，浴室的门敞开着，里面也没人。碎花浴袍和一条用过的毛巾散放在凌乱的床上。除此之外，看不出这个房间有人。

乔纳森讶异地走出房间，雷欧波特到哪去了？他朝门口一看，军用外套已不在了，那双厚重的靴子也不见了。

一股沉重的压迫感铺天盖地而来，乔纳森心想，他真的这么笨吗？当他努力抛弃所有成见后，却发现对方不过是只狡猾的狐狸，一个骗子？利用完他的好客，再将家里能搬的都搬走了？而他竟然忘了将重要的房间，如书房和厨房（那些银制餐具！）上锁，就安安心心地上床安睡！

他真的是——就像雷欧波特说的——蠢牛吗？

看来是的。

乔纳森仿佛听到父亲的嘲笑声，大声地讥讽他这个"无用的儿子"，再一次证明自己的愚蠢。直觉？哈哈哈，什么鬼直觉！

不，乔纳森·N·格里夫挺挺肩，每一个人都可能经历这种事情。像他一样的每一个人，相信人性的正直和善意……

哎，想这些干什么呢？现在最重要的应该是赶快检查雷欧波特到底拿走什么东西，才能报警。就让警察嘲笑他吧，只要能把分内的工作做好，抓到小偷就行了。穿着破靴子的雷欧波特一定跑不远。

半小时后，乔纳森已经仔细地将整栋房子翻找过了。

没丢任何东西。

所有东西都在。所有银制餐具、书桌抽屉里的现金、黄金袖扣，就连阳台上可以回收换钱的空瓶都在。没有任何东西消失，一件都没有，除了雷欧波特之外。

乔纳森不解地走回厨房，准备泡茶。就在此刻，他突然想到酒柜。果然，酒柜多了些空位，看来是少了三四瓶酒。乔纳森转身跑进饭厅，一眼看到角落的酒橱也少了几瓶酒。走近细看，发现少了威士忌和琴酒。另一瓶从未开过的古拉帕白兰地仍在，只是几乎空了。乔纳森叹了一口气，看到白兰地瓶子底下压着一张纸条。他拿起纸条，坐在餐桌旁，努力解读纸条上凌乱潦草的字迹：

我亲爱的朋友，

看来我是在无人岛上遇到身怀扁酒壶的水手了。很抱歉，今晚的诱惑实在太大了。真心感谢你这一晚热忱的招待。我很羞愧，让你失望了。

你的朋友 雷欧

附注：如果我是你——我要认真地说，还好我不是你（你一定理解这是什么意思，我的朋友）——我会认真按照手账所写的做。这种礼物可不是每天都有，我多希望自己也能拿到这样的礼物！

乔纳森读了两次，从桌旁矮柜上的盒子里拿出铅笔，将第二个破折号改成逗号。接着站起身来，走进厨房，将铅笔和纸条一起丢进垃圾桶。

30. 汉娜
同一天
一月四日星期四，上午十点五十三分五十三秒

三天半的时间恍若三年半，恍若十年、二十年、五十年、一百年。恍若睡美人的千年沉睡。幽冥晦暗的沉睡，在好几米高的树篱之后，只有刺，没有玫瑰。只是，没有人来将汉娜从这场噩梦中吻醒。没有人来吻她。

首先是劝慰。好心的警察神色自若地安慰她，跟她保证一定会找到她的男友，再三强调宣告要自杀的人通常不会真的自杀。还有，是的，他们会尽力找到西蒙，会发出通告，所有的巡逻警察都会帮忙留意。至于汉娜提到的警犬和潜水员，由于易北河和阿尔斯特湖的范围太大，效果不大且一点都不实际。第二天后会通过广播呼吁市民，第三天后消息见报。然后，警察请汉娜回去，待在西蒙那里什么事也不能做。

可是她不能，她不能回家。她无法做任何事，只能坐在西蒙的公寓里等着，等他从大门进来。他会告诉她，那封信是个错误，是个玩笑，一个极为糟糕的玩笑。一个不是四月愚人节，而是新年的玩笑，哈哈！

对，很没品，超级没品的玩笑！他觉得抱歉，可是那时他真的被汉娜逼急了，他实在受不了压力，所以他就……对，他知道，她很生气很生气，真的非常生气，她可能再也不跟他说话了，就算他答应去医院检查，愿意按着手账里的记载一条条照做。

三天半，七十四个小时又二十八分钟，她已坐在西蒙的公寓里这么久了，抱着一丝希望，等他回来。她只能这么做，仍然穿着她的黑色小洋装——在里卡多那一晚后再度在元旦前夕穿上的，在卧室、客厅、厨房以及浴室之间走来走去，一听到门铃或电话声便会大叫。

只是，来的人都不是他，都不是。总是丽莎或是妈妈希比蕾，两人每天多次轮流来探望她，带食物过来，告诉她欢乐儿童一切都没问题（仿佛汉娜有兴趣知道这些似的，坦白说，她一点都不感兴趣），跟她报告她的公寓也没有西蒙的踪迹。她们也跟警察一样，不断地求她不要继续坚守在这里了。昨天，她们还带了一份《汉堡新闻》过来，让汉娜确认西蒙从前的报社同事果然遵守诺言，在头版印出西蒙失踪的消息。

汉娜把自己锁在西蒙的公寓里，每十秒钟查看一次手机，拨回电话听录音机留言，上网查电子信箱，卑微地希望可能有西蒙的消息。只是，她早已知道，从读到西蒙给她的信那一刻起她便知道，无论她再如何尖叫，如何愤怒，如何哭泣，西蒙都不会再出现了。

不是像警察推测的那样，只是"跑了"而已，也不是"与过去一刀两断"，更不会"躺在某棵棕榈树下享受鸡尾酒"。不，这些话都只是用来安慰汉娜，以免她疯狂地跑上街头破坏所有挡在身前的东西。

简直就是精神分裂，她觉得整个人好错乱！一方面，她清清楚楚地知道，西蒙不会信口开河，不，他从来不是那样的人。另一方面，她紧紧攀住最后一丝希望，就算他真的躺在某棵该死的棕榈树下享受他妈的鸡尾酒也好。

还有福特老野马，西蒙绝不可能丢下它。不管听起来有多荒谬，但这是事实，因为若是西蒙脑袋真闪过棕榈树加鸡尾酒的念头，一秒钟也好，他一定会开着老野马去，绝不可能将车子留给汉娜。他的宝贝爱车？不，绝不可能！与告别信放在一起的车钥匙和授权书（只剩影印本，原本已被警察收走），是一个沉默的证明，一个汉娜不愿面对的事实。

只有那本手账，她无论怎么找都找不到。不在房间里，也不在外面的垃圾桶。原本，她以为一定会在垃圾桶里找到它。

这本该死的记事本，最后可能被西蒙连同蛋壳和咖啡渣扔进垃圾桶了。这个不入流的劣作，充满汉娜自以为是的狂想，竟天真地以为跳跳草裙舞、唱唱"我的全身细胞都很幸福"的歌，就可以将西蒙从死亡的恐惧中解救出来。

想到这点，汉娜就想跟西蒙一样，她想冲进厨房拿出菜刀，割断手腕上的大动脉，或者从三楼阳台跳下去。这是唯一合理的惩罚，看看她对西蒙做了什么事！

正是她的行动理论，她那些"凡事总有好的一面"、"危机就是转机"和"黑暗中才会发现光"这类自以为是的陈腔滥调，才将西蒙逼到死胡同里。

凡事总有好的一面？哪里？此刻哪里好了？不过只是逼迫汉娜低头认输，教训她：人生不是童书中的欢乐世界，一点都不是。

手机"叮"的一声，汉娜缩起身子，一封新的电邮，一定又是丽莎或汉娜的爸妈，不然就是广告，声称她是某个死掉的奈及利亚亿万富翁的唯一继承人。

但这一次不是，这封电邮来自萨拉斯瓦蒂。

汉娜想了好一阵子，才记起这个名字。那一天，汉娜发了封电邮给丽莎的纸牌解读师，请她暂时抛弃职业尊严，为病重的西蒙做一次"特别"的解读，帮他打气（并请她千万别泄漏这个请求）。如今，恍如隔世。

萨拉斯瓦蒂，汉娜想起来了，她点开信件：

亲爱的汉娜，

若有人预约而没出现的话，我通常不会过问原因，因为我不想给人压力。但这一次是个例外，因为我无法置之不理。

上回信中你所提到的朋友并未出现在我这里，反而是一个男人，拿着一本他在阿尔斯特湖捡到的手账到我这里来。我只能跟你透露这些。同样的，我也没告诉对方任何有关你预约的事，因我不确定你是否同意。

只是，我现在觉得有些不安，不确定自己是否做错了。因此，我想问问你，是否一切安好？你男朋友还好吗？

光与爱

萨拉斯瓦蒂

汉娜马上按下邮件下方的电话号码，这一生中，她还未如此快速地按键拨号过。

几秒钟后，生命咨询师接起电话。

"你，你，你好。我是汉娜·马克思。"因为太过激动，汉娜甚至口吃起来。

"你好，马克思小姐。"温暖明亮的声音传了过来，"我没想到你会马上打电话给我。"

"我男朋友失踪了。"汉娜开门见山地说，"他留下一封告别信给我，上面说他要自杀。"

"哦，天啊！"电话那头沉寂了几秒，接着，萨拉斯瓦蒂请汉娜告诉她事情经过。

"就像我之前告诉你的那样，我在元旦前夕将手账送给西蒙，他答应会试着在新的一年里按手账上的记载过日子，他答应他不会一开始就放弃奋斗。"汉娜哽咽地回忆起他们的最后一夜，"第二天早上，他就失踪了，留下一封告别信。直到现在，警方还在找他，我也是。"

"天啊，这真是太令人遗憾了！"萨拉斯瓦蒂倒吸了一口气，"我真笨！那男人拿着手账出现在我这里时，我就应该知道事情不对劲了。当时，我只是以为你男友不喜欢你的礼物，你告诉过我，不确定他的反应会是什么。哎，我真是太笨了！"

"那个男人是谁？叫什么名字？"

"可惜我不知道。"电话里的声音相当懊恼，"我没问他，通常我不会问访客名字，许多人会以为我问名字是为了偷偷搜寻他们的个人资料。"

"你知道他是怎么拿到手账的吗？"

"他是在一个挂在他脚踏车上的袋子里发现的。"

汉娜的希望破灭了。她多希望是西蒙自己亲手把手账交给对方，出于某种特别的理由，将手账送给对方，或请对方暂为保管。她多希望西蒙甚至可能跟对方说几句话，或者告诉对方他的计划。

有时，跟陌生人倾诉心事会比跟熟人容易多了。否则，汉娜实在无法解释，西蒙为什么瞒着她，完全不告诉她他心底的绝望。

不，她马上在心里默默更正，他告诉过她，虽然不是那么清楚，但他说过，只是她没仔细听。她根本什么都听不到，只是一再地要他抬头挺胸而已。"袋子是挂在他的脚踏车上吗？"她问，停止无边无际的自责。

"他是这么说的。他说，一月一日那天他如往常一样到阿尔斯特湖畔慢跑，结束走回脚踏车时，就发现袋子了。"

"他还说了什么？"汉娜将电话听筒握得死紧，握到手心都泛白了，"他有注意到任何事情吗？或许看到西蒙？"

"这他倒没提起。他只说非常想知道手账是谁的，因此才会按着上面的记载到我这里来。他大概以为手账的主人会出现在我这里。"

"他只想把手账还给失主而已？"

"他是这么说的。"萨拉斯瓦蒂回答，"不过，他好像非常热切地想知道手账是谁的。他坚持要在我那里等失主出现，一方面为了消磨时间，另一方面既然已经付费了，我就干脆帮他预测了。他是一个奇怪的人。"

"你有照我请你为西蒙所做的那样做吗？"

"当然没有！"她温柔但坚决地说，"就算是你男朋友来，我也只会告诉他纸牌所显示的，但我当然会考虑到他的特殊状况。"接着，她又补了一句话，"我会将预约的钱退给你！"

"完全不需要。"汉娜说，"现在我只想找到西蒙。看来元旦清晨他曾到过阿尔斯特湖畔……虽然只是个小小的线索，但总比没有好太多了！"

"警方怎么说？"

"他们还不知道阿尔斯特湖的事，我会立即通知他们。"

"我是说警方到目前有什么结果吗？"

汉娜叹了一口气，"我觉得没什么结果。他们已发布搜寻消息，也还在找。当然，他也可能躲在遥远的某处。"她勉强克制自己不加上"如果他还活着的话"。"他的手机放在家里，所以手机定位也没用。不过，现在终于有一点线索了，或许还有其他人在阿尔斯特湖畔看到他。"

"找真后悔没问那个来这里的男人的名字！"

"他长相如何？"

"大约四十岁，外表颇为英俊，有双不常见的蓝眼睛，而且还是黑发。

衣着颇为昂贵，举止相当有礼貌，我知道的也就是这样而已。对了，他看起来既紧张又焦虑，不过，这也是我后来才感觉到怪异的地方。"

"看来无法从那男人身上得到更多的消息？"

"不太可能。"生命咨询师同意，"更何况他也没看到西蒙，只是捡到手账而已。"

"就算这样，再继续追问下去，他也可能会想起一些事，一些他可能本来觉得一点都不重要的事，细究之下才发现可能是有意义的。记事本手账本身其实一点都不重要，但我们也没其他线索了，但只要有人可能曾经看到西蒙，我就得朝着这条线索继续追查下去。"

"我了解。我很希望能帮上忙，只是时间一到他就走了，也把手账带走了。我应该……"

"他有说要拿手账做什么吗？"汉娜打断她的话。

"有，他说要送去失物招领处。"

"那我马上打电话去问！或许会留下拾获者的资料。"汉娜乐观地说，"如果有的话，他们一定会透露给警方。"

"的确值得一试。"

"没错，"汉娜说，"谢谢你告诉我这些。"

"哦，亲爱的，"电话那头突然传来亲昵的称呼，意外的是汉娜一点都不觉得唐突，"我真希望能帮你做些什么！"电话沉默了几秒钟，"或许，你愿意过来一趟？我可以帮你解牌。"

"有可能因此找到西蒙吗？"

"不太可能，"电话传来的答案也正是汉娜所想的，"不过我们可能可以找到其他东西。"

"谢谢你的好意，只是现在除了西蒙之外，我并不想找其他东西。"

"我了解。不管怎样，你可以随时找我！并且，也请告诉我搜寻的最新消息。"

"我会的。"汉娜答应她，道别后挂断电话。

接着，汉娜马上打电话给留下名片的女警，当时，她说有任何事都可以马上跟她联络。

"西蒙曾在阿尔斯特湖畔出现！"一接通电话，汉娜便着急地说，"请你马上派人过去搜寻，马上！"并加上一句，"还有，请立即出动潜水人员！"虽然她知道这种念头太过悲观，且违背她所深信的"在未来留下踪迹"原则，可是，她还是说了。

"我们会立即派几个警员到阿尔斯特湖畔探查，"电话那头的女警从容地说，"然后再看看怎么办。"

结束通话后，汉娜深深吸了一口气。很好，警方又会开始加强搜寻，而且这次有具体的线索，知道西蒙最后出现的地点。

接着，汉娜开始上网搜寻失物招领处的电话，并拨了通电话，问对方有没有记事本手账的消息。完全没有，从跨年那日开始，就再也没有任何人送与手账有关的东西过来。汉娜拜托对方，如果有人带着一本深蓝色的手账出现的话，请立即跟她联络。不出所料，对方果然不满地嘟哝，说这里不是询问处，汉娜并不动气，只是很快地将情形说了一遍。最后对方答应，只要有人送手账过来，不管是哪个职员承办，都会立刻跟她联络。

汉娜谢谢对方后挂掉通话。现在呢？现在还可以做什么？

她再次拿起手机，打到《汉堡新闻》编辑部，将刚才的事情又说了一次，并请对方再次发布消息：请捡到手账的人，或者曾在阿尔斯特湖附近看见西蒙的人，赶紧通知警方。对方答应她，会像上回一样在头版登出消息。

接着，汉娜不断地想，到底还能再做什么。她必须找到那个捡到手账的男人！为什么他没有如他所说的那样，将手账交到失物招领处呢？他拿这本手账做什么？

好吧，或许对方根本不知道自己手上握有多么宝贵的线索，他只是元旦清晨偶然在阿尔斯特湖畔捡到一样东西，一样攸关他人生死的东西。他根本无从得知，有人竟然如此迫切地找他。想到这里，汉娜又感到时间的压力，对自己的无能为力感到愤怒。她一定要想办法，尽快找到那个捡到西蒙手账的男人！

突然，她有了一个主意。那个人既然按照手账上的记载去找萨拉斯瓦蒂，或许，在他将手账送到失物招领处前，还会按着记载照做？萨拉斯瓦蒂不是也说，那男人似乎非常想知道手账是谁的。原因不明，可能是出于好奇，也可能是出于强烈的责任感。虽然机会渺茫，但也不是完全不可能。汉娜拿出手账影印本，快速浏览着。那神秘的男人下次可能会在哪里出现呢？

汉娜失望地发现，下一次可能出现的机会是在十天后的一月十四日，还要十天！如果到那时西蒙还没出现或已被发现，那么……

她禁止自己想下去，重新将注意力放回手账。一月十四日晚上七点，惊悚小说天王瑟巴斯提昂·费策克在坎普纳格艺术中心有一场讲座。费策克是西蒙最喜欢的作家，所有他的书都看，且赞不绝口。

汉娜本身完全不能理解，怎么会有人会着迷于谋杀跟死亡的主题（关键字：留意你的想法！）西蒙曾跟她解释，这就像是"心理预防针"一样：看完费策克的书，就会对工作上接触的可怕新闻免疫。而这些事情，可不是惊悚小说，是真实存在于这个世界的。

因此，汉娜去年九月发现这位作家将到汉堡举办朗读讲座时，不禁喜出望外，仿佛看到命运正在向她招手（这样形容虽然有些夸张，但汉娜真有那种感觉）。让西蒙去看看自己心仪的作家一定会激起他开始下笔写书的欲望，汉娜马上上网预购两张门票。当时，她是打算当成圣诞节礼物，但最终成为完美一年计划中的行程。

手账里也写了取票方式：一月十四日当天晚上去柜台领票，购票号码为137。她让西蒙自己决定，是要带她去还是找跟他一样喜欢这类小说的好友索仁一起去。当她将行程写进手账时，她还想过万一西蒙带她去的话，她可能之后会做噩梦。

现在，她愿意做千万个噩梦，只要西蒙那天能够跟任何一个人去就好了。或者，至少那个在自己脚踏车上找到这本手账的男人会出现在柜台，她就可以看看是谁来领走票。

还有十天，整整十天！不，太久了，她没办法忍受，到那时她一定早疯了。当时为什么不多安排一些行程呢？为什么在以萨拉斯瓦蒂开场后，就都安排安静的活动，那些西蒙一个人在家就可完成的小事？

当时，她一定是考虑到，新年复工后的头几天，西蒙必定得常去医院或诊所，因此不便再多安排活动，而且她也得顾虑到自己的工作。现在，当然完全顾不上这些了，虽然也没人抱怨。不过，当时她可无法预见今天这些事情。

现在，她只有一个念头：如果当时能够对今天有所安排，有确定的时间和地点，这样就不会错过任何人了。如果！

如果，如果，如果！如果她知道怎样能找出那个该死的慢跑者就好了！

该死的慢跑者？

"他说，一月一日那天他如往常一样到阿尔斯特湖畔慢跑"，她突然回忆起萨拉斯瓦蒂的话。这就是了！

二十分钟后，她拿着一盒大头针和五十张用西蒙的打印机打印出来的寻人启事冲下楼梯，走出公寓大门。

她沿着帕本胡德街跑，拐进哈特威库斯街，因跑得太急太猛，差点跌倒。奋力维持平衡后，她继续往前冲，街底就是阿尔斯特湖了，那也是她的目标。她要将启事贴在那里，到处贴，板凳、树木、树丛上，就算是一棵草也要贴上去。启事上是手账的照片——她从网站上抓下来的商品照片——以及西蒙的照片，还有红色大字：有人看到这个人或这本手账吗？

如果那个在萨拉斯瓦蒂那里出现的男人真的每天都在这里跑步的话，汉娜觉得他绝对不会错过她所张贴的启事。就算那个男人没看到的话，可能也有别人曾在这里看过西蒙！因为西蒙在元旦清晨曾经到过这里！

汉娜喘着气，停在湖畔珍珠餐厅正前方，她决定从这个受欢迎的餐厅开始。当她将纸张固定在树上时，心里感到好过一些。终于，她终于可以做点什么事了！

31.

乔纳森
一月四日星期四，上午十一点十六分

乔纳森·N·格里夫换好运动服，坐在玄关的板凳上正在系鞋带时，突然停止动作。

该继续吗？在经过那样一夜后，继续一如往常地过日子？他觉得自己像只湿淋淋的狗，用力抖掉身体上的水珠，若无其事地摇着尾巴继续走，忘记自己曾在几秒钟前热切追捕着一根诱人的骨头，最后那发现不过是树枝而已。

这正是乔纳森此刻的感觉。他很失望，觉得自己被骗了，但另一方面，他又有点罪恶感且觉得丢脸，毕竟，雷欧波特的酒瘾复发并非跟他毫无关系。当时，他只担心自己的财务和人身安全，丝毫没考虑到应将酒收好，别让雷欧波特任意取用。他不免自问，将一个流浪汉在起雾的夜里请进屋来，让他欣赏一堆葡萄酒和烈酒，不正是一种挑衅的行为吗？或许一开始便拒绝他进屋，放任他在废纸回收箱里过夜反而比较好。话说回来，谁又能知道会发生这种事呢？乔纳森安慰自己。

他叹了一口气，觉得自己也想得太美了：他和雷欧波特这样一个可笑有趣的男人共居公寓。一个流浪汉和一个出版社老板，爸爸一定会瞪大眼睛！至少在他神志清醒时，若听到乔纳森认识新朋友的故事，他一定会不可思议地猛揉眼睛。

哈，就像经典喜剧《单身公寓》那样，小说的最佳题材！虽然是格里夫森与书不屑出版的通俗小说，但不管怎样也是小说。

乔纳森伸伸腿，茫然地瞪视前方，又想起昨夜。想起雷欧波特告诉他的事，男人之间的坦诚对话，以及自己入睡前在床上快速写下的两则记录。只

是，他又能怎么办呢？出门去找雷欧波特吗？找他回来跟自己住？必要时用暴力强迫他？

他又不是街头义工或社区工作人员，要如何承担这种任务？更别说汉堡这么大，能将居无定所的流浪汉找出来的几率几乎是零。他应该忘掉这个新朋友，穿好自己的耐克球鞋，回到原来的生活轨道？

不，他一点都不想这么做。

乔纳森·N·格里夫果断地脱掉慢跑鞋，穿着袜子爬上楼梯，走进书房。阿尔斯特湖不会消失，明天还会在那里等着。今天，至少今天，他要听从雷欧波特的建议，看看手账说什么。

他舒服地坐进单人沙发，打开手账，翻到一月四日，看着手写的字迹不禁大笑出声。雷欧波特虽然已经不在了，但他的精神显然还在。

生命太短了，不值得将时间花在无趣的事情上。

写下两份列表，一份列出所有你喜欢做的事情，另一份则是你不得不做的事情。

从今天起，将第二份表格所列的事项一一取消，只做第一份表格的事。最后！写下你想做却未着手进行的事项。然后，马上去做！今天，现在，马上，不管有多疯狂，从中选出一件事，马上去做！

哈，这还真是个挑战！而且，乔纳森细想之后，觉得这真有些不切实际。

这世上有谁真能按照自己的心情过日子，只做自己想做的事？除了少数的天之骄子之外。或许还有行将就木的人，反正剩余的日子也不多了，随便挥霍也无所谓。其他的人谁不是庸庸碌碌，在社会常规与五斗米前低头折腰？如果得坐在生产线上组装原子笔，还不是得乖乖坐在生产线上组装原子笔，谁管你喜不喜欢，工作是否有趣。

为什么乔纳森又开始考虑别人的生活？他自己不就是少数的天之骄子之一，如同雷欧波特所说的，可以做任何自己想做的事，也可以不做任何自己不想做的事。除了他之外，还有谁能够负担得起这样奢侈的心理测验？

乔纳森·N·格里夫拿起原子笔，心想：好吧，我想做什么呢？

他才刚下笔想写"慢跑"两字，才写了几下便停笔了。

虽然每天都去慢跑，但他才下笔马上就迟疑了——他喜欢慢跑吗？

从没问过自己这个问题，也从没想过要问。为什么要问呢？每个人都知道，要运动才会健康。对他来说，慢跑就像刷牙一样，实在没什么好问的，不是吗？

咬着原子笔端，他努力回想自己慢跑时的心情，快乐吗？

其实并没有。比较像是执行任务的心情，跑完后反而比较快乐。当单调乏味的过程结束，拉完筋收操后，便会对自己又一次克服惰性，大清早便起床运动这个事实感到快乐。

他再度拿起笔，写下：

我喜欢跑完步，做完运动的感觉。

他瞪着自己写出来的句子，觉得不可思议。这是什么意思？慢跑这件事应该列在喜欢做的事下面，然后继续进行？还是不是？要他立即停止慢跑是绝不可能的事！

况且，所有心理学家、运动医学专家，甚至哗众取宠的媒体小报都不断强调运动可以治疗百病，不管心理或是生理上的疾病，只要每天花点时间让身体真正动起来，都能达到治疗效果。当然，除了全身瘫痪坐在轮椅上的人除外，这些人需要的可能是头脑运动。

所以，运动可以说是一种义务。只是，一定要绕着阿尔斯特湖慢跑吗？每天天未亮就起身，不管刮风下雨都得出门，穿过冷清无人的街头，单调无聊地跑着，偶尔对着路上的狗屎和骑得飞快的莽撞单车骑士生气。老实说，比起这些，乔纳森绝对可以想出更有趣的运动。

至于所谓"跑者的愉悦"，据说是一种会让人上瘾的感觉，让人情不自禁地一公里又一公里地跑下去。乔纳森自己是从未有过这种感觉，有的只是克服内心惰性的成就感而已。

或许，跑步这个运动并不怎么适合他？

网球，脑中突然闪过这个运动。小时候，他很喜欢打网球，不是在专业的运动社团里，而是和妈妈在易北河畔的别墅庭院里，架起晒衣绳当作网子，两个人打着玩。没错，非常好玩，可以带给他极大的乐趣。但他并未继续这项运动。格里夫的家族运动是高尔夫，从小父亲就不断告诫他，只有在高尔夫球场上才能谈成最好的生意。

但乔纳森从未穿着苏格兰格纹的球裤和钉鞋做成任何一笔生意。一方面是因为他当上老板后，就把球袋遗忘在某个不知名的角落了，因为他一直觉得高尔夫球很无聊。另一方面，他也从未谈过什么大生意，那是马库思·波德的工作，不是他的。

想到波德，他便想起该跟他联络了，他可能早就在等他的电话。

不过，在那之前，他要先列出"喜欢做的事"，跟马库思·波德打电话绝对不属于这个表格里面。那么，就应该是网球了。

于是，他提笔写下：

打网球。

接着又写：

唱歌。

他几乎忘记了，小时候他多爱跟着母亲哼唱拿坡里民谣！

不过，比起追着黄色绒毛球，一个爱唱歌的男孩更令父亲皱眉。因此，母亲离家后，他就不曾再唱过歌了。青春期变声后，他连在浴室里都不唱歌了。

乔纳森深吸一口气，开口唱道：

看着这花园
闻着橘子花的香气……

他突然停下来，实在太难听了！再不停下来，隔壁的贵宾狗达芙妮一定会开始跟着叫。而且，他也忘了接下来该怎么唱。这个事实令他难过，因为他清楚地记得，小时候他可以流利地唱出整首《归来吧，苏连多》。

消失和遗忘，一如生命中其他事情。

他想，网球和唱歌。还有呢？他不自觉地用笔敲着纸，绞尽脑汁地想着，除了这两项，总还有其他的吧！

没了。

好吧，那就来列不喜欢做的事。慢跑？喜欢？不喜欢？

电话响了起来。

液晶荧幕上显示着"马库思·波德"的名字。

这可是巧合？或是暗示一个突如其来的不喜欢做的事？

他接起电话，报出名字："乔纳森·格里夫。"

"喂，你好，格里夫先生，我是马库思·波德。"

"你好，波德先生。谢谢你打电话来，我正想打电话给你。"

"请问你考虑过了吗？有什么想法？"

"当然有。"乔纳森答道。

"我们可以在出版社谈吗？"

"不能。"

"不能？"

"不，"乔纳森微笑地说，"我的确考虑过，而且有一个问题想问你一下，你打网球吗？"

"网球？"

32.

汉娜
同一天
一月四日星期四，下午四点十四分

天上飘着雪雨，所有东西都披上一层湿冷的外衣，汉娜坐在克鲁格科普桥边的长凳上，握着最后一张寻人启事，准备给所有经过的路人看。但几乎不可能有人在这种天气散步经过此处。而那张启事也早就淋得湿漉漉，图片与字迹都糊成一团，难以辨认。她应该套上透明资料袋才对，可是之前太匆忙了，没想到这些。

明天，她会再来贴上一批防水的寻人启事，反正也没其他事情可做。今天，她要坐在这里，坐在这条长凳上，直到能提供消息、能帮她的人出现，或者冻死在这里。此刻，她隐约觉得后者发生的可能性较大。

她几乎绕了阿尔斯特湖一整圈，到处贴上寻人启事，剩下手上最后一张。这当中，她遇到警察两次，他们都跟她保证，会持续搜寻西蒙的下落。好吧，至少这项行动持续着！

当然警察也请她回家，并在看到她的寻人启事时，面带不悦地告诉她，他们会做好分内的工作，请她不必担心。不过，汉娜·马克思就是汉娜·马克思，她无法不做汉娜·马克思会做的事。

她的手机响起，僵硬的手指摸进大衣口袋接起电话。

"你还在外面吗？"手机里传来丽莎的声音，她已经打过三次电话了。虽然她也觉得寻人启事的主意不错，但是她还是觉得汉娜该回家了。这种烂天气出门，找死的可能性比找到西蒙大太多了。

"我想等到天黑。"

"你抬头看看天色，现在已经黑了！"

"这里路灯很多，没关系。"

"汉娜！"

"丽莎，拜托你住嘴，我知道我在做什么。"

"抱歉，可我不确定你真的知道呀。如果你得了肺炎，也对寻找西蒙这件事没有任何帮助啊。"

"可是如果我现在离开，两分钟后就有曾见到西蒙的人走过来怎么办？"

"你说，有谁会在零下冒着雪雨到阿尔斯特湖畔散步？"

"再半个小时我就回去，我保证！"

"你到底在哪里？"

"克鲁格科普桥边。"

"那至少躲进屋里，红犬咖啡不就在附近吗，你可以在那里喝杯热咖啡。"

"我不确定有没有开。"

"那就去确定一下呀！"丽莎以一种充满爱怜的语气说道，像在劝一个正在闹别扭的孩子戴上帽子和手套一样。

"可是从那里我看不到……"汉娜迟疑着。

"看不到散步的疯子，我知道。"丽莎叹了一口气，"亲爱的，所有你能做的，你都做了。其他的，你也只能交给命运，你无法掌控生命中所有的事情。"

"我也知道。"汉娜情不自禁地抽噎起来。过去这几天，她不知道自己到底掉了多少眼泪，唯一确定的是，必定比之前加在一起还要多上许多。

"我很想出去找你，可惜没办法。我现在身边还有二十个蹦蹦跳跳的小孩，我不能将他们全都丢给你妈和我妈。"

"不行！"汉娜附和，一股愧疚感油然而生。比起在雪雨中无助地坐在长凳上，她实在有更重要的事情该做。就算不是更重要，至少是其他的事情。"听着，"汉娜说，"我只再待半个小时，之后我直接去欢乐儿童，至少能帮你们善后，好吗？"

"如果能这样的话就太好了！我们还可以一起去吃饭。"

"这……"

"或者我们一起去西蒙的公寓，叫比萨外卖？外加一瓶好酒？"

汉娜微笑地对着手机说："我真爱你！"

"我也爱你！"

三十分钟后，还是没人经过，汉娜兑现之前的承诺，在四点四十五分准时起身。全身又湿又冷，每一处关节都在跟她抗议，两只脚走起路来更像刚跑完马拉松一样，酸痛无力。

她想搭出租车去艾本多夫路，不过她不只没想到要把启事套上透明资料袋，也没想到要带钱包，所以也别想去红犬咖啡喝热咖啡了。算了，没法叫出租车，就只能走路了。既然走路，便可以边走边给行人看她的寻人启事。

"凡事总有好的一面。"她大声地对自己说。接着，便开步走向哈佛斯特胡德路。如果一路以行军速度前进，她可以在二十分钟内抵达欢乐儿童。若是途中遇到行人停下来询问的话，大约三十分钟。这样应该不至于得肺炎吧，她边咳边想。

十分钟后，汉娜已走了大半的路，说是用走的，其实是用跑的。路上没遇到什么人，只有两位单车骑士和一位先生，她拦下他说话时，那位先生吃惊地瞪着她，然后不发一言地走掉。

汉堡人是怎么了？这么一点雪雨，就躲在家里窝在沙发上不敢出门了！一个真正的汉堡人绝对经得起风吹雨打，衣柜里至少要有三件水手雨衣、一顶防雨帽，随时可以出门。

走到纯真公园附近，汉娜沿着路边独栋别墅快步地走在湿冷的人行道上。此刻她全身发冷，觉得自己大概真的会得肺炎。早知道就搭出租车，到欢乐儿童再和丽莎借钱就好，只是顽固的她又做出违反理性的决定，现在再打电话叫出租车也太迟了。

三十米外，某户人家的大门前灯亮着，隐隐照出人行道上有个矮小的身影。是小孩吗？汉娜加快脚步，就算是个小孩，她还是可以拿出寻人启事问一问，这段步行也就不是那么没有意义了。

靠近时她发现那不是个小孩，而是个矮小的老妇人，牵着一只贵宾狗。老妇人穿着雨衣雨帽，连小狗也穿着外套。

"哈喽！"汉娜喊了一声，举起早已淋湿的纸张，大步走向遛狗的老妇人，一只手从背后搭在老妇人肩膀上，"请你稍停一下！"

"放开我！"没想到对方不仅动作敏捷，音量也大得吓人，一句话便震住汉娜，赶紧将手拿开。老妇人转身，神色愤怒地瞪着她，虽是愤怒，但也带着恐惧，这让汉娜立时觉得抱歉。"你要干吗？"她尖声大叫，"别烦我！"

"对不起，我只是想……"汉娜走近一步，向对方友善地伸出右手。

"救命啊！"对方尖叫，对着狗喊，"达芙妮，咬她！"就这只狗的外形而言，这命令实在显得有些可笑。

贵宾狗既没龇牙咧嘴，也没低声怒吼，只是开始歇斯底里地绕圈圈尖声狂吠，仿佛就要冲上来咬她小腿。安全起见，汉娜退后一步，拉开距离。

"你误会了，"她着急地说，想办法维持平静的语调，并举起双手，"我，我……"

"发生什么事了？"低沉的男声从她们的左方传来。邻居家大门前出现两个男人的身影。

"你还好吗，法伦克罗格太太？"

"没事！"汉娜抢在老妇人开口求救前大喊，"只是认错人了！"

接着她便快步朝着布拉姆斯大街方向离开，背后仍旧传来达芙妮尖锐的吠叫声，不过至少老妇人停止尖叫了，邻栋别墅的两位男人显然也没追出来。

她几乎要笑出来了。显然自己刚才就差点被认为是个企图伤害的嫌犯，而她不过只想问对方是否见过西蒙而已。老妇人到底害怕什么？以为汉娜要跟她强行推销杂志吗？想到这里汉娜忍不住笑出来，虽然实在不是一件有趣的事情。

33. 乔纳森
一月四日星期四，下午四点五十六分

"天啊，波德，你真是太厉害了！"格里夫瘫坐在自家客厅的皮沙发里。和波德打完网球后，他请他到家里来喝一杯清凉的冰红茶，为这次赛局画下句点。他满脸笑容，身体虽然累坏了，但精神仍然相当亢奋。没错，与波德对打的这场网球带给他无穷的乐趣，虽然总是漏接，而且现在全身酸痛，像是被大货车辗过一样。"没想到你竟然这么会打网球！"

"为什么不？"马库思·波德同样面带微笑，并露出自豪的表情。

"不知道，"乔纳森耸耸肩，"就是没想到。"

"我也没想到你竟然打得这么差，"波德笑得更灿烂了，"毕竟是你提议要打网球的，我以为你很拿手。"

乔纳森大笑，"那时我还不知道你竟然是网球皇帝约翰·马克安诺二世。"

"幸好你没把我跟网球金童鲍里斯·贝克相提并论，谢啦！"马库思·波德微笑，"不过说真的，你进步得真快，每一分钟都比上一分钟好！"

"你不必因我是你的老板就灌我迷魂汤。"

"我可是认真的！可以看出你以前玩过，只是生疏了。你的最后一场网球是什么时候？"

"其实并不是认真地打，"乔纳森解释，"小时候找常跟妈妈在庭院里打着玩，之后就不打了。"

波德惊讶地竖起眉毛，"那今天为什么突然想打网球？"

"哎，"乔纳森敷衍地说，他并不想将神秘手账的事告诉他的职员，

"我也不知道。新的一年突然想尝试一些不一样的事情，想让生活有趣一些，因此就想试试网球。"

"原来如此。"波德点点头，看着半满的冰红茶，"这个跨年都给我们带来不少改变，对不对？"

"看来真是这样。"乔纳森同意，"你最近还好吗？"他问，因为他感到似乎得关心一下波德的近况如何。

"还好，我太太正跟我进行所谓的'对谈'。"

"哦，那听起来还不错呀！"

"那还得看是怎么对谈了。坦白说，我们现在只通过律师联系，是律师在进行对谈，谈的内容则是赡养费，以及以后我多久可以探视孩子。"

"哦，"乔纳森微笑着说，"这听起来实在不太好。"

"是不怎么好。"

"嗯，波德先生，"乔纳森发现，自己又被逼着开口，但在巨大的压力下，声调显得太过欢快，他得赶快找出适当的话，"请听我以过来人的身份说一句话，我跟你保证，这一切都会过去的。"

"嗯，"波德点点头，"不过你与前妻并无儿女。"

"这倒是。"乔纳森同意。

"而且，据我所知，你前妻颇为高尚，并未跟你要求任何赡养费。"

"你从哪里知道的？"乔纳森反问，惊讶中带着一丝难为情。

"如果你还记得的话，我在格里夫森与书工作已经十五年了，你父亲退休后，还升上执行长的位置。"

"我当然记得。可是，这跟我的问题有什么关系？"

"这样说吧，身为执行长，我必须知道任何与出版社有关的事情。"

"我可不知道我失败的婚姻跟出版社有什么关系？"乔纳森的语气中有着压抑不住的怒气。

"不，当然没有！"波德急忙否认，半边脸红了起来，"抱歉，我并不是……"

"算了，没关系。"乔纳森回答，"其实也无所谓了。"

"不，不，我真抱歉！"执行长再次道歉，"只是你身为出版社的老板，自然是大家议论的焦点。"

"大家？"乔纳森不禁又难为情起来，"谁是大家？"

"嗐，出版社的职员，你的手下，他们对老板的生活自然会有兴趣。"

"哦。"乔纳森一想到自己的私生活竟然成了职员茶余饭后的话题，便百般不自在。他从未想过会这样。他以为出版社老板对职员来说不过是道闪亮的身影，或者就是个身影，偶尔出现在他们跟前，其他就没有了。现在，他突然从波德那里知道，原来不是这样，而是，而是……

"请你不要太介意，"波德打断他的沉思，"这其实很平常，讲闲话和八卦是人类的基本需求，就像肥皂剧或是通俗小说那样。"

"你竟然将我的生活跟肥皂剧相提并论，这不是认真的吧？"

"哎，别这样！伟大的王尔德曾说过，世上还有一件比被人谈论更糟糕的事，就是没人谈论你。"

"他还真能说。"乔纳森冷冷地回道，"就我所知，我们伟大的王尔德先生最后是在监狱里面挣扎求生，出狱后不久便在饥寒交迫中辞世。"

"但他还是说出金玉良言。"

"只是对他来说没什么帮助。"

"但对后世的人来说就有。"

"那他死后一定倍感欣慰。"

"哎，"波德摊开双手，"这可不就是我们每天在做的事吗？为后世留下伟大的作品？"

"我比较希望能在现世获得重视与报酬。"

马库思·波德马上坐直身子，"那我们现在可以开始谈出版社的事了吗？"

"这……"该死，该死，真该死！真是哪壶不开提哪壶，他小心翼翼地避开话题这么久，最后还是自投罗网！匆忙之间他想不到该如何回答，只好化守为攻，"好啊。只是，你刚还强调自己在出版社工作这么久了，我想先听听你的意见。"

"我的想法正好相反，"波德反驳，"我倒是想听听你身为老板，看了文件上的数字，对出版社近来的发展有什么特别的想法。"

"你先说吧！"

"不，不，你先说！"

乔纳森轻咳了一声。这是在演哪出？德国笑星罗利欧特的隐藏摄影机桥段吗？为什么马库思·波德这么不想把自己的想法告诉他？难道他在……害怕吗？

害怕？怕他——乔纳森·N·格里夫？他无法想象，毕竟自己又不是父亲。而且说到害怕，他也是啊。

他刚才真的想到害怕吗？

"坦白说，波德先生。"乔纳森开口，试图以权威的语气说道，"你负责实际业务操作，比我更了解数字的意义和出版社发展，同时也对市场的通盘走向有一定的掌握。我觉得不先听取你的意见是一件很愚蠢的事。"

"你真的这么认为？"

"当然了！"

"你想听我的真心话，毫无顾忌？"

"正要请你这样做！"

马库思·波德迟疑片刻，将杯子在茶几上放好，身体前倾坐正，两腿规矩地并拢，双手互握放在膝盖上。

"老实说，我的看法是这样的：我们无法继续维持出版社创社以来所立下的方向，因为再继续下去我们会失去市场竞争力！"

"能再说详细一点吗？"

"格里夫森与书一向只出版较为严肃且有深度的书，只是现在几乎没人要买这类书籍。如果你问我的话，我会说，我们该走通俗路线了。"

"通俗路线？"他猛力吐出这个词，像是嘴巴尝到什么怪味似的。

波德点点头。

"你的意思是？"

"我的意思是，我们必须得出版一些通俗文学的书，例如爱情小说、推理或是惊悚小说，还有历史小说之类的。"

"绝不可能！"

"我就知道你一定不会答应。不过，我也没有其他办法了。"

"格里夫森与书不做这种事！"

"再这样下去，格里夫森与书很快就会消失了。"

"无论如何！"乔纳森坚持，"一家生产螺丝的工厂不可能一夕之间改卖塑胶壁虎，只因后者卖得比较好。"

波德莫名其妙地看着他，乔纳森自己也觉得奇怪，怎么会想到螺丝去，这么诡异的联想，一定是受到惊吓造成脑袋短路的结果。"的确不可能！"出版社执行长最后还是接下他的话，"应该先卖其他类型的螺丝。但如果还是没人买，工厂无法支撑下去，就只好关门了。"

"不至于那么凄惨吧！"

"你没看到文件上的数字吗？"

"我当然看到了！"

"那你应该知道，那样凄惨的结果是可能出现的。"

"可是……"乔纳森不知该说什么，除了执拗地强调"我们绝不为了营利做出这种会让世界变得更愚蠢的事"，也提不出任何具体的建议。

"为什么你会如此极端厌恶所有跟娱乐沾边的东西？"

"这不是厌恶！"乔纳森高傲地回答，心底同时冒出问号，他现在是在跟自己公司的执行长吵架吗？听起来有点像。

"不是吗？"

"我一直以为我们站在同一阵线上，你难道不是全力支持我们的出版路线吗？"

"我是啊！可是现在的问题跟我们个人的喜好和品味无关，而是如何销售的问题。格里夫森与书仍是一家企业，必须对底下的员工负责。"

"但它首先是一个以家族传统建立的企业，我必须对这个传统负责。"

"这我能理解。"波德语带安慰地说，"我也不是要马上引进西部小说，只是我们必须偶尔出版一些能赚钱的书，才能支撑我们的好书继续出版下去。"

"这太虚伪了！"

"我倒觉得是个明智的做法。"

"这样一来我们意见相左。"

两人彼此瞪视着对方，不发一言，连眼睛都不眨一下。气氛尴尬，堪比电影场景——纯真公园旁的决战时刻。

乔纳森正想开口说点话缓和气氛时，外面突然传来尖锐的喊叫声。

"放开我！"

像是被针刺到一样，乔纳森立刻跳起来，波德也跟他一样，两人快步从走廊走到大门边。

"救命啊！"又是一声尖叫，"达芙妮，咬她！"

"这是法伦克罗格太太的声音，我的邻居！"乔纳森打开大门，往外看去，波德站在他旁边。就在几米外的人行道上，乔纳森发现邻居老太太的身影，黑暗中还有另一个女人的身影，两人显然发生争执。

"你还好吗，法伦克罗格太太？"乔纳森朝两人所在方向喊道，并准备往前走去。

"没事！"陌生女人说，"只是认错人了！"她的声音似乎具有镇定作用，那一刹那乔纳森真的相信她所说的，一切都没问题。接着，她便快步离开，乔纳森几乎想追过去，将她叫回来。只是，首先他得照顾邻居老太太。

"你还好吗？"他走到老太太身边问。

"还好。"法伦克罗格太太瑟瑟发抖，如风中残叶，"谢谢你，我没问题。"达芙妮吠了一声，仿佛要附和老太太的话。

"那个女人找你做什么？"

"我也不知道，"老太太一脸可怜样，"她突然就冲过来攻击我，完全没有理由。"

"需要叫警察来吗？"

老太太朝他颤颤巍巍一笑，"我想不必了，谢谢你，格里夫先生，还好没发生什么事。"

"你确定没问题吗？"

法伦克罗格太太点了点头，"我这就回家去，煮杯好茶喝。"

"好的。"乔纳森回道，"如果还有什么事的话，我就在隔壁。"

又是一个笑脸，这次更为放松，"知道这点令我安心许多。"她朝着他点点头，扯了一下达芙妮的狗链，摇摇晃晃地走回自家门口。

乔纳森想转身回家时，突然想到，"啊，对了，法伦克罗格太太？"

老太太转身对着他，"怎么了？"

"你什么时候生日？"

"五月，怎么了？"

"不是三月十六日？"

"不。"她瞪着他，一脸茫然，"五月七日，绝对肯定。我可还没老到连自己的生日都记不住。"

"不，当然不是。"乔纳森赶紧回道，"祝你有个平静美好的夜晚！"

走回自家大门，波德仍站在门口等他。

"刚才是怎么回事？"乔纳森一进玄关，波德便开口问道。

"我的邻居被一个陌生女人攻击。"

"在这一带？"波德满脸诧异地摇摇头，"谁能想得到。"

"是啊，我也被吓到了。"

"精神病院逃出来的女病患？"

"可能，不过她的声音听起来倒是相当正常。"

波德点点头，"这种状况是最糟糕了。"

"要再进来谈谈吗？"

"我是很想，可惜我得离开了。"波德装模作样地看了一下腕表，"我跟律师有约，你知道的……看来我们的……嗯，讨论，得下回才能继续。"

"太可惜了。"乔纳森如此说着，但心里不禁欢呼雀跃。

34. 汉娜
一月五日星期五，清晨六点五十三分

七点，为什么要等到七点，街角那间该死的面包店才会开？很多人现在已经开始上班了吧？还有人可能已经工作大半天了，这些人又该怎么办？难道连买一杯咖啡和面包的权利都没有吗？

汉娜站在汉萨面包店前，瞪着紧闭的门，焦虑地踱步，考虑是否该回去开车到侯纳圆环附近的加油站。那里二十四小时全天营业，且现在书报架上一定有最新的《汉堡新闻》了。

其实，深夜三点她就想去那里找报纸了，但被丽莎阻止。莉莎不准她在两人喝完一瓶红酒后，还想开着丽人行老车出门。丽莎果断地从汉娜手中抢走车钥匙，并严厉地要她从现在起"至少睡满六小时才准起床"！

于是，她在西蒙的床上辗转反侧直到清晨六点半，而客厅沙发上的丽莎睡得跟婴儿一样香甜。汉娜起身，来不及梳洗，就这样邋邋遢遢地溜出门到汉萨面包店去。此刻，她站在紧闭着大门的面包店前，颓丧地像只丧家之犬，还得拼命忍住冲动，才不会上前敲打铁门，大叫"让我进去"。

六点五十六分，还要去加油站吗？就连汉娜也不得不承认，为了这四分钟不值得这样大阵仗。况且，如果她真的离开这里，很可能得花更多时间才能拿到《汉堡新闻》。希望报纸已送到面包店了，否则汉娜一定会发狂。

六点五十九分，期盼中的开门声终于响起，几秒钟后铁门向上卷起。就在门边店员老太太愤怒的目光下，汉娜冲进店里，不打任何招呼，立刻自顾自地伸手从柜台旁取出一份《汉堡新闻》。汉娜将五欧元塞进店员手中，毫不理会背后店员尽职的呼叫声"还有找钱！"她一个箭步冲到外面的街上，迫不及待地翻开手上的报纸。幸好，汉娜松了一大口气，编辑果然信守承诺，头版上不仅有一大张西蒙的照片，甚至连手账照片都刊出来了。有这么一篇启事，她就可以找到元旦清晨在阿尔斯特湖畔见到西蒙，还有捡到手账的人了。一定会的，否则也太不可思议了！

35.　乔纳森
一月五日星期五，清晨六点十五分

　　当闹钟响起时，乔纳森一如往常警醒地坐直身子。大约三秒后，他才想起自己根本不必如此紧张。正好相反，现在正是放慢生活节奏的时候。每天天没亮便起身慢跑已经是过去式，从今天起，网球将会取代慢跑的地位。乔纳森一把按掉闹钟，将被子拉到鼻尖，舒舒服服地钻回被窝。天啊，真是美妙！他会继续窝在被窝里，直到觉得无聊为止。但他一点都不觉得无趣，甚至还很有趣。他这一生中，心情从未如此好过，除了出版社的财务危机，还有波德恐怕会继续坚持己见之外。实际上，他也不懂自己为何心情这么好，并没有什么好事发生，但就是如此。

　　八点半，乔纳森再度醒来，看了一眼闹钟，满意地对自己微笑。周末八点半起床，这才是一个理解世界、懂得生活的男人该起床的时间。从今天起，他要做一个这样的男人。而且闹钟其实也可以丢掉了，生活中实在没什么理由要他每天早早起床。

　　他起身，穿上拖鞋走到摇椅边，拿起晨服披上。现在，只需要一杯好咖啡，一个刚出炉的热烘烘的牛角面包，再加上报纸，便是一天最好的开始。

　　走下楼梯时，他完全无法想象自己竟然曾经每天清晨穿着慢跑服走过这楼梯，身体疲惫，精神暴躁，这些年来到底是怎么回事？他又为何一定要摸黑出门慢跑？根本毫无理由逼迫自己做这种疯狂的事啊！

　　这一定是惯性使然。当他还在大学读书时，便已养成每天清晨慢跑的习惯，这么多年下来，习惯早已成自然，根本不会再问为什么了。想到这里他不禁默默感谢起那本手账，要不是它，他必定会持续每天清晨在阿尔斯特湖畔的慢跑。就算有一天坐在轮椅上了，也会坚持要人推着去。

乔纳森进厨房按下咖啡机开关，将牛角面包放进烤箱，然后从大门旁专放报纸的筒状邮箱中取出当天的《汉堡新闻》放在餐桌上，转身进厨房准备端出早餐。当他发现咖啡滴滤尚未结束时，便赶紧上楼进书房取出手账。他决定从今天起，在每天读报的例行公事前，先看看手账里的本日记载。他还规定自己抑制住好奇心，绝不往下偷看。虽然之前他曾看过一些，不过那不算数，当时他的打算是要找出手账的主人，因此不得不那么做。

但从今天起，他要将这本显然没人寻找的手账（或者说是命运，对，就是命运派发给他的东西）当作圣诞月历那样，每天只能打开一格来看，否则，嘿嘿，会被打手心。如此一来，每一天都会从一个小小的惊喜拉开序幕，像是个人专属福袋或专属预言，以及……嗯，个人专属娱乐节目。

十分钟后，他神清气爽地坐在饭厅的大餐桌前，满足地咬着软软的牛角面包，将手账翻到一月五日，开始阅读：

媒体戒断

媒体戒断？这是什么？他好奇地继续看下去：

注意力会引导我们能量的走向，因此，避开所有不好的消息吧。不看报纸，不开电视，不听收音机（仅是暂时，并非永远）。你知道的，媒体通常只有坏消息，所以，别让它们有机会靠近你！

今日任务：想象你的生活！写下所有愿望，比如成就、财富、爱情、兴趣、十个孩子……从旧杂志中找到适合的图贴在厚纸板上。再将它挂在显眼之处，成为个人的"愿景图"！在未来留下你的踪迹，让这张图帮助你的潜意识，令梦想成真！正如塞内卡所言："若不知该航向哪个港口，便没有所谓的顺风"，约翰·沃夫冈·歌德也说："愿望是人们对未来能够实现之事的一种预感"。

嗯，劳作时间。对乔纳森来说，这远比网球要更生疏，上一回拿剪刀和厚纸板应该是在幼儿园里吧。不过不管怎么说，听起来还是很有趣，而且他也喜欢歌德的名言，只不过写下这段话的人——不管是男或女，竟然写错歌德的名字，漏掉了"von"①。他拿起笔，在沃夫冈后面挤进一个小小的缩写"v."。毕竟歌德在一七八二年已被皇帝约瑟夫二世封为贵族，花点力气更正是必要的！

愿景图，他当然知道这是干什么用的。他不笨，是的，一点都不笨，这明显是一种训练，培养敏锐度和灵敏感，关注生活中真正重要的事情。利用图像是为了不断唤起自己的记忆，成为视觉焦点。

其实，每个人都有类似的经验：当脑海出现一个念头后，眼前所见的突然都与这个念头有关。就像一个怀了孕，会突然发现街上到处都是婴儿车和小婴儿。尽管乔纳森从未怀孕，但抽象理解能力足够令他了解这个说法。而制作个人愿景图就是为了同样的原因与目的，这点乔纳森相当确定。

乔纳森不由自主地想到与歌德同名的父亲沃夫冈。每当出版社出现要求"新愿景"的声音，父亲总是拿德国前总理赫尔穆特·施密特的名言反击："有愿景的人都该去看医生"。父亲特别喜欢在公开场合或是员工聚会时说这句话，并发出轻蔑的笑声。而乔纳森每回听到这句话和笑声，内心总是矛盾不已：一方面，他对自己有这么一位全知全能的父亲感到自豪与敬畏；另一方面，他又为了父亲这种极具压迫性的雄性领导姿态暗自感到羞愧。

想到这里，乔纳森不禁摇了摇头，自己完全没有遗传到这方面的基因，父亲常充满轻蔑和贬抑地说他缺乏男子气概，但乔纳森就是无法改变。他没有遗传到格里夫家族的雄性领导欲望，可能是意大利血统作祟吧，他总是这么想，虽然他对自己意大利家族的特性一无所知。

父亲会如何回答波德出版通俗化的提议呢？乔纳森完全可以想象。因此，花时间去思考出版社的新走向，根本就是浪费时间和精力。况且，无论父亲在人际关系的表现如何，他懂得如何管理一个成功的出版社！现在，出版社虽然已经是乔纳森的了，父亲也只剩下部分行为能力，但是他觉得自己有责任维持传统。

他并不质疑波德的专业能力，恰恰相反，他非常欣赏且信任他的能力。

---

① 歌德的德文为"von Goethe"，一般也可写作"Goethe"。

只是，只是，只是……他的脑袋突然浮现出一个叛逆的想法：至少，在哈利·波特这件事上，父亲的看法并不正确。这个小魔法师的故事，与格里夫森与书童书部出版的书籍一样富含教育意味，却绝对更吸引年轻读者。而格里夫森与书童书部，早就在波德的建议下关闭。还有，发掘胡伯图斯·克鲁尔的人实际上也不是父亲，而是祖母艾米丽的功劳。而且，坦白说，波德的建议也不是毫无道理可言。

想到这里，他陡然挺直身子，这种想法根本就是……思想上的弑父！他应该接手管理出版社吗？他有能力吗？他可以这么做吗？或者，一切依循旧规是否会更好？不，是否该更弦易辙是一个相当严重的议题，不能这样轻易下决定。为了避免继续在这个无解的问题上纠缠不清，乔纳森决定先去洗澡，换好衣服，先专心完成手账里的今日任务。他要做一张愿景图，不过他可没那么落后，还用剪刀和纸！不，他要用笔电，做出一份专业的文件，一个PDF档案，记载所有他的梦想与希望，而且图文并茂。

例如……成为一个网球高手，哈！太简单了，连配图都想好了，他要到网络上找一张罗腾鲍姆大道旁网球社的照片。昨天，他和波德就在那里痛快地打了一场球。当时，他巴不得马上入社，或者至少上几堂网球课。在未来留下踪迹，正是如此！同时，他也要注销高尔夫球会员证，多年以来他一直缴交会员费，却从未去过。他不必将这件事告诉父亲。

乔纳森猛地起身，险些将椅子翻倒在地，在他快步走出饭厅准备去书房时，突然又折回饭桌，拿起当天的《汉堡新闻》。今天，他要实行媒体戒断，这份报纸将会原封不动地进入废纸堆中。比起阅读错误百出的文章、写信到报社更正，今天他要做更有趣的事！更何况读者根本就不会理会。

约四小时后，乔纳森满意地看着自己做出来的成果。何止满意，他还非常讶异，且稍稍有些难为情。这张打印出来的图，是用从网络搜寻来的图片拼贴而成，乔纳森一点都不想把它挂起来，至少不想让别人看到，就算詹森太太也不行。虽然他的家务助理不是那种大惊小怪的人，但他可不想冒险。

制作这张拼贴图时，乔纳森放任自己天马行空，否则无法解释为什么会出现那样的图。桌上的图是白纸黑字——准确来说是四色彩印，除了网球拍和网球社社徽之外，出现了一些连乔纳森都觉得奇怪、像是鬼迷心窍才会选出来的图。

好吧，拿着麦克风的歌手还可以解释，毕竟他刚刚才想起，唱歌是他荒废已久的兴趣之一。另一张福特野马老车，可能也是类似的原因。虽然他总是开萨布的车，因他认为，除了沃尔沃之外，萨布是最具安全性的车子。但每回只要乔纳森看到造型如战舰般夸张无比的美国老车，便会想象自己坐在敞篷车中，听着摇摆乐，沿着美国六十六号公路开下去。沿途住在破旧的汽车旅馆，傍晚时分拿着一瓶清凉的百威啤酒，坐在走廊通道上冷眼看人。

从前，他曾跟蒂娜建议一起做一次这样的旅行。蒂娜只提醒他，别忘了他总说啤酒是"下等人的劣质饮料"，还有他讨厌蟑螂，六十六号公路沿路的破旧旅馆绝对有不少蟑螂，然后他便会开始埋头写申诉书给旅馆经理，到时忙都忙不过来。这个回答深深伤了乔纳森的心（或许她在报复，对他之前批评拼贴风格房间是"第二次青春期"的说法，谁知道呢？），虽然她的批评完全正中红心。而且，正因她的反驳合情合理，这个梦想也就只能是梦想了。

下一张图是一栋海边的房子，藏在沙丘和茂盛的芦苇之后，遗世而独立。这张图也不难解释，毕竟如果没有出版社和社交事务缠身，乔纳森非常愿意住在那样的房子里：远离人群，独自生活在无人的海滨。不是北海岸边那些度假胜地，而是在小岛上，像哈利根群岛，没有网络，也收不到手机讯号。虽然乔纳森的手机并不常响，电子邮件也不多，但他对远离尘嚣的修道院生活，总怀有一份憧憬。

正因如此，下一张幼儿图片显得更难解释。当时，乔纳森突然一时兴起，选了这张图直接贴在房子的下方，完全没考虑到彼此之间的矛盾。而下一张黄昏时分恋人手牵手在海边漫步的照片，更显得莫名其妙。

好吧，勉强说起来，三张图都与海有关，幼儿也是在海边玩沙，但也就只有这个交集而已。接着是一群人围坐在花园中的大桌子周围，神情愉快地用餐。看来，这只剩下一个解释：精神分裂！这张拼贴图所显示的，正是某种程度的精神分裂。

不过，事实就是如此。乔纳森一方面享受安静甚至孤寂，因为他懂得如何孤独地自处，但另一方面，他也很喜欢与雷欧波特共度的那个夜晚，还有与波德一起打球。而他现在没有小孩，并不代表他就不想要有小孩。

在他尚未离婚前，他也曾想要小孩，不为别的，就只是单纯觉得有家就要有小孩。但自从蒂娜离开他后，自然也就不再想起。只是，虽然表面上他不再存有任何幻想，但在内心深处，显然仍有渴望。

他用手轻轻抚摸过愿景图，仿佛希望透过触摸，能感觉出哪一张图片的分量最重。看来，他必得丢弃某些图片和人生，终究不能什么都要。

只是，这是谁说的？

谁说人生不能什么都要？这是亘古不变的定律吗？虽然听起来相当合理，但合理就代表是真理吗？

乔纳森·N·格里夫站起身来，走到厨房准备煮咖啡，思考这个问题大概得花点时间，他想。

36. 汉娜

一月十日星期三，晚上十一点五十一分

没有，没有，没有，什么都没有。五天了，可是什么动静都没有。报纸刊登的报道没产生任何作用，就像没人看过那篇报道似的。

就连汉娜在阿尔斯特湖畔四处张贴的寻人启事，也没带来任何消息。只有一通电话，对方说是西蒙的小学同学，从报纸上的照片认出了西蒙。

汉娜接到电话时，强忍住才没朝着电话大吼，她想问对方脑袋是否有问题，竟然为了这样的事打电话来，害她差点心脏病发作。不过，她也只是淡淡地道了声谢，便挂断了电话。

警方那里也毫无进展，一直与汉娜联系的女警也不再像之前那样乐观。虽未明说应该是找不到西蒙了，但温柔和充满安慰的语气已是很明显的暗示了。那是一种非常温和的方式，小心翼翼地告诉家属，没有希望了。

但是，这不可能是真的，这怎么可能是真的！西蒙到底去哪里了？他到底在哪里？这个问题不断在汉娜的脑袋中盘旋，就连现在，她躺在西蒙的床上，脑袋里也只剩下这个问题。她将自己紧紧裹在西蒙的被子里，闻着被单上西蒙残存的气味。

她不断啜泣，像一个小孩那样，只觉得空虚、软弱、孤独，而且无助。她觉得自己这辈子再也无法离开这张床，直到生命的最后一天，她都会在这张床上，或者直到西蒙回到她身边的那一天。

"求求你，"她低声祈求，"求求你，亲爱的上帝，请你让他活着，请你让他回到我身边。至少让他在加勒比海某个小岛上喝鸡尾酒。什么都比现在这样的噩梦好，求求你，求求你，亲爱的上帝，请你帮我！求求你，求求你，求求你！"

37. 乔纳森
一月十四日星期日，上午九点十一分

乔纳森·N·格里夫很满足。就像过去十天的早晨，他穿着晨服，坐在餐桌前喝着咖啡，享用刚出炉的牛角面包，轻松地拿起手账，好奇今日福袋里又会带给他什么样的惊奇。

自从他开始按着手账上的记载过日子，生活中平添了不少宝贵的经验。例如，早餐不看报纸，且将报纸原封不动地送进废纸堆里，这让他一点都不觉得困扰。世界依然循着轨道转动，就算乔纳森不知道转动的原理是什么。

他甚至考虑停止订阅报纸，可见这多不重要啊。况且，他写给编辑部的读者建议，从未引起对方的任何兴趣。这样说来，不再读这份报纸对双方来说应该都没有损失。

乔纳森依循手账的指示，每天清晨和晚上各写下三项他觉得感谢的事项，现在，他发觉自己下笔越来越容易了。

例如，他发现自己越来越喜欢网球。一个星期内，他便和波德约了三天晚上去打网球。乔纳森不无惊喜地发现，他的出版社执行长最近下班后，要么窝在旅馆房间里，要么跟他一起打网球——他人的痛苦，自己的快乐！

同时，乔纳森很高兴地发现自己进步很快，特别是正手拍。他也偷偷地帮自己取了个相当孩子气的绰号——"砰砰乔纳森"。昨天，他甚至去买了一支选手级的网球拍，还有一套剪裁合身的网球装。看来，挑战汉堡网球高手已是指日可待的事，乔纳森·N·格里夫准备好了！

不过，他还是没和波德讨论出版社的未来走向。目前为止，他都能成功地转移话题，避开这个项目，甚至不去想它。他含混地暗示波德，先等这季营收结果出来，他们再来讨论。内心则希望情势好转，问题能自然解决。或许，胡伯图斯·克鲁尔会突然健康起来，下笔如飞，一本接一本地出书，重新成为出版社的台柱？或者，突然出现一篇盛赞《孤独银河》的书评，又重新将市场炒热起来？

为了展示他的决心，乔纳森在他的愿景图上增添了一张图：他从《书市报道》期刊找出百大最佳出版社的名单并打印出来，大胆地将格里夫森与书出版社的公司标志贴在首位，然后将名单重新扫描进计算机，并将此图放置在愿景图的正中央处。

一天之中，他总会打开衣橱好几次，端详他未来的愿景，这张愿景图就贴在挂满衬衫的衣橱门板内侧。按理来说，这样将会使他的潜意识朝着美梦成真的方向前行，如果真是如此，就让他的潜意识好好表现一次吧！

除了这个任务之外，乔纳森就像一个听话的乖学生，努力完成手账交代的所有任务。例如某一天，他整天都对遇见的人有礼地微笑，并因此获得一些颇令人振奋的反应。好吧，有一个老先生问他是不是不舒服，是否需要帮忙；几个尚在青春期的少女，则是嘻嘻傻笑不予理会。除此之外，所有人都回应了他的微笑。他还开始每天静坐冥想几分钟，熬过刚开始的困难后，他发现偶尔安静地坐在单人沙发上是一件非常美好的事，不想任何事情，纯粹感受此时此刻。

然后，他还去了海边两次，毫无理由和目的，并在寒风中沿着海岸散步了三小时，就在他看到手账中写着"今天只做你想做的事"之后。另外，他又开始唱歌了，充满热情地唱，虽然只在洗澡和独自开车时。

乔纳森甚至还在纯真公园里拥抱一棵树，并暗自祈祷不要被人撞见。不过，这个行动被他归类在无稽之谈里，因为它除了在他的羊毛大衣留下褐色的污渍外，并没有产生任何影响。相较之下，去跳蚤市场的任务就有意义多了。上星期六，他按照手账所言，去跳蚤市场找"特别的东西"。从前，他总不明白二手市集存在的意义，因此也从不曾到跳蚤市场去买东西。但也正因如此，他的惊喜更是加倍：当他在一堆杂乱无章、什么东西都有的摊子里找到宝贝——一本约瑟夫·弗赖赫尔·冯·艾兴多尔夫一八三七年出版的诗集，保存状况非常良好。他花了一百二十欧元买下这本诗集，但这本书的市价绝对是这个价钱的十倍以上。但对这种有眼无珠、贱价抛售的人，他又能怎么办呢？现在，这本诗集就放在书房里的书架上，每回看到它，乔纳森便觉得快乐。

乔纳森咬了一口牛角面包，打开手账，找到今天的日期，迫不及待地想知道今天星期日的任务是什么：

你最喜爱的作家今天在坎普纳格艺术中心有一场讲座，你也会参加！会场售票柜台有两张票等着你去领，票是给你和你自选的一位同伴，领票号码是137。

入场时间是晚上七点，尽情享受吧！

附注：如果你不知道该带谁去，我知道。

乔纳森如被雷击般一惊，作家朗读讲座？

并不是因为他喜欢作家朗读讲座，恰恰相反，这种活动实在无聊透顶，多半就是一个穿黑色套头毛衣、脸色苍白的家伙，对着一个水杯喃喃自语。乔纳森相信，作家就是应该拿笔写作，不该在众人面前朗读。只是，他总觉得这本手账与他有关，而这种奇妙的感觉现在又得到了佐证。无论如何，这也真是神奇，竟然有人约他这个出版社老板去参加作家朗读讲座。

如果今晚在坎普纳格艺术中心的讲座真是他最喜爱的作家，那可就更神奇了。因为他最喜爱的作家托马斯·曼，早已不在人间了。

38. 汉娜
一月十四日星期日，下午五点十四分

"你上次吃东西是什么时候？"丽莎站在西蒙的公寓门口，准备接汉娜去参加瑟巴斯提昂·费策克在坎普纳格艺术中心的讲座。看到汉娜的样子，她着实心惊。

"什么？"汉娜茫然地反问，准备扣大衣的手不由自主地颤抖着。因为手抖得太厉害，她连扣子都无法扣上，只觉得好累，全身松软无力，血糖太低，好像随时都可能会晕过去。她绝不会让自己晕倒，一定要跟丽莎一起去讲座，因为这是残存的一点希望了。"没事，"她喃喃地说，"我们可以走了。"

"汉娜！"丽莎抬起双手放在她的肩头，忧心地望着她，"你看起来真是糟透了，轻飘飘地像个鬼似的。"

"我没问题，"汉娜坚持，"真的！"

"我才不相信！"丽莎叹了一口气，"要是知道你会绝食的话，我早就把你接到我那里去，每天亲自喂你吃东西。"

"我有吃东西！"

"一星期前？"

"无所谓啦！我们该走了，不然会错过讲座。"

"我们还有很多时间！"丽莎强硬地说，架起汉娜，将她温柔地推进西蒙的房子里，"出门前，我先涂面包给你吃。"

"这有点难，"汉娜解释，"冰箱是空的。"

"好吧，那我们路上买点东西吃。"

"那太花时间了！丽莎，我求你！售票柜台一开，我就得等在旁边！如果真有人来领票的话，我不能错过。"

好友牵着她的手，将她带出公寓，"你放心，我们一定会准时到的。不过，你还是得吃点东西，就算是加油站的硬面包你也得吃，不准反对！"

"好吧。"汉娜小声地同意了，乖乖跟着丽莎走。其实，被人如此霸道地关爱，感觉还真不错。

其实汉娜自己也知道，她实在快撑不下去了。过去一个半星期里，除了偶尔到阿尔斯特湖畔检查张贴的告示是否还在之外，她就只躺在西蒙的床上抽泣，不时拿起手机检查通讯是否一切正常，她的力气已快用尽了。再这样下去，她只会自我毁灭，就算牺牲她生命中所有的东西，也换不回西蒙了。

跟着丽莎走下楼梯时，她的心思早已飞到坎普纳格艺术中心。她的祈祷会灵验吗？假使西蒙没出现，那位捡到手账的神秘男子会出现吗？他可以告诉她西蒙的消息吗？

虽然答案很令人怀疑，但她还是强迫自己想象，有人会出现在她面前，告诉她西蒙的下落。告诉她关于自杀的说辞不过只是一场误会，她的男友还健健康康地活在世上。

至于这为什么是一场误会，虽然汉娜努力地想象救赎者就在眼前，她实在没有力气编造适当的理由了。要让她重拾"最后无论如何必定是个好结局"的乐观态度，不是区区一个硬面包就可以做到的。

39. 乔纳森
一月十四日星期日，下午六点二十三分

乔纳森从未去过摇滚演唱会，但他相信那大约就是眼前的景象：从坎普纳格艺术中心大门到停车场，排着一条长长的队伍，绝大部分都是叽叽喳喳、咯咯傻笑的少女。

他不禁怀疑自己是否走错地方，或是时间弄错了。他从手提箱中拿出手账，翻开查看。没错，上面明明写着一月十四日星期日，晚上七点在坎普纳格艺术中心。

可是，为什么会有这么多人？这些人不可能是来参加作家朗读讲座吧！他曾去过的作家朗读讲座的听众都是，嗯，虔诚静默的。格里夫森与书的作家讲座的气氛通常静默到讲者的音调，就如同在静肃庄严的葬礼上一样。衬托气氛的，还有台下不时传来窸窸窣窣的手帕声，以及参加者的年龄。无论台上讲者多大年纪，台下观众平均年龄永远超过七十岁。

可是，眼前这些人看起来比较像是要参加滚石乐团的演唱会吧。只是年纪也太小了，乔纳森发现自己处于一群青少年中，这怎么可能！这些人不仅轻松活泼，而且还很年轻，这与他曾参加过的文化活动经验完全相反！

"抱歉，请问一下，"他朝向排在他前面的两位女孩，"今天是哪位作家办朗读讲座？"

两位女孩瞪大眼睛望着他，好像他刚才的问题是问地球是否是平的，"瑟巴斯提昂·费策克。"左边女孩兴奋地尖声回答。

"费策克？"他问。

"对，"换右边的女孩点头，"这是他的周年巡回讲座。"补充说明时还露出"竟然连这个都不知道"的嫌弃眼神。

"谢谢！"两位少女转头继续窃窃私语，乔纳森则浏览四周的人群。

这个费策克竟然能吸引这么多读者？他当然知道他是一个成功的作家，但这么成功！这可是连做梦都想不到的。

乔纳森还注意到，许多人手上都有好几本作者的书，还有人拿着大张的作家照片，他推测应该是准备给作者签名用的。随时都有人拿出手机，少女们忙着自拍或帮朋友拍照，显然是想在这个特殊的日子里留下纪念，并忙着在社群网站上分享。

惊人，这真是太惊人了！乔纳森从未想过要参加瑟巴斯提昂·费策克的讲座，现在他非常好奇，这群热情的粉丝——除了粉丝，他想不到其他的形容词，到底是怎么一回事。另一方面，他也颇为惊讶于手账里竟然会安排这样的行程，毕竟，手账几天前才提出"媒体戒断"的指令，希望能因此避开所有的坏消息。而据乔纳森所知，费策克的书通常惊悚血腥，以致他很想问问手账的原主，如何解释这个矛盾。

乔纳森足足等了十五分钟，才轮到他走近售票柜台。还好一如往常，他总是预留不少时间，虽然之前完全没想到会遇上这样的人潮。

他刚想告诉柜台先生领票号码时，突然被人狠狠一撞，撞得他头晕眼花。肇事者是位小姐，浑然不觉自己做了什么事，只是一边朝着手机大喊，一边莽撞地拨开人群向外走去，身后紧跟着一位女性朋友。

老天，这还真是危险！乔纳森怀疑，这样拥挤的人群是否合乎消防规定，万一发生事故，恐怕每个人都一样危险！

乔纳森还恼怒地瞪着两个小姐的背影，却被排在后面的少女用力顶了一下，并以一句不耐的"赶快往前走"要求他别挡路了。

乔纳森回神朝向柜台先生说："晚安，这里应该有给我的两张票，领票号码是137，但我只需要其中一张。"

"请稍等。"柜台先生翻了一下装满白色信箱的小箱子，"找到了，"他抽出一个信封，"就是这个，137号。"

"我刚说了，我只需要一张。"

柜台先生耸耸肩，"票已经付钱了，另一张你可以送人，讲座在K6厅举行。"

"谢谢。"乔纳森接过信封。

就在这个时候，突然有人从后面拍了一下乔纳森的肩膀，他正想转身朝后头心急的少女说马上就好时，耳边突然响起，"哈喽，另一张票可以给我。"

乔纳森大吃一惊，这可完全出乎他的意料了。他充满期待地转身，以为眼前的人就是手账主人。

40. 汉娜
一月十四日星期日，下午六点四十八分

吃掉一个夹心面包、喝掉半公升的柳橙汁后，汉娜觉得好过一些了。此刻她和丽莎站在售票柜台边，瞪着每个来取票的人，觉得自己的灵魂像是受着地狱之火的煎熬。她的好友遵守诺言，在她们抵达坎普纳格艺术中心时，大门都还没开。门一开，两人马上进入售票区。

大部分来柜台领票的都是年轻小女生，偶尔有小男生和年长的妇人、先生们参杂于其中。当她注意观察这些人时，丽莎紧握着她的手。每每看到柜台前出现男人，汉娜便屏息以待，萨拉斯瓦蒂告诉过她，捡到手账的是一个男人。

截至目前，还没有人来领编号137的票。汉娜像是等着彩票开奖或在玩宾果一样，全心盼望着生命中最重要的数字出现，只是到目前为止尚未出现奇迹。

"他没来！"当汉娜又听到一个男人报出错误号码时，不禁开始发牢骚，"他不会来了！"

"别紧张，"丽莎说着再度握紧她的手，"队伍还很长，那个人还是有可能会出现。"

"但愿如此，"汉娜喃喃地说，紧张地咬着下唇，"但愿真的是这样！"

突然，她听到一阵微弱的手机铃声，同时也感到裤子后方口袋里手机的震动。一时之间，她有拒接的冲动，她不想因接听电话而错过领票的男人，但最后还是拿起电话，看是谁打来的。

看到号码时，她惊慌地举手捂住嘴巴，这几日来她不知已拨过多少回这

组号码，是那位女警，那位告诉汉娜可以随时拨电话给她的女警。

她的表情变化并未逃过丽莎的眼睛，她狐疑地问："是谁？"

"警方。"汉娜答道，声音微微发颤。她接起电话，同时闭上眼睛，"喂，我是汉娜·马克思。"

"你好，马克思小姐。"果然是那位女警，"请问你现在在哪里？"

"在坎普纳格艺术中心。"

"你一个人吗？"

"不，我身旁有朋友。"

"很好，"对方顿了一下，"她能陪你来一趟警局吗？维森堤坝大街上的警局，就在附近。"

"怎么回事？"汉娜声音突然变调。

"请你过来再说。"

"不！"她大叫，"你现在马上说，到底发生什么事了。"

电话那头的女警开始说话，但汉娜完全听不清楚，因为一群小女生突然大笑起来。

"等一下！"她对着手机大吼，"我听不见，我要出去一下。"她从拥挤的人群中奋力往出口挤出去，匆忙间不断地撞到人，她毫不理会别人的抱怨，只是急步向前，丽莎紧跟在她身后。

"你刚说什么？"一出大门，汉娜便迫不及待地大喊。

"我得请你马上来警局一趟。"女警重复她的要求。

"不！"她坚持，"请你现在马上告诉我，到底发生什么事了，否则我哪里也不去。你们找到西蒙了吗？"

电话另一头沉默着。

"喂，喂！"汉娜大叫，神经已经紧绷到要断线了，"你们找到他了吗？"

"是的，"对方轻声地说，"我们找到他了。"

汉娜再度闭上眼，发现自己呼吸困难，随时会倒下去，"他还好吗？"话才出口，她便知道答案了。

"不，"女警说，"很抱歉，马克思小姐，西蒙·克兰先生已经死亡了。一小时前，路过的行人发现他的尸体。"

"你确定吗？真的确定是他吗？"

"恐怕是的，我们是从他身上带着的身份证辨认出来的，不过，还是得等法医报告出来才能百分之百确定。"

"也就是说，还是有可能认错人？"

"马克思小姐，我得请你马上来警局一趟。"

"你得先告诉我，是不是还有可能弄错！"

女警叹了一口气，"理论上来说是的，但是，我们认为就是他了。"

"在哪里？"汉娜大喊，"在哪里发现他的？"

"磨坊池塘的堤岸边，应该是溺水死亡。"

汉娜猛力吸了一口气，身子一软往下倒去，幸而被丽莎及时抱住。"好的，"她费力地挤出最后的声音，"我们马上到。"

41. 乔纳森
一月十四日星期日，下午六点五十分

"哈，原来你也来参加费策克的讲座？真令人讶异！"不是神秘的手账主人来跟他要回手账，只是马库思·波德而已。现在，对方朝着他咧嘴笑。

"哎，"乔纳森努力挤出一抹微笑，"我只是想过来看看，调查，可以这么说。身为出版人，我必须了解市场概况。"他有点难堪，像是秘密被人发现，毕竟不久前，他还跟眼前这个人争辩过，认为费策克之流的书是西方文化没落的代表。现在，他觉得仿佛被波德逮到自己去参加色情派对或是去色情商店似的。不过，如果真是如此，那代表对方也去了同样的场合，也只是平分秋色而已，要么两人都觉得羞愧，要么就都理直气壮。不过，波德早已坦承，受出版社近来的财务状况所驱，的确对通俗文学有兴趣。

"在我面前你真的不必找借口，"波德故作潇洒地说，"而且，这真是太幸运了！讲座的票早已售光，我只是想来碰碰运气，或许遇上有人退票，没想到运气这么好！"他笑着说，"或许你愿意带我一起进去？"

"哎，可以呀。"乔纳森回道，"说真的，这还真凑巧！第二张票当然可以给你。"他打开信封，取出另一张票交给波德。

"谢谢！"波德点头收下，"多少钱？"

"哦，拜托！"乔纳森有些生气，"当然是请你！"虽然不是我付钱的，乔纳森在心里偷偷补了一句。

"真是谢了！"波德回答，"那我们就进去看看吧！"

随着叽叽喳喳的人潮，他们往K6厅的方向前进。又在验票口停下来再度排队，等着将手中的票交给验票人员撕下一角，最后终于进入会场里。

"哇！"波德惊叫了一声，停下脚步愣住了。没有任何字，能比

"哇！"更能形容眼前的景象！这和乔纳森看过的作家朗读讲座完全不一样：

大厅右方是一个庞大的舞台，十人的摇滚乐团都能轻松地在上面表演。舞台上有多支麦克风，围着一组爵士鼓，不断转动的舞台灯光也聚焦于此。背后是一个超大的投影机布幕，从天花板垂挂下来，显现出费策克最新惊悚小说的封面。爵士鼓？投影机布幕？这将是一场什么样的作家朗读讲座？

显然一定精彩难忘，在场的观众个个难掩脸上兴奋的神色，好几百人（好几百人！）坐在阶梯式的座位上（阶梯式的座位！可不是椅子而已，是真正的阶梯座位！）气氛热烈一如德国对巴西的世足决赛，只是少了吹巫巫兹拉和挥动旗子的球迷而已。放眼望去，看不到拿着手帕的七十岁老人，只有亮丽活泼的少女吃冰淇淋、喝饮料，当然还有爆米花。当乔纳森和波德经过排排坐的人群、朝着自己座位的方向前进时，脚下还不时传来毕毕剥剥的声音。

他们的座位相当靠前，视野良好，可见这位赠票的无名氏选了价位不低的票。乔纳森瞄了一眼手表，再十五分就是七点半了，好戏就要开锣了。

拉开序幕，好戏登场。七点半准时一到，灯光全暗，同时响起震耳欲聋的音乐。布幕上出现一幅超大的瑟巴斯提昂·费策克照片，紧接着就是节奏紧凑的新书预告片。全场观众先是尖叫，接着开始鼓掌，掌声越来越响亮，跟着加入跺脚，雷鸣般的声响足以震天撼地。就在此时，作家终于在舞台现身，并对着无线麦克风大喊："欢迎各位！晚安，汉堡！我是瑟巴斯提昂·费策克！"

疯狂的尖叫声，兴奋得坐不住的观众，仿佛是德国队射门得分：1∶0！若不是乔纳森亲眼所见，他绝不会相信会是这种出场方式。太震撼了！

"哎！"就这么一声，波德便无话了。讲座结束后，两人到附近转角的酒吧，痛饮好酒，一边回想着今夜的种种。

"哎！"乔纳森附和地出声。他们沉默地互看，显然仍处于震撼之中。过去的两个小时里，瑟巴斯提昂·费策克使出浑身解数，将通俗艺术发挥得淋漓尽致。

整个晚上都在掌控之下，费策克朗读了惊悚小说中的精彩片段，并利用设计精巧的简报交代故事背景。他还进行一段自我访问，点名观众上台，说了一个又一个笑话。之后还有乐团，演奏了一段小说配乐原声带，费策克摇身一变成为乐团鼓手，引起观众一阵又一阵热烈的激情嘶喊，就差没有朝舞台丢内裤，不过就算有，乔纳森也毫不惊讶了。

讲座结束后，作家坐在大厅一角的桌前，人群如朝圣队伍般朝着他涌去，请他在书上签名，或一起合照。看来费策克直到明天早上都还得坐在这里，接受书迷的顶礼膜拜。

"哎，"波德再一次打破沉默，"你现在理解我所说的吧？格里夫森与书出版社旗下要是有这么一个作家就好了。只要有一个像费策克那种等级的作家，我们就可以养十个文学奖作家。"

"可能还可以养二十个。"乔纳森点头附和，"我懂，我完全理解你的意思。"他偷偷地想，这实在太有意思了，整个晚上时间如光速般飞逝，不过，这绝对不能让波德知道。

今晚的讲座与他熟悉的讲座完全不同。他熟悉的讲座气氛总是沉闷的，台上的作家个个都觉得自己的作品崇高伟大，总是放慢速度，一字一字地读着。坐在台下的每一分钟，总是漫长得像嚼烂了的口香糖，味同嚼蜡且无止境地延伸又延伸。"我们……"他斟酌了一下用词，"我们有通俗文学的书稿吗？"

"目前还没有，这类书稿不会直接寄给我们。如你所知，格里夫森与书不出版这类书，因此，我们得四处问问。"他抬头充满期待地看着乔纳森，"我该开口询问了吗？我可以跟一些经纪人联络，请他们将适合的书稿送过来。"

"先让我考虑一下。"乔纳森赶紧踩刹车，"我无法立刻决定。"而且，他还想跟父亲谈谈，趁他神志清醒的短暂时刻。他希望父亲沃夫冈·格里夫还有能力与他谈论这个重要话题，几分钟也好，否则他就必须自己下决定了，这样一来……

明天一早，他就会去太阳养老院探视父亲！

42. 汉娜

一月十五日星期一，上午八点〇五分

"世上有些事情，残酷到令人无法置信，但终究还是真的。"

汉娜脑海中不断浮现出这句话，这句可怕的话是丽莎几个星期前对她说的。她说对了，现实的确相当残酷，西蒙自杀了，他真的这么做了。

昨晚，一对老夫妻在磨坊池塘边散步时，发现了西蒙的尸体。汉娜并未看见尸体，但警方有百分之九十九的把握，确保尸体就是西蒙。

警察认为汉娜无须指认尸体（他们也劝她最好不要去看），现在只等检察官委托法医的检验结果出来之后，便可得到一切所需的证明，包括尚不清楚的死因。

据推断，西蒙应是投入冰冷的阿尔斯特湖溺水身亡。这点可从遗书中得到佐证，初步侦查结果也显示并无外力介入。不过，负责与汉娜联系的女警说，还是要等解剖鉴定结果出来才能完全确定。由于西蒙的自杀并无目击证人，因此，需要有一个直接明显的证据作为自杀的佐证。

不过，汉娜不需要这些证据，因为深深隐藏在她内心里的疑虑已确定是真的了，就算她到最后一刻都不愿意相信。西蒙就在元旦清晨，就在她毫无所知地睡在他床上、醒来还很欣慰手账给西蒙带来新希望的清晨，就是在那个清晨，西蒙走上了自杀这条不归路。他一个人孤独地下定决心，将汉娜抛在身后，不给她任何机会与他一起讨论，共同找出解决方法，而是选择了最极端的解决方式。

她坐在西蒙厨房里那张他最心爱的大师名椅上，全身僵硬无比。一小时前，她要丽莎回家。上半夜她陪着自己在警局，下半夜则在西蒙的住处。丽莎完全不知该做什么，也不知该说什么，除了"我很遗憾"之外，完全无语。除了深切的惋惜与遗憾之外，还能说什么呢？

惋惜与遗憾，对西蒙，对汉娜，也对所有的一切，所有原来可能发生、如今却永远不再可能的一切。结束了，过去了，永永远远。

"你确定一个人没问题吗？我可以打电话给你爸妈。"丽莎这么建议，当汉娜要她回家、以便自己能够不受打扰地待着时。

"现在我不想见到任何人。不过如果可以的话，请你帮我打电话，告诉他们发生的事，我现在没办法打电话。"她如此回答丽莎，听起来异常平静，连自己都觉得讶异。之前在警局她也异常冷静，虽然感觉有些昏沉，像服食了某种高剂量药物。所有人都没想到的是，她竟然没有崩溃，只是像处在极度震惊的状态下而已。"不要担心，我没问题，你待会儿还得去欢乐儿童工作。"

"你竟然还挂念这个！这真的一点都不重要。"

"不，这很重要，"汉娜反驳她，"这是我现在唯一拥有的东西了。等我好一点马上就回去工作，再给我几天的时间。"

"不用急，你有大把的时间，我会守住岗位，而且我们的妈妈都会过来帮忙。"

"为什么？"她固执地问，"我为什么需要大把的时间？让我坐在这里想西蒙真的死了吗？他真的不再回来了吗？我不能再抱他、亲他了吗？永远，永远，永远不能了吗？"说着，眼泪突然如决堤般一发不可收拾地狂流下来，又急又猛，汉娜全身发抖。

丽莎抱住汉娜，轻轻地摇晃，"会变好的，一切都会好起来的。"

不，所有的一切都不好，也不会再变好。此刻，汉娜一个人坐在西蒙的厨房里，极度痛苦地意识到这个事实。突然之间，在这间主人已死的公寓里，眼前的一切变得如此陌生。

她在这里做什么？这些围绕在她四周的东西不是她的，她也不需要这些。不需要西蒙心爱的大师名椅，不需要慢吞吞的意式浓缩咖啡机，不需要橱子里的锅碗瓢盆，以及那个标有"老板"字样的该死的陶杯，不需要那些还在烘衣机里的衣服，不需要客厅书架上的那一堆书，不需要挂在走廊墙上的公路车，也不需要那双可怕的勃肯鞋。汉娜头一次看到西蒙穿上它就说，这绝对可以成为分手的理由。

所有这一切，西蒙都不再需要了。所有这一切，也不过只是东西而已，毫无生气的东西，失去它们的主人后，就没有任何用处了。

汉娜从餐桌椅上跳了起来，像无头苍蝇般地在房中乱走。眼泪流光后是满腔的怒气，对西蒙竟然如此懦弱猛烈爆发的愤怒。

懦弱，懦弱，懦弱！

自杀，多么自私，多么胆小窝囊！丢弃所有一切，完全没考虑到留下来的人，自顾自地拔掉插头，"哪管身后洪水滔天"。这种做法既自私，又卑鄙，又……又毫无人性！没错，离开的人当然轻松，所有身后事都不必在乎，反正也不知道了。留下来的人得面对残局，想办法渡过难关，找回生命节奏，继续生活下去。

砰！汉娜猛力一挥，将浓缩咖啡机打到地上，发出一声巨响，并打破两块地砖。她觉得好过多了，很好。

她用力打开上方橱柜，将所有东西摔到地上，眼睁睁地看着杯盘碎了一地，每一次落地弹起的破裂过程都撕扯着她的心，碎成一片片。紧接着是一袋袋的意大利面条、罐头、果酱瓶、茶叶罐、糖、盐、面粉等等，全部摔在地上，直到整个厨房宛如历经一场浩劫。

离开厨房，她走进客厅继续行动，用力推倒电视，将花瓶打翻。她扯下挂在墙上的画，用力对着窗台的凸角砸破，拉掉所有的窗帘，拿起CD四处乱扔。

当她拿起放在沙发旁矮柜上的她与西蒙的合照时，她忍不住大叫："混蛋！"并使尽全身力气往墙上掷去，"可恶的大混蛋！你怎么能这样对我？"

她使劲跺脚，并再次放声大喊："混蛋！"音量大到她已有准备，随时都可能有邻居来按铃抗议。没错，西蒙怎么可以对她做出这种事？无论他生前有多恐惧，有多害怕自己会如父母一样受苦，但这种事仍然对她极不公平！

不公平，因为他夺走汉娜与他好好说再见的机会。至少，她想再一次握住他的手，环抱着他，告诉他所有想告诉他的事。而他一刀两断，无言地留下汉娜面对一封愚蠢的信和愚蠢的话，什么叫"这爱，仍不足以支撑我继续走下去"？啊啊啊啊！

汉娜的视线落在矮柜上的车钥匙，旁边是驾驶照。西蒙的福特老野马，他的圣牛！

她抄起车钥匙冲出门，两分钟后便来到车旁边。第一个念头是打烂这部车，她想打破头灯，折断雨刷，拔掉后照镜，还要拿钥匙刮花暗红色的车身，发出刺耳尖锐的噪音，留下既深又尖锐的痕迹，就像刮在她的灵魂上那样。

但她终究还是稳住自己，几次深呼吸后平静下来。狠狠发泄一番后，积压的怒气终于消掉一些，她又有些精神了。她没有下手砸烂车子，而是坐进驾驶座，发动引擎。

对于西蒙的这辆爱车，她有另一个计划。

43. 乔纳森

一月十五日星期一，上午八点三十三分

这真是太令人惊讶了！就在昨晚，乔纳森经过一番挣扎终于下定决心，要试着与父亲谈谈。今早，那本神秘的手账仿佛洞悉了他的心思，竟然写道：

我们不能用制造问题的思维方式来解决问题。——爱因斯坦

今日日志的开头就是这句名言，乔纳森读到时相当认同，点了点头，接下来的内容他也觉得很不错：

做些与平日习惯刚好相反的事，看看会有什么结果。"改变"就是要"做不同的事"，唯有如此，才可能获得令你惊讶的全新体验。打破旧习，尝试新事物，拓展你的人生视野！用左手接电话，若你平常惯用右手的话；到另一家超市买不同品牌的东西；不要开车，改搭公交车；对讨厌的人特别友善；到餐厅点你从来不曾试过的菜；假装你不是你，是另外一个人，以全新的角度体验你的生活周遭。尽情享受全新的体验！

附注：爱因斯坦说过太多睿智的话，我实在无法决定该舍弃哪则，所以这里再追补一句相对论大师的名言："疯狂的定义，就是不断重复做同样的事，然后期待会有不同的结果。"

乔纳森不禁大笑，摇了摇头，他真没读过这句话。不过，完全正确，这

真是疯狂。

一般人总是因为惯性与惰性不断重复做同样的事，然后对着同样的结果张口结舌。乔纳森知道，自己也不例外。在他发现这本手账之后，生活才开始出现奇异的变化：萨拉斯瓦蒂、雷欧波特和波德，更不用说瑟巴斯提昂·费策克的讲座，平常他绝不会参加。而手账今日的指示，不就是他这一段时间以来一直在做的事，只是尚未察觉而已。

今天，他得找父亲谈谈。一想到要跟父亲坦白格里夫森与书面临困境，以及得开发新的解决方案，他的肚子便开始隐隐作痛。正因如此，他更确定得去跟父亲谈一谈，至少试试看。

反正也不可能出现什么大不了的结果，父亲很可能根本无法理解他在说什么。这样一来，与父亲谈话后，他虽然不会变聪明，但至少也不会变笨。

乔纳森吃完早餐，冲完澡换好衣服，拿起公文包和手账，取过车钥匙，准备前往易北河滨大道上的太阳养老院。

打开停在通道上的萨布车门，正准备坐进驾驶座时，他突然停了下来，想起手账建议今天使用公共交通工具。如果开车去，代表他漠视这项指示，因此他关上车门，将车钥匙放进大衣口袋，大步离开。

走了几米之后，他突然想到自己根本不知道该往哪里去。童年后，他便再也没搭过公交车或地铁了。他自己有车，完全没有理由去搭汉堡的公共交通工具呀。

从纯真公园到易北河滨大道该怎么坐车，他完全没有概念。他只知道，这段路并不近，自己开车的话需要半个小时左右。如果不自己开车，从这里到养老院门口又要多少时间呢？至少要一个小时吧。这真是浪费时间，不是吗？浪费是乔纳森最无法忍受的。

他转身走回自己的车，这一次，他决定忽视手账的指示，因为他一点都不想白白浪费时间。

正当他用钥匙开车门时，突然又停住了。感觉还是很奇怪，好像在做什么不当行为，例如无照驾驶（当然他绝对、绝对、绝对不会做出这种事，他觉得他绝对不会被吊销他的驾照）。咔嚓一声，他锁上车门，转身朝着街上走去。

只是，该往哪里走？

他转身，重新回到车子边。

过一会儿又转身。

或许可以折中一下，叫辆出租车，乔纳森心想。他拿出手机，正准备拨号时，又迟疑了。

不，他不该自我欺骗，搭出租车根本算不上折中，只是推诿而已。重要的是体验新事物，拓展视野，搭出租车如何能算得上？除非他恰好遇上一个能带给他崭新经验的司机。不，搭出租车就是作弊。

"早安，格里夫先生！"背后传来的声音吓了他一跳。赫塔·法伦克罗格太太正朝着他走来，身边当然跟着她的贵宾狗，"你怎么像被人放鸽子似的不知如何是好？"

"什么？"

"喏，"她笑笑，"我从厨房窗口看了你好一阵子，发现你很踌躇。你这样不断来来回回，好像根本不知道该往哪里去。"

"不，我知道，"乔纳森答道，"我正要去探望父亲，只是不确定该怎么去。"

"你的车子坏了吗？"

"没有，我只是在想要不要搭公交车去。"

"为什么？"她一脸狐疑，"既然你的车子没坏，开车就好了呀。"

"是没错，我，嗯……"该怎么解释呢？将搭公交车视为寻找自我的旅程？他怀疑法伦克罗格太太是否能理解他的话。"之后我还要去看眼科，"他决定说谎，暗自祈祷脸不会太红，通常只要他没说真话，无论是多么微不足道的小谎，也会被人一眼看穿。他父亲觉得这很可笑，母亲则认为这代表他有颗善良与正直的心。"我得去做个检查，"这个有颗善良与正直的心的男人继续说，"得点眼药水，之后没办法开车。"

"原来如此。"法伦克罗格太太点点头，"白内障，对不对？从前我亲爱的汉斯也有同样的毛病。"她叹了一口气，"上帝垂怜，最后他几乎什么都看不见了。"她弯下腰对着贵宾狗说，"是不是，达芙妮，爸爸最后连我们都认不出来了。"

"哎，嗯。"乔纳森不知该说什么。

"不过，人老了就是这样，"邻居老太太微笑地补了一句，"每个人身上都会带点毛病。"

"没错。"乔纳森附和地说，同时想起早餐时看到的指示，今天要对平常讨厌的人特别友善。他刚才友善地对待赫塔·法伦克罗太太，而且非常友善，友善到没有跟她争辩，自己不过四十二岁而已，不像她那个出生于德意志帝国的丈夫。就算他没有那个荣幸当面认识这位亲爱的汉斯，从法伦克罗格太太将近100岁这个事实看来，便可轻易推断出……

"你为什么不叫出租车？"邻居老太太打断了乔纳森的沉思，在他尚未陷入更复杂的句子结构里无法自拔之前。

"这是一个好问题！"

"那么，为什么不呢？"

"因为……因为……因为我今天想搭公交车。"为什么他不直接明说呢？这又不是什么大事！

"搭公交车？"一旁的达芙妮呜呜抱怨，"你？"

"为什么不？"

"哎，你又不是没钱坐出租车。"

"就算我有钱坐出租车也不必这样浪费呀！"

赫塔·法伦克罗格太太笑了起来。

"哪里好笑了？"

"没有，"她答道，"我只是无法想象你坐在公交车里面的样子。"

"这就得请你解释给我听了。"

"喏，"她解释，"公交车是给一般人坐的。"

"你的意思是说，我不是一般人？"

"绝对不是。"

"这听起来不太像是赞美之词。"

"那就是你的事了。"

"什么是我的事？"

"你从我的话中读出什么意思。"她愉快地朝着他笑。乔纳森瞪着眼前这个皱巴巴的矮小老太太，诧异得说不出话来，真不可思议！这样的年纪思路竟然还能像缝纫机下针般精准敏捷。她的医生给她吃什么药？还是达芙妮的功劳？如果是后者，他真要好好考虑是否该养只狗了，自然，只在证实父亲的失智是遗传性疾病的状况下。

"不管怎么说，"乔纳森说，"我今天决定搭公交和地铁去易北河滨大道。"

"像君特·瓦尔拉夫？"邻居老太太继续刺了他一下。

这回乔纳森知道该怎么回答，"正是！《乔纳森·N·格里夫的底层生活》。"他借用了瓦尔拉夫80年代利用卧底记者的经历撰写的书名。根据他的理解，格里夫森与书出版社现在急需的正是这样一本全球热卖的畅销书。无论什么情况，他的思绪总是绕回同一个问题，看来，愿景图还真是发挥了它的作用。"那我就先走了！"他举起手道别，转头开步就走。

"你要去哪里？"赫塔·法伦克罗格太太在他背后喊着。

他转身再次面对她，"去公交车站。"他解释。

"如果我是你，我会走另一个方向，"她说，"前面没有公交车。"

"当然没有。"他说着便往反方向前进。

"不过如果你要去易北河滨大道的话，应该搭地铁。"

他再度停下脚步，意识到自己的错误。假装自己知道该往哪里走，这根本就是一件毫无意义的事。就让眼前这位百岁老人，教他如何搭大众运输工具到他想去的地方吧。

二十分钟后，乔纳森觉得之前拿瓦尔拉夫来做比喻还真是没差太远。坐三号地铁线从霍恩路夫特站到圣保利（然后再从那里换三十六号公交车，往白沙岛的方向，邻居老太太再三跟他强调），他发现竟然有人真的认为啤酒可以当早餐喝。

他坐在角落，略带惧意地看着不远处的两个男人，人手一罐阿斯特拉啤酒，摇摇晃晃地站在走道中间大声嚷嚷，听起来就要动手打起来了。

乔纳森有些担心，怕两人随时开打，他就会有池鱼之殃。他决定不再看这两个酒鬼，以免被误会是在挑衅，转而观察其他乘客。

大部分人都低着头看东西，但不是报纸也不是书，而是低头滑手机或看平板。有意思，也挺可怕的。

他还记得，几年前出版社曾讨论过电子书的议题。当时，父亲宣称："电子书只是赶时髦，我们绝对不会跟进！格里夫森与书只出纸本书，够了！"悍然结束讨论。不过，事后波德还是坚持给每个编辑配备了阅读器。因为，他略带惭愧地承认，这样处理文稿的效率比较高，编辑不该舍弃这个可能性。此刻，乔纳森坐在地铁里发现，懂得电子书优点的人，绝不只有他手下的编辑。

他在圣保利站下车。虽然那两位喝啤酒的男人也在这一站下车，让他突然有不下车继续坐下去的冲动。还有地铁出口的标示"此区禁带武器和玻璃瓶"，也让他觉得没事最好不要待在这里。

发现三十六号公交车站牌就在几米外，他不禁松了一口气。还好不必在绳索大街上穿梭，以免遇到那些无视禁令带着武器的奇怪家伙。

他站在公交车停靠区，等着公交车。时刻表显示，车子再几分钟就会出现了。

一辆暗红色的车子开过他的眼前，吸引住他的目光：一辆福特老野马，是一辆保养得非常好的漂亮车子。当车子在米勒城门前的红灯停下时，他可以轻易看到坐在驾驶座上的红发小姐。

乔纳森不禁失笑，不只是因为他愿景图里的图片出现在他眼前，更因为他意识到自己的刻板偏见，觉得在这一区里，女人应该坐在副驾驶座上，而开车的男人一定是皮条客。有可能是在童年和青少年时期，听长辈们讲过太多绳索大街持枪抢劫的故事了。这些故事的用意只有一个，便是要他远离这一带——汉堡最著名的堕落天堂。

相当成功，他承认。他从未踏进红灯区，成年后也没有。为什么没有呢？不是所有汉堡人都应有过在绳索大街上尽兴痛饮一回的经历吗？从周六深夜到周日清晨，最后以鱼市场里的面包夹虾子为成功的一夜写下完美的句点。

就在此刻，他站在这里，望着眼前的福特老野马发呆，突然有一股冲动想试上那么一回。不过当然不要面包夹虾子，他至死都无法忍受这种节肢动物，其他的行程倒吸引他。或许，可以约波德一起来这里烂醉一下？他现在只求能离开旅馆房间就好，无论什么安排，应该都会一口答应。

绿灯亮起，坐在福特老野马里的小姐踩下油门，很快便消失在乔纳森的视野中。他叹口气，觉得有些失落，那可真是一辆漂亮的车子呀！

44. 汉娜
一月十五日星期一，上午九点五十九分

绳索大街，我来了。你这条荡人心弦的大街，我可以……

汉娜没有唱歌的心情。她开着西蒙的车，来到米勒城门附近的高楼边，这里正是汉堡红灯区的入口。尽管如此，她还是不自觉地哼起乌多·林登贝格对绳索大街致敬的名曲，带着一点黑色幽默，以及幽微晦暗的愉悦。

她开着这部老野马，漫无目的地绕了一个半小时。不断思索着是否该付诸行动，或者不应只因一时激愤做出如此夸张的事。最后，她决定自己有权利，而且她必须找一个途径，发泄自己的悲伤、痛苦，还有依然在心里翻腾的愤怒。

她要做点事，令人大跌眼镜的事，让坐在云端或管他在哪里的西蒙大吃一惊。因此，她把车子开到红灯区，这是报复西蒙对她的"背叛"的唯一合理的方法。

红灯区很迷人，但在上午这段时间还未散发出眩目夺人的魅力。夜间才会引得每一位前来朝圣的访客心神荡漾，尽情狂欢享乐。此刻，没有缤纷的灯光，没有霓虹广告，没有娇俏的莺莺燕燕，街道左右的酒吧也尚未传出震耳欲聋的音乐。到处都是垃圾，垃圾，还是垃圾，以及灰涩的哀愁。圣保利漂亮的晚礼服还挂在晾衣绳上未干。路边的人行道上坐着一群又一群带着狗的朋克族，尚未开门的赌场和酒吧前散布着睡袋，流浪汉躺在里面酣睡。

在麦当劳附近，汉娜发现一个停车位，足够让她将这台福特老野马毫发无伤地停进去。她打亮方向灯，转动方向盘，准备停车。标示上显示晚上八点以后这里是出租车的专用停车位，但如果汉娜猜得没错，不必到那个时间，这部老野马早就不在这里了。

停车熄火后，她将钥匙留在上面，并把车子的驾驶证放在副驾驶的座位上，让路过的行人一眼就可以看到。

　　她跨出车子，用力将车门关上，头也不回地走向附近的地铁站。

45. 乔纳森
一月十五日星期一，中午十二点〇三分

当乔纳森走进父亲房间时，已经超过中午十二点了。显然福特老野马和驾驶小姐使他魂不守舍，竟然漫游了一大圈才到达目的地：他搭错了公交车，上了三十七号车，且一路到申纳费德终点站才发现自己坐错了车。此刻，父亲站在窗边，看着窗外的风景，这种情形相当罕见，乔纳森不禁觉得自己很可能碰上父亲神志清醒的时刻了。

"爸爸，我来了！"他出声呼唤。

沃夫冈·格里夫转身朝他微笑，"儿子，你来了！"他朝窗外点了点头，"多美好的天气啊，不是吗？"

"是的。"乔纳森附和。虽然外面天色灰暗，云层厚重，但至少没下雨。这在汉堡的隆冬一月勉强算得上"美好"了。

"你亲爱的母亲如何？"父亲问，一边在单人沙发椅上坐了下来。

乔纳森不禁觉得泄气，原来父亲神智并不清楚。

他早已放弃母亲在汉堡且送他手账的想法了。母亲的德文并未好到能够正确使用标点符号的程度，光从这件事就知道是不可能的了。不，手账里的字绝不是母亲写的。乔纳森会有这种念头，是因为父亲突然提及母亲的失智现象。

"你是指苏菲亚？"他问，想到父亲或许指的是其他人，虽然他也不知道还有可能会是谁。

沃夫冈·格里夫笑得颇为开心，"你还有另一个母亲吗？"

"不，"他回答，"当然没有。"

"所以喽，好吧，她最近如何？待会儿是不是也会过来？"

"爸爸……"他怔住，不知该如何作答，最后决定顺遂父亲的心意，"我想她会来吧。"他如此宣称。

"太好了！"父亲很高兴，"这样我们就可以一起去郊游，我想去驯鹿公园旁的白屋餐厅喝咖啡、吃蛋糕。"他用舌头舔舔嘴唇说，"今天我想要一块刚出炉的樱桃脆皮奶酥蛋糕！"

"很好，爸爸。"乔纳森回答，强忍着不要叹气，"我们就去。"

"希望你母亲赶快来。"

"嗯。"乔纳森坐下来，之前他还很高兴到养老院来，现在他却觉得可以离开了，而且要搭出租车回去。

不过能看到父亲心情这么好，也是一件不错的事。而父亲的好情绪显然与心智混乱的程度成正比，这令乔纳森不禁觉得悲哀。看来，他只有两种选择：一个神志清醒但坏脾气的父亲，或一个如幼儿般简单快乐的父亲。

"你有什么事吗？"沃夫冈·格里夫问。

乔纳森迟疑了一下，他该开口吗？虽然他明明知道，希望非常渺小，几乎是零，但他至少应该试试。"我想跟你谈谈出版社的事。"他开始说。

"说吧，儿子！一切都好？"

"坦白说，不太好。"

父亲不解地望着他，像听到完全陌生的语言，"什么意思？"

"销售量出了点问题。"

沃夫冈·格里夫的眼睛眯了起来，"解释'出了点问题'的定义！"

"嗯，本季出版规划的销售状况很糟。"

"用数字表达！"

惊人，这真是太惊人了。上一秒钟还处在心智不全的幼稚状态，此刻却像开灯一样一点就亮。突然之间，沃夫冈·格里夫变得炯炯有神，额头上明显出现因皱眉而产生的皱纹，湛蓝清澈的眼睛正紧紧盯着儿子，带着乔纳森至今仍感到畏惧的严厉眼神。

"我们的营销量少了百分之三十，是……"

"百分之三十？"父亲严厉地命令他，"把当季财务报表给我！"

"我没带来，可是……"

"你来告诉我这种重要的消息，竟然没带必要的文件资料？"父亲大发雷霆。

"爸爸，这是……"

"你知道你刚做了什么事吗？你这算哪门子的生意人？"

"哎，我……"

"哎，我这么激动干吗？"父亲摇摇头，"你根本没有经营的天分，我实在不该放手不管！"

"哎，这实在太……"

"马库思·波德怎么说？"父亲打断他。

"这正是我要跟你谈的，"乔纳森回答，"波德认为出版社应该出版几本适合大众口味的书。例如，我们昨晚去了瑟巴斯提昂·费策克的讲座……"

"费策克？你刚提到费策克？"

"是，没错。"乔纳森坚定地挺胸，他再不会让失智的父亲像对待小孩一样对待他了，他已经是一个成熟的大人了！"如果你也在现场的话，对他的看法一定会有所改变。我个人认为，将类似的书放进我们的出版计划中，其实很……"

"乔纳森！"他打断儿子的话，"我拜托你！你不会是认真地跟我讨论格里夫森与书该不该堕落至通俗文化的底层去吧。这太荒唐了！"

"我并不觉得荒唐。"乔纳森反驳。没错，他一点都不觉得荒唐。父亲刚还问起数字，代表他彻头彻尾是个生意人。或许父亲只是不愿面对，现在愿意花钱买纯文学书的人越来越少了？乔纳森有责任必须好好跟父亲讲解……

"不，儿子，这没什么好讨论的。把最新的数字带来给我，之后再说要怎么办。"

"但我觉得……"

"可我不觉得！"父亲打断他的话。

"爸爸，我……"

门口传来敲门声，一秒钟后，雷娜特·克鲁格踏进房间。

"嗨，你们好！"她向两位男人打了招呼，"打扰你们了吗？"

沃夫冈·格里夫瞬间咧嘴露出一个大大的笑容，"苏菲亚！"他喊着，以轻快的脚步朝着从前的私人助理走去并抱住她，"你来了，真好！你当然没有打扰到我们，我刚才跟乔纳森说，想跟你们两个一起去郊游，我好高兴呀！"

"当然了，亲爱的！"雷娜特·克鲁格笑着回答，神色自若，仿佛沃夫冈·格里夫把她当成消失已久的妻子，以及想与她和儿子一起进行家庭活动，是再理所当然不过的事了。

"哎！"乔纳森狐疑地看着雷娜特·克鲁格，她微微地朝他点了点头，以眼神要求他不要揭穿父亲的美梦。

乔纳森心里叹了一口气，好吧，那就跟父亲和"母亲"一起去郊游吧。

46. 汉娜

一月十五日星期一，下午一点十九分

"你做了什么事？你疯了吗？"丽莎震惊地瞪着汉娜，"哦，抱歉！"她赶紧补了这句话，但神情看起来似乎比之前还要震惊，"我不是这个意思，你当然没疯，我只是说溜嘴了，可是……"

"没关系，"汉娜轻松地说，"或许真的是疯狂，不，不是或许，是真的很疯狂，不过感觉棒极了。"

"你怎么可以把车和钥匙就这样留在红灯区！"

"别担心，"汉娜忍不住笑了出来，这话听起来连她都觉得疯狂，"我相信，那辆福特老野马现在已经不在那里了，早就不知被人开到哪个天涯海角去了。"她从厨房流理台上打开着的糖果盒里拿出一颗太妃糖，塞进嘴巴，边嚼边看着丽莎笑，无动于衷。

"走！"丽莎取下大衣穿上。

"你要去哪里？"

"喏，当然是绳索大街！我们得把车子拿回来，或许它还停在那里。"

"不！"汉娜坚决地反对，"我们不会这么做。现在我们要开始准备下午孩子的节目，一切照旧。"

"可是这太疯狂了！你不能……西蒙的车……哎，我不知道，可是至少也值几千欧元吧！"

"我猜要一万欧元。"汉娜毫不在乎地回道，"没错，那辆车保养得很好，绝对是行家的宝贝。"她点点头，"对，至少要一万欧元，西蒙曾经提过。"

"你真的疯了！"丽莎不可置信地摇头，"你怎么可以把车留在红灯区？你有考虑过我们可以拿那笔钱来做什么事吗？比如欢乐儿童？我们可以在后院搭一个大型攀爬架，还有很多很多我们还没想到的东西！"

汉娜有些气馁，罪恶感油然而生，但只持续了短短几秒钟。她缓慢但坚决地摇摇头说："或许你说的都对，"她承认，"但我不想把这笔钱用在欢乐儿童上。我的意思是，如果我们真的用这笔钱来买东西，以后我只要看到那些东西，就会想起这是拿西蒙的福特老野马来换的。我会觉得……哎，我不知道该怎么说，就好像盗墓一样吧。"

"盗墓？"丽莎愕然，"西蒙将它留给你，且表明要你将钱投资在欢乐儿童上，这……"

"拜托你，丽莎！"汉娜打断好友的话，"我已经决定了，也这样做了，就让事情结束吧。"

"你还处在极度震惊的状态下，"好友怜悯地看着她，"明天你一定会后悔。"

"不，我不会。而且我一点都不震惊，我非常清楚自己在做什么。"话未说完，眼泪已经涌进眼眶。

"汉娜！"丽莎抱住她，轻轻抚摸她的头，"没关系，尽情地哭吧。"

"我……我……我，"汉娜哽咽了，紧紧攀住丽莎，像是攀住唯一的支柱一样，在她觉得自己仿佛就要沉到深渊尽头时。

"我知道，亲爱的，我懂……"

"我如何能继续活下去？"她抽噎着说，"如何能？"举手抹掉鼻涕，"这一切就像一场噩梦！根本不可能是真的！我总是想，下一刻钟我就会从这个噩梦中醒来。现在我怎么办？该怎么继续下去？"

"一步一步来，没有别的方法。"她轻轻推开汉娜，用鼓励的眼神看着她，"上天给我们的磨难，一定在我们可以承受的范围之内。"

汉娜泪眼婆娑地看着好友，"你真的相信吗？"

丽莎考虑了一下，摇摇头，"不，坦白说，我不相信这种鬼诘，这种陈腔滥调只有毫无人生经验的人才会相信。人们身上的重担，有时真的会重到令人无法承担。好吧，我收回刚才的话。"

汉娜不禁笑了出来，"无论如何，我还是谢谢你的安慰。"

"不客气！"

"来吧，"汉娜擦了擦脸，"让我们开始工作。我想，现在工作最能转移我的注意力。"

"你真的不打算取回车子了？确定真的不要？"

"不，之前我就将它交给老天爷了。"她叹了一口气，"想到还要处理西蒙的公寓和后续的一切，我就觉得可怕。"突然一股寒意笼罩全身，"丧礼……"

"先不要想那么多，我已经跟你爸妈谈过了，我们会负责处理丧礼和其他所有杂事。如果你想要的话，我们也可以一起清理西蒙的公寓。"

"谢谢你，不过，无论如何，我还是想独自清理西蒙的公寓。这种事不该由陌生人……"她顿了一下，"抱歉，我不是那个意思。"

"我知道！我只是想让你知道，如果你需要，我可以帮忙。我们一定可以做到，不会太困难的。"

"谢谢，"汉娜说，"没有你的话，我真不知道自己该怎么办。"

"这不过是我该做的。"

"不，"汉娜回答，眼泪跟着就掉了下来，"这一点都不是你该做的，谢谢你，我真心感谢你！"

47.

乔纳森
一月十五日星期一，下午六点○八分

"哎，克鲁格太太，我现在真的非常非常好奇。"乔纳森·N·格里夫和他的助理一起坐在出租车后座上，乔纳森尝试着理清自己的思绪。今天下午相当美好，但也非常荒唐。

他们三人沿着易北河散步，最后到白屋餐厅喝咖啡、吃蛋糕。像普通家庭度过的一个普通下午一样，只是他们并不是一家人，且一点都不普通：一个是失智的爸爸，一个是毫无血缘关系的"妈妈"。

沃夫冈·格里夫坚持称呼雷娜特·克鲁格为苏菲亚，克鲁格太太竟也毫不在意，丝毫没有纠正的意图。

荒唐，诡异，就像罗利欧特的喜剧桥段！

"父亲从什么时候开始把你当成我的母亲？"

"这……"她盯着自己的指甲端详，仿佛正在考虑是否该去保养一下了。"大约半年前吧，我想。"

"那你至今都没考虑过告诉我这件事？就连上回我开口问你时也没有？"

"这的确是我的错，"她尽管这么说，脸上仍是流露出执拗的表情，"不管你父亲怎么想，其实都无所谓。如果把我认作他的妻子会令他快乐，那又如何？有人在乎吗？"

"哎，比如说，我？"乔纳森回道。

"为什么？"

"因为你就不是我母亲呀！"他清清嗓子，"你不能这样假装是啊。"

"我看不出有任何反对的理由。"

"如果不考虑是否得体的话。"

"哈，得体！"她轻蔑地挥了挥手，"得体算什么，你父亲病得很重，如今最重要的是让他过得开心。"

"明白。所以，我们可以将他当成一个神志不清的人一样对待。"

她没回答，不过，乔纳森知道她心里在想什么，因为他自己也想到了：他父亲的确神志不清，脑袋一片混乱，乱到把从前的助理当成是自己的太太。

"我只是不懂为什么父亲会突然有这种奇怪的念头。"乔纳森最后说，"这么多年以来，他的生活里完全没有母亲的位置，为什么突然有了这么大的转变？"

"我说过，失智症的病人通常活在过去，会召唤出遗忘已久的感情、愿望及欲望。"

"你的意思是，父亲遗忘多年的愿望是母亲回来？"

"看起来是的，显然他尚未完全放下这件事。"

"这我可以想象。心爱的人突然说走就走，无影无踪，他如何无法释怀。"

"嗯，"克鲁格太太叹气，"是很困难。"

"无论如何，"乔纳森表示，"我还是觉得，这样做会加强父亲的妄想程度。"

"我不觉得这样做会带来什么后果，或使情况变坏。"

乔纳森考虑了一下，点点头，"是的，的确可能不会。只是眼睁睁地看着一个聪明人退化成今天这样，实在令人感到难过。"

"这得看是从哪个角度来说。"

"哪个角度？"

"你不觉得你父亲的病也带来一些好处吗？"

"怎么说？"

"喏，比从前容易亲近。"

"没想到你会这么说，我一直以为你跟他相处得很好。"

雷娜特·克鲁格放声大笑，"你父亲是个暴君！"

"对你也是？"他做梦也想不到，忠心耿耿的克鲁格太太竟然会如此批评父亲。

"特别是对我，要我说的话。他总是对我发泄他的各种情绪，以及所有不愉快。"

"那你为什么一直留在他身边？你一定可以找到更好的工作。"

她垂下目光，"因为他还是一个了不起的人，非常有个性，是一个知道自己要做什么事的人，这点相当难得。"

"嗯，"乔纳森回道，"你所说的个性，在别人看来可能是顽固。"

"你可是指你对出版社的新计划？"乔纳森讶异地看着她，克鲁格太太的眼神露出一丝羞愧，"之前，我站在门外好一阵子，无可避免……"她停住，没有往下说。

"你在门外偷听。"乔纳森说。

"我不认为是偷听，我只是不想打扰你们，站在那里听到一些话而已。"

"原来如此。"乔纳森笑了起来，"既然你都'听到一些话'了，那我倒是很想听听你的意见。"

"我的意见？"她惊讶地反问。

"正是！"

"哎，"她摇摇手，脸色微红，"对这种事我实在没概念，请别把我拖下水。"

"克鲁格太太，"乔纳森坚持，"我又不期望从你口中听到专家的意见，我只是想知道，如果今后格里夫森与书也出版通俗小说的话，你会怎么想。"

"我真的不知道……"

"别这样嘛！"乔纳森打断助理的话，"你喜欢看什么书？"

她的脸更红了，"哎……这挺丢脸的。"

"真的这么糟？"乔纳森开玩笑地说。

克鲁格太太点点头，接着有些笨拙地打开手提袋，伸手进去拿东西，"就像这个。"说着递给乔纳森一本破旧的小书。

他瞄了一眼。

忍住惊呼的冲动，他强作镇静地说："哦！"

克鲁格太太马上将书收回手袋。

他们安静地坐在车子里，一言不发。只是乔纳森强忍着爆笑的冲动，直到车子开到克鲁格太太在艾姆斯比特区的公寓门口，送她下车后，他才放声大笑。

十五分钟后，出租车停在乔纳森的房子前，他还在笑。雷娜特·克鲁格今天在养老院的表现已够令他瞠目结舌，但她竟然会看那种标题的小说，像什么《激情的火焰》，真是高潮中的高潮啊。

他该说什么呢？更重要的是，他父亲会说什么呢？

48. 汉娜

一月二十四日星期三，中午十二点○三分

"我的灵魂伸展开来，张起双翼，飞过这片寂静的大地，像是朝着家的方向飞去。"当主持丧礼的牧师站在西蒙墓边念出这段最后的祷词时，汉娜无声地跟着念。这是引自西蒙最爱的诗人弗赖赫尔·冯·艾兴多尔夫的诗句，因此汉娜特别选出来当作最后的祷词。

不久之前，她还以为自己会与这个男人过一辈子。现在，她站在他的墓边，尘归尘，土归土。

丽莎站在她的身边，紧紧地握住她的手。丽莎信守诺言，这段日子以来，从未离开她半步，总是跟她一起解决所有事情，并与汉娜的父母一起联系葬礼机构和牧师，帮她在欧斯道夫墓园选好墓地，并一起草拟讣闻，然后交付邮寄。

来参加丧礼的有两百多人。所有《汉堡新闻》编辑部的同事都来了，朋友们当然也都到场，最后还有少得可怜的亲属，只有一位叔叔和一位表妹。所有人排成长长一列吊丧队伍，汉娜不断地握手再握手，听过一段又一段的吊唁词，心里不停地自问，到底还要多久，才能回家一个人放心地崩溃。

此刻，她真的觉得自己随时都会倒下去，像被针刺破的气球一样瘪下去。直到昨天下午，她都还算平静。然后，那位曾留电话给她的亲切女警来拜访她，私下将解剖鉴定结果告诉她——西蒙的未婚妻。

是的，西蒙是溺死的，没有任何疑问。除此之外，法医还下了一个毫无疑问的结论：西蒙的确没有多少日子可活了，最多只有几个月的时间，他已是癌症末期，没有任何治愈的可能。

听到这些话，汉娜猛然爆出一阵歇斯底里的狂笑，完全无法平静下来，令女警大吃一惊，连汉娜自己也不知道为什么会这样。按常理推断，在知道西蒙的身体状况后，她应该会比较容易接受西蒙自杀的选择。毕竟，西蒙没有多少日子可活已经证实是真的了。迅速自我了断，以避免度日如年的痛苦折磨，也算是一个比较好的选择了。末期的病人应该有权决定如何死去，汉娜一直都这么相信。

只是这个消息将汉娜推到痛苦的深渊，因为她突然意识到，自己送给西蒙的礼物是多么令人作呕，并充满嘲讽，现在只能成为告别礼物了。

她以为她是谁？她——汉娜·马克思，如此傲慢自大，自以为懂得比别人多？她傲慢地贬抑西蒙的恐惧和担忧，并自以为那本宣称"懂得笑就不会哭"的该死手账，能使人不必面对现实。

她觉得羞愧，是的，就是羞愧！其他任何形容词都不足以描述她现在的心情。自从听到女警带来的消息后，这股极度羞愧的可怕感受就在她心底不断翻搅。

此刻汉娜不断与人握手，一次又一次地接受吊慰，她只能在心底痛斥自己的虚伪。她哪来的资格站在这里，以"遗孀"的身份哀悼西蒙的死？之前，为了知道所有警方搜集到的资料，她谎报自己是西蒙的未婚妻。唯有如此，她才有权利过问调查情况和结果。

西蒙的未婚妻。汉娜闭上眼睛，忍住哭泣的冲动。若按她的安排，在五月十一日，也就是她认识西蒙的日子，她可能就真的是西蒙的未婚妻了。这个安排是多么妥当啊！她在艾本多夫公路上一家小金匠工作室选了一对银制订婚戒，请店家保留，并表明在五月十一日会有人过来付钱买走。

按照她的想法，西蒙将会买下这对婚戒。为此，她还在手账夹层藏了一个装有五百欧元的信封。店家为她的浪漫计划激动不已，兴奋地答应配合，承诺在有人过来付钱买下对戒时，交给对方一封信，里头有接下来的指示。西蒙晚上八点该去里卡多餐厅，汉娜在那里预订了他们专属的座位，等他一到，汉娜就会向他求婚。

只是，就像约翰·列侬说的："生活就是，当你忙着其他计划时，发生在你身上的事"。不会再有求婚了，至少不可能是她向西蒙。那对婚戒最终将被其他人买走，另一对情侣会拿它来缘定终身。

汉娜知道，她应该通知店家，不会再有人来买下戒指，可以将戒指放回展示柜了。关于她与西蒙还有定下婚约的梦早已破碎，永远不可能发生了。但汉娜做不到，她无法打电话宣告取消婚约。这么做就像背叛，践踏了她对西蒙的回忆。她安慰自己，五月十一日就快到了，如果没人出现，店家就会把对戒放回展示柜继续贩卖。不过就是几个星期的时间，不重要吧？不！比起永远都没有西蒙陪伴汉娜踏上的旅程，一切都微不足道了。

"我还是不敢相信！"西蒙最好的朋友索仁站在汉娜面前，伸手与她相握。他看起来和她很像：眼睛红肿，外加明显的黑眼圈。

"我也是，"汉娜轻声说，"我也是。"

"你可以吗？"索仁问。

她耸耸肩，"能怎么办？不管怎样还是得熬过去。"

"有任何需要，别忘记告诉我，好吗？"

"好，当然了，谢谢。"

"他的公寓怎么办？需要我帮忙吗？"

"不，"她说，"还有时间，还续着租金，不急。"

"尽快结束这些事，对你不是比较好吗？"

"我……"汉娜一时哽住，想起她在西蒙公寓留下的一片疮痍。她当然得动手恢复原状，清掉西蒙所有的东西，将钥匙还给房东。她会做，但不是现在。现在，她只要还能呼吸就很万幸了。"我现在还没办法。"

"我完全可以理解，"索仁说，"时间到了再告诉我，好吗？"

"我会的。"他们拥抱了一下，汉娜便继续面对下一个吊唁者了。

约一小时后，丽莎送汉娜回到她在洛克史泰特区的公寓。丧礼过后并无餐宴，光是想到为了西蒙的死，大家围一圈吃蛋糕的场景，汉娜便觉反胃。在和最后一个吊唁者握手后，她只想快快回家，躲进自己的被窝，藏在里面静静等待伤痛过去，虽然她仍然无法想象那一天的到来。

"你最好去躺一下。"当她说想一个人独处时，丽莎这么说。

"我会的。"她回答，两人默默地看着彼此。最后，丽莎弯身向前，将她紧抱在怀里。

"我真遗憾，"丽莎轻声地说，"我真希望你不必经历这一切。"

"是的，我也希望。"

49. 乔纳森
三月十六日星期五，下午两点二十三分

"女老师在教室里，还有学生也在课堂中。"乔纳森认真地复述这个句子，虽然他不知道，要在什么场合用到这句话，多令人惊讶呀！

设计这个意大利课程的人，一定有他的用意。老师想让乔纳森通过女老师、她的学生，以及教室这些字来练习意大利文的冠词变化，搞得他晕头转向。尽管如此，他还是很努力地说出正确的句子。他在心底问自己，是否该去社区大学报名意大利文课。但一想到要跟一群三姑六婆的妈妈们（管它是不是偏见！）同坐在教室里，他就觉得头皮发麻。所以两星期前，手账指示他该学习一项全新的技能时，他便选择了手机上的语言教学课程。

其实，他学得不错，自己都很讶异竟然进步这么快。现在，他已经用意大利语要一间附浴室的房间、一只烟灰缸（虽然他不抽烟）和一杯不加冰块的水。此外，他可以正确无误地做自我介绍：我的名字是乔纳森·格里夫，来自德国汉堡。

有可能是因为他有高级拉丁文基础，学意大利文便容易许多，除了学习没有任何逻辑的冠词变化。也有可能是母亲的关系，他发现自己偶尔会想起童年时的单字，虽然母亲总是跟他说德文。因为父亲对双语教育相当不以为然，他认为最重要的是学好德文。不管母亲苏菲亚的德文是否真的可以称上好德文，毕竟她成年之后才开始学德文，她仍然遵从丈夫的意旨。

但当母亲送他上床时，总会坐在他的床边，哼唱一些家乡的歌谣。"如果你很快乐你就拍拍手"，他想起母亲温暖的嗓音。

不知何故，乔纳森觉得快乐，但不是那种会跳起来欢呼的快乐。至少比起蒂娜离开他的这几年（更正：应该连婚姻生活也算在内），他着实感到快

乐。他觉得满足，心境也非常平和。

也不能说是无忧无虑，因为像出版社的这样问题仍然无解。到底哪种走向对格里夫森与书比较好，乔纳森无法决定。他赞成和反对出版通俗文学的理由总是平分秋色，令他举棋不定。

意思是说，乔纳森还没决定。这不只攸关出版社的名声与传统，也与出版社是否能继续支撑下去息息相关。乔纳森并不认为，出几本合乎市场潮流的书便能扭转现在的劣势。

不，这种做法也可能产生反效果，如果读者并不接受新走向，将这种做法当成笑话看，那他们乖乖做自己会更好。试想一下，若是柏林爱乐哪天突然录制流行音乐剧CD，文化界绝对会出现一片嘘声。而此后乐团录制较具深度的古典乐CD时，乔纳森相当怀疑还是否能够维持从前的销售成绩。

马库思·波德建议，直接设立一个副出版社，也就是一个子公司，专门出版较为通俗的文学书籍。乔纳森反对，认为这种做法太过虚伪。面对他的异议，波德只是耸耸肩，以一句"大家都这么做"便轻易打发了。他还解释，无论如何，先确认好市场定位是明智的，至于该如何实行，可以延后再说。

虽然乔纳森尚未完全同意，波德却已开始打电话给各文学经纪人索取文稿。一位经纪人甚至因此直接致电乔纳森，困惑地问他出版社执行长的询问和要求是否无误：波德给他传了一封电子邮件，要求他提供爱情小说、悲喜剧、都市奇幻，以及轻推理等类型的文稿，对方无法确定……

"哦，那应该是个疏忽！"面对经纪人的疑惑，乔纳森先是反射性否认。光是听到那些类型，他就觉得脸红。轻推理？是放松心情的推理小说吗？这是什么鬼东西？

"所以我不必传文稿过去喽？"经纪人做最后的确认。

"嗯，不，哎，还是要。"乔纳森有些混乱地更正。

"我还是要传文稿过去？"

"是的，请你传过来。"

"你们没什么问题吧？"

"没，一切都很好！"他清了清嗓子，"我们只是想做些……嗯……新尝试，一种……文学实验。"

"哦！"颇引人疑惑地沉默了半晌，对方才开口，"好的，这几天内我会传几篇文稿给你和波德先生过目。"

这些文稿现在就在乔纳森桌上，原封不动。五叠厚厚的文稿，《在闪闪发亮的金色草原上》，或《天之骄女的阴谋诡计》之类的标题已说明一切。就算这些书是胡伯图斯·克鲁尔亲手执笔写成，这种标题还是只能封杀！

波德好像嫌这一切还不够惨似的，，又将目前排行榜上前二十名通俗文学一股脑地全数买下。并且买了双份——"以便我们两人都能纵览书市走向"，这是他在三周前，抱着两大箱的书送到乔纳森办公室时的说辞。乔纳森认为等今年最后的营销情况出来后，才能真正决定出版社未来如何发展。面对这个薄弱的抗议，波德只是说："先读读这些书也没什么损失，毕竟我们在这个领域都是生手。"

接着，他微笑地取出箱子里面的一本书，塞进乔纳森的手中，"这本书我希望你能多加留意，故事非常温馨。讲一个半身不遂的男人原本想要自杀，却在一个小男孩和一位笨手笨脚的女看护的影响下，重拾生命的勇气。"

"哎，好吧，听起来的确很温馨。"乔纳森略带讽刺地回道，并且有些讶异——波德到底怎么了。截至目前，两人对文学质量都有相同的坚持。看来婚变对他的影响相当大，比他所意识到的还要大太多了。虽然他外表看来一切如旧，但"非常温馨"这个说法还是让人很担心。

乔纳森不愿再多想属下的私人生活，专心听着耳机传来的句子。他颇有野心，想在这个月底结束初级课程，马上进入中级课程——原本计划需要半年的时间。他还不知道自己学意大利文要做什么，他从未动过到意大利旅行的念头，自从父母离异后，这个国家对他而言就……他无法用其他的词来形容，只能说是遭受精神污染。但当手账建议他学习一项新技能时，他马上就想到意大利文，且立即付诸行动。

正当手机课程要求他正确辨认冠词的各种变化时，就突然被一阵铃声打断。乔纳森瞄了一眼，现在时间是下午两点四十五分他想起来今天还有另一个行程。下午三点，他要到海恩街上的吕特咖啡吃蛋糕，吃到不舒服想吐为止。或者，嗯，至少吃一块。

他关掉学习程序，站起身来，走下楼梯，穿上夹克。走路到那家咖啡厅要十分钟左右，他将准时在下午三点抵达。虽然手账并未标明时间，也没要求"准时"，只写着"下午"而已，但乔纳森认为，也相信一般人都这么认为：下午应该是从三点算起。所以，他决定在这个时间中断意大利文的学习，到咖啡厅休息一下。乔纳森早已决定不再找寻手账的主人（老实说，他也不想找了）。按照手账里的记载行事已成了他的怪僻，为什么不呢？既没什么损失，况且还有趣。

他兴致勃勃地打开大门，虽然为了维持理想的身体质量指数，他通常不在下午喝咖啡、吃蛋糕，但他还是很高兴能在早春的阳光中散散步，并以一块蛋糕结束。或许吕特咖啡也有醋栗蛋白霜蛋糕？这是他从小就爱吃的蛋糕，祖母艾米丽不仅有文学慧眼，还有一双巧手，知道如何做出美味可口的醋栗蛋白霜蛋糕，表层有着如天堂般美味香甜的蛋白霜。

乔纳森一如往常将钥匙转两圈锁好大门，开启防盗装置，面带微笑地转身，却突然大吃一惊。

"嗨，乔纳森！"

"怎么会是你！"

50. 汉娜
三月十六日星期五，下午两点十七分

　　"管他今天刮风下雨或下雪，闪亮的你散放着阳光般的温暖！今天是你的生日，所以我们要大大庆祝，所有朋友一起为你庆祝！好啦，现在起床，马上！"

　　"怎么了？"汉娜愕然地从被窝里探出头，红肿的双眼在日光下不断眨着，"为什么这么吵？"

　　"起床！"丽莎再重复一次，站在床边固执地瞪着汉娜笑。

　　"丽莎，拜托！走开！"汉娜哀号，抓起被子蒙住头。

　　"抱歉，"隔着被子传来好友的声音，"但我绝对绝对不会离开！"

　　"走开！"汉娜对着被子低吼，一边踢脚，"然后把钥匙还给我！"

　　"不！要！"丽莎大喊。一秒钟后，她用力将被子掀开，让汉娜毫无遮蔽地躺在床上。

　　"别闹了！"汉娜朝着好友大叫，猛地坐起身来——因动作太猛，脑袋里如万马奔腾过般地剧痛起来。

　　"你宿醉了？"丽莎指着散落在床边的红酒空瓶问。

　　"没错！"汉娜叹了一口气，搔了搔头。

　　"谁叫你躲起来自己庆祝生日的？而且还是30岁生日！"丽莎弯身向前，一脸神秘，"这会带来厄运，还有头痛！"

　　"这哪算是庆祝。"汉娜一边呻吟一边用手抚着额头，"我昨夜应该是喝到昏迷了吧。"

　　"听起来一点都不像昏迷的样子！"

　　汉娜吃惊地瞪着她，"难道我们有通过电话？"

丽莎点点头，"没错，而且还通了三次。"

"真的？"

"是的，是真的。"

"我完全记不起来了。"汉娜承认，脸颊因羞愧而发红。

"没关系。"丽莎回道，"反正你只是不断重复这几个星期以来说的话，而且，坦白说，都是喃喃自语而已。"

"我说了什么？"

"你不知道西蒙走后怎么继续活下去，这一切都没意义，还有西蒙是个自私的大混球，竟然不问你的意见就去自杀等等，大约就是这些话。"

"该死！"汉娜大叹一口气，往后倒回床上，"我多希望自己只是在做梦，终有一天会从梦中醒来。"

丽莎坐在床边，伸手握住她的手，"抱歉，亲爱的，可是，这一切仍是真实发生的。"

"该死！"汉娜再度咒骂，泪水同时涌进眼眶。自从西蒙死后，每天早晨都是一样：醒来后，神智仍因夜里的梦而混乱不堪，等到渐渐清醒后，绝望无助的感觉立即紧紧勒住她的胸膛，令她呼吸困难，且丝毫不放松，直到深夜，终于用尽力气昏睡过去为止。

这两个月来，她每一天都是这么过的，而且没有任何改善。总说时间会治疗一切伤痛，但在自己身上进展却如此缓慢，缓慢到她怀疑是否能在有生之年感受到治疗的力量。事实上，时间越久，她陷在愤怒与悲伤的黑洞里也越深，夜里的噩梦与恐慌也越发严重起来。

原本希望自己能尽快重拾欢乐儿童的工作，以便驱走所有阴暗的念头，重新回到生活正轨上。但在她开始工作不到十分钟，便因突如其来的强烈恐慌停止了。

事发当时，她站在一群吵闹不休的孩子中间，完全无法动弹，也说不出话来，只是直愣愣地站在那里，丧失包括思考在内的所有能力。脑袋里像走马灯一样，不断浮现可怕的句子：有朝一日我们都会死去，孩子也一样会死去，这些天真可爱的小孩有一天也会死去。他们的孩子也是，孩子的孩子也是，孩子的孩子的孩子……毫无意义，毫无意义，一切毫无意义！活着不过就是为了走向死亡，我们每一天都离生命的终点更近一步。

最后，母亲希比蕾将哭泣到全身发抖的汉娜送回家，并安置在床上，请来医生。医生诊断她得了创伤后压力症候群，要她安神静养。汉娜一直乖乖地遵循医嘱，甚至更进一步地将自己完全封闭起来，只有在不得已时才会勉强走出大门。最近，她订了比萨和街角超市的外卖，不再踏出门半步。她用悲伤和痛苦将自己埋起来，独自一人。

昨晚更是难熬，原本该是西蒙陪她走入30，如今只剩她一人。她窝在床上哭泣，打开电视一台转过一台，独自买醉。

此刻，丽莎坐在她身边，她才隐隐想起似乎曾与好友通过电话。丽莎甚至还很贴心地说要过来陪她，只是被她一口拒绝，而且她还说生日当天谁也不见，看来丽莎完全无视她的命令。

"到了该起床的时候了。冲冲澡，跟我一起出去走走。"丽莎以温柔但坚定的语气说，"你父母也这么觉得。希比蕾还自愿帮我代班，让我能安心地在这里陪你。"

"可是我不想出去！"

"你当然想！外头阳光灿烂，多么美好的一天啊！"

"这一天根本不可能美好，"汉娜顽固地反驳，并执拗地瞪着丽莎，"而且医生说了，我需要绝对的静养。"

"或许是。"丽莎答道，"但我不觉得他的意思是要你在家喝得醉醺醺的，而且……"她弯下腰从床下拿起两个装比萨的纸盒，"只以这种垃圾食物维生！"丽莎打开纸盒，看着里头干掉的比萨残渣，不禁作呕地皱起眉头。

"我才没有！"汉娜伸手夺去丽莎手上的比萨盒，一股陈年火腿的臭味冲进鼻子，让人顿时觉得反胃。她手一挥，把纸盒扔到床下，与空酒瓶为伴。

"好了，亲爱的！"丽莎以一种哄人的口吻说，"起来吧，去洗洗澡，你闻起来真的不比发臭的比萨香。我在这里等你，洗好我们就出门。"

"可是我真的不想！"

"我不管你想不想。"

"你不能强迫我。"

"谁说的？"丽莎回答，"我可以！"

"你要怎么做？"

"很简单，"丽莎解释，"我会坐在这里，一直到你跟我出门为止。"

"那你就坐吧！"汉娜大叫，弯下身伸手想拉被子。只可惜丽莎动作比她快，一把将被子拉掉，丢到地上。

"我还要唱歌！"丽莎补充，清清嗓子便开始放声唱，"管他今天刮风下雨或下雪……"

"拜托，丽莎！"汉娜哀号。

丽莎不为所动，继续唱，"闪亮的你散放着阳光般的温暖……"

"停，不要唱了！"汉娜捂住耳朵大叫。

"今天是你的生日，所以我们要大大庆祝……"

"拜托，丽莎！不要再虐待我的耳朵了！"

歌声立即停了下来，丽莎露出一脸做错事的不安神色，"抱歉，我不是故意的。"

"没关系，"汉娜突然有了想笑的冲动，但她忍住了，不能轻易屈服，"你知道吗？"她说，"并不是我真想这样颓废，但我仍在服丧。"

"这我理解，但我觉得两个月不眠不休的哀悼已经够了。"

"你没听说服丧期是以年计算的吗？"

"但只有很少很少的人会整年都把自己封闭起来。"

"依每个人的心情而定。"

"错！这不只是你一个人的事。"

"哦？"

"不，"丽莎郑重强调，"到了你该想想别人的时候了，比如你的父母，他们非常担心，我当然也是。"

"那你现在看到了，我很好，没事。"汉娜再次试图赶走她的好友。

"很好？"丽莎大笑，"你说你'很好'？"她张开双手，指指整个房间，"你躲在这个奇臭无比的猪窝里，看起来像被关在地窖里大半年。"她摇摇头，"抱歉，但这不可能叫'很好'。"

"至少我还活着。"汉娜抗议。

"我会说只不过还没死而已，虽然很抱歉，可是我……"

"你又说了。"

"什么？"

"抱歉，你已经跟我道了五次歉了。"

丽莎揶揄地说，"看，坐在我眼前这堆烂泥原来还有一点汉娜的性格！虽然藏得很深，不过还是感觉得到。"

"哈，不好笑！"

"正是！"丽莎站起身，"赶快把懒骨头移下床，"她警告地举起食指，"不然我就开始唱歌。"

"可是我还在服丧……"

"你可以穿黑色衣服出门。"丽莎严厉地制止她继续找借口。

"好吧。"汉娜叹气，"我知道我一定赢不过你。"

"正是！"好友附和。

"你要把我拖到哪去？"汉娜问，一边准备下床。

"你自己知道。"

"我哪会知道。"

"你不是早就计划好了吗？"丽莎提醒她，"我们要去吕特咖啡厅吃蛋糕。"

汉娜顿时停下所有动作，"我觉得这不是个好主意。"

"为什么不？"

"因为……因为……"泪水再度涌进眼眶，"因为那是我为西蒙和我计划的，是我们最喜欢的咖啡，因为……"

"正因如此，"丽莎打断她，"勇敢面对魔鬼的时刻到了。我们一起去这家咖啡，这是最明智的做法！"

"你真的这么认为？"汉娜问，声音有如无助的小女孩。

"百分之百确定！"

"我们也可以去别的地方。"

"我们可以，"丽莎说，"但我们不去。"

51.

乔纳森
三月十六日星期五，下午两点五十一分

"吓了你一大跳，对不对？"雷欧波特朝着他得意地笑，嘴巴咧得老大，几乎快成一个完美的圆形，他显然非常满意自己带给乔纳森的震惊，"不过你可以合上嘴巴了，不然看起来有点蠢。"

"你……你怎么会在这里？"

"我来还债。"

"还债？还什么债？"

雷欧波特指指放在脚旁的纸箱，里面有几瓶酒。

"三瓶红酒———瓶丽丝玲白酒、一瓶威士忌、一瓶琴酒，还有一瓶古拉帕白兰地。"他解释，表情有些歉意，"只是我不确定对不对？我去超市买了里面最好的牌子。"他耸耸肩，"可惜，我忘记之前从你家拿走的酒到底是哪些牌子了。"

"你疯了！"乔纳森低呼。

雷欧波特垂下眼睛，"抱歉，"他喃喃地说，"我知道我搞砸了一切。"

"胡说！"乔纳森笑了，"我很高兴再见到你！可是你不必抱着一堆酒来，真的完全没有那个必要。"

"有，"雷欧波特抬起头看着他，嘴上带着一丝腼腆的微笑，"有的，"他重复，"这是必要的，事实上还要更多，但我想先从这些酒开始。"

好一会儿，两人就只是微笑地看着对方，有些不知所措。然后，乔纳森往前一步，一把抱住雷欧，并拍了拍他的肩膀。乔纳森成年后就再也没拥抱

过另一个成年男子了，但此刻，他觉得应该这么做。

"说吧！"拥抱结束后，乔纳森马上问这个浪子回头的朋友，"你看起来还真是神清气爽！发生什么事了？"一点都没错，雷欧波特穿着干净的牛仔裤、长袖T恤和夹克，胡子刮得干干净净，长发则在脑后束成马尾，身上带着一股淡淡的肥皂和欧仕派体香剂的香味。

"你该不会要我站在这里说吧。"雷欧说。

"抱歉，"乔纳森赶紧说，"我竟然连礼貌都忘了，你要进来吗？"

"不打扰你吗？你好像正要出门，不是吗？"

"没事！"说完乔纳森随即改口，"嗯，其实是有的。我正想去咖啡厅，如果你可以陪我一起去就太完美了！在那里你可以细说从头。你在深夜的迷雾消失后，到底做了些什么事？"

"乐意之至！"雷欧波特笑着说，"你听了一定会大呼不可思议！"

52.

汉娜
三月十六日星期五，下午三点二十三分

"我实在无法走进去。"汉娜站在吕特咖啡的入口，迟疑地看着咖啡厅里的人。从落地玻璃望去，可看到一群一群的客人，一边享用着咖啡蛋糕，一边热络地交谈。

"这就像在撕胶布，"丽莎说，"撕得越快越不会痛。打开门，走进去就对了！"

"我不知道……"汉娜指着一群笑得非常开心的女人，"看到她们，我就觉得自己好像外星人，从另一个星球来的。"

"那你就不要看。"丽莎耸耸肩，明快地回答。

"不是这样，"汉娜继续，"所有人都会盯着我看！而且还不只是盯着，甚至会瞪着我看！"

"你这个人没那么好看好嘛！"

"我只是觉得，别人一眼就可以看穿我是个服丧的寡妇。"

"鬼扯！你看起来哪有那么糟！"说着丽莎拉开大门，轻推了汉娜一把，将极不情愿的汉娜送进门里。

才刚跨进门，汉娜的脚就像钉在地上一动也不动了。

丽莎来不及停住，一头撞上去，问她："怎么了？"

"我就知道！"汉娜小声地说，并用下巴比了比右前方，"你看，坐在那边的男人，他一直瞪我！"

丽莎随着她的眼神看过去，"谁？"

"那边！"汉娜低声说，朝着右前方点了点头，那边有两个坐在圆桌旁吃蛋糕的男人。其中背对着她们的男人显然年纪较大，一头白色长发在脑后

扎成马尾。另一个男人则大约四十来岁，深色头发，身材消瘦，面貌颇为英俊，正目不转睛地看着汉娜。

"胡扯！"丽莎，"他没在瞪你。"

"谁说没有！"汉娜坚持，"他瞪我的样子像看到了怪物！"

"他可能只是近视太深。"说着丽莎再次轻轻推她一下。

汉娜转过身，恳求地望着她，"丽莎，求求你！我真的很不舒服。"

"可是……"

"求求你！"她再次恳求，"不只是因为那个男人，这里实在有太多的回忆，我和西蒙太常来这里了。"

好友叹了口气，"如果你想避开所有会让你想起西蒙的地方，就只能换个城市住了。"

"我知道。"汉娜苦恼地说，"我保证会设法克服，只是不是现在！我们出去走走好吗？这也已经是一个很不错的起步了。"

"好吧，"丽莎最后还是同意了，"我也不想折磨你。"

"谢谢你！"汉娜立刻转身疾步向外走。她现在还能感觉背后陌生男人的灼灼目光，但她不愿再转头查看。她无法理解，为什么这个男人会如此专注地看着她，她只知道，这令自己相当恐慌。就算从门口到男人的座位有好几米远，汉娜仍然能感觉到他的眼神，那双清澈湛蓝的眸子竟如此奇特，好像一眼便能看穿她灵魂最深处的秘密。她摇摇头，想甩掉这股着魔的感觉。因此当她一到外面人行道上，便马上深深吸了一口空气。

"还好吗？"丽莎问她。

"还好，"汉娜回道，"没事了。"

"太好了，那现在我们要去哪里？"

汉娜考虑了半晌，提出建议，"我们可以去欢乐儿童看看，或许我们的妈妈需要帮手。"

丽莎讶异地瞪着她，"你确定要去？"

汉娜考虑了一下，点点头，"是的，我确定，我很想看看那些淘气的顽皮鬼。"

丽莎高兴地咧嘴笑道："听起来很棒！"

53. 乔纳森
三月十六日星期五，下午三点十一分

"这不可能！你一定在跟我吹牛，对不对？"

"才不呢！真的就是我说的那样。"雷欧波特满意地靠回椅背，搅拌眼前的咖啡，非常得意自己的故事能让乔纳森如此惊讶。

"可是谁会这么做？"乔纳森仍不放弃，他实在无法相信刚才听到的故事。"谁？你说说看，谁会把车子停在红灯区，钥匙插在钥匙孔里，然后还把相关证件放在前座？"

"这问题我没法回答，"雷欧波特回道，"但也不关我的事。我不过是收下命运送我的礼物，管他是什么原因。"他又起一小块草莓脆皮奶酥蛋糕，送进嘴里。

"到底是什么样的车子？"

"一辆福特老野马，"雷欧边嚼边说，"一辆古董车，但性能良好。"

"福特老野马？"

"对。"

"红色？"

雷欧波特讶异地点点头，"正是，非常漂亮的暗红色。你怎么知道？"

"哎，我……"乔纳森脑袋一片混乱，不知该怎么回答，"这实在太诡异了。"他重新缓缓地说，"几个星期前，我在绳索大街上看到一位开红色福特老野马的小姐。"

"嗯，"雷欧波特毫不在意地说，"或许只是贵妇一时心血来潮的疯狂之举。"

"文件上写了什么？应该有车主的资料吧。"

"我忘记了。"雷欧说。

"你怎么会连这个都忘记？"

"天啊，我又没把名字抄下来。反正是个男人的名字，布朗克之类的。"

"布朗克？"

"对，差不多，好像是史提芬·布朗克。"

"嗯。"

"不过这一点都不重要。"

"你没想过去找车主吗？"

雷欧波特不解地瞪着他，"我干吗要那么做？"

"因为我觉得这么做才对，不该随便把陌生人的车子占为己有！"他突然想到那本手账，现在躺在他的公文包里，那是他心爱的宝贝。但那不一样，一本手账不是一辆昂贵的汽车，而且乔纳森曾试着找过失主。

"我又没有占为己有。"雷欧波特反驳。此刻他已不再像刚开始聊天时那样轻松了，两眼间也出现了深深的皱纹。

"也不可以随便卖掉陌生的车子啊。"

"如果一切齐全地送到眼前的话，就可以。"

"可是……"

"听着，朋友。"雷欧不耐烦地打断他的话，"我可以想象，有人会跟你一样，认为这么做不应该。但如果你是我的话，你会设法抓住每一根送上眼前的稻草，难道不是吗？"

乔纳森有点惭愧地垂下眼睛，喃喃地说，"是没错。"

"这不就对了。而且我什么也没做。如果有人把车子和钥匙还有文件毫不遮掩地放在绳索大街，那就是要求发现的人收下车子，任君自便。你不觉得吗？"

"的确是。"乔纳森抬眼看着对方。

"我就说吧。"

"你有问过警察这样合法吗？"

雷欧波特放声大笑，一边用手拍着大腿，"警察？你疯了吗？"他哼了一声，"你觉得警察会怎么对待我这个流浪汉？他们马上就会怀疑我偷车，然后把我关起来。"他摇摇头，宽容地笑了笑，"不，我当然没去找警察，我收下车子，然后设法尽快找到管道卖掉。"

"哦，"乔纳森问，"什么管道？如果我可以问的话，什么管道可以卖掉这样的车子？"

"自然不会是福特经销商。"雷欧波特解释，"我去了罗腾堡区比勒角桥大街旁，那里有片很大块的空地，可以说是车辆交易集散地。"

"从没听说过。"

"我想也是，只有形迹可疑的人才会在那里出没。那里是报废车回收场，专做转手生意，看起来跟汽车坟墓似的，只是防护铁丝网上挂着七彩缤纷的小旗子。"

"防护铁丝网？"

"这样说好了，像你这样的人，绝对不会去那里买车。"

"那你为什么把车开到那里卖？"

雷欧波特夸张地翻了翻白眼，"因为那里最容易脱手啊。不问问题，而且现金交易！"

"你卖了多少钱？"

雷欧波特微笑，"五千欧元，对方还帮我付了两位出租车司机的费用，送我到那里，再载我回来。"

"两位出租车司机？"

"哎，那几个星期我还没办法开车，"雷欧波特解释，"而且，我也没有驾照。"

"你没驾照？"

"被吊销了，"雷欧波特说，"还得去重考，不过之前当然没钱去。"他咧咧嘴，"现在我又有钱了。"

"我明白。"

"我知道，"雷欧波特说，"你可能觉得钱不多，可是对我来说已经很多了。"他又叉了一块蛋糕送进嘴里。

"不，不。"乔纳森急切地澄清，"我只是还……嗯，你的故事真是太令人难以置信了。"

"没错，连我自己都不敢相信。但事实就是这样，而且不管你怎么想，这份天外飞来的礼物可是拯救我于水火之中。"

"你把那笔钱拿去做什么?"

"投资股票。"

"真的?哪一股?"

雷欧波特爆出如雷的笑声,声音之大,令许多咖啡厅里的客人不以为然地回头瞪他,这种行为在高尚的艾本多夫区可是很少见的。"我当然没买股票!"雷欧降低音量说,"我先回到红灯区。一开始,我也不知道该往哪里去。跟两个哥儿们讨论后,他们觉得这笔钱够让我们好好长醉一场。"他的表情突然严肃起来,"这时,感谢老天爷,我的脑袋突然清醒过来!我跟自己说,这是命运赐给我的第二次机会,绝不可以再随便挥霍掉。"他停下来吃了一口蛋糕,乔纳森暗自怀疑这是故意的,为了提高紧张气氛。

"然后呢?"乔纳森很配合地追问。

"我找了一家廉价旅馆住了五天,让自己完全清醒过来。"雷欧继续说,"完全不靠外力戒酒是一件很困难的事,可是我不想再进戒酒中心了。上一次我已在那里夸下海口:'短期内你们不会再看到我了。'我可不想再爬回去求他们收留我。"

"结果成功了吗?"

"你看看我!"雷欧波特碰了碰身上干净T恤的衣领,"连我自己都不知道,有多久没这么好过了。"

"我很高兴,真的!那你会去考驾照吗?"

"不,"雷欧波特摆摆手,"那不重要。我在巴恩贝克区找了间一居小公寓,并一口气将三个月的房租摆在房东桌上。所以,房子就租给我了。"他叹了口气,"这样一来,我就打破无家可归的恶性循环。有了固定的住处,我就可以去申请政府补助。现在我连租屋补助都有了,而且还有余钱。"

"你这个社会寄生虫!"乔纳森开玩笑地说。

"你这腐败权贵!"雷欧波特毫不示弱地回嘴,"我现在还缺工作,找到后就有希望摆脱困境了。"

"你开始找了吗?"

"开始了,可是很不容易,连找个厨师的工作也很难。"他苦笑,"没人想要一个五十四岁的老头，况且我的履历上有些无法填补的空白。你一定很难想象，就连曾当过总经理的经历也是扣分的理由，因为没人相信我会安分地待在厨房里煮饭。"

"你去过就业局了吗？"

"现在改名叫职业介绍中心了，很时髦吧。"雷欧波特继续解释，"我当然去过了，不然也领不到社会福利，只是到现在他们也还没找到适合我的工作。"他不禁笑了起来，"其实，他们是有提供我一个工作机会。"

"不适合吗？"

"在足球运动酒吧做吧台工作人员，我可没办法想象自己站在吧台前倒酒。"

"的确很难想象。"乔纳森跟着笑了起来，"我很希望自己能帮上你的忙，只是我的出版社连员工餐厅都没有，而且我们卖书，不卖食品。"

"买卖就是买卖，原理到处都一样。"雷欧波特不以为然。

"嗯，这……"乔纳森不知该说什么，他不确定雷欧波特到底是不是认真的。

"别担心，我并不想要你雇用我。过去的经验告诉我，追赶业绩的生活一点都不适合我，还是找个压力小一点的工作比较好。现在我还有一点时间，社会补助和租屋补助也足够生活了。"

"如果有任何消息，我一定马上告诉你。"

"好的。"虽然这么说，语气却相当敷衍，大有"你怎么可能在哪听到什么消息"的意思。"我说了一堆，"雷欧波特话锋一转，"现在换你了。说吧，你最近怎么样。"

"很多。"乔纳森颇为自豪地回答，"我很认真地听从你的建议，每天按照手账中的记载过日子。"

"如何？"

"很棒！"他扳着指头开始细数，"我放弃慢跑，开始打网球；每天静坐冥想，早晚各写下真心感谢的事；近两个月来，我去海边的次数比这五年加起来还要多；我又开始喜欢唱歌，虽然只在开车和洗澡时唱；最近我开始学意大利文。"

"哇！"雷欧波特真心赞叹，"听起来真是忙碌充实。"

"其实也还好，大部分事情不过只是随手而已。"

"出版社呢？"

"不错。"乔纳森避重就轻地回答。

"又都回到安全数值了？"

"还不完全。"这回换乔纳森又起一大块蛋糕送进嘴巴。

"也就是说，你还没做任何改变。"雷欧波特下了结论。

"正在准备。"

"嗯。"

"'嗯'是什么意思？"

雷欧波特挥挥手，"我们别谈这个，否则我又会忍不住激动起来。我们再去点块蛋糕吧。"

"很好。"乔纳森正要起身时，突然看到门口走进两位小姐，其中一位瘦瘦高高，有着一头红发，另一位较为娇小，身材玲珑有致，却有着帅气的蓬松短发。

乔纳森·N·格里夫感觉自己被人当头重重地敲了一棒。

内心警铃大作，马上就要烧成一片火海。

就像回到4岁时，在圣诞树下发现盼望已久的卡瑞拉遥控轨道玩具赛车。

就像母亲将他揽到怀中，轻轻地在他耳边低语"小尼可拉"。

听起来相当荒谬，不过乔纳森·N·格里夫知道，他恋爱了，只是不知道对方是谁。

那位漂亮到令他窒息的红发小姐刚踏进咖啡厅，又转身离开了，逃出了他的视线。乔纳森半起身，正要推开桌子追出去，雷欧波特的声音将他拉回现实：

"喂，你怎么了？"

"什么？"

"你怎么像见到鬼似的。"

"哎，"他不禁结巴起来，"没，哎，没什么。"嘴巴这么说，眼睛仍瞪着咖啡厅入口。

雷欧波特随着他的目光转身向外看，"谁在那里？"

"没人，"乔纳森着急地说，"我只是以为看到熟人而已。"

"所以你脸色发白？"

"真的？"

"白得跟鬼一样。"

"哎！"乔纳森迟疑了一下，猛然起身，强行从桌子旁挤出，朝出口走去。他再也不在意这样是否恰当，这几个星期以来，他所学到的就是对命运说"好"。因此，他必须知道那位刚才出现在咖啡厅的女人是谁，无论这么做有多可笑。

在四周诧异的目光下，乔纳森冲到入口处打开大门，一个箭步跨上人行道。他朝左望，没有，朝右看，也没有。匆匆赶到下个路口，仍然不见那位有着红卷发的女人。往另外一个方向的路口追去，同样毫无结果。

他慢慢地走回咖啡厅，站在门外等了几分钟，不愿放弃最后的希望：或许，她还会回来。

但她没有。

过了半晌，咖啡厅的大门打开，身后传来雷欧波特的声音：

"你还要进来吗？"他问，"还是你想赖账？不要担心，我请你。"

尽管乔纳森毫无心情，但还是情不自禁地笑了起来。

"告诉我，发生什么事了？"雷欧波特问，在他们重回座位坐好后，乔纳森仍然止不住地笑，"我也很想跟着笑。"

"实在太荒谬了。"乔纳森终于挤出这句话。

"什么意思？"

"我恋爱了。"

"恋爱？"

"对，"他点头，"没错，我自己也吓了一大跳！"

"我想我还不明白，你说你恋爱了？刚发生的事？"

"对，"乔纳森回答，"刚才进来一位女人，我一看到她，马上怦然心动。"

"真的？"

"对，真的，砰，砰，砰！"

"哪一位？"雷欧波特转身，看着咖啡厅里的客人。

"好问题。"乔纳森说着又笑了起来，"她一进来就又马上离开，然后就凭空消失了，我没找到她。"

"真惨！"

"没错。"

"常发生这种事吗？"

"什么？"

"像这样突然就坠入爱河。"

乔纳森再次大笑，"不，从未！实际上我一点都不相信一见钟情。"他摇了摇头继续说，"可是这个女人很特别……哎，我也不知道，听起来真愚蠢。"

"我喜欢愚蠢的故事。"

"我其实并不喜欢，直到今天……"乔纳森顿住，瞪大眼睛看着雷欧波特。

"你又怎么了？"

"萨拉斯瓦蒂！"

"这又跟那个生命咨询师有什么关系？"

"生命咨询师。"乔纳森更正。

"随便你怎么说，可是你怎么会想到她？"

"她预言我在今年内会遇到一位女人，而且还可能跟她结婚。"

"你真的相信？你觉得刚才那位就是你未来的妻子？"

"我不知道，"乔纳森耸耸肩，"我现在实在不知道自己该相信什么。不过，在捡到那本手账之后，我的生活就发生了翻天覆地的变化。"他的眼睛突然一亮，"等一下，我想到一个好主意！"

"什么主意？"

"手账！对，没错，这一切都有关系：手账、咖啡厅、那位我刚才见到的女人，全都有关系！"

"我完全听不懂你在说什么。"

"好吧，那我慢慢从头说起：我们为什么坐在这里？"

"哎，"雷欧波特不解地望着他，"因为我们一起来的？"

"错！"乔纳森大声地说。

"错？"

"我们在这里，是因为手账里面的指示。不管是谁写下来的，某个人要在这里庆祝生日。"

"抱歉，我还是摸不着头。你到底想表达什么？"

"很简单呀！"乔纳森从椅子上跳起来，"我来问问这里的客人，谁刚好在今天生日。"

"然后呢？"

"排除法！"乔纳森大喊，"如果所有人都不是今天的生日，那么可能就是我刚看到的女人！"

"她？"

"就是今天的生日，名字第一个字母是H，也就是写手账的人。"乔纳森很高兴自己竟然可以做出这么聪明的推论。

"乔纳森？"

"什么事？"

"你在说傻话。"

"那又怎样，"他笑道，"有什么关系吗？"

"你的意思是说，如果这里没有任何人在今天过生日的话，那么刚才那个令你怦然心动的女人就有可能是手账的主人。"

"完全正确！"

"就算是吧，你还是没什么进展，因为你根本不知道手账是谁的呀。"

"完全正确！"乔纳森再次附和。

雷欧波特叹气，"那我就不懂了，这推论如何能帮你找到那个女人。"

"我自己也不知道，"乔纳森承认，却仍然满脸微笑，"等时机到了，我会再想办法。有句谚语是怎么说的来着？船到桥头自然直。"

"哦！"

54. 汉娜

三月十六日星期五，下午三点四十七分

"汉娜！汉娜！汉娜！"才刚踏进欢乐儿童的大门，汉娜身边已经围了一群又跳又叫的小孩。

"嘿！别这么猛，这样我会跌倒！"汉娜叫着，一边忍着不让眼泪夺眶而出。她已经有三个月没来这里了，除了上一次失败的尝试。对这些小孩来说，这可是一段非常漫长的时间，在他们那个年纪，三个月感觉就如同十年一样久。尽管如此，孩子们还是热烈地欢迎她，就像她是全世界最重要的人。

她既感动又惭愧，因为他们在短短的时间内就与她建立起亲密关系，她竟然就这样丢下这群孩子，一个人躲在房间里自怜自艾，完全忘记生命的真谛——她每天从这些孩子们身上获得的快乐与幸福。她希望自己能回报同等的幸福与快乐给他们！虽然西蒙就这样走了，但这不代表她有理由冷淡自己所爱的人。

在汉娜陷入自责的深渊前，一双手臂从身后紧紧地抱住她。她再也忍不住了，泪水如断线的珍珠般滑下脸庞。她不必回头就知道是谁，但她还是回头叫了一声"妈妈！"

"我的宝贝！"母亲声音发颤，温柔地用手抚着女儿的脸颊，"你来了我真高兴！"

"没有我，你们搞不定这群淘气鬼，对不对？"汉娜试着说笑，但她的声音同样发颤，她得非常努力控制住自己，不要在这群孩子前放声大哭。从前，妈妈总是生气勃勃，如今却显得相当憔悴——一头红卷发看起来干枯无力，且比印象中多了许多白发。妈妈的皮肤也显得相当苍白，浅绿色的眼珠

不再明亮。这些难道都是为了她？汉娜不禁再次因内疚而自责不已。

"生日快乐！"妈妈轻声在她耳边说，并再次紧紧抱住她，"从现在起，一切都会好起来。"

"是的，"汉娜轻声回答，"一定会的。"退开一步，她看着母亲勇敢地微笑，"毕竟，今天还是我的生日！"

就在这一刹那，她下定决心：今天是她的生日，是她的重生之日，"西蒙过后"的生活由此展开。她不会再允许自己有另外的想法。

55. 乔纳森

三月十六日星期五，下午五点三十三分

"看，"两小时后，雷欧波特下结论，"看来我们的船已经来到桥头了，接下来该怎么办？"他们两人问了所有吕特咖啡里的客人，连侍者都不放过，还问他们是否曾听到有客人今天过生日。最后，他们站在咖啡厅入口，询问每一个踏进咖啡厅的人是否今天生日，但每一回都得到否定的答案。

此刻，两人坐在伊泽贝克运河边的椅子上。起初，咖啡厅老板先是客气地请他们不要打扰客人，半小时后则以严肃的口吻要求他们立即离开咖啡厅。乔纳森还抗议，宣称这是市民的权利，但被雷欧波特扯着袖子往外拖，一边咬牙切齿地跟他说："这属于餐厅老板的管理权，你这个白痴！"

"现在我们至少可以确定，那位红发小姐可能是今天的生日，也就是手账的主人。"乔纳森说。

"太棒了！"雷欧波特冷冷地说，"我说我们的船都已经来到桥头了，现在你可该告诉我，接下来到底怎么办。"

"我也不知道，"乔纳森回答，"可是我一定得找到她！"

"天啊，你听起来还真像罗密欧！"

"我感觉也是。"

"那你应该知道故事结局如何，如果你对这部莎士比亚剧不熟的话，我可以告诉你，不是什么好结局。所以，忘掉红发小姐，最好爱上其他人吧。"

"你什么都不懂！"乔纳森高声反驳。

雷欧波特举起双手，"哦，抱歉，格里夫先生！像我这种人当然不懂什么是爱，我只是个愚蠢的废柴流浪汉。"

"我当然不是这个意思，"乔纳森放缓声调说，"可是几个星期前，我还相当确信，那些关于命运的说法全是鬼扯……"

"然后你现在相信，那个你只看了不到五秒钟的女人就是你的真爱？"雷欧波特帮他说完句子。

"哎，我也不知道。"乔纳森叹了一口气，"我现在脑袋一片混乱，思绪跟乒乓球一样飞快地来来去去。我的感觉未曾这么混乱过。"

"你还真是幸运，我大部分的时间都是如此。"

"别开玩笑了！"

"我是认真的。"

"好吧。其实，当年母亲突然完全断了音讯时，我也有过同样的感觉。"乔纳森又叹了一口气，"看来，所有对我有意义的女人都会凭空消失。"

"别胡扯了！你只是一见钟情而已，好吗？根本还谈不上意义。"

"你说得对。"乔纳森瞪着自己的鞋子看。他觉得自己就像数学考了零分的十二岁男孩，完全不敢看雷欧波特。

"你母亲为什么会离开你？"

"她不喜欢汉堡，想回到意大利家乡。"

"这不该是离开孩子的理由！"雷欧波特生气地说。

"对一般人可能不是，但对我母亲是。"

"然后你就再也没见过她，或听到她的消息了？"

"刚开始的几年有，她会来看我，我也去过几次意大利。可是后来……"

"后来怎么了？"

"哎，后来我在13岁时寄给她一张愚蠢的明信片，叫她不要再来打扰我，反正就是叛逆少年会讲的蠢话。"

"后来就断了音讯？"

"断得干干净净，"乔纳森答道，"再没收到任何消息。"

"抱歉，可是我完全无法想象，一张叛逆少年愚蠢的明信片会引起这么严重的后果。"

"嗯，"乔纳森耸耸肩，"我也一直有同样的疑问，不过现在也无所谓了。"

"你父亲怎么说？"

"我父亲？"乔纳森嘲讽地说，"你不认识他。他什么都没说，最近我才再听到他提起母亲的名字。他已经失智了，把从前的助理当成我的母亲。"他抬起头看着雷欧波特苦笑。

"听起来就是一个相当不健全的家庭。"

"完全正确！"乔纳森说，"那你呢？你还有跟孩子们联络吗？"

"可惜没有，不过，不是我不愿意。"

"而是？"

"不被允许。"

"哦。"

"暂时禁止。酗酒的后果之一，我大概太常喝到连自己都不知道自己是谁了吧。"雷欧波特握紧拳头，"不过，我跟你发誓，等到一切安定下来后，我就会争取我的探视权，重新做回一个真正的爸爸。"

"嗯，不过，抱歉，到那时你的孩子早就长大成人了吧。"

"不，"雷欧波特回道，"汤姆13岁，莎拉15岁。别那么讶异！对，没错，我很晚才当上父亲。"

"至少你已经是父亲了。"乔纳森郁闷地说。

"你也还可以呀。"

"切。"

"也对，谁会想要一个拥有纯真公园旁的豪宅，还有自己的出版社的单身汉？"

"别提出版社了！"

"好吧，"雷欧波特说，"那我们就回到女人的话题。你跟前妻到底如何？"

"为什么要提她？"

"你刚才说，所有对你有意义的女人都会凭空消失。所以她也是凭空消失？"

"蒂娜？不，她没消失，她跟第二任丈夫和女儿过着健康快乐的生活，每年元旦还会送来新年祝贺。"

"挺友善的嘛！"

"是没错，除了她的第二任丈夫是我从前最好的朋友。她的'好意'比较像是为了弥补自己的罪恶感。"

"那你现在怎么看蒂娜？"

"我为什么要有特别的看法？"

"如果我问你你才会想到她的话，代表她实在不是一个对你'有意义'的女人。"

"她当然是！"

"真的？"

"至少我还跟她结过婚！"

"你也拥有一家你不怎么感兴趣的出版社呀！"

"你说什么？"乔纳森生气地从椅子上跳起来，"我觉得你这样说太过分了！"

雷欧波特朝他无辜地微笑，"事实就是事实。"

"我……我……我……"

"别这样，坐下来吧，你这蠢牛。"

乔纳森·N·格里夫照做了，不理解自己为什么没有拂袖而去。

"现在你扪心自问，"雷欧波特继续说，"你真的爱过蒂娜吗？那种打从心底真心的爱？"

"当然！"

雷欧波特沉默地看着他，脸上仍带着一丝无辜的微笑，相当挑衅。

"至少我曾经很喜欢她！"

"很喜欢？"雷欧波特拍了一下大腿，"你说，你很喜欢你太太，然后讶异她竟然会跟别人跑了？"

"我们在各方面都配合得很好。"

"但明显不是你想得那么好。"

"嗯，"乔纳森考虑了半晌，"可能是。"他承认，同时又开始生气起来，"不管怎样，跟我最要好的朋友在一起还是太过分了！这多伤我的心啊！"

"所以如果跟别的男人的话，你就不会那么伤心？"

"当然不会！"

"那就不怎么糟糕了。"

"什么？什么不怎么糟糕？"

"整件事呀。你的心没受伤，受伤的只是你的自我。那比较简单，只要有意愿就可以自我疗越了。"

"真是谢谢你的分析，心理学家先生！"

"乐意之至，格里夫先生。"

"谁理你。"

好一会儿两人只是沉默地坐在椅子上，瞪着河里的流水，不发一言。一艘蒸汽游轮轰隆隆地驶进伊泽贝克运河，乔纳森与雷欧波特沉默地看着它过去，然后是两艘八人艇、一艘独木舟、一艘脚踏船，两人依旧不发一语。一直到乔纳森看见一只天鹅沿着堤岸游来，他才清清喉咙。

"你说得对，"他小声地说，"我想我从未真的爱过她，或许这也是她离开我的原因。而她竟然跟托马斯在一起，这点令我更觉得受伤。"

"你看，"雷欧波特拍拍他的肩膀，"这一点都不难！"

"至少比我的人生教练便宜。"

"你的什么？"

"没什么，"乔纳森不打算解释，"不管怎么说，如果拿我刚才看到那个女人的感觉，与我第一次见到蒂娜的感觉比较，那还真是天差地远。"

"好吧，这样说来我们一定得找到她了。"

"若真能成功，那也太不可思议了吧。"

"我的看法是，我们有两种选择。"

"哪两种？"

"第一，我们可以回吕特咖啡，在那里守株待兔，直到对方再次出现为止。前提是我们没被禁止靠近咖啡厅五十米。"

"第二？"

"第二，按照你的理论，所有的事情都跟手账有关。那么，我们就必须从手账中找出下一条线索。"

"我喜欢第二种做法。"

"手账现在在身边吗？"

"当然了！"乔纳森将公文包放在膝上，打开并取出记事本手账。

"那就来看看吧！"

雷欧波特翻开，"这很棒呀！"他兴奋地说，"'今晚一起去红灯区玩通宵，清晨六点去鱼市场吃面包夹虾子。'真是个好主意！"

"的确很棒！我早就想去绳索大街上跟一百万人挤来挤去，你自然只能喝矿泉水加柠檬，然后我一定会在汉斯亚伯斯广场拥挤的人群中找到红发女郎。不过，最后我一定会吐在你的鞋子上，因为我最讨厌虾子！"乔纳森怀疑地瞄了一眼手账，"我亲爱的朋友，你看到的是九月二十二日的日志，可惜不是后天！"

"你的幽默感跑哪去了？"

"请你翻到正确的日期。"

"我正在找。"

雷欧波特翻回今天的日志，两人凑着头开始一页一页翻看。每当雷欧波特读到有趣的地方，便会发出一阵笑声。

"你看，这一段实在太适合你了：'留意你的想法，因为想法会变成语言；留意你的语言，因为语言会变成行动；留意你的行动，因为行动会变成习惯。留意你的习惯，因为习惯会变成你的性格。留意你的性格，因为性格会变成你的命运。'上面标明是引自犹太法典《塔穆德》。"

"为什么很适合我？"

"你仔细想想！"

"我想了，可是还是不知道你为什么会这么说。"

"刚刚我说你也可以当上父亲时，谁发出不屑的'切'？"

"那谁又是那个废柴流浪汉，几个星期前趁月黑风高溜走，还拿走我一堆藏酒？"乔纳森气愤地回嘴。

"别忘了这可是过去式。"

"我们继续找吧。"乔纳森转移话题，以免产生更大的冲突。

他们翻完四月的日志，发现四月一日的指令特别诡异：写下自己的墓志铭。乔纳森觉得这是愚人节的笑话，雷欧波特却觉得这是个好主意。

"你想想看，"雷欧波特说，"在自己的丧礼上你会希望听到别人怎么说！你希望怎么过这一生，希望经历什么？没做什么让你后悔难当的事？"

"后悔没把你推到伊泽贝克运河里！"乔纳森咬牙切齿地回答，"现在继续翻！"

然后，终于！终于让他们找到了。五月十一日又有一项具体的任务："'今天去艾本多夫公路二十八号C，'"乔纳森兴奋地念着："'那里有一样东西等着你。如果你接受了，就会得到更多的东西。'"

"这是什么意思？"

"很快我们就会知道了！我们现在就过去，在转角而已。"

"可是今天不是五月十一日！"

"你听起来还真像昔日的乔纳森！"

"什么？"

"今日新版的乔纳森才不会理会这些细节。"说着乔纳森起身跨步便走，雷欧波特赶紧跟着走，却发现自己几乎跟不上他的步伐。

十分钟后，他们到达艾本多夫公路二十八号C，并惊讶地发现，这里竟是一家小小的金匠工作室。同时也发现，那里六点便关店了，他们迟了整整七分钟。

"真倒霉！"乔纳森出声抱怨，一边四处寻找是否有电铃。在发现没有电铃后，开始用力敲着橱窗玻璃。

"你在干吗？"

"或许里面还有人。"

"没错，"雷欧波特说，"还有警报系统！你再敲下去的话，马上就会警铃大作。"

乔纳森赶紧缩手，"好吧，今日新版的乔纳森也还没新到那种程度，什么险都要冒。我们明天再来吧。"

"不行，"雷欧波特指着橱窗上的告示牌，"星期六不开，得等到星期一早上十点才会再开。"

"去他的！"

"没关系，"雷欧波特爽快地说，"如果她真是你命中注定的女人，区区两天又算什么。"

"哈，一点都不好笑！"

"我倒是在想，她会在金饰店留下什么东西给你，一对袖扣？"

"你忘了，实际上东西不是留给我的。"

"的确！那也有可能是一对漂亮的水钻耳环？你戴起来一定很好看。"

"这家店看起来不像会卖那种东西。"

他们仔细端详橱窗里的摆设，有各式各样手打的金银饰品，小小的告示牌上写着：每一件都是手工打造，而且独一无二。虽然乔纳森对饰品毫无概念，但他喜欢这些摆在眼前的成品，每一件看起来都很低调高贵，并不像内城里那些昂贵的精品名店摆出来的那样夸张俗艳。但他不得不承认，从前自己也常买那些夸张俗艳的精品送给蒂娜，或者请雷娜特·克鲁格帮他买。

离婚时，蒂娜把所有饰品全部还给他，并说她其实一点都不喜欢这些东西。乔纳森不禁刻薄起来：现在她可终于从这些毫无品味的东西解脱了，托马斯能买给她的只有廉价的地摊货。

哦，不！他警告自己不能继续！他以为自己刚才在伊泽贝克运河边的椅子上，已经终于放下这件事情了。在了解离婚带给他的不是一颗破碎的心，而是受伤的自尊后，他以为自己已经不在意了。看来，他不应该对自己的改变有太高的期望。

"我们现在要做什么？"雷欧波特打断他的沉思。

"我想，我们可以回家了。星期一早上十点，我会准时出现在这里。"

"哎，真烂！"

"什么真烂？"

"我没办法一起来，那个时间我正好得去就业中心。"

"真可惜。"

"别奚落我了！"

"我才不懂什么是奚落呢。"

56. 汉娜
三月十九日星期一，上午八点十七分

星期一是最适合着手开始新计划的日子，例如，节食、健身、大扫除和清除家居废物。就连在星期一分手也比其他日子容易。一个崭新的星期一会使接下来一整个星期都有好心情相伴。至少汉娜是这么相信，而且也身体力行。若是一个月的第一天又刚是星期一的话，那就更完美了。不过这种日子并非常常出现，必要时就算是十九号也得开始新计划。

汉娜打开西蒙公寓的房门，深深地吸了一口气，准备踏进屋里。自从上回发飙后，她就再也没有踏进这间房子了，想到即将出现在眼前的场面，她不禁有些心惊肉跳。上星期五她还无法踏进吕特咖啡吃蛋糕，实在很难想象自己现在有足够的勇气面对接下来的挑战。不过，她还是希望能够试试看。要是真的做不到，她还是可以承认失败一走了之。

尽管丽莎、爸妈以及索仁都说可以一起过来帮忙，她还是全都拒绝了。一方面，如果汉娜不在欢乐儿童，丽莎和妈妈就得去；另一方面，她也希望能独力完成这件事。毕竟，这是她个人的悲剧，清理遗物也是个人专属的，与他人无关。

汉娜将带来的纸箱放在走廊上，一一按照折线折叠成形。她打算在三个小时内将她想保存的东西收进纸箱，放到家里地下室储藏。中午十二点，废弃物处理公司会过来，将所有不要的家具、衣物、书籍、音乐CD等东西运走，并打扫清洁，收拾干净。明天汉娜就会把所有的钥匙交还给房东，这一切便结束了。西蒙这一生也就不复存在了。

汉娜再一次深呼吸，她所面临的这一步相当艰难。但她知道，她必须跨出这一步，才可能继续生活下去。只能咬紧牙关跨过去，没有其他方法。

在查看每个抽屉和箱子里头的东西之前，她得先清除上回发飙造成的灾情。厨房看来最为惨烈，她先将一地的面条、麦片、茶叶、糖、盐和面粉扫成堆，并全部扔进大垃圾袋中。意式浓缩咖啡机已壮烈成仁，汉娜将它连同两块撞破的地砖一起扔进垃圾袋。

接着是客厅，汉娜将打坏的东西丢进垃圾袋里，并惊讶地发现，电视竟然逃过一劫，完好如初。汉娜取出破裂相框中她与西蒙的合照，收进手提袋中，这无论如何是要保存下来的。

清理完毕后，汉娜拿起纸箱，走进卧室，打开西蒙的衣橱，看着他的裤子、T恤、套头毛衣、衬衫和西装，熟悉的气味扑鼻而来，令她不禁闭上眼睛。"砰"一声她用力关上门，这里没有她要的东西。她不要留下西蒙的T恤，那只会让她整夜抱着它哭泣，如同孩子抱着心爱的狗熊一样。然后，她的伤口便会不断地撕裂，永远没有痊愈的一天。况且，西蒙的气味很快就会消失，这将会令她更加难以忍受。

汉娜环顾房间四周，发现没有任何想要保留的东西，包括放在左侧衣橱最上方抽屉里的她自己的睡衣，还有挂在床头墙壁上的她与西蒙印在油画布上的大张合照。留这些下来做什么呢？她已经留下小张合照了，这么大张的照片放在家里看起来跟纪念碑没两样。或许有人可以拿油画布废物利用，或许也就只能当垃圾处理，对她来说，都无所谓了。

同样的，在浴室、厨房和客厅里，她也找不到任何想保留的东西。她不要西蒙那套音响设备，也不要西蒙收藏的英国创作歌手CD，西蒙生前常挑选几首放给她听。不，这些音乐只会让她痛苦伤心，光是看到那些CD，她的眼泪就要掉下来了。

最后只剩书房。她将西蒙的笔记本电脑收起来，或许里面还有一些档案、照片或是电子邮件，以后或许有用。想到计算机密码，便想起西蒙在某次不怎么清醒但非常感性的时刻透露给她：IlHMb2099，意即我爱汉娜·马克思直到二〇九九年。"至少！"当时他还眨着眼强调。想到这里汉娜又哭了，不，他的爱并未持续这么久，他的生命，或者说他的逝世硬生生地将爱夺了下来。

汉娜看向书桌，一如往常，西蒙总是将桌面收拾得干干净净，只留下打孔机、一个小订书机、五支笔和收发信件盒。汉娜将所有的信件收进纸箱，准备之后再一一查看是否有重要信件或文件需要回复。接着，她打开书桌下活动收纳柜的第一层抽屉，里面只有回形针、签字笔、便利贴、荧光笔、剪刀等文具，这都不是她想保存的东西。

她打开下一个抽屉时，发现里面是厚厚的档案夹，里面是西蒙在报社时写的文章，都一一打印并放入透明资料袋里夹在档案夹中保存，这些可说是西蒙一生的力作。拿起一个档案夹，汉娜发现还有第二个，里面同样整整齐齐地夹着一篇篇文章。汉娜自然不想扔掉这些文章，便随手放进收藏西蒙书信的纸箱里。

汉娜在最后一层抽屉里发现一张白纸，上面印着几个大字：

汉娜的笑容

她屏住呼吸，伸出发颤的手想把它拿出来，才发现里面不只有一张纸，而是一大叠纸。她用双手将整叠纸从抽屉里取出，放在书桌上，自己则在书桌前坐了下来。

翻到第二页，看到上面的字，她不禁哽咽起来：

献给我最亲爱的汉娜，永远对我充满无比的信心。
这就是了，我的第一本小说。

小说？西蒙写小说了？为什么他什么都没说？为什么他总给她写不出东西的印象？结果，现在竟然出现一大沓厚厚的原稿！

她看向右下角的小字，在"西蒙·克兰著"旁还写着日期，四年了！这好几百页的小说竟是四年前完成的，应该是在他们认识之初，在热恋的狂喜中挥笔写成。

为什么西蒙从不曾提过这件事？难道是他觉得写得不好，羞于启齿？还是他想先找到出版社，再给汉娜一个惊喜？

撇开这些疑问，汉娜翻开下一页，开始阅读：

恋人的初次见面大多平淡无奇。可能在公交车里并排坐着；可能一同伸手抢冷柜里最后一盒意大利腊肠比萨；也可能三年同坐在一间办公室，才爆出爱的火花；或者在某个派对上两人撞在一起，打翻了对方手上的红酒。

若继续问下去，对方哪一点吸引自己，答案或许是"他的手很漂亮"，或者"穿着夏天洋装的她看起来好迷人"，也可能是"我们发现彼此有许多共同点"。

我与汉娜，同样未能免俗。我们第一次见面时，我在幼儿园接干儿子，汉娜在那里工作。对外人而言平淡无奇，但对我来说，见到汉娜的那一刹那，便开启了一道通往新世界的门。使我的人生有了翻天覆地的变化的，不是因为她的红卷发和绿眼珠，更不是漂亮的脸蛋。不，不是这些，真正的原因是她的笑容。

那样的笑容，实在难以形容。若想试着描述的话，我会这么说：请试着想象有那么一个人，一个满怀爱意、温暖与善意，愿意也有能力拥抱全世界的人。差不多就是这样，这就是汉娜的笑容。

汉娜一页又一页地读下去，她无法相信西蒙为什么要瞒着她。随着起伏的情节她不禁又笑又哭，对出人意料的发展惊讶不已。虽然故事一开始的确是她与西蒙相遇的情形，但很快故事便进入想象的情节。西蒙将故事中的汉娜形容成自大和自我，这令她有些生气，但在看到文中以旁观者的角度描写失去母亲的心情时，她又觉得感动。但无论是什么情绪，都压不过引以为荣的感受：她以西蒙为荣，因为他写出这一本小说。无论这本小说是否能够出版，西蒙成为作家的愿望绝对是有机会成真的。想到这里，汉娜不禁又难过起来，竟然要等到西蒙过世后，自己才知道这一切。

汉娜读到小说最后一行字时，已经下午五点多了。此刻，她坐在地板上，公寓四周空空荡荡，一无长物。废弃物处理公司的工人已来过，三个年轻的工人收走公寓里所有东西，其间不时对她投以异样的眼光。而汉娜只是将手上的两个纸箱堆在房间一角，独自沉浸在西蒙的小说中，全心全意，丝毫不理会他人的眼光。

她喜欢西蒙的小说，非常喜欢。不是因为它是西蒙写的，或者故事与她有关，而是因为她就觉得……嗯，喜欢它，非常喜欢。

此刻，她读着小说的最后一句话，边笑边哭，还相当生气，因为这句话是："我愿意！"这该死的混蛋竟然在结尾跟她求婚，这是怎样的现实！

汉娜若有所思地放下文稿，考虑下一步该怎么做。是将它收进纸箱，放进地下室储藏，偶尔拿出来叹息一番，顺便缅怀一下西蒙竟能写出这么美丽的故事？或当祭品烧掉？还是寄到出版社？她有权利这么做吗？法律允许吗？是否有道德疑虑？西蒙将它塞在抽屉里，且从不曾跟她提起过，看来是根本不想出版。

她不知道怎么做才对。

不过，有一件事她得马上解决。她想要的求婚现在可以算是得到了，当初预定的对戒应该赶紧取消，这样才公平。

汉娜拿起手机，上网查到艾本多夫公路金匠工作室，立即拨电话过去。

"喂，我是贝娜德特·卡尔森。"电话响了两声便被接起。

"喂，卡尔森太太，我是汉娜·马克思。"

"嘿，你好！"工作室主人的声音充满了愉悦，"你听到消息了？"

"啊，什么消息了？"

"一切圆满呀！"对方笑了起来，"我真为你高兴！"

"我现在一头雾水，你的意思是？"

"我还会有什么其他意思？"卡尔森太太回答，声音充满了笑意，"你男友今早来这里买下对戒啦！当我拿出来给他看时，他可是连一秒钟都没犹豫，马上付钱买下。对了，还有那封信，我也一并转交给他了。"

"什么？"汉娜觉得头晕，"这怎么可能！"

"没错，一开始我也觉得很奇怪，因为你告诉我的日期是五月十一日。不过他说，他实在太好奇了，所以不愿再等了。"

"怎么可能发生这种事！"汉娜不禁大叫起来。

"唔，"电话那头传来的声音相当不安，"我做错了吗？是不是应该在五月十一日再给他戒指跟那封信？抱歉，我实在没想到……"

"这实在不可能，"汉娜打断对方的话，"因为我男友去世了。"

卡尔森太太静默了下来。

"他死掉了，你了解吗？"汉娜继续说，但音调和缓许多，"我打电话给你，是想告诉你不必再为我们保留对戒了。"

"可是……"对方顿了一下，"那之前来我店里买走戒指的男人是谁？"

"我也很想知道！你有问他叫什么名字吗？"

"没，当然没有。我以为他就是你的男朋友，他带着一本手账，还将五月十一日的日志指给我看，我便理所当然地觉得就是他了。"

"他长什么样子？"

"嗯，我觉得相当不错。高大，黑发，夹着些微的白丝，近40岁，有一双湛蓝的眼睛，非常显眼。"

"好吧，"汉娜说，"听起来很像。"

"很像什么？"

"没事，不重要。"汉娜答道。

"所以，戒指卖出去也没什么关系了吧？"

"对，完全没关系。"

"那我就放心了。"电话传来松一口气的声音，"还有你男友的事，我实在非常遗憾，不过我也不知道该说什么。"

"没关系，"汉娜回答，"那种事谁都无法说什么。"

"嗯，"卡尔森太太的声音显得相当尴尬，"那么……"

"没事，真的。"

"好吧，那我只能祝你……嗯，安然渡过难关。"

"谢谢！"

挂断电话后汉娜继续坐在地板上，瞪着天花板发呆。这到底是怎么回事？她刚刚才发现，西蒙瞒着她写出一本小说，然后现在又来了一个神秘的陌生男人，拿着手账照着上面的日志行事。

卡尔森太太的形容完全相符！就像萨拉斯瓦蒂形容去她那里的那位男人，也像自己上星期五在吕特咖啡见到的那位男人，那位直愣愣地瞪着她看，看到她不得不离开的男人。一定是他，汉娜相当确定。

这一切不可能只是巧合，绝不可能，冥冥中出现奇特的安排！虽然，西蒙不可能回来了，但是汉娜此刻决定，就算倾尽所有，也要找出这到底是什么样的安排！

好吧，这个神秘的男人过着西蒙完美一年的生活，而汉娜一点都不知道这个人是谁。但她知道一件事，正确来说，应该是两件事。第一，这男人不只是拥有手账，而且还有她与西蒙的订婚对戒，原因目的不明。第二，他一定会在五月十一日晚上八点，准时出现在里卡多餐厅。

届时，就看她如何对付他吧！

57. 乔纳森
三月十九日星期一，下午六点二十三分

　　乔纳森·N·格里夫觉得心虚，因为他说谎了。他不习惯说谎，从来都不。可是，除了说谎也没有其他方法了。他自我安慰，在金匠面前假装自己是另一个人，并且自称是手账的主人，留在这里的东西是要给他的，不过只是一个必要的善意谎言。他一定得这么说，不是吗？毕竟这可是关系到……嗯……关系到……到底关系到什么呢？

　　其实，他根本无法确定这一切都跟那位在咖啡厅惊鸿一瞥的女人有关。他总不能直接跟金匠店老板说："我就是那位该来取走对戒的人，不过，你能否告诉我，留下对戒的女人到底是谁？是不是一位红发小姐？你知道她的名字和电话吗？我想拨个电话给我未来的未婚妻！"这话听起来未免也太诡异了。

　　此刻，他坐在书房的单人沙发椅上，忍不住问自己，这一切到底正不正常，是否不过是捕风捉影。他现在有一对戒指，一对绝对不属于他的戒指。他用自己的钱买下了这对戒指。当店员告诉他，这组对戒价格五百欧元时，他马上明白手账夹层中为什么藏着钱了。尽管知道钱的用途，但良知仍然不允许他用手账中的钱来付。买下别人的婚戒或许还不算什么，但如果再拿他或她的钱来付就真的太过分了。

　　令乔纳森更加良心不安的是手上这纸待拆的信封，这是金匠店老板随戒指交给他的。整个早上他都不安地在房子里走来走去，不时走进书房，坐在单人沙发椅上拿起信封，只是直到现在仍未拆封。其实，都到这个地步了，拆与不拆似乎也没什么差别。但私人信件就是私人信件，而且信封的封口是黏起来的，而不只是塞进去而已。在他年少时，曾在心爱的青少年杂志上看

过，只要将信封置于蒸汽上方，便可不留任何痕迹地熏开封口，不知这方法是否真的管用。

他摇摇头，这一刻他又回到12岁了，再这样下去，结局可能是被送进精神病院，而且是儿童青少年精神病院。

正当他决定抱着"管他的"的心情打开信封时，桌上的电话突然响起。他懊恼地从单人沙发起身，低声咒骂，偏偏在他下定决心的时刻受到干扰！

"喂！"他几乎是吼着接起电话。

"喂！我是马库思·波德，你好！"

"有什么事？"

对方并未立即回答，迟疑了半晌问："抱歉，我打扰你了吗？"

"没有，"虽然这么说，但却有着"正是"的严厉语气，"找我有什么事吗？"为了冲淡火药味，乔纳森赶紧补了一句。

"我只是想知道，你什么时候会进出版社。这一季就快结束了，我想我们应该……"

"快了。"乔纳森打断他的话。

"什么？"

"你自己刚刚说，就快结束了，但还没结束。"

"可是，格里夫先生，我……"

"抱歉，波德先生，我现在正好没时间。"

"好吧，"电话另一头的声音显得相当不安，"那就请你回电……"

"好的，我会，晚安！"乔纳森挂断电话。

乔纳森发现自己的呼吸沉重，心跳加快。实际上，他应该马上回电给出版社执行长，对刚才荒唐的行为致歉。这根本就是精神不正常，他显然有病。只是他觉得自己情绪紧绷，已快承受不住了。这到底是怎么回事？过去一星期间，到底发生了什么事？

在还没拿起电话打给精神病院，告诉他们尽快过来将他带走之前，他抓起信封，一鼓作气地拆开。

信上的字迹与记事本手账完全一样。

你真的买下对戒了，我非常非常高兴！至于我到底有多高兴，今晚在里卡多餐厅你就能亲身体会。八点整，我已经将"我们的"桌子预订下来了。

我爱你！

H.

H.！又是只有这个缩写字母H！不过，总算还有里卡多餐厅这个具体的地点，还有具体的时间，哈！只是，今晚还不是那晚，还得等六个星期，要等到五月十一日！

乔纳森觉得还是打电话给精神病院好了，他绝对撑不了那么久。

就在陷入绝望前，他突然又有新点子，打给精神病院不如打去里卡多餐厅。人们在订位时得留下名字，不是吗？

五分钟后，乔纳森又觉得生命充满希望。他先打开笔记本电脑上网找到这家意大利餐厅的电话，再拨电话过去，接电话的先生既礼貌又友善，带着浓浓的意大利腔（启示？启示！）说，目前为止五月十一日只有一个订位记录：一张两人座位，留下的名字是马克斯，对方还非常友善地将名字一个字母一个字母地拼给他听：H. Marks。

乔纳森立即上Google搜寻这位住在汉堡，名字开头为字母H的马克斯小姐。这应该不难，只是字母H应该是什么名字的缩写呢？或许是赫尔嘉（Helga）？不，这名字对那位在咖啡厅里惊鸿一瞥的小姐来说太老气了。不过谁知道父母帮孩子取名字时都在想些什么，特别是住在哈佛斯特胡德区出身高贵的父母们。尽管如此，乔纳森还是剔除赫尔嘉这个名字，还有汉内洛蕾（Hannelore）和赫德薇西（Hedwig）也一并去掉。除了这些，还有哪些女生的名字是以字母H开头？

他打开姓名大全的网站，一一浏览：哈德布嘉（Hadburga）？哈德琳德（Hadelinde）？哈特薇内（Hadwine）？天啊，这都是什么鬼名字！

十五分钟后，他决定应该是汉纳（Hanna），或是汉娜（Hannah），还是海珂（Heike）、海琳内（Helene）、亨莉珂（Henrike）、希尔珂（Hilke），这些名字听起来都充满了北德的味道。

回到Google重新搜寻，这回搜寻图片。

五小时后，乔纳森相当绝望。他浏览了不下上万张的图片，点开至少八万个链接，不管用哪个名字搜寻都没结果：汉纳、汉娜、海珂、海琳内、亨莉珂、赫尔嘉、赫德薇西、汉内洛蕾、哈德布嘉、哈德琳德、哈特薇内。绝望中他还去搜寻了最怪异的名字，像海琳薇蒂丝（Helewidis）或海尔嘉德（Heilgard）之类令人崩溃的名字。无论如何，这些马克斯小姐都不是他在找的神秘女郎。有可能网络上根本搜寻不到这位女郎，或者至少他没办法搜寻到她。

乔纳森疲惫地趴在桌上，不到几秒钟，便沉沉入睡。

58. 汉娜

三月十九日星期一，晚上十一点○七分

"你觉得这样做真的好吗？"汉娜问丽莎，一脸忧虑。她与丽莎正坐在她的丽人行车里，丽莎坐在副驾驶座上。

"不好。"丽莎笑着说。

"什么？为什么你现在才说？"

"开玩笑的啦，"丽莎懊恼地说，"抱歉。"

"老天，别跟我道歉，跟我说这样做到底好不好！"

"好好好，非常好，非常非常好！问这个也太迟了吧，你都已经把东西投进信箱了，我们又拿不出来了。"

"天啊，真该死！"汉娜咒骂着，"之前我们决定得太仓促了，应该好好考虑！"

"才不呢，你不是常说要跟着感觉走吗？这不就是了。"

"这样说也对。"

"而且，就算错了又会怎样？"

"西蒙会气得在坟墓里跳脚？"

"那就让他跳脚吧！谁叫他竟然瞒着你。"

"哦。"

"没错，就是这样。开车吧，我还想上床睡觉。"

汉娜发动引擎，将车子开上宽敞的别墅出口通道，朝着法肯斯坦沙岸的方向前进。丽莎说得对，她不必一直烦恼到底做得对不对，她已经做了，也不能反悔了。

从西蒙公寓离开后，她就直接去丽莎家里，告诉她对戒的事，也把西蒙

的小说文稿给她看。丽莎跟她一样，觉得这两件事情都很匪夷所思，也赞成汉娜在五月十一日去里卡多餐厅，见见那个持有手账并买下对戒的家伙，问他到底有什么毛病。

接着，她们又开始讨论该拿西蒙的文稿怎么办，最后寄给了汉堡本地最著名的出版社。她们先去欢乐儿童工作室，在丽莎忙着影印三百二十三页文稿时，汉娜动笔写出一篇感人的投稿信。

最后，她们将文稿影印本和投稿信一起放进大信封里封好，汉娜照着丽莎的指示，在信封上写下"执行长亲启／机密文件"的字样。根据丽莎的说法，这样才"显得够分量"。

所以，现在西蒙的小说《汉娜的笑容》已在格里夫森与书出版社信箱里了，足足有五分钟之久了。

汉娜踩下油门，调头朝着法肯斯坦沙岸方向开去。她得赶紧离开，否则她可能会忍不住回头，想尽办法撬开出版社的信箱！

59. 乔纳森
四月三十日星期一，上午九点〇三分

乔纳森还是熬过去了。整个四月都过了，人还是没疯掉。支撑他度过这段日子的是记事本手账（不，他没写下自己的墓志铭，只是随手在手账杂记栏写下"乔纳森·N·格里夫：他是个好人，愿他安息的字样"），以及与雷欧波特的谈话。他和雷欧波特在过去几个星期已成为真正的好友。雷欧波特（乔纳森偶尔会开玩笑称他为废柴流浪汉）常说出类似"等待会使事情更加有趣"的话（明显是偷用安迪·沃霍尔①的名言，雷欧波特自己承认），给他带来不少心灵上的慰藉，比他认识的所有人生教练加起来还多。现在，乔纳森觉得自己快变成轻松大师了，快了。

只剩下最后一件事：与库思·波德的会谈仍是芒刺在背，乔纳森也仍然不知道，自己到底该怎么做才好。

他只能不断找借口拖延时间。他告诉波德，再等一季，先看看情况如何再说，他不想仓促下决定，以免未来后悔等之类的借口。

现在，他甚至觉得丢脸，竟然没勇气跟出版社执行长爽快地说："你就放手做吧。除了跟他'太太'去吃蛋糕之外，我父亲已经不问世事了。而我对经营这回事毫无概念，你没问题，一定可以成功的！"

真可笑，也真匪夷所思。到底乔纳森·N·格里夫在担心什么？又是什么令他如此担忧害怕，如此犹疑不定，如此……如此……首鼠两端？他可是个有智慧的成人！

---

① 安迪·沃霍尔（Andy Warhol，1928年8月6日—1987年2月22日）被誉为20世纪艺术界最有名的人物之一，是波普艺术的倡导者和领袖，也是对波普艺术影响最大的艺术家。

如同无数个早晨，他此刻正坐在饭桌前喝咖啡、吃牛角面包，问自己到底为什么。他不懂，实在不懂，他只知道，内心深处有个什么东西，可能是一条裂缝，一块空缺，一个……

"想太多了！"如果雷欧在的话，一定会这样告诉他。可惜这个废柴流浪汉不在。两星期前他在汉堡一家咖啡厅找到厨师的工作，此刻，这家伙可能正忙着变出全汉堡最美味可口的炒蛋。

乔纳森叹口气，打开记事本手账，翻到今天的日期。老天！这就像有人（书写手账的小姐？）在偷窥他的生活，日志记载的内容完全符合他此刻的心境。而且不只是他，还有正在炒蛋的雷欧波特。

列出你的自省清单！

听过"戒酒无名会"的"十二步骤"吗？没听过？真可惜。"十二步骤"不仅可帮助人成功戒瘾，还可以让人生活快乐。其中最重要的一点便是列出一张个人清单，诚实且无畏地面对自己。做法如下：找张椅子坐下来，好好想一想自己曾犯过什么错误，曾伤害过什么人，曾经如何欺骗他人和自己。再想想还有哪些事情该与人讲明白。请记住，无论下笔有多困难，一定要诚实！接着，动手弥补自己曾犯过的错误，澄清所有问题。从今以后，无论是对自己或对他人一律真心诚意。这样做会带来什么影响？获得内心的平静与坚强的意志，还有最重要的：自由，全然无惧的绝对自由。

乔纳森将这段话读了一遍又一遍，然后再读一遍。无论读多少遍，意思总是一样，清楚明白。无论他再如何左思右想，现在白纸黑字清清楚楚地写着：该行动了。

自从上回与雷欧波特在伊泽贝克运河边谈过话后，乔纳森就已想到，或许在生命中，还真有那么一点小事等着他动手解决，或者该解释清楚。只是直到目前为止，自己总是心存侥幸，顽固地躲在舒适圈里不愿改变。现在，他已经了解自己的确是有那么一点自以为是了，但要对自己和他人坦白说出这一点，实在是……必要的。没错，就是必要。

他坚定地起身，将椅子往后一推，大步往楼上书房走去。拿起电话听筒，却发现自己不知道对方的号码。他转而拿起手机，找到对方的名字，按下拨出键。

"乔纳森，是你？"接通后传来惊讶的女声。

他清了清嗓子，"你好，蒂娜！"

"真令人惊讶！"

"我知道。"

"什么事竟能劳驾你打电话给我？"

"我只是想跟你说抱歉。"

"抱歉？"电话传来的声音显得相当惊讶，"为了什么事？"

"为了我曾错怪你。"

"你错怪我？"

"是的。"

"我怎么不知道。有发生什么事吗？"

"有，"说完又马上更正自己的说法，"应该说没有，没发生任何事。"

"这又是什么意思？"她笑了起来。

"我只是想清楚了。"

"听起来很有意思！"

"我想清楚了，"乔纳森又说了一次，"这几年来，我没有理由对你和托马斯生气。"

沉默了半晌，传过来的声音更显得讶异，"是吗？"

"是的，你不是为了我的好友而离开我。你离开我，是因为我从未真心爱过你。"

再一次沉默。最后，蒂娜终于开口更正，"我离开你，因为我们从未真心相爱过。"

"我们！？"乔纳森惊讶地反问。

"是的，乔纳森。从前我们一直假装是完美的一对，因为从各种条件看来，我们都很相配。实际上，我们的确也很相配，只是缺乏真爱而已，而这也是我一直在寻找的东西。当我看清这点后，就只能离你了。"

"真的吗？"

"真的。"

"那你为什么从未对我说过？"

"我试过，可是不管我怎么说你都无法理解。"

"是吗？"

"是的，乔纳森。"蒂娜再次笑了起来，听起来却有些悲伤，"可是，我很高兴，真的很高兴，你现在打电话来跟我这样说。"她叹了一口气，"看来，你也不是真的那么无可救药。"

"这是什么意思？"

"只是好意，乔纳森，我并没恶意。"

"原来如此。"尽管他还是不懂蒂娜在说什么，但还是这么说了。

"你最近好吗？"蒂娜问。

"很棒！"乔纳森说，"嗯，好吧。爸爸已失智到人事不知，不过这可能是福不是祸。出版社一如往常，还有……"他顿了一下，觉得好像不应该这么说。

"还有？"前妻追问。

"还有，我遇见了一个很棒的女人。"

嗯，这应该不算谎言吧。他真的遇见她了，一个红发小姐。算遇见吧，对，没错，是遇见。而且如果幸运的话，很快就会再遇见她了。

"那多好！"蒂娜欢呼，"但愿这回遇见的人真正适合你。"

"我也这么希望。"

"好，我得挂电话了，塔贝娅已经开始哭闹。很高兴接到你的电话，再见了！"

"再见！"说完又赶紧补了一句，"还有，抱歉我从未谢谢你的新年祝贺！"但对方早已挂断电话。

乔纳森觉得舒服多了。他用心地感觉了一下，没错，他觉得很棒，可以说是获得了所谓"内心的平静"。这么做，其实一点都不难，而且也没受到任何伤害。惊人，真是太惊人了！

乔纳森乘兴再度拿起电话，这回，他要打给出版社助理雷娜特·克鲁格，请她帮他与波德约个会谈时间。是时候了。他该与出版社执行长坐下来，认真地交换一下意见。但愿这一切也会像与蒂娜那样简单，不过也不可能发生什么大不了的事。

"你这通电话真是太巧了！"电话一接通，克鲁格太太激动的声音便传了过来，"我正要打电话给你！马库思·波德两分钟前才进我办公室说要……"

"真巧！"乔纳森笑着打断她的话，只能说是命中注定，"我才刚要请你帮我跟他约个时间。"

"……辞职。"克鲁格太太终于讲完她要说的话。

"什么？"

"他辞职了，格里夫先生。马库思·波德刚交出他的书面辞呈。"

60. 汉娜
五月十一日星期五，晚上七点五十三分

激动，愤怒，迷惑，悲伤，好奇，害怕。

以上全是汉娜的心情。汉娜提早十分钟到了，她在里卡多餐厅里以马克思为名预订的桌旁坐下。

她来了，静候揭开真相的时刻到来，她即将知道那位依照西蒙手账过了快大半年的神秘男子是谁。无论如何，汉娜希望他会出现，因为他的神秘存在令她寝食难安。

她不断地与丽莎讨论，到底是什么样的人会在捡到一本记事本手账时，不交出去（警察、失物招领，随便哪里都可以），反而照着上面的记载过日子，然后还买下陌生人的婚戒！除非这家伙心理不正常，或者根本就是个疯子之外，她们想破头都找不到任何合理的说法。

原本丽莎坚持要陪她今晚一起到里卡多餐厅，因为她怕汉娜会遇到杀人魔。经过几次讨论后，汉娜终于说服丽莎：星期五晚上在一个人声鼎沸的餐厅里，四周众目睽睽，发生谋杀事件的几率实在不高。尽管如此，丽莎还是强迫汉娜每小时都打一次电话给她。"否则我马上报警！"丽莎这样威胁，"或者我亲自赶来！"

最近，丽莎也读完了西蒙的小说，而且像汉娜一样着迷。也就是说，觉得西蒙小说好看的，不只是汉娜一个人而已。

格里夫森与书出版社还没有任何回音，汉娜有点失望。虽然她对出版毫无概念，可是六个星期都过了，有个回音应该是很正常的要求吧。不过算了，原本她还以为会接到一通电话，对方激动地喊着："我们马上送合约过去！"

不是为了钱，不。汉娜甚至不知道是否有任何权利要求（她也不想要），她只是单纯觉得，西蒙的小说值得出版，值得获得读者的重视，就算作者过世了也一样。

她常常不由自主地想起西蒙小说里的情节，多美的爱情故事呀！泪水不禁又涌进眼眶，这么美的故事，可惜不是真的。

正当她想打开手提袋找面纸时，桌前隔间用的帘幕突然打开。

汉娜抬头看去。

他来了，站在她面前。那位有着湛蓝眼珠和几丝白发的黑发男人，果然就是那个男人，在咖啡厅古怪地瞪着她看的男人，她还清楚地记得他的长相。

此刻，他仍然瞪着她看，只是有些不安，眼神闪烁。

"晚安，"他轻声说，"我的名字是乔纳森·格里夫，请问你是马克斯小姐吗？"

她将椅子往后一推，站起来，朝着他走去。

"汉娜。"她说。

61.

乔纳森
五月十一日星期五，晚上七点五十五分

当乔纳森七点五十五分在一家名叫里卡多的意大利餐厅前下车时，他觉得膝盖发软。他的心在胸腔里狂跳，除此之外，他不知道该如何形容自己现在的状态。同时，他也怀疑自己如何能够熬过接下来的五分钟，更别提一整个晚上了，如果真有那么一个晚上的话。无论如何，再过几分钟，他就要面对在咖啡厅里惊鸿一瞥的红发小姐了。他到现在还是无法确定，到底H. Marks是不是就是她，他也不知道今晚她是否真会出现在餐厅里。

因此，他非常紧张，这一生中，他从未那么紧张过。但是他也绝对不会临阵脱逃，他已经等太久了，那样热切地期盼，就为了这一刻的来临。

只是，在过去这段时间，他并没有太多时间去想象五月十一日这个命运之日。马库思·波德意外辞职后的这两个星期，乔纳森的工作量突然大增。他每天都去出版社，不仅为了展现自己的存在，也为了让员工放心。另一方面，他也得想办法赶紧接手原来执行长的工作，或多或少得做一些。

在克鲁格太太告诉他波德辞职之后，他便飞车赶到出版社，冲进波德的办公室，鼓起三寸不烂之舌劝阻，并承诺种种好处：加薪、配新公司车、全权负责、必要的话每天都可以请人到办公室按摩等等，全都无济于事。

"我不想继续干了，"出版社执行长只是这么说，"长久以来，我都觉得自己像个傀儡，跟你一样被你父亲操纵着，什么事都无法自己决定……"

"可是，"乔纳森打断他的话，"你说'傀儡'是什么意思？还有，什么叫跟我一样？"

波德毫不理会乔纳森的话，继续收拾桌上的东西，自顾自地说下去，"我和我太太都觉得不能再继续这样下去了。"

"什么？"乔纳森讶异地问，"你和你太太？我以为……"

"我们现在又在一起了。"

"真的？"乔纳森希望自己的语气听起来是高兴而不是震惊，他真的为他高兴，破镜重圆是一件好事。如果这是波德辞职理由的话，那对他来说，震惊就大于高兴了。

"正是。"执行长，不，前执行长答道，"人生嘛，你知道，危机就是转机。我太太昨晚跟我谈了很久，她说她仍然爱我，但她早就不再觉得我们是一个家庭了，因为我总是忙着工作。"他笑了起来，"像我刚才说的，忙着做一个……算了，不说也罢。"

"所以你现在的意思是？"

"我决定休息一阵子，我们会带着孩子一起环游世界。"

"环游世界？带着孩子？"

"现在这个时间点正好。再过两年，老大就要上小学了，就不可能这么做了。"

"那你也不必马上辞职呀！"

"不，这是必要的。"波德说，"而且，回来后我也不打算继续现在的工作，我想一份压力小一点的工作。"

"少来了！这工作也没这么多压力吧。"

"哎，格里夫先生，"波德边说边友善地拍拍他的肩膀，"等你接手我的工作之后，你就会明白我在说什么了。"他朝他眨眨眼，"旅行回来后，我们还是可以继续打网球。我渐渐觉得，跟你争输赢真是越来越有趣了。"

"哎，"乔纳森不知该说什么，"可是……可是……你什么时候走？我的意思是说，离开出版社？"

"马上。"

"马上？这……"

"我已经在这里工作十五年了，六个月前须提出离职通知。但这些年来累积下来的未休假期和加班时间加起来也有半年左右，我想，这样应该没问题吧。"

"波德先生，我……"

"祝你一切顺利，格里夫先生。"波德边说边抬起装着私人用品的箱子，"你可以的！还有……"他指了指桌上的几叠纸，"那里有一些相当杰出的文稿，有时间你或许可以看一下。"说完这句话，就再也不见人影了。

这就是波德突然离开的经过。此刻，命运之钟即将敲响，他不要想这些事。好吧，坦白说，这几天来他实在没有多想这件事。他决定出版社先暂时一切照旧，然后暗自祈祷，所有一切都会自然而然地走上正轨，以某种莫名的方式。

"这不可能有好结果。"听完乔纳森悲惨的遭遇，雷欧一开口就打破他的美梦。面对雷欧的直接，乔纳森只是回了一句"你管好自己的炒蛋就好了，你这个废柴流浪汉！"

此刻，他踏进里卡多餐厅，厚重的门后是一间小小的、装饰颇有品味的意大利餐厅。所有桌子都坐满了客人，乔纳森四处寻找红发小姐的身影，毫无结果。而且，每张桌子都不只有一个客人，乔纳森大失所望，心凉了半截。

"晚安！"一位侍者面带微笑地朝他走过来，"请问有订位吗？"

"有的，"乔纳森沮丧地说，"订位名字是马克斯。"

"请你跟我来！"他朝他点点头，便往前走去。乔纳森随着他穿过整间餐厅，感觉自己的心再度狂跳了起来。她在吗？难道她真的在吗？

侍者停在一道帘幕前，一声"请进"后帘幕拉开了。

她坐在那里，就在他眼前，那位绿眼睛红卷发的小姐。正是那位咖啡厅里惊鸿一瞥的小姐，他还清楚地记得她的长相。

她看着他，脸上毫无表情。

"晚安，"他轻声说，"我的名字是乔纳森·格里夫，请问你是马克斯小姐吗？"

她将椅子往后一推，站起来，朝着他走去。

"汉娜。"她说。抬起手，狠狠地甩了他一个响亮的耳光。

62. 汉娜
五月十一日星期五，晚上九点二十分

这个晚上，汉娜仍旧没有享受到传说中里卡多令人销魂的美食。在那场颇为"冰冷"的见面礼后，餐厅老板亲自为两人倒了杯嘉维美酒，从此消失在帘幕之后，整个晚上都不再现身。他应该也不想再看到这对客人了，或许也觉得汉娜是个疯子——订下这个独立用餐的小空间，只为了把男人弄哭。

在汉娜把这一记耳光的原因告诉乔纳森后，他深受打击。

"我完全不知道这些事，"他说，"真是太抱歉了！一开始，我的确只是想找到手账的失主。可是渐渐地我被你写的东西所吸引，而且我找过那位生命咨询师后……之后我或多或少相信，这真是命运送给我的大礼。因此我越来越沉迷，忘记现实，最后甚至买下婚戒。我知道，这真是太过分了，请你原谅我。我真的把这一切视为命运的安排。"

听到这里，汉娜便不再抱有任何敌意了。她能再反对吗？这一切难道不是她自己一向深信不疑的吗？

她开始专心地聆听乔纳森的叙述。他告诉她，元旦清晨在他的脚踏车上挂着一个袋子，里面就是这本手账。手账里的笔迹令他想起母亲，在他童年时便离开他的母亲。他曾在阿尔斯特湖遇到一位貌似哈利·波特的怪异男子，此刻他才明白，这个人是谁。

他们谈了很久，深入各种细节。期间汉娜不时得发封简讯给丽莎，告诉她一切都没问题，不必找警察，也不必亲自过来。事实上也真的一切都没问题，只是汉娜总忍不住哭泣。有一回乔纳森甚至伸出手来握住她的手，但在她稍微平静下来后，便立即放开。

他们也讨论了她的名字，她姓马克思（Marx），不是马克斯

（Marks）。若是乔纳森以正确的名字上网搜寻的话，应该很快会找到她是欢乐儿童工作室的负责人，而且还会看到她的照片。汉娜告诉乔纳森西蒙生病的事，以及他对癌症的恐惧，还有失去报社工作后的沮丧。乔纳森说，难怪当他在《汉堡新闻》上读到西蒙·克兰失踪的消息时，便觉得这个名字很眼熟。平常他每天都很仔细读报，但也真是命运捉弄，西蒙的照片恰恰在扯坏的那一角，否则他会马上认出这个人正是他在阿尔斯特湖畔遇到的年轻人，并立即通知警方。

他们谈了好几个小时，汉娜本来还下定决心，要在里卡多好好教训一下这个偷了婚戒和手账的卑鄙小偷，要令他终身难忘。但在谈话中，她渐渐发现，自己还挺喜欢眼前这个乔纳森·格里夫。她喜欢他的老派绅士风度以及稍显笨拙的举止。若是母亲在，一定会说他有魅力，虽然稍微奇怪了些。

"我们谈了这么多，"汉娜刚才发现，午夜不知不觉就过了，"而我到现在还不知道你到底是做什么的，当然除了遵循陌生人的手账生活之外。你的职业是什么呢？"

"我是出版人。"乔纳森解释。

"出版什么？"

"书。"

"真的假的！"汉娜惊呼。

"是呀。"面对汉娜的惊讶，乔纳森不安地回答。

"乔纳森·格里夫？"她追问，"难道你跟格里夫森与书出版社有关？"

他笑着告诉她："没错，那就是我的出版社。"

"不可能！"汉娜很不淑女地拍了一下桌子，力气之大，连玻璃杯都被震得铿锵作响。

"我恐怕无法理解……"

"西蒙写了一本小说，"她解释，"我在他死后才发现手稿。"她清了清嗓子，忍住回忆起这一刻的悲伤，"书名是《汉娜的笑容》，几个星期前，我将小说丢进你出版社的信箱里。"

"哦，"乔纳森开始口吃，"我……这个……我目前……嗯，接下来的出版计划我还……"他顿了一下，重新开始，"你说叫《汉娜的笑容》？"

"没错。"她点头。

"作者是西蒙……"

"克兰。"

"我不确定是否看过。"他看着她，几近羞愧的神色。

"我直接投入你们出版社的信箱，上面写着：执行长亲启。"

"哦！"乔纳森松了一口气，"出版社执行长正好在前阵子离职，所以……我想文稿可能还在某个编辑手上。一回出版社，我就会立即追问。"

"真的？"她朝着他微笑，"那真是太棒了，如果你能亲自读一遍。"

"我很乐意！"

"谢谢！"

伴随一声轻咳，帘幕再度开启。里卡多进来，很客气地问他们是否还要点什么东西，他们很快就要关店了，毕竟也快深夜一点了……

"不，谢谢！"汉娜说，"我们也要走了。"她看着乔纳森，发现他的表情有些失落，不过，这也可能只是她一厢情愿的看法。

十五分钟后，两人走出餐厅，站在街上，彼此都不知道该如何跟对方道别。

"我可以送你回去吗？"乔纳森开口，指指停在对面马路边的萨布，"现在实在很晚了。"

"那就太感谢了。"

他们一起走向车子，他绅士地为汉娜打开车门，等她坐好后，才进入驾驶座定位。

"我该送你到哪里呢？"

汉娜迟疑了半晌，"你可以……"不知不觉间，她对他就像多年的朋友那样熟悉，"带我去阿尔斯特湖畔，你见到西蒙的地方。"

乔纳森发动引擎说："当然可以。"

63. 乔纳森

五月十二日星期六，上午八点三十分

文稿，那该死的文稿到底在哪里？乔纳森紧张地翻找摆在波德桌上的几叠纸，之前他连看都没看。他没时间，也没兴趣。

可是，昨晚与汉娜……在他昨夜认识这个迷人的女人之后，他必须找到这该死的文稿。因为这对她很重要，所以现在对他也很重要。所以他今天一早就赶来出版社，很幸运出版社没人，没被员工看到他现在狼狈的模样。

昨夜，乔纳森几乎一整夜都未合眼，不断想起与她在一起的一切，竟是那么美好。但也很难过，她才刚失去生命中最重要的男人，这不仅很糟，也使得状况变得更为复杂。原本，他想告诉汉娜，他在咖啡厅的惊鸿一瞥时已经无可救药地爱上她了。他本来准备用华丽的辞藻来形容所有浪漫的细节，但她一见面便甩了他一记耳光，并告知男友的死亡和对他滥用手账的愤怒，他无法将这些话说与她听。乔纳森觉得，若在当时的情况下坚持告白的话，未免也太不识时务了，汉娜显然没有那种情绪，虽然有可能有那么一点心思。乔纳森相当确定，汉娜对他是有心的。经过这一个晚上，乔纳森不再只单单着迷于汉娜的外表，而是整个人，他深深倾心于她热诚与迷人的笑容。汉娜有一种无与伦比的积极天性，就算受到如此大的打击，她仍然如此勇敢，这也使得乔纳森对她肃然起敬。

他想起在深夜中带她走在阿尔斯特湖畔，来到当初西蒙谈论天鹅象征超越的地方。汉娜再度泪流满面，乔纳森紧紧抱住她，这一刻，他无法不这么做。汉娜在他怀里如幼儿般痛哭，两人如此亲近，乔纳森都能感觉到汉娜的心跳。他闭上眼睛，想象汉娜在他怀里，不是为了别人哭泣，而是为了接近他——乔纳森·N·格里夫。这样的梦美到几乎不可能是真的，但或许有那么一天……毕竟，他的生命因为汉娜的出现发生了翻天覆地的变化，这也是从前完全无法想象的事。

那份该死的文稿到底在哪里？她说书名是《汉娜的笑容》，直接寄给了执行长，而且投进出版社信箱。会在波德桌上吗？波德跟乔纳森说过，桌上有几份"相当杰出"的文稿，如果那份文稿一点都不杰出，甚至不怎么好呢？会不会被波德直接丢进垃圾桶里？

不，这不是出版社的做法。他们会登记所有直接寄来的文稿，无论质量优劣。然后，编辑助理就会将这些已登记的文稿收进大箱子里，封存在储藏室里。他边想着边瞄过一排排邮件收纳箱，带着最后一丝希望……

找到了！就在那里！他兴奋地抓起那叠纸，首页印着"汉娜的笑容，小说，作者西蒙·克兰"的字样。

他匆忙地在波德的桌子边坐下，将首页翻到一旁立即往下读去，只是他并没有读太久，读到第一句话便停止阅读了。

他觉得头晕。西蒙·克兰，正是这个名字，他的确不陌生，但不是因为在《汉堡新闻》上的文章，不，乔纳森看到《汉娜的笑容》的第一句话时，他就想起来了。这令他非常不舒服。

他从波德的椅子上跳起，匆忙间撞倒了沉重的办公椅，乔纳森无暇理会，一个箭步冲进了自己的办公室。

他打开计算机等候开机，一边焦急地用手指敲打桌面。希望是自己记错了，他多希望真的是自己记错啊！

可惜他没记错，一个名叫"克兰"的档案出现在他眼前。那是一封退稿信，是他自己四年前写的，并亲自将信与《汉娜的笑容》文稿一起装进信封，寄回给作者。

现在，乔纳森不再只是觉得头晕而已，在他再次看到当时亲手打下的信件时，他觉得自己已经濒临死亡的边缘了。

克兰先生：

昨日我兴致高昂地读了您首部小说的文稿，我必须告诉您，这份文稿每一页都带给我无尽的乐趣。下班后我甚至还把文稿带回家，因为故事情节令我欲罢不能。您文笔锐利，且相当幽默，并极具娱乐性，读起来令人忘记时间。而且您对人物的描写非常有天分，使得故事中的角色个个都如在眼前般栩栩如生。

我只能说：继续写吧！我发现了一个天才，多令人高兴呀！我迫不及待地想看您其他的文稿，并期待早日相见。

这样的作家不是随便就可以遇见的。

就这样。

句点。

段落结束。

换行。

开玩笑的。克兰先生，我不想再喽哩啰唆，就直接讲重点：在我的职业生涯中，像这样差劲的文稿（实际上这根本不能称为文稿，应该说是一堆毫无意义的文字堆砌出来的行列式），还未曾出现在我的办公桌上。说出任何可能会激励你继续写作的话语，我都认为是一种罪行。我只能说，一个鞋匠，还是专注在楦头上好。可惜我不知道你的职业是什么，但我相当清楚，绝不可能是作家。在此我要建议您（差一点我就想写求求您了），请将存在计算机里的文稿档案移进垃圾文件夹里，然后求您（我还是写了），千万别忘记，记得清除垃圾文件夹。

我不期待您的回信（我也不希望再读到您写的东西……）

致以最崇高的敬意

乔纳森·N·格里夫

冷汗直流，乔纳森直冒冷汗。他全身发热，接着又冷得打起哆嗦。他真的写过这样的东西？还把它寄出去？

没错，他的确这么做过。但他实在无法理解，他当时到底出于什么心态，竟写出这么尖酸刻薄的信。再次看到这封退稿信，他不得不承认自己立即想起当时的情景。

当他拿起《汉娜的笑容》文稿时，并没看太久，可能只读了二或三页，便对这种"可耻的媚俗之作"嗤之以鼻，这世界不需要这种东西，文学界更不需要。然后，他便提笔写了那封信寄出。

为什么？为什么会这样？他严肃认真地反问自己，就像"自省清单"的要求一样，到底为什么自己会这么做？

他不记得了，乔纳森·N·格里夫完全无法理解，当时如何会鬼使神差地做出这种蠢事。他只知道一件事：如果他还有那么一点希望，能与汉娜共度更多时光，甚至可能赢得她的芳心，那么，她就绝对不能知道这件事！绝对绝对不能！

64. 乔纳森
五月二十日星期日

"问你一下，你真的不觉得这样有点无聊吗？"

"赤脚走过草坪为什么会无聊？我觉得很棒呀！"汉娜回答。

"这件事本身当然并不无聊，可是也没必要把它当成'事项'记在行事历里。这种事随时都可以做呀！"

"你真的这么想？"她挑战地看着他，"上回你这么做是在什么时候？"

"哎……"乔纳森觉得自己被逮到小辫子了。

"看吧！"她满意地说，"通常根本不会去做'随时'可做的事，所以我才要把它写进行事历里。"

"好吧。"他有点难为情地嘟哝，继续随着汉娜赤脚走在草坪上。他其实并不想抱怨，一点都不想！他非常快乐，因为汉娜愿意再次与他见面。她还建议他们就照着手账上预定的行程见面，他也觉得这个主意不错。

只是，赤脚对他来说……嗯，就是赤裸裸的感觉，毫无保护，而且很娘。

"走啊，你这个慢吞吞的家伙！"汉娜笑着朝他喊，在他小心翼翼地绕道走过一丛咬人猫①时，"谁先到下面的冰店，谁就要付钱！"说着她开步就跑。

"赢的人付钱？这是什么逻辑？"他朝着她身后喊。

---

① 咬人猫是一种全身上下都是针刺毛的植物，万一不小心碰触到，就像是被针刺、被蚁蜂咬到一样，叫人疼痛难耐，而且要经过一两天，这种疼痛才会消除。

"我的！"她回头喘着气喊着。

啊，他喜欢她，他真的喜欢她，真的非常非常喜欢！

汉娜
六月四日星期一

"抱歉，可是我真的不行了，再吃下去我的肚子就要撑破了。"乔纳森一脸嫌恶地推开眼前的盘子，上面的吕贝克杏仁核桃蛋糕只吃了一半。

"撑破不算，"她回道，"要不舒服想吐才行。"

"之前吃到倒数第二块蛋糕时，我就已经很不舒服了。"

"那你要讲出来啊。"

"我不想让你失望。"

"可是这是你的生日，又不是我的生日。"

"你怎么知道今天是我的生日？"乔纳森问汉娜。昨天她突然发了条短信，说星期一下午要请他到吕特咖啡吃蛋糕。这是手账上六月四日的行程，而且乔纳森跟汉娜说，上班时间他实在不想从办公室开溜。不过汉娜坚持，最后还是如她所愿，这是她设计的生日行程，没得讨价还价！

"我打电话到你办公室去问的。"她回答。

正在喝茶的乔纳森猛然呛了一口，顿时咳了起来，"你打电话到办公室了？"

"正是，有什么不对吗？"她看着他笑，"你的助理很亲切，回答也很热心呀。"

"这样啊。"这回换他笑了，就像小男孩般可爱，"这个亲爱的雷娜特·克鲁格太太，看来我得好好跟她谈一谈什么叫隐私保护。"

"别担心，她只告诉我日期，没说年份。"

"请问你这是什么意思？"乔纳森故作生气样。

"没什么意思。"她笑，逗弄乔纳森真是太好玩了。像在打乒乓球，乒乒乓乓，有去有回，"说到出版社，你到底找到西蒙的文稿没有？"

他懊恼地看着她，"还没呢，不知道波德离职前到底把它丢到哪去了。"

"我可以再印一份给你，一点都不麻烦！"

"我明天再找找看，好吗？真的找不到的话再说。"

乔纳森
七月十五日星期日

"你知道吗？我一点都不怕太阳。"乔纳森气喘吁吁地解释，"意大利基因，你知道的。"

"可是你的背部看起来好红，"坐在他身后的汉娜说，"你确定不要我帮你擦点防晒乳吗？"

"不，不，不需要。"他觉得发红的部位不只在背部，他的脸一定也是，而且不是因为晒太阳的关系。过去的一个小时，他们都在大太阳底下，划船穿梭于阿尔斯特湖附近的运河上。脸红不是因为太阳，也不是因为划船太过吃力，事实上，乔纳森划了不到十分钟就因太热而不得不脱掉T恤打赤膊（乔纳森惊喜地发现，汉娜虽然只瞄了他赤裸的上身短短一眼，但却是充满赞赏的目光）。若汉娜贴心地帮他擦防晒乳的话，必会触摸到他的皮肤，然后……对，然后就连乔纳森·N·格里夫都无法保证会出什么事了！想到这里他的脸更红了。

"对了，到底编辑评估得如何了？有结果了吗？"充满遐想与暧昧的一刻就这样硬生生被汉娜这一句话给毁了。

乔纳森不禁心虚地缩了一下肩膀，"到现在还没有。"

真该死！她又问起西蒙文稿的事了。之前为了应付她的追问，乔纳森不得不宣称已经找到稿子并交给编辑了，因为"编辑部门的同事比我懂得如何评估一本书"。

真是自讨苦吃！现在汉娜每隔一段时间就会问他评估结果，他可以理解她的心急，想知道到底小说能不能出版。当时他实在应该诚实地告诉她，他读过文稿了，而他的感想是：作为个人感想或日记，的确是挺不错的，但这不代表就适合出版给大家看。

不过，他实在害怕自己对西蒙小说的恶评，会失去得到她的机会。至少她会因此对他的看法……相当保留。他最害怕的还是那封恶劣的退稿信会被她发现。虽然在他看到档案时，已经马上从计算机上删除，但万一呢？

想到这点，乔纳森便觉得不安，做人得对自己和他人真心诚实，才能获得内心真正的平静。

他计划尽快告诉汉娜，编辑部决定不出版西蒙的小说。或许她会很失望，但这无法避免。只是，现在还不要，不要今天，不要在这个与她共度的美丽夏日时光……

汉娜
八月二十五日星期六

"老实说，这实在太蠢了，"丽莎低声说，"我一点都不想当电灯泡！"

"别那么大声，"汉娜用气音说，"不然你会吵醒他！"

"那个他？"丽莎指指正在打鼾的乔纳森，"我觉得他早就陷入昏迷状态了。"

汉娜笑了起来，"这种昏迷还挺吵的。"

"不是有种说法吗？"丽莎问，"男人打鼾是为了赶走夜间来袭的动物？"

"那很棒呀，谁知道这附近有什么奇怪的野兽！"

"圣彼得奥尔丁的海滩？"丽莎低声反问，"我想想……你是说卑鄙狡猾的北海褐虾？"

汉娜再度忍不住笑了起来，接着叹了一口气，缩进睡袋里，抬眼看向天空的星星，"不过说真的，在这样的夜空下入睡不是一件很美的事吗？还有海涛当背景音乐？"

"是没错，"丽莎附和，"的确很美。只是我觉得如果你们不要拖我来，只有两个人的话会更好。"

"我怎么可能单独跟乔纳森过夜！"

"首先，这是在沙滩上，每个人都紧紧裹在睡袋里。再者，你什么时候变得这么纯洁保守？"

"我才不纯洁保守呢！"

"你是！"

"我现在还不确定自己到底喜不喜欢他。"

"相信我，你很喜欢他，我可是认识你好几年了。"

汉娜沉默了半晌，不知道该如何回答。最后，她轻声说："没错，我很喜欢他。可是我也很困惑，西蒙去世还不到一年。"

"那又如何？"丽莎说，"十年后当你和乔纳森有三个孩子后，没人会在意你们认识之初是否违反社会善良风俗，指责你没在前任未婚夫去世十二个月后才再恋爱。"

"哎，你真是！"汉娜抓起一把沙子，朝着好友丢去。

"嘿！"丽莎抗议，"用沙攻击一点都不公平！"

"用语言也一样！"

乔纳森
九月二十二日星期六，晚上十点三十分

"真不敢相信，你这一生竟然从未在红灯区里大醉过。"汉娜摇头，一脸难以置信的表情。此刻，两人正在绳索大街上闪躲汹涌的人潮，"这怎么可能发生在汉堡长大的男人身上！"

"就发生在我身上了。"乔纳森觉得有些困窘，似乎被人逮到小辫子似的。他自己也想过好几次这个问题，可是他不想欺骗汉娜，所以，一看到手账今天的行程是在红灯区玩通宵加上鱼市场的早餐，便马上跟汉娜坦白自己至今从未在绳索大街玩儿过。"就是没有机会。"他又补了一句话。

"那你还是个叛逆少年时，到底做了什么事？"汉娜非常好奇。

"就做了其他的事。"

"例如？帆船？高尔夫？"

"嗯，高尔夫，举例来说。"

"所以你也不曾在汉堡山喝得醉醺醺，摇摇晃晃地在某处大吐，或是做出一些匪夷所思的举动？"

他察觉到内心燃起了一股怒火，停下脚步，严肃地看着汉娜，"不，我已经说过好几遍了！你可以停止追问了吗？我已经觉得自己够蠢了，不必这样咄咄逼人吧。"

汉娜流露出懊恼的表情，"对不起，"她说，"我并不想让你觉得自己愚蠢。"

"但我就是这么觉得，"他低声嘟哝，"像个毫无经验的乖宝宝。"

"哎，别这样，你这个乖宝宝！"她抓住他的手，乔纳森顿时有触电的感觉，"现在补做也还来得及，以后你就不会有这种感觉了。"她边笑边拉着他走向汉斯亚伯斯广场。

四小时后，乔纳森发现自己虽然毫无经验，但对这种夜生活的狂欢还颇有天分。此刻，他和汉娜站在鸽子酒吧的吧台前，跟上百人挤在一起，跟着一首又一首震耳欲聋的流行情歌摇摆身体。

一小时后，他们到银袋跳舞。不过，就拥挤的程度来看，说跳舞是太夸张了，应该说是两条挤在罐头里的沙丁鱼，想尽办法跟其他沙丁鱼一起晃动。

再过一小时，乔纳森在莫莉玛侬爱尔兰酒吧，随着U2[①]的《有你没你》大弹空气吉他，汉娜则很尽职地扮演尖叫的女歌迷。

清晨五点半，他们已经在鱼市场的大厅里了。没有吃面包夹虾子，而是手牵着手看着身旁欢乐的人群，感觉自己也是他们的一分子。

就在五点三十四分时，乔纳森低下头，在汉娜的唇上轻轻一吻，接着温柔地在她耳边说："我爱你。"

---

a U2，爱尔兰摇滚乐队，由主唱保罗·大卫·休森、吉他手大卫·荷威·伊凡斯、贝斯手亚当·克莱顿和鼓手拉里·木伦组成。

汉娜

九月二十三日星期日，下午四点五十五分。

他采取行动了。乔纳森吻了她，而她竟也回应了他的吻。虽然只是短短的一吻，但不管如何，一吻就是一吻。

汉娜坐在房间的地板上，身边是两箱西蒙的遗物，在怀念的感伤下从储藏室里翻出来。她不知道该怎么办，觉得迷惘、悲伤、甜蜜。她想笑，但也想哭，内心五味杂陈，悲喜交织。

乔纳森的吻很美，他的告白令她双腿发软。

只是不到两秒，她全身突然僵硬起来。她用力推开他，喃喃地说，太快了，她还没准备好，她要回家。之后她就跳上一部出租车，将乔纳森一个人留在鱼市场拥挤的人群里。她甚至不知道乔纳森到底有没有听清楚她说什么，但她没有办法，她的脑袋、她的心整个翻搅起来，为了自保，她只能逃离现场，快快回家。

此刻，她人在家中，迷惘的程度不亚于清晨五点半。甚至可以说更迷惘了，在她细细反思过所有感受之后，仍然一筹莫展。

乔纳森说他爱她，那她爱他吗？不。这个"不"的意思是，她没法确定。爱是一种深刻且强烈的感觉，必须细水长流，且彼此要有全然的信任，这不是短短几个星期就能培养出来的。但她清楚地知道，自己对乔纳森是有感情的。她喜欢他，甚至非常喜欢。她对他的认真，以及专注于某件事时的执拗印象深刻。他的幽默总是出人意料，尖锐但不失同情。还有一点，她注意到别的女人钦慕他的眼光。她承认，光就外表而言，他的确很吸引她。而这种种喜欢，有一天或许可能成为爱。

但前提是她得放开自己接受他。她做得到吗？她想这么做吗？她可以这么做吗？现在？

她打开纸箱，最上面放着她与西蒙的合照。汉娜将它收在箱子里，因为她不忍再见到它。现在，她看着这张照片——曾是她生命中的男人的他和她。

"我该怎么办？"她轻声问，手指轻轻抚摸照片上西蒙的脸庞，"你能告诉我吗？"沉默，照片当然不会说话。

汉娜想起手账，那本她为西蒙所写的行事历。当时，她想借着手账教导西蒙如何克服疾病和如何度过未来的一年。西蒙死后，她多痛恨自己这么天真地坚信人定胜天，并沉浸在自怨自艾中无法自拔。如今，她已与这份原属已故男友的"宿命"礼物和解，不再心存芥蒂了。

因为她知道，西蒙绝对不可能单单因为这本手账而轻生。更何况手账里所写的，都是她真心认同的信念，至今未变：相信生命中的每一秒都是珍贵的，不该浪费，更不该被痛苦与忧愁淹没；人生在世，就是要好好生活，无论生命长短，毕竟任何人都无法确知自己的死期，不管是否患疾病，人生最重要的永远只有当下，只有今天。"昨日"已然过去，无须挂念，至于"明日"何如，没人能有把握。

就算西蒙与她送出的礼物无缘好了，他将它"遗赠"给乔纳森了。不管有意无意，或是命运使然，西蒙选择了乔纳森的脚踏车，将放着手账的袋子挂上去。昨夜乔纳森还向她保证，所有她想透过手账传达的信息，他全都收到了：它让他重拾生活，回到"此时此刻"的生活。实际上，这段他在半醉时的剖心之语完全是多余的。她看得出来，乔纳森只要一提到手账，便是一脸神采飞扬，这已是最好的明证了。

而这一切——从元旦至今所发生的种种事——真的是命运的安排吗？应该就是这样？还是必然就会这样？如果是的话，她应该给乔纳森和她自己一个机会吗？她应该按照自己的原则行事，不再频频回顾昨日之事？

汉娜叹了口气，从纸箱中拿出西蒙报社文章的档案夹，一篇一篇翻阅，似乎想从字里行间发现隐藏的神秘讯息，发现一个能解决她所有问题的终极答案。看着一篇又一篇的文章，汉娜不禁回忆起从前，西蒙与她分享工作时所遇到的事，激动且充满热情。

而他却对她隐瞒他这一生中最重要的作品——《汉娜的笑容》。

放手的时刻到了吗？该舍弃这些纸箱了吗？将档案夹里的所有文件拿去回收，并丢弃手上剩余的西蒙的遗物？从这一切中解脱出来，展开新生活？她翻到档案夹的最后，发现西蒙将所有的证书收在这里：他的高中毕业会考证书、硕士毕业证书，以及各式各样的实习证明。所有文件证书都整整齐齐地收在透明资料袋里，他的一生，这该死短暂的一生。

就在快翻完时，她突然看到一封出版社的来信。上面写着：

克兰先生：

承蒙惠赐大作《汉娜的笑容》，可惜与本社出版计划不符，相当遗憾……

原来西蒙也曾将小说文稿寄到出版社，然后收到了退稿信。虽然不是好事，但可能也是意料之中。她不也一样？虽然认识出版社老板，但至今仍未收到格里夫森与书出版社编辑的回音，她不再指望能收到热情的回应了，现在已经拖太久了，好消息通常来得很快。

汉娜继续翻下去，是另一家出版社的退稿信，又一封，再一封，最后一页也还是。是因为这样，所以西蒙从未跟她提过小说的事吗？他觉得丢脸吗？遭遇一连串退稿的打击后，再也没有勇气继续试投别家？也没勇气再提笔写新小说？有可能。只是，不就只是四五封退稿信而已吗？还有那么多出版社，这算什么呢？

正当她想合上档案夹时，突然发现最后还有一份文件，因挤压而皱得变形，很容易便略过不见了。汉娜摊开档案夹，想抚平纸张。

只是看到信头印的寄件人资料时，她不禁皱起眉头。

格里夫森与书？

乔纳森
九月二十四日星期一，上午九点五十四分

"马上让开，不然就别怪我做出什么事！"

前方克鲁格太太办公室传来一阵大吼，乔纳森不禁缩了下身子，这不正是汉娜的声音！

"我待会儿再跟你联络。"他给文学经纪人丢了这句话便匆匆挂断电话。

此时办公室的门已被拉开，冲进来的是激动，不，是来势汹汹且暴怒中的汉娜，后面紧跟着克鲁格太太，气急败坏地说："抱歉，格里夫先生，这位小姐就这样……"

"没关系，克鲁格太太。"他安抚了一下助理，"我认识马克思小姐，没问题，请让我们单独谈谈，好吗？"

克鲁格太太手足无措地站在门边半晌，不确定就这样离开，还是该打电话报警，毕竟汉娜眼露凶光，连乔纳森都觉得可怕。只是，乔纳森不知道到底发生了什么事。他是吻了她，没错，可能也真的操之过急，可是这种兴师问罪的架势也有点太过夸张了吧！

"汉娜，"助理一离开后，他便从椅子上起身，平静地开口，"请问到底发生什么事了？"

"你！"她没直接回答，只是咬牙切齿地挤出一个字！

"我？"他困惑地问，想走向汉娜。但汉娜已经开始对着他大吼，震得他停止一切动作。

"你这个王八蛋！你丧尽天良！你这个懦夫！你这个烂人，超级大烂人！"她放声大吼，连办公室半透明的玻璃门都隐隐震动起来。

"汉娜，"乔纳森再度开口，"很抱歉，可是我不知道……"

"不知道？"汉娜往前跨了三大步到办公桌前，将手上的一张纸用力地拍到桌上。

乔纳森看了一眼，不由自主地发抖起来，他想开口，但不知该说什么。他的内心已然崩溃了，事情终于发生了，汉娜发现那封可怕的信了。

"你太恶劣了，"汉娜终于降低音量，但仍字字清楚，"不只是因为你欺骗我，还因为你可能暗自嘲笑我和死去男友自不量力的作家梦……"

"汉娜！"乔纳森试着开口。

"闭嘴！"她厉声说，"你毁掉一个人的人生，抹灭他所有的希望，可能只是因为觉得有趣。你践踏他的自尊，毫无理由地摧毁他！"

"我……"

"我说闭嘴！"不，她用吼的。

她再度降下音量，"这一生中我都不要再见到你，不，永远不！听清楚了，我从这道门出去后，我就不要再听到你的任何消息。"

乔纳森猛吞了口口水，强迫自己闭嘴。他还能说什么？连他都知道，自己的行为有多恶劣、多要命且多不可思议，多么不可原谅！

"但我最后还是要说，如果你还想保留一丝希望不会马上下地狱的话，好好整理你的反省清单，而且真心诚意地做！我不知道这世界上还有谁比你更需要这样做的。"

在他开口之前，她已经大步离开他的办公室，并猛力将门甩上，门框边上的水泥漆都被震落了。接着从克鲁格太太办公室再度传来甩门声，表示汉娜已经离开前厅了。

一秒后，他的助理有些畏缩地出现在门边，小心翼翼地问："有任何问题吗，格里夫先生？"

他没回答，只是跌坐在椅子上。何止有问题，问题可大了。

汉娜
九月二十四日星期一，上午十点十七分

汉娜开车回家时，只是不断地哭，不时用力捶打方向盘。然后在从白沙岛到洛克史泰特短短一段路中，接通又马上按掉至少十五通电话。她再也不要和他说话，她发誓，永不！对她来说，乔纳森·格里夫已经死了。

65. 乔纳森
十月二日星期二，上午十一点○八分

刚过八点，乔纳森便已抵达佛罗伦萨—佩雷托拉"亚美利哥·韦斯普奇"国际机场。他很紧张，非常非常非常紧张，

有多紧张呢？当乔纳森·N·格里夫才踏进入境大厅，便已开始考虑，或许应该带着登机箱找个舒服的位置坐下来，待到晚上直接搭飞机回汉堡。

在这里他能期待什么呢？最多可能也只有一个早已不认得他的母亲，一个多年来对他不闻不问、名叫苏菲亚的女人，跟他喝一杯半冷不热的浓缩咖啡后，祝他回程一路顺风，未来万事如意。而且，这还是最幸运的状况。不幸的话，他根本不会见到任何人，垂头丧气地离开，一边问自己到底来这里干吗。

在他不怎么情愿地走向租车柜台，预备取走预定的车子时，脑海不禁浮现出这个问题的答案：汉娜！

因为这是他能做的唯一一件仍与她有关的事；因为这是她在手账中交代的任务，那本曾藏着无限可能的手账；还有因为汉娜说对了，他不仅仅是个懦夫，在他再次深切反省中已然明白，对汉娜隐瞒那封给西蒙的退稿信是多么致命的错误。但除此之外，他还有一件非常重要的事情必须处理，如果他真心想要获得内心平静的话——他必须知道，为什么母亲不再与他联络了。

真的只是因为那张愚蠢的明信片？出自一个受荷尔蒙影响的叛逆少年之手的明信片？这真的足够令一个母亲离开自己唯一的孩子？

当然，乔纳森此刻已经无法确定，自己到底还是不是苏菲亚唯一的孩子。三十年是一段颇长的时间，或许他在佛罗伦萨已有七个同母异父的弟弟，以及五个同母异父的妹妹了。毕竟，意大利人可是一个多生多产的

民族。

这个想法虽然令他颤栗，但同时也不禁狂喜（这段时间以来他已对自己精神分裂的状态相当习惯了）。他有可能是南欧大家族中的一员吗？有可能是幕后操控佛罗伦萨社会伟大氏族的继承者之一？各种奇思乱想不断交织浮现在脑海中，让他在柜台填写租车表格时，不禁笑了出来。

看到柜台小弟狐疑地扬起眉毛，乔纳森直想霸气地丢一句"你难道不知道我是谁吗？"可惜他的意大利文还没好到能说出这样的话。而且，连他自己都不知道，到底对这个年轻小弟来说自己是谁。他只是一个从汉堡来的乔纳森·N·格里夫先生，或是至尊苏菲亚——恶名昭彰"佛罗伦萨阿方索"的妻子，未列入族谱的子嗣。因此……不，就算真是如此，要能解释这样复杂的身世，只是上过四十小时意大利文网络教学课程绝对不够。因此，在拿到车子和如何到停车场的说明之后，他决定只说一句"多谢"。

十分钟后，他坐在一辆兰吉雅的驾驶座上，松了一口气。截至目前，一切都很顺利。他人在意大利，在一辆有导航配备的车子驾驶座上，还有一个佛罗伦萨附近明确的地址，他就要朝着那里出发了。

要到这个地址的过程却没有他想象中简单，他的助理雷娜特·克鲁格一开始便持反对立场。在听到他的要求之后，甚至不愿帮他订到佛罗伦萨的机票，只是跟他说，她认为这一切只是徒劳无功，这么多年了，他母亲一定早已搬离原来的地址了。

乔纳森有些困惑，虽然自从上回"家庭郊游"后，克鲁格太太对他就不再像从前那般礼貌疏远，但如此直言反驳并拒绝工作交代，仍是前所未有的。

起初，他仍试着跟她解释，这趟旅行对他个人来说非常重要，因此他需要母亲的地址。他还跟她保证，就算没有结果，他也不会陷入低潮，而且他已经超过40岁了，绝对有能力自己做决定，并且承担后果。他甚至跟她供认，这跟那位名叫汉娜·马克思的年轻小姐有关，那位上回到出版社来找他的小姐（至于汉娜当天行为的详细原因他没做任何解释，所有关于那封退稿信的事，他宁可带进棺材里，也不会告诉任何人），他说这是自己欠她的一个解释，因他个人人生经历而导致"关系结束"的一个解释。而在费尽唇舌之后，克鲁格太太却依然坚持自己的意见，认为这趟旅行一点都不值得，乔纳森只好提醒她是自己的助理，他是她的上司，而她不是他的母亲。他虽然尊重她的意见，但绝对不会为她改变自己的决定。

经过这场漫长的拉锯之后，雷娜特·克鲁格终于绷着脸帮他订机票，并写下地址给他。但她仍然坚称，乔纳森到了那里，除了废弃的空屋和荒凉的丝柏树丛外，什么都不可能发现。

是否真是如此，乔纳森很快就会知道了。导航系统显示，从机场到母亲最后留下的地址——菲埃索莱山路二十号，只有大约半个小时左右的车程。

当他在办公室拿到地址时，便立即上网输入地址搜寻，出现的资料令他想笑又想哭：地址上的菲埃索莱山即是"天鹅山"的意思，就是十六世纪达文西首次测试飞行器的地方。

乔纳森完全不在乎达文西的发明史，但是天鹅！他立即拿起听筒，拨电话给汉娜，想马上告诉她这个奇特的关联（"天鹅——阿尔斯特湖——西蒙，明白了吗？"）不过，自然没有成功，他非常清楚她会如何反应，就是完全没反应。他拿起听筒又咔嚓一声立即挂断，接着就只剩嘟嘟嘟的声音了。

对她来说，他永远只是一个拒绝往来的对象，几只天鹅不仅不能改变这个事实，可能还会更惨——再次提醒汉娜他是最后一个见到西蒙的人。无须太多想象力，也可以预见结果应该不会是流着眼泪的大和解，一阵歇斯底里的咒骂还比较可能。

无论如何，他还是觉得自己这一趟来对了。就算汉娜永远不会原谅他，而他的心直到生命的最后一口气仍是破碎，他还是得坚持走完这条路。是的，没错，除了精神分裂之外他还变得多愁善感。他若不这么做，便只能重回原来旧有的生活，这是他——乔纳森·N·格里夫——绝对无法忍受的事，无论这趟旅行的结果如何。

他发动引擎，照着导航系统的指示朝山下开去。沿途美景在他眼前展开：连绵起伏的小山丘，一点都不荒凉的丝柏和岩松，还有橄榄树和葡萄藤架。他却因心情过于紧张而无暇观看。

为了平缓自己的紧张，他不断练习打招呼用语，这是他特别为自己与母亲再度相会而准备的。如果真的见面了，他会先用意大利文打招呼："你好，妈妈！"再用德文接着说："是我，你的儿子，乔纳森。这么久以来你都到哪去了？"他不确定是否该一见面劈头就问她这几十年来的行踪，但他又何必拐弯抹角呢？一方面他晚上便得搭机回去，另一方面分离三十多年了，实在也没必要浪费时间在那些空泛的社交语言了。

"你好，妈妈！"如念咒语一般，他重复了一次，"你好，妈妈！"再一次，"你好，妈妈！"他猛地关掉空调，眼里充满了泪水，握着方向盘的手掌却不断地冒汗。

二十分钟后他已进入山城菲埃索莱，在狭窄弯曲的巷弄前行。他知道自己小时候曾来过这里，但对这座漂亮小城的印象，早就被他刻意遗忘了。街道两旁的房子皆漆成淡黄色，配上绿色的木头百叶外窗和红瓦屋顶。街道名称念起来都像唱歌一般，像是"朱塞佩威尔第路"、"圣嘉勒街"，或是"菲埃索莱米诺广场"。从这些轻快的街道名称，乔纳森便可以想象母亲在遥远的北方因生活缺乏热情活力而感到失落。这点光从汉堡硬邦邦的街道名称，如"佩佩磨冷贝克"或"布兰德维特"就不难理解。相较起来，后者散发的魅力就像又干又硬的北欧薄饼。

更别提风景了！当乔纳森抵达菲埃索莱山路之后，先将车子暂停在石墙边。一方面当然是为了给自己一点喘息的时间，另一方面也是为了欣赏一下山谷美景。他在汉堡的房子就在纯真公园对面，地理位置可说是好到不能再好，所有北德的房屋中介都会叹为观止。但在看到眼前的美景时，他立即明白，从他家中窗户看出去不过只是几棵树和废纸回收箱而已。这座天鹅山名副其实，眼前美景令人心旷神怡，完全可以想象为何达文西坚信，这里是实现人类飞翔美梦的最佳所在。

乔纳森将车子往右靠近石墙边停好，熄火后解开安全带。在几次深呼吸后，开门走出车外，散步寻找门牌号码二十号。

一点都不难找，眼前的建筑一样是淡黄色外观，看起来毫无败破迹象。绿色木头百叶外窗下的花槽里盛开着……某种不知名的漂亮花朵。某个雕花铁窗后的窗户半开着，飘出意大利民歌乐声，钻进他的耳里。

乔纳森·N·格里夫站在门前，一颗心几乎要跳到胸腔外。再次深呼吸，终于举手按下电铃。

几秒钟后，音乐消失了。乔纳森听到脚步声，然后看到门把转动。须臾间，一个身材丰腴、年约70的老妇人出现在他眼前.她围着花花的围裙，狐疑地问："你是？"

他的心跳停了半拍。

这不是他的母亲，他一眼就看出来了。

"尼可拉！"妇人叫了一声，便一把抱住他，并且不断地吻他的脸。

不，这不是他的母亲，但她显然认识乔纳森。

66. 乔纳森

十月二日星期二，中午十二点二十三分

法兰西丝卡，阿姨的名字是法兰西丝卡，乔纳森不知道自己为何一直以为她叫妮娜或是吉娜，这跟法兰西丝卡实在差太远了。不过这一点都不重要了，重要的是，他现在和阿姨坐在托斯卡尼乡村厨房里，眼前是一碟还在冒热气的意大利面。若在文稿上读到作者如此媚俗地描写拜访意大利亲友的情景，他绝对会大笔一挥地删掉。可是现实真的就是这样。

在热情的亲吻和一连串他完全听不懂、连珠炮般的话语后，阿姨马上将他拉进屋里，煮东西给他吃。现在两人坐在桌前，大眼瞪小眼，乔纳森低头努力将盘子上堆得像小山一样高的面装进肚子里。虽然他胃口全无，但他已用尽所有脑袋中的意大利文词汇，用食物塞满嘴巴无疑是最简便的交流方式。

当乔纳森终于吃完盘中的食物后，法兰西丝卡马上站起来准备帮他再添一盘，还好他的手势和结结巴巴的"不，结束，谢谢！"总算见效，阻止了再来一盘的惨剧。

"现在……"他终究还是开口了，但立即沉默下来。

阿姨满脸期待地看着他。

"嗯……"该死！他有太多的问题想问，比如母亲是否还住在这里，或是她现在在吗——他想是不在的，否则阿姨一定会叫母亲出来。但几十小时的意大利文课程不足以令他变成意大利文豪安伯托·艾可。"你会说德文吗？"在绝望中，他只能期盼阿姨会说德文了。

她耸耸肩。

"英文？"这次试英文。

再次耸肩。

想再问法文或西班牙文时，他突然想到自己也不会。

怎么办？拉丁文？至少这和意大利文比较接近。不过，从凯撒名句"我来，我见，我征服"到跟阿姨谈天说地，可能还有一大段距离？

"尼可拉，"阿姨开口了，"Sono molti anni che non ci vediamo①."

他点头，完全不知道阿姨在说什么。

"Come stai? ②"

哈，这句他听懂了，是问他好不好！

"我很好，谢谢！"他回答。虽然并不怎么符合真相，但这是他唯一在手机教学程序中学到的回答。详细的回答如"不怎么样，还好。我的公司陷入了危机，爸爸失智了，把从前的助理当成你的姐姐。公司执行长辞职了，而我错失了自己全心全意爱着的女人"大概还得多上好几十个小时后才会学到。

真糟糕！看来无法继续这样下去，不过或许还是可以试试用单词沟通。

"Mamma？"他以上扬的疑问语气问道。

阿姨讶异地扬起双眉，一只手捂住嘴巴，看起来相当震惊。难道她以为自己错认她为母亲？

"Dove è Sofia? ③"他换了一个具体的问法。

"Che Dio la protegé! ④"她的语气充满疑惑，"Non ne hai idea? ⑤"

"哎，scusi? ⑥"她在说什么？

"Tua madre è morta. Da molto.⑦"

"scusi? "他仍旧不明白她在说什么。

---

① 意大利文，意思是：我们有好几年没见面了。

② 意大利文，意思是：你好吗？

③ 意大利文，意思是：苏菲亚在哪里？

④ 意大利文，意思是：我试过守住她！

⑤ 意大利文，意思是：你不知道吗？

⑥ 意大利文，意思是：你说什么？

⑦ 意大利文，意思是：你妈妈很久以前已经过世了。

"Aspetti un momento.[①]" 她站起来走出去。乔纳森坐在椅子上，一头雾水。

过了一会儿，法兰西丝卡回来，将手上的照片放在桌上。

一看到照片，泪水马上涌进乔纳森的眼眶。

照片里是一块意大利常见的大理石板墓碑，上面写着：苏菲亚·蒙堤切洛，一九五二年七月十八日———一九八八年八月二十二日。

---

① 意大利文，意思是：等一下。

67.

乔纳森
十月二日星期二，晚上九点三十四分

晚上九点半，当飞机停在汉堡机场时，乔纳森仍然愤恨难消。他得强迫自己自制，才不会在这个时刻马上冲去太阳养老院，将坐在单人沙发椅上的老人毒打一顿。

全是谎言！他的这一生，全都在父亲制造的谎言下活着！所有沃夫冈·格里夫为了隐瞒真相所编造的谎言！一想到这里，他就不想理会时间，立刻就去找父亲好好质问一番。不管克内塞贝克医生是否因此心脏病发，或是找保安人员，他都无所谓了。

确切来说，阻止乔纳森立即去养老院澄清事实的原因只有一个——父亲的健康状态。

不，他一点都不担心沃夫冈·格里夫会死在自己的怒火下，他想要父亲在神志清醒的状态下与他对话。至少，父亲要能听懂他想对他说的话。要找到这样的时机，白天的可能性会比夜晚大太多了。

不过，换个角度来看，现在马上冲到养老院去，在暴怒的状态下，如果出现暴力行为，法庭上还可以宣称是一时冲动。回家睡一觉再去，就可能变成蓄意伤害了。

乔纳森握紧双拳，不耐烦地等着安全带灯号熄灭以及"飞机终于停妥"之类的广播。他觉得自己快要窒息，只想赶快下机！一想到今天发生的事，他就想放声大叫！

就在法兰西丝卡和他认清语言障碍着实难以跨越，承认彼此之间的沟通再也无法超越"你还要吃什么吗？"以及"今天天气很好"的范围后，乔纳森将阿姨塞进车子里，载她到佛罗伦萨德国研究中心，找到一个热心的工作

人员，将法兰西丝卡的话翻译给乔纳森听。而在翻译的过程中，只见他的耳朵越来越红。

故事平凡到令人反胃。谁说母亲是因思乡心切而回到意大利？不！不！事实可不是这样。是他的父亲，那位道貌岸然的沃夫冈·格里夫外遇出轨，这才是原因。而身上流着意大利血统的苏菲亚发现后，无法忍受丈夫违反婚姻的誓言，才决定离婚。

当然了，阿姨跟乔纳森保证，妈妈当时多想接他到菲埃索莱生活。只是，她认为儿子在德国的生活会更好——更好的学校教育、大学，以及家族遗产。毕竟未来某一天，儿子将会继承家族出版社，她不想剥夺孩子的这些权利。当时她并不知道事情会如何演变，但收到乔纳森愤愤不平的明信片后，她马上订下飞往汉堡的机票，想当面跟儿子解释她不是那样随便就离开了。直到那个时刻，苏菲亚都不曾想过要跟孩子解释她的婚姻问题，但是当她知道孩子以为自己被母亲抛弃而愤恨不平时，她便了解不能再隐瞒下去，得告诉儿子真相。

在前往飞机场的路上，苏菲亚可能因为太过激动而油门踩得太急，转弯时失去控制滑出路面。

母亲当场死亡。

"她很快就没有感觉了。"阿姨带着泪向乔纳森保证，就连热情友善的翻译也在这时开始哽咽，拿出卫生纸擤鼻涕。

没有感觉，乔纳森无法没有感觉。恰恰相反，他有很多很多的感觉，比如骇人的强烈痛苦。这些年来，他对母亲的回忆竟纠结在那样一个丑陋的心结上，只因他深深相信，自己对母亲来说一点都不重要，或者至少不比她在意大利的甜美生活重要。

他错了，错得这般离谱！他竟然如此错待他人，而且不是第一次！而这一切又令他变成怎样一个人？一个情感侏儒，一个孤独的怪物，一个自以为高人一等、处处惹人嫌的纠察队。除此之外，他还是个懦夫，连在失智的父亲面前都只能唯唯诺诺，不敢表达自己的意见。例如，他其实一点都不讨厌通俗文学，只是不问是非对错地接收父亲那套荒谬的议论，然后内化成自己的想法。还有，如果最后他终于能对自己完全诚实的话，其实，他非常钦佩那些能够打动读者内心的作者，管他是J·K·罗琳还是瑟巴斯提昂·费策克，或者甚至是西蒙·克兰。

是的，还在佛罗伦萨机场时，他便开始看西蒙·克兰的小说《汉娜的笑容》了。这趟旅行前，他请克鲁格太太帮他扫描文稿，存进iPad以便阅读。读着一个陌生男人描绘他的汉娜（虽然声称纯属虚构），他不禁觉得心痛，同时也深刻体会到，为什么自己总是排斥这类书籍：因为读这些东西令他觉得受伤，而且还很深！

这不是写给西蒙·克兰那封退稿信的合理理由，这个行为永远都是一个不原谅的大错。只是他现在终于理解自己为何会做出这种事了，不是因为文稿拙劣，不，答案可能正好相反。当时，他正因蒂娜的离开觉得受伤且满腔愤恨，在无法走出个人阴影、极端厌恶感情的状态下，自然难以忍受这样一本小说。也因此读不到几页，便直接贴上"可耻的媚俗之作"的标签了。

这个名叫乔纳森·N·格里夫的自己，到底是变成了怎样的一个人？若将与蒂娜的婚姻也看成是自己情感无能的结果可能过于夸张——故意选择一个适合但不爱的对象结婚，如蒂娜所说，让对方无法亲近自己？不，这种说法太过廉价，是坐在厨房里的业余心理学家会说的话。

不过，自己又有什么理由反对坐在厨房里的业余心理学家？至少他在阿姨的厨房里（虽然严格来说应该是在德国研究中心）对自己有更深的了解，从心理的角度来说，的确很有意义。

乔纳森急促地穿过长廊往行李提领区去，内心仍然相当激动。看到玻璃门后来接机的人神情愉快地朝着特定的人挥手致意，更是令他沮丧。如果他能拥有一次愿望成真的机会，他的愿望将是汉娜站在那里朝着他挥手。

但他只能独自一人搭出租车，回到纯真公园旁寂寥的别墅里。没有人会来接他，没有人在乎他，除了雷欧之外，但这家伙到现在还是没能拿回驾驶执照。

"哈喽，格里夫先生。"

乔纳森停下脚步，诧异地转过头去，发现雷娜特·克鲁格就在他身后，对他不安地微笑。

"你怎么会在这里？"

"我来接你，只是你走得太快，从我身边走过也没发现。"

"抱歉，我没想到你会来。"

"这不是你的问题。"她看起来仍是有些不安。

"那么就谢谢了！"乔纳森回答，并想办法让自己的表情不要那么阴沉，不过大概很难做到。

"你现在知道了？"

"知道什么？"

"你的母亲去世了。"

"你也知道？"他困惑地反问。

克鲁格太太点点头，垂下眼睛轻声说："是的。"

"嗯，那为……为什……为什么……"他不禁结巴起来。

他的助理抬起头看着他，突然直呼他的名字："乔纳森！"她以坚决的语气说，"我一直很害怕有一天你会知道真相，或说知道大半的真相。今天我来，就是为了告诉你余下的那一小半。"

"哪一小半？"

"是我。我就是那个女人，令你母亲离开你父亲的那个女人。"

乔纳森·N·格里夫坐在从机场回家的出租车里，内心不断思索着。他的助理提议要送他回家，但他拒绝了。他现在只想一个人安静地回想，那些雷娜特·克鲁格在机场入境大厅的咖啡馆里告诉他的事情。两人各点了一杯咖啡，但直到最后谁也没碰眼前的咖啡。

她告诉他，多年前如何曾与他父亲在一起，但没有什么山盟海誓，只是一段简单愚蠢的情事而已。这对苏菲亚·蒙堤切洛造成足够大的伤害，令她决定离开丈夫。他们三人决定，不要告诉"那个孩子"真相，这样对他"比较好"。母亲去世的消息更是要对他隐瞒，否则他会以为是自己那张明信片导致母亲的死亡，一辈子无法摆脱罪恶感。雷娜特·克鲁格将一切都告诉他，并为自己的行为请求原谅。她也跟他解释，她与他父亲之间早已没有任何关系（而这其实一点意义都没有！）她也知道自己犯下无可饶恕的错误，对乔纳森有无限的亏欠。

尽管如此，她还是请求他不要去质问父亲这件事情。她知道，他父亲绝对无法承受。因为在沃夫冈·格里夫内心深处，深深明白自己犯下的过错，而且懊悔不下上百次，只是从来不在儿子面前表现而已。父亲从没学过如何正视自己的感情，就像他也不曾教导乔纳森。是，他是无能，但绝非恶意。面对这番说辞，乔纳森不知道自己该不该、能不能，或愿不愿意相信。不过，这其实不是也都无所谓了吗？

此刻，他坐在出租车里，思索自己下一步该怎么做。眼前有很多事情要做，但得一件一件来。这么多年都过去了，几个星期又算什么呢？他要好好考虑，谨慎处理。

谨慎到他一进房子，便迫不及待地拿起电话，拨给雷欧波特。

"喂，乔纳森吗？"雷欧的声音带着浓浓的睡意，"你要干吗？现在都过午夜了，我明天还要早起！"

"仔细听我说，你这个废柴流浪汉。"乔纳森不理会他的抱怨径自说，"明天你就辞掉咖啡厅的工作！"

"你叫我做什么？"

"辞掉工作！"

"我干吗要辞掉工作？"

"因为从现在开始你就是新任的格里夫森与书出版社执行长。"

"乔纳森？"

"怎样？"

"你喝醉了吗？"

"正好相反，我这一生中从未如此清醒过。"

"你这个疯子！这工作我又没做过。"

"买卖就是买卖，原理到处都一样，能卖炒蛋就能卖书。"

乔纳森不让雷欧波特有任何反驳的机会，直接挂掉电话。解决一件事了，等假日过后商店一早开门后，他马上就会去买一本手账。

一本记事本手账，要特别漂亮的，真皮装订，给明年用的。

68. 汉娜
十二月二十四日星期一，中午十二点二十八分

"哦，这欢欣的，哦，这神圣的……"

汉娜偷偷瞄了手表一眼。此刻，她和丽莎正与孩子们唱着一首又一首的圣诞歌。这些孩子们在十点左右便被"抢在最后一刻选购礼物"或"忙着架起圣诞树"的家长们送来欢乐儿童。

孩子玩得非常快乐，只有汉娜如在地狱般煎熬，光是想到圣诞节就是"爱的节庆"这种说法，她就觉得难过。

五年来头一次过圣诞节没有西蒙。好吧，西蒙从来就不是节庆习俗的拥护者，他总说圣诞节根本是商人创造出来鼓动消费的借口（虽然两人还是会互送礼物），也觉得汉娜喜欢去汉堡"圣诞保利"之流的圣诞市集喝热红酒、吃烤香肠，实在是无可理解的品味。过节压力已经够大了，实在无须再给自己添加麻烦。

就在今年，汉娜原本计划按照手账上的安排，找一处开放至元旦前夕的圣诞市集，强迫他至少在圣诞节后陪她一起去。希望圣诞市集上昏暗闪烁的灯光和悦耳动听的圣诞音乐，可以让西蒙感受一下浪漫气氛。

而此刻，汉娜自己都对悦耳动听的圣诞音乐感冒了。只要再一首，再听一首孩子尖锐嗓音的圣诞歌，她就真的要抓狂了。

还好已经下午一点了，再熬个半小时应该没问题。之后，她们就可以准备关门，终于不必再强颜欢笑了。跨年当天，她们还得为那些"抢在最后一刻备菜买烟火"因为"今年跨年又是突然这样就到了"的家长们开门。一月一日放假，从二日开始恢复正常开放。是的，欢乐儿童很火爆，这点没人能否认。

汉娜总是流泪，她自己并未感觉，直到丽莎抬手轻轻帮她从脸颊上拭去泪水，她才发现自己竟然在《行经荆棘之林的玛利亚》圣诞歌中流泪不止。

不过这也不太令人意外，毕竟她有流泪的充足理由——差一点就要订婚的男友去世，还有切切实实的情伤。不，不能说是切切实实，毕竟她认识乔纳森的时间太短，况且一想到西蒙去世还不到一年，她也实在耻于用"情伤"这个词。应该说是……一种微小但深切的心痛感觉，一种顿失依托的感觉，一种被人出卖的感觉，被一个她曾觉得特别的人，一个她曾以为是命运安排而出现的人。

该死的命运！就连德国邮局都比它值得信任！

"你还好吗？"丽莎问，在她们一起在两点左右将孩子交还给等在门外的快乐父母后。"我是指圣诞节。"

"当然可以。"汉娜答道，一边用袖子擦掉鼻涕，"回到爸妈家我会立刻睡倒在圣诞树下，睡到跨年那天再起来。"

"好计划。"丽莎笑着附和。

"你呢？"

丽莎耸耸肩，"大概也差不多吧，不过我们也可以在假期间见面。"

"当然好，只是别去圣诞市集了！"

丽莎摆手夸张地说："当然不要！我知道你有多厌恶去那里，光想到烤香肠和热红酒——呕！"

两个人都笑了。

十分钟后，两人结束工作，穿上大衣，准备回各自父母家中过节。丽莎打开大门，拾起放在门口的小包裹。

"看！"她将包裹举到汉娜鼻子下面，"上面是你的名字。"

包裹上果然写着"汉娜"的字样。

"难道是圣诞节了吗？"汉娜开玩笑，同时感到脸上一阵灼热。她认得这个字迹，是乔纳森的。

"我猜的跟你想的一样吗？"丽莎立即问。

"一样。"汉娜肯定地说。

"那就赶快打开呀！"丽莎催促。

"你觉得要打开吗？"

"我觉得当然要，这什么问题！"

"好吧！"关上门后，她们走回工作室，在小厨房的桌旁坐下。汉娜拿着剪刀，剪开厚厚的包裹用纸，双手忍不住颤抖。

映入眼帘的，是一封信，以及一份裹在精美包装纸里的礼物。

"先开礼物！"丽莎心急地说。

"不，"汉娜反对，"这是我的包裹，我要先拆信封。"

信封并未封口，只是塞着而已。开启后汉娜取出里面的信纸开始读：

马克思小姐：

我怀着极大的兴趣读完您未婚夫西蒙·克兰先生的遗作《汉娜的笑容》，若格里夫森与书出版社有幸能出版这本小说，我将会非常高兴。关于出版详细事宜，不知您是否愿意与我见面会谈？我认为《汉娜的笑容》是一本相当好的小说，相信您未婚夫的遗作必能带给读者许多阅读乐趣。

祝　安好

乔纳森·N·格里夫

附注一：

亲爱的汉娜：

你说得没错，我是个懦夫，而且还是个王八蛋。而我衷心希望能为我曾犯下的大错道歉，只是恐怕这不是一个能够道歉的错误。但我想，或许我可以跟你解释一下，如果你还愿意听的话。

附注二：

就算你不想听我解释，也不愿与我说话，但出版社想出版《汉娜的笑容》一事仍是认真的。

"该死！"汉娜撸着鼻子说。

"该死的很棒！"丽莎更正，"现在赶快开礼物！"她迫不及待地催促，"现在马上！"

汉娜点点头，撕掉礼物包装纸，露出一本记事本手账，用深蓝真皮装订，并有白色缝线。

"我真不敢相信！"丽莎大叫。

"我也是！"汉娜一边打开手账。

这是一本明年的手账，从一月一日至十二月三十一日，每天日期下面都填上了字，是乔纳森的字迹。而每一个日期下面，都只有一句同样的话，不断重复：

十一、原谅乔纳森

十二、原谅乔纳森

十三、原谅乔纳森

十四、原谅乔纳森

十五、原谅乔纳森

……

汉娜愕然地瞪着手账里的字迹，目瞪口呆。她深深地吸了一口气，再缓缓地吐出。接着，她慢慢地合起记事本手账。

"走吧，我们得回去了。"她对丽莎说。

"你怎么能就这样回去你父母那里，好像什么事都没发生？"

"为什么不？本来就没什么。"

"汉娜，我拜托你！乔纳森送来的礼物，实在太感人了。"

"没错！"汉娜同意，"但他做的那件事让人无法原谅。"

丽莎挑衅地看着她，"谁又是那个'人'了？"

"好吧，是我。我无法原谅他。"

"真的无法吗？"

汉娜想了片刻，缓缓地摇摇头，一脸忧伤，"不，那太伤人了，而且……"她顿了一下，"乔纳森用那封信深深伤害了西蒙，而且他是故意且恶意地去伤害他。"

"也是，"丽莎同意，"只是他当时一定不知道会造成那么严重的后果，至少我是无法想象。"

"但我们还是得为自己的行为造成的后果负责，每个人都一样，不管是有意还是无意。"

丽莎叹了一口气，"我想你说得对。"她耸耸肩，"不过我还是觉得乔纳森的礼物很迷人，不管他有没有恶意。"

"是很迷人，可是仍然于事无补。"

"你会考虑出版西蒙的小说吗？"

"可能会，我还不确定。"

在欢乐儿童大门前，她们紧紧地相拥道别。接着，丽莎便朝着地铁站的方向走去。汉娜走到自己的车子边，打开车门，坐上驾驶座便立即开走。

十分钟后，她停下车子，只是不是在父母家门前。她走到一栋公寓大门边，找到正确的电铃按下。

几秒后大门"哔"一声打开，汉娜松了一大口气，三步并两步地跑上楼梯，气喘吁吁地抵达目的地。

"你还在，真是太好了！"汉娜大声说，"是我，汉娜·马克思。你能给我一点时间吗？我知道现在是圣诞假期，可是事情很急，而且我……"

"我当然还有时间，别客气，请进！"萨拉斯瓦蒂对着汉娜微笑，将门大大地敞开。

69. 乔纳森
十二月二十七日星期四，下午五点二十八分

乔纳森的手机响起，但他不打算从沙发起身，而是走到书桌查看是谁打来的。不可能是汉娜，如果是她会有特别的铃声。他在忙，不打算接其他人的电话，不管是谁。

此刻，他正沉迷在一篇小说文稿的精彩结局里，他希望能排进明年秋季出版。小说标题是《冷冽的心》，是个年轻但极具天赋的女作家的处女作。内容完全吸引住乔纳森的注意力，令他欲罢不能。

若在半年前，光是看到这样的标题，他便连碰都不会碰，更别说去看它了。但此刻他却看得津津有味，深深着迷于作者笔下的人物与情节。这样一本书！这样一个故事！简直是划时代！这个故事就像……就像……嗯，就像生活本身那样曲折离奇！

是的，乔纳森现在已经知道了，生活本身蕴藏着说不尽的曲折离奇，看看他自己的人生，何尝不是？还有汉娜，只是她收到圣诞包裹后，并没有任何回音，可能也不会再有任何回音了。而令他心碎的不是他无法拿到《汉娜的笑容》的出版权，而是他再也无法亲眼看到汉娜的笑容了。

他叹了一口气，继续沉浸在《冷冽的心》里。故事已进入尾声，女主角发现未婚夫对她的背叛简直到了令人发指的地步，读到这里，乔纳森的思绪再次不自觉地飘远了。

这回，他想到的不是汉娜，而是他的父亲。他接受雷娜特·克鲁格的请求，没去找父亲摊牌，决定让事情就这样过去。重要的是，他知道了真相，也找出自身感情缺陷的原因，就能尽力克服。虽然这可能无法解决他与汉娜之间的问题，但对其他事或许会有帮助。至少在出版社的问题上已见一丝曙

光。他与雷欧波特共同商讨出来的明年春夏的出版计划，就目前各通路预定的进书数量来看，显然相当乐观。

至于父亲大人会怎么想，现在他一点都不在乎了。不，现在他只觉得沃夫冈·格里夫真是个可怜人，得独自面对自己的良心，且在神志清醒的片刻，眼睁睁地看着自己的心智不断衰败。而雷娜特·克鲁格对父亲的照顾也的确感人，乔纳森已让她提早退休，现在她每天都可以开车到太阳养老院，安心地扮演"苏菲亚"的角色。

他的手机又响了起来。乔纳森毫不犹豫地放下文稿站起身来，到底是什么人这般锲而不舍，而且还是在年末最后几日？如果是不重要的小事，那……

"喂，乔纳森，我是丽莎，汉娜的朋友。"电话那头传来一阵压低音量的女声。

哦，果然很重要！

"哎，什么事？"他问，一颗心怦怦跳。

"我们现在在艾本多夫区的玛莉乔娜斯广场。"对方仍然降低音量，乔纳森几乎都要听不清楚了。

"哎，然后呢？"

"在圣诞市集上！"

"我不懂你要说什么？"

"去看手账，你这个笨蛋！"

乔纳森先是愣了半晌，不知道汉娜的朋友到底是什么意思。缓过神后立即从桌上拿起深蓝色的记事本手账，翻到十二月二十七日：

圣诞节之后是去圣诞市集吃烤香肠的最佳时机。没有过节的忙乱与压力，终于有时间好好沉淀一下。所以，今天下午五点在艾本多夫区的玛莉乔娜斯广场见。如果拒绝，我会把你绑在旋转木马上，不停地转圈圈，直到你愿承认圣诞市集很棒为止！

"我该去吗？"乔纳森问，声音微微发颤。

"你该不会真的像汉娜说的那样蠢笨吧？当然要来，你这个白痴！"

"可是汉娜不想见我，我对她……"

"胡说！"丽莎嗤之以鼻，"为了你，她还特地去找萨拉斯瓦蒂占卜。可惜那个老好人只说了'该来的总是会来'之类的话。所以，现在只能由我出场，努力撮合你们两个。"

"你觉得汉娜会愿意吗？"

电话那头传来一声很不淑女的呻吟，"昨天我偷拿汉娜的手机找出你的电话，现在还不管她的反对，强力把她拖来这里，以便敲响命运之钟。我再也无法忍受汉娜继续在我耳边不断哀叹！所以，请移动你那该死的出版家的屁股来这里！而且动作要快，算我拜托你！"

"好，马上！"乔纳森挂断电话。

他拔腿就跑，也不管自己身上仍穿着牛仔裤、T恤和拖鞋，冲下楼梯，一把拉开大门，冲进十二月末天色已暗的隆冬下午时分。

此刻的乔纳森·N·格里夫，一点都不在乎冷冽的天气。

70. 尾声

汉娜

十二月三十一日星期一，下午六点二十八分

　　"真的！"丽莎一边说，一边把最后一张儿童椅倒过来放在桌上，以便清扫地板上孩子们玩了一整天留下来的垃圾。她们今天和孩子一起开了个跨年派对，现在满地都是彩带纸蛇和五彩纸屑。"再五个半小时今年就过了！"

　　"那又怎样？"汉娜一边问，一边将蛋糕屑扫进垃圾袋里。

　　"就是快过了，然后呢？"丽莎反问，一边生气地瞪了汉娜一眼。

　　"抱歉，我实在不懂你在说什么。"

　　"你当然不懂！"丽莎噘起嘴巴，原本丰润的双唇显得更为丰润性感，"等一下你就要跟乔纳森去吃大餐，然后一起庆祝跨年。就剩我是一个人！"

　　"你想跟我们一起去吗？"

　　"跟你去约会？"丽莎愕然地瞪着她，"当然不要！"

　　"这不是'约会'，"汉娜纠正她，"我们还没有发展到那种地步，至少我还没有。我喜欢乔纳森，只是这样而已，至于未来会怎么发展，到时候再看了。"

　　"如果去跟你们两个挤在同一张桌子，我大约能猜到接下来会怎么发展了。"丽莎回道，一边咧嘴笑，"绝对绝对不会发展出浪漫的情节！"

　　"别闹了！我真的觉得你可以跟我们一起去，乔纳森一定也这么认为。"

　　"我可不认为乔纳森会这么认为，就算他一定会努力表现自己是一个完美的绅士，我自己也觉得不可以。更何况，我指的不是今夜得一个人过，我才不在乎跨年这种事，通常不到午夜我就已经上床了。"

"那我就不知道你在说什么了。"

"喏，就是今年快过了呀！"

"没错，然后新的一年就来了，就像往年一样。"

"可是我没认识任何人呀！"丽莎大喊。

汉娜终于懂了。"该死，我竟然忘得一干二净！你是指萨拉斯瓦蒂的预言，你今年会遇见一个男人。"

"正是！"丽莎再度噘起丰润的双唇。

"哎，小可爱！"汉娜放下垃圾袋，走向好友并抱住她，"这样的话明年一定会遇见。"说着一边轻抚着好友的背。

"我不懂，"丽莎将头靠在汉娜的肩膀上，"萨拉斯瓦蒂的预言从来没有出错过。"

"或许她那天状况不好。"

"不好笑。"

"或者……"汉娜考虑了半晌，"或者她说的今年有另外的意义。"

"什么？"丽莎抬起头，茫然地瞪着汉娜。

"有可能呀。例如……中国农历？或者印度历？还是格里高利历？不过这也不重要，反正一定有其他的历法，明年一月或二月才过新年之类的。"

丽莎噗哧一声笑了出来，"真棒！所以我可能会爱上一个中国人？"

"或者一个格里高利人，该是谁就会是谁。"

"谢谢你这样努力帮我打气。"丽莎叹了一口气，"不过我想未来最好多花点时间在网络征友上，而不是塔罗牌，如果我真的想认识任何人的话。"

"千万不要！想想上面那些挺着啤酒肚的妈宝！而且，你也太悲观了，今年还没真正过完呢。"

"没错！或许等会儿回家路上就会撞见那个伴我一生的男人。"

"的确是有可能。"

一阵敲门声令丽莎与汉娜猛然回头。玻璃门外站着一个男人的身影，正疯狂以各种手势请她们开门。

"我们关门了！"丽莎朝着对方大喊。

男人戴着手套双手合十，做出祈求状，并表现出准备跪拜的模样。

"或许是某个小朋友的爸爸，将东西忘在这里？"汉娜猜测，并走向门边打算开门。

"或者打算进来抢劫！"丽莎在她背后喊着。

"如果他想抢那些黏糊糊的巧克力之吻！"汉娜边说边开门。

"太感谢了！"男人一边喘着气说，一边踏进屋里，取下帽子和围巾。眼前出现一个神情焦急的俊男，有一对不甚明显的招风耳，以及长到下巴的头发。这可能是为了遮住耳朵而选择的发型，配上脸上焦急的表情和褐色眼睛流露出来的眼神，宛如一只很想跳上沙发坐在主人身边的腊肠狗。相当可爱，应该可以这么说。

"请问有什么事吗？"汉娜问。

他看都没看汉娜一眼，只是直愣愣地瞪着丽莎，一句话也没说，仿佛有人将他嘴巴缝了起来。

"哈喽？"汉娜愕然地看着他。先是不顾一切地想进门，现在一句话都不说？"请问到底有什么事？"

"什么？"他终于转头看向汉娜，"真抱歉，我……嗯，我是……"

"是什么事呢？"汉娜好笑地看了丽莎一眼，却讶异地发现，她的好友竟然呆愣愣地站在那里，跟眼前这家伙一模一样。

"哎，我只是想问……你们一月第一个星期营业吗？还有位置可以给一位四岁的小女孩！"

"你运气不错，"汉娜回答，"我们只有一号关门，二号开始便如常营业，我们也可以再收一位小孩。"

"感谢老天！"男人叹了一口气，又朝着丽莎看去，"你们救了我一命！"

"真的这么惨？"汉娜问。

有着腊肠狗无辜眼神的男人点点头，"是的，我正好在进行一项非常重要的计划，下个星期得完成。幼儿园六号才开门，原本是我母亲要帮我照顾女儿，但她偏偏就在今天滑倒，伤得很重，现在因骨折躺在医院里。"

"这真是太惨了！"丽莎终于出声，只是听起来并不怎么真心为对方惋惜。

"你说得一点儿都没错！"男人回应她，一面朝着她笑，神情一点都不像老母亲躺在医院外科病床上的儿子，反而像是中了彩票后跑到荷属安地列斯岛上狂欢。

"我们很高兴能帮上忙。"丽莎说，她丰润的嘴唇看起来超级可爱。

"是，你一定无法想象，我现在有多轻松！"他垂下眼神降低音调，"你知道的，我是单亲爸爸。"

哦！汉娜必须很用力，才能忍住不要因这拙劣的表白方式放声大笑。

"好的，那我去办公室拿报名表。"说着汉娜便离开让两人独处一下。

"你女儿叫什么名字？"她听到丽莎问。

"露茜。"对方答道。

"好美的名字！如果我有女儿的话，我也会帮她取这个名字。"

"啊，真的？"

汉娜用手捂住嘴巴，以免笑出声来。这一切真是太疯狂了！

她一边在办公室里找报名表，一边在脑海中更正自己的想法。不，这不疯狂，这太美好了。

就像她要和乔纳森一起度过今晚一样美好，坦白说，她非常盼望今晚的来临。幸好丽莎拒绝她的提议，没和他们一起过。汉娜在心底默默跟西蒙打了声招呼，无论他正坐在云端上，或在宇宙任何一处：请别生我的气，亲爱的，明年我很可能就会坠入爱河了。这不也正是你所希望的吗？你应该记得我的话吧：留意你的想法！

鸣 谢

我要感谢：

贝蒂娜·斯坦哈特（Bettina Steinhage），我在吕柏（Lübbe）出版社的编辑。你曾告诉我，你一直很想跟我合作。通过这一回的初次合作，我想说：我希望能经常跟你合作！谢谢，谢谢，谢谢！你实在太棒了！

威克·波德（Wibke Bode），不只是我的好朋友，还是很棒的医生，帮我解答所有与医学有关的问题！

我的侄女海克·洛伦兹（Heike Lorenz），在沙发上陪我一起激发灵感。生命中有你真是太棒了！

我的朋友希比蕾·施洛特（Sybille Schrödter），陪我一起讨论什么是幸福。

我的朋友和同事亚娜·弗森（Jana Voosen），试读初稿后给了我许多宝贵的意见与建议。

亚历山德拉·梅内卡（Alexandra Heneka），一个非常棒的剧场专家。没有你的支援，我的故事该如何走调？

霍尔格·韦伦（Holger Vehren），任职于汉堡警方公共关系室，总是不吝给我极具启发性的专业意见。

雷吉娜·韦斯布罗德（Regine Weisbrod），一个很棒的编辑，陪伴我构思情节大纲。

佩特拉·艾格斯博士（Dr. Petra Eggers），有史以来最棒的文学经纪人，无须多作任何说明。

尤塔·韦斯特迪格（Jutta Verständig），告诉我塔罗牌的专业知识，以及个人专属的解牌时间。

汉堡跑步用品专卖店（Laufwerk Hamburg，www.laufwerk-hamburg.de），提供我书中运动狂角色乔纳森出场第一幕的所有关于慢跑的背景知识，例如速度和心律等等。

我的姪女卡洛琳·丁普克（Caroline Dimpker）、妮可·奥莉夫（Nicole Dolif），还有汉堡艾本多夫路上"雷欧娜妈妈"（Mamma Leone）意大利餐厅里的阿德里亚诺·利欧塔（Adriano Liotta），帮助我磨练粗浅的意大利文能力。

所有吕柏出版社的团队成员：克劳斯·克鲁格（Klaus Kluge）、克劳迪娅·穆勒（Claudia Müller）、托尔斯特·格莱塞（Torsten Gläser）、斯蒂芬妮·弗勒（Stefanie Folle）、马可·施耐德斯（Marco Schneiders），以及克里斯提安·斯杜韦（Christian Stüwe）。谢谢你们如此信任我！

安雅·豪斯（Anja Hauser）为本书设计的精美编排。

我的女儿露茜（Luzie）。只要她朝着我笑，我就知道什么是生命的意义，至少对我个人而言。

马提亚斯·维里希（Matthias Willig），谢谢所有一切的一切！特别是告诉我埃哈德·弗莱塔格（Erhard F. Freitag）的名句："该来的总是会来，会来的总是该来的。"

我要特别感谢瑟巴斯提昂·费策克，允许我借用他的名号，在小说中变身为巨星。谢谢，瑟巴斯提昂！而且，我写的都是真的。

还有一点说明：

小说中引用的退稿信是真实存在的。不过，我不会泄漏是哪个作家收到的（只能稍稍透露一点：他或她现在已是很有名的作家），更不会透露是哪个出版社编辑写的。

为了避免不必要的臆测，我要说，我不是那个曾收到这种信的可怜鬼！

最后相当重要的一点：谢谢爸爸妈妈，没有你们就没有我。